DAS MÄDCHEN OHNE NAMEN

WEITERE TITEL VON LISA REGAN

Detective Josie Quinn Serie

Die verlorenen Mädchen

Das Mädchen ohne Namen

Das Grab ihrer Mutter

Ihre letzte Beichte

Ihre begrabenen Geheimnisse

In Englischer Sprache

Detective Josie Quinn Serie

Vanishing Girls

The Girl With No Name

Her Mother's Grave

Her Final Confession

The Bones She Buried

Her Silent Cry

Cold Heart Creek

Find Her Alive

Save Her Soul

Breathe Your Last

Hush Little Girl

Her Deadly Touch

DAS MÄDCHEN OHNE NAMEN

LISA REGAN

Übersetzt von Alina Becker

bookouture

Herausgegeben von Bookouture, 2022

Ein Imprint von Storyfire Ltd.
Carmelite House
50 Victoria Embankment
London EC4Y 0DZ

www.bookouture.com

ISBN: 978-1-80314-290-6
eBook ISBN: 978-1-80314-129-9

*Für meinen Bruder, Kevin Brock, der mir gezeigt hat, was es
bedeutet, bis zum Ende stark zu bleiben.*

1

News 5 – Akron, Ohio
27. Oktober 2016

Jugendlicher stirbt nach Fahrerflucht

Ein ortsansässiger Neunzehnjähriger verstarb letzte Nacht,
nachdem er in Highland Square von einem Fahrzeug erfasst
worden war. Der Unfallverursacher beging Fahrerflucht. Kurz
nach 5 Uhr morgens fand ein Anwohner, der mit seinem
Hund spazieren ging, den jungen Mann auf der Straße. Er
wurde ins Akron General Medical Center gebracht und kurze
Zeit darauf für tot erklärt. Sein Name wurde nicht bekannt
gegeben, da die Familie noch nicht benachrichtigt wurde. Im
Umkreis der Kreuzung, an der sich der Unfall ereignete, gibt
es keine Überwachungskameras. Die Polizei bittet jeden, der
etwas beobachtet hat, sich zu melden.

2

Im Wohnzimmer plärrte der Fernseher. Josie konnte ihn von ihrem Schlafzimmer im zweiten Stock des Hauses aus hören, obwohl die Tür geschlossen war. Als die ersten Töne der Erkennungsmelodie von WYEP, dem lokalen Nachrichtensender, erklangen, stieß sie einen Seufzer aus, griff nach den Hochzeitszeitschriften auf ihrem Nachttisch und ging nach unten.

Der hochgewachsene, muskulöse Körper ihres Verlobten Luke nahm fast den ganzen Platz auf dem Sofa ein. Auf seinem Schoß stand ein Styroporbehälter, aus dem er sich Pommes frites in den Mund schaufelte. Die Füße hatte er auf den Couchtisch gelegt, direkt neben den Stapel mit den Einladungsmustern, die schon seit zwei Wochen herumlagen, weil er es noch nicht geschafft hatte, einen Blick darauf zu werfen. Lukes Blick klebte förmlich am Fernseher. In den Zwölf-Uhr-Nachrichten wurde über den laufenden Prozess gegen den Interstate-Killer berichtet, der an diesem Morgen begonnen hatte.

»Luke, machst du das bitte etwas leiser?«

Er schaute nicht eine Sekunde zu ihr herüber. Josie legte den Stapel Zeitschriften auf den Tisch und setzte sich neben Luke. Ihr Bein berührte seinen Oberschenkel. Noch immer starrte er wie gebannt zum Fernseher. Im Bild war die Reporterin Trinity Payne vor dem Gerichtsgebäude von Alcott County zu sehen. Ihr dunkles Haar wehte im Wind, und sie sprach selbstbewusst ins Mikrofon.

»Der Prozess gegen Aaron King, den sogenannten Interstate-Killer, sollte heute Morgen mit den Eröffnungsplädoyers beginnen. Berichten zufolge ist King jedoch vor ein paar Stunden in seiner Zelle gestürzt, gegen das Waschbecken gestoßen und hat sich die Lippe aufgerissen. Unseren Informationen zufolge musste er mit mehreren Stichen genäht werden.«

Luke schnaubte und schob sich noch eine Fritte in den Mund. »Gestürzt, also. Darauf würde ich keinen Pfifferling setzen.«

»Ich tippe auf die Wachleute«, sagte Josie, in der Hoffnung, ein Gespräch mit ihm anstoßen zu können, da der Fall King doch in letzter Zeit eines seiner Lieblingsthemen war. Aber Luke schien sie nicht zu hören. Josie schaute sich um. »Hast du mir einen Cheeseburger mitgebracht?«

Keine Antwort. Luke buddelte zwischen den Kissen herum, fand die Fernbedienung und stellte den Ton lauter.

»Luke?«, fragte Josie, aber er brachte sie mit einer Handbewegung zum Schweigen, während Trinity Payne mit funkelnden blauen Augen weitersprach.

»Aaron King werden bis zu dreißig Morde vorgeworfen, allein im Staat Pennsylvania in den letzten vier Jahren. Seine DNA konnte allerdings nur mit acht dieser Tötungsdelikte in Verbindung gebracht werden. Das letzte fand genau hier in Alcott County statt.«

»Das hätte meine Kontrolle sein sollen«, murmelte Luke.

Dieses alte Lied nun wieder. Vor einem Jahr war der Interstate-Killer bei einer Routinekontrolle von einem Staatspolizisten angehalten worden. King war auf der Route 80, mitten in Pennsylvania, zu schnell gefahren. Diese Straße gehörte sonst zu Lukes Patrouillengebiet, aber an diesem Abend hatte er mit einem Kollegen die Schicht getauscht, um Josie zum Geburtstag ihrer Großmutter Lisette zu begleiten. Lukes Kollege hatte den ganzen Ruhm für die Ergreifung des Serienmörders, der den Staat fast vier Jahre lang terrorisiert hatte, geerntet.

»Ich bin froh, dass nicht du ihn angehalten hast. Du hättest umgebracht werden können«, betonte Josie und tätschelte sanft seinen Oberschenkel. Lukes Knie zuckte, als sie es berührte.

Sie zog die Hand zurück und spürte, wie ihr die Tränen in die Augen stiegen. Eigentlich sollte sie sich nicht zurückgewiesen fühlten – das ging immerhin schon seit Monaten so -, aber sie tat es trotzdem.

»Luke«, sagte sie, nahm ihm die Fernbedienung aus der Hand und drehte die Lautstärke herunter.

»Hey!«, protestierte er und schaute sie zum ersten Mal an diesem Tag an.

Sie rang sich ein Lächeln ab. »Ich hatte gehofft, wir würden heute ein bisschen Zeit miteinander verbringen. Nur wir beide. Keine Arbeit, keine Ablenkungen.«

»Ich bin doch hier«, sagte er.

Nein, bist du nicht, dachte Josie. Sein Blick war bereits wieder zur Mattscheibe gewandert.

Sie nahm eine der Mustereinladungen vom Tisch. »Ich dachte, wir könnten mal über die Hochzeit reden. Deine Schwester hat uns die hier zugeschickt, wir sollen sie uns mal ansehen.«

»Ernsthaft?«, blaffte er.

»Wir müssen ja keine von Carrieanns Einladungen nehmen. Vielleicht finden wir im Internet noch schönere. Warte, ich hole meinen Laptop.«

»Bitte, Josie, nicht jetzt.«

Josie starrte ihn an und spürte, wie sich ihr Körper versteifte. »Oh. Okay. Na ja, vielleicht könnten wir ...«

»Hör mal, ich wollte mich heute einfach nur entspannen, okay?«

»Oh, ja, natürlich«, stimmte Josie zu. »Wir hatten in letzter Zeit nicht viel Zeit, um gemeinsam zu entspannen, oder?« Ihre Aufgaben als Polizeichefin von Denton nahmen viel mehr Zeit in Anspruch, als sie erwartet hatte. Eigentlich wurde sie ständig von Schuldgefühlen geplagt. Sie wusste, dass die meisten von Lukes Problemen nichts mit ihr zu tun hatten, aber sie wurde das Gefühl nicht los, dass er sich vielleicht nicht jeden Tag weiter von ihr entfernen würde, wenn sie nur mehr Zeit für ihn aufbrächte.

Sie rückte näher heran und lehnte sich an ihn, aber er wich zurück und pulte mit den Fingerspitzen die letzten Pommes vom Boden seines Take-away-Behälters. Die leere Box warf er hinter das Sofa, und Josie hob eine Augenbraue. »Soll ich das für dich entsorgen?«, fragte sie spitz.

»Ich habe dir einen Burger mitgebracht«, sagte er, als hätte sie in den letzten fünf Minuten kein einziges Wort gesagt. »Schau mal in der Küche nach.« Er deutete auf den Fernseher. »Pst. Jetzt bringen sie ihn zum Gericht.«

Mit einem schweren Seufzer schaute auch Josie wieder nach vorn. Sie hörte Lukes leises Stöhnen, als die Hilfssheriffs King mit einer Jacke über dem Kopf vom Auto zum Gerichtsgebäude führten. »Sie wollen wohl nicht zeigen, wie übel seine Lippe aussieht«, sagte Luke.

Wie, um den Zuschauern wenigstens ein bisschen zu bieten, blendete WYEP das Fahndungsfoto von King ein. Er war jung, gerade einmal dreiundzwanzig Jahre alt, mit blasser Haut, widerspenstigem braunem Haar und einem struppigen, wilden Bart. Er hatte eine lange, schmale Nase, die sich am Ende leicht krümmte, und dunkle Augen, deren Blick die Kamera zu durchbohren schien. Jedes Mal, wenn Josie sein Bild sah, lief ihr ein Schauer über den Rücken. Sie war froh, dass nicht Luke der Polizist gewesen war, der ihn angehalten hatte. King war mit einer Machete auf den Staatspolizisten losgegangen, eine Tatsache, die Luke gern ignorierte, wenn er sein Pech beklagte, nicht bei der Festnahme dabei gewesen zu sein.

Josie war der Meinung, dass Lukes erlittene Traumata nicht unbedingt durch einen Machetenangriff ergänzt werden mussten. Anderthalb Jahre zuvor war er angeschossen und fast getötet worden, als er Josie bei der Aufklärung mehrerer rätselhafter Fälle mit verschwundenen Jugendlichen in ihrer Stadt geholfen hatte.

Aber das war es nicht, was ihn von dem liebevollen, gut gelaunten, leidenschaftlichen Verlobten in den apathischen Fremden verwandelt hatte, der jetzt neben ihr auf dem Sofa saß. Es war jetzt vier Monate her, dass er zum Haus seines Freundes Brady gefahren war, um sich gemeinsam ein Hockeyspiel anzusehen, und feststellen musste, dass Brady erst seine Frau Eva und dann sich selbst erschossen hatte. Die Conways hatten in der Kleinstadt Bowersville gelebt, die nicht in Josies Zuständigkeitsbereich lag, weshalb sie nicht viel von den Folgen des Verbrechens mitbekommen hatte. Aber Luke war seitdem nicht mehr derselbe. Es war, als hätte Brady Conway mit seinem erweiterten Suizid einen Teil von Luke mitgenommen, und Josie war sich nicht sicher, ob sie ihn jemals wieder zurückbekommen würde. So sehr sie sich auch bemühte, schien es doch, als könnte sie ihn einfach nicht mehr erreichen. Mit jedem Tag wuchs der Graben, der sich zwischen ihnen aufgetan hatte, und Josies Schwermut und Unsicherheit wuchsen mit.

»Ein echter Serienmörder«, sagte Luke. „Und ich hätte derjenige sein können, der ihn stellt. Wer kann schon von sich behaupten, einen Serienkiller verhaftet zu haben?«

Josie konnte das. »Damit ist es auch nicht weit her«, sagte sie, nahm die Fernbedienung wieder in die Hand und schaltete den Fernseher aus. »Luke, wir haben heute wirklich mal viel Zeit füreinander. Ich hatte wirklich gedacht, wir könnten ...«

Er setzte sich kerzengerade auf und sein Gesicht lief rot an. »Hey, ich wollte mir das ansehen!«

Er riss ihr die Fernbedienung aus der Hand, schaltete das Gerät wieder ein und drehte die Lautstärke demonstrativ höher.

»Luke«, sagte Josie. »Ich versuche, mich mit dir zu unterhalten.«

»Worüber?«, fragte er in Richtung des Fernsehbildschirms.

»Worüber auch immer du reden möchtest.«

Er ließ den Blick über den Sofatisch schweifen und schaute ihr dann zum ersten Mal in die Augen. »Bitte, Josie, ich bin wirklich müde.«

Sie war kurz davor, ihm zu widersprechen, aber er war schon wieder völlig in die Nachrichten vertieft; Millionen Meilen von ihr entfernt, obwohl sie nur wenige physische Zentimeter trennten. Nicht zum ersten Mal fragte sich Josie, was mit ihm geschehen war. Er war so zärtlich gewesen, so ritterlich und gleichzeitig so herrlich normal, und all diese Eigenschaften hatten sie zu ihm hingezogen. Im Grunde wusste Josie, dass sich seine Kälte nicht gegen sie richtete. Das war klar. Aber wie lange sie es in dieser frostigen Atmosphäre noch aushalten würde, wusste sie nicht.

Einmal hatte sie ihm vorgeschlagen, professionelle Hilfe in Anspruch zu nehmen. Er hatte eindeutig noch nicht verarbeitet, was seinen Freunden passiert war, und Josie vermutete, dass Luke sich selbst die Schuld gab. Wäre er nur ein paar Minuten früher aufgetaucht, hätte er vielleicht alles verhindern können.

Das Klingeln ihres Handys durchschnitt die eisige Stille, und sie beide drehten die Köpfe herum. Das Telefon lag auf dem Dielentisch. »Ich muss da rangehen«, sagte sie leise.

Sie lief aus dem Zimmer, griff nach ihrem Handy und presste es sich ans Ohr. »Josie hier.« Es war ihr Stellvertreter, Lieutenant Noah Fraley.

»Hallo, Boss«, sagte er. »Wir haben einen Fall. Ich denke, Sie sollten sofort kommen.«

Josie fragte nicht nach Einzelheiten. »Okay«, sagte sie und hörte konzentriert zu, als Noah eine Adresse herunterrasselte, die ihr vage bekannt vorkam, obwohl ihr in diesem Moment nicht einfallen wollte, woher. Dann legte sie auf und holte ihre Jacke aus dem Schrank.

»Josie?«, rief Luke aus dem Wohnzimmer.

»Ich muss zur Arbeit«, gab sie zurück.

3

Erst, als Josie schon eine Meile weit gefahren war, merkte sie, wie verkrampft sie gewesen war. Langsam entspannten sich ihre Muskeln. Sie wusste, dass sie sich nicht hinter ihrer Arbeit verstecken sollte, aber nur dort hatte sie das Gefühl, alles unter Kontrolle zu haben. Ihre Erleichterung verflog allerdings schnell, als sie an der Adresse ankam, die Noah ihr genannt hatte, und ihr plötzlich bewusst wurde, warum sie ihr so vertraut vorgekommen war.

Noah stand vor dem großen viktorianischen Haus, mit einem grimmigen, starren Gesichtsausdruck. An seiner Seite stand ein Streifenpolizist aus Denton mit einem Klemmbrett in der Hand und bewachte die Haustür. »Haben wir hier einen Tatort?«, fragte Josie.

Noah nickte.

»Und haben Sie schon alles abgesperrt?«

»Ja. Die Hintertür wird auch bewacht. Alle Zugänge sind gesichert.«

»Ist sie ... ist sie tot?«

Josie wusste nicht, wie sie sich fühlen würde, wenn Noah ihr sagen sollte, dass Misty Derossi tot war. Es war kein

Geheimnis, dass Josie sie verabscheute. Seit sie ihren verstorbenen Ehemann Ray in flagranti mit der notorisch promiskuitiven Stripperin erwischt hatte, war das Verhältnis zwischen ihnen angespannt gewesen, aber als Ray ihr gestand, dass er sich in sie verliebt hatte, war noch einmal alles anders geworden.

»Nein«, sagte Noah. »Zumindest noch nicht. Die Rettungskräfte haben sie schon ins Krankenhaus gebracht. Ich habe einen Kollegen hinterhergeschickt, der uns über ihren Zustand auf dem Laufenden hält. Sie wurde von einer Nachbarin gefunden, einer älteren Frau, die Misty in den letzten Tagen nicht gesehen und deshalb bei ihr vorbeigeschaut hatte. Als auf ihr Klopfen keine Antwort kam, ist sie zur Hintertür gegangen, die sie, laut ihrer Aussage, offen vorfand. Im Haus ist sie dann über Misty gestolpert, die im Wohnzimmer auf dem Boden lag, und hat sofort den Notruf getätigt. Misty wurde ziemlich übel zugerichtet. Das Haus ist weitestgehend unversehrt, aber im Wohnzimmer herrscht völliges Chaos. Aber sehen Sie selbst.«

Josie versuchte, ihre Gedanken zu sortieren, und ermahnte sich selbst, ihren persönlichen Befindlichkeiten keine Beachtung zu schenken und diesen Fall wie jeden anderen zu behandeln. Mit Noah im Schlepptau trat sie ins Haus und nickte dem Streifenpolizisten zu, der ihren Namen notierte. Direkt hinter der Eingangstür hatte die Spurensicherung ein kleines Materiallager eingerichtet.

Denton war etwa vierzig Quadratkilometer groß, und ein erheblicher Teil des Stadtgebiets erstreckte sich über die wilde Berglandschaft im Herzen Pennsylvanias mit ihren gewundenen einspurigen Straßen, dichten Wäldern und den hier und dort verstreuten ländlichen Anwesen. Als Kleinstadt mit etwas über dreißigtausend Einwohnern war Denton nicht groß genug für eine eigene Spurensicherungsabteilung, aber es gab ein kleines Beamtenteam, das deren Aufgaben weitestgehend übernahm und für das Sammeln von Beweisen und die Sicherung von Tatorten ausgebildet war – ein sogenanntes Evidence Response Team, kurz: ERT.

Beim Materiallager schlüpften Josie und Noah in Schutzanzüge aus Tyvekstoff, Überschuhe, Kopfbedeckungen und Latexhandschuhe. »Haben Sie schon jemanden damit beauftragt, die Nachbarschaft abzuklappern?«, fragte Josie. »Vielleicht hat ja jemand etwas beobachtet.«

»Ja«, antwortete Noah. »Ich habe zwei Kollegen losgeschickt.«

Josie folgte Noah in Mistys Haus hinein, und sie stellte fest, dass er recht hatte – die exquisit eingerichteten und geschmackvoll dekorierten Räume wirkten völlig unberührt. Fast zwei Jahre zuvor, als Misty nach Rays Tod verschwunden war, hatten Josie und Noah das Haus schon einmal inspiziert. Immer noch war es voll mit verschnörkelten antiken Möbeln, die ebenso unbequem wie schick aussahen. Das Tanzen im örtlichen Stripklub musste äußerst lukrativ sein.

»Wie ich schon sagte, es ist fast alles an seinem Platz«, wiederholte Noah, während sie den Flur im Erdgeschoss entlanggingen.

»Die Nachbarin hat die Hintertür also angelehnt vorgefunden?«, fragte Josie. »Gibt es Anzeichen für ein gewaltsames Eindringen?«

Noah schüttelte den Kopf. »Nö. Entweder war die Tür schon auf, oder Misty hat ihren Angreifer hereingelassen.«

»Kaputte Fenster?«

»Auch nicht.«

»Was ist mit Mistys Auto?«

»Steht in der Garage hinter dem Haus.«

Noah blieb vor der Wohnzimmertür im hinteren Teil des Hauses stehen und bedeutete Josie mit einer Handbewegung, dass sie zuerst eintreten sollte. »Bereit? Passen Sie auf, wo Sie hintreten.«

Josie konnte nur knapp ein erstauntes Keuchen unterdrücken, als sie über die Schwelle trat. Der einst makellose Raum sah aus, als wäre ein Tornado hindurchgefegt. Der Parkettboden war mit Glas, Holzsplittern und Bruchstücken verstümmelter Möbel übersät und das hellblaue Blumenmuster des Teppichs war mit Blutspritzern besprenkelt. Ein paar Meter entfernt lag ein kleiner, in zwei Hälften zertrümmerter hölzerner Sofatisch, an dessen scharfer Kante ein Büschel blonder Haare hing. Josie zählte drei umgestürzte handbemalte Stehlampen, deren Glassplitter im ganzen Raum verstreut waren. Ein Teil der cremefarbenen Trockenwand zu ihrer Linken war eingestürzt, vermutlich, weil jemand mit großer Wucht dagegen geschleudert worden war. Josie machte noch ein paar vorsichtige Schritte in den Raum hinein. Ein kleiner weißer Gegenstand, den die Kollegen bereits markiert hatten, erregte ihre Aufmerksamkeit, und sie ging davor in die Knie.

»Mein Gott«, sagte sie. »Ist das hier ein Zahn?«

Sie hörte, wie Noah tief Luft holte. »Ja«, sagte er. »Die Sanitäter sagten, Misty hätte einen ihrer oberen Schneidezähne verloren.«

Josie ließ den Blick durch das Zimmer schweifen. Drei Kollegen waren mit der Spurensicherung beschäftigt. Einer war mit einem Pinsel auf der Suche nach Fingerabdrücken, ein anderer saugte den runden Teppich in der Mitte des Raums nach Faserproben ab. Die Dritte im Bunde machte Fotos von den mit gelben Plastikmarkierungen gekennzeichneten Hinweisen. Wie Josie und Noah bewegten sie sich so langsam und vorsichtig, als würden sie über dünnes Eis gehen. Als ihnen klar wurde, dass sie beobachtet wurden, schauten sie zu Josie auf.

»Hallo, Boss«, sagte der Kollege mit dem kleinen Handstaubsauger. Josie nickte ihm zu und er wechselte vom Teppich zu einer dicken, weißen Fleecedecke, die ein Stück weiter auf dem Boden lag. Er gab der Fotografin ein Handzeichen, und sie schoss mehrere Fotos. Dann breitete er die Decke aus und saugte sie ab, damit kein Haar und kein Fussel darauf zurückblieb. Ein blutiger Handabdruck verunstaltete den ansonsten sauberen weißen Stoff. Der Größe nach zu urteilen, musste er von Mistys Hand stammen.

Dann fiel Josie etwas anderes ins Auge, und sie deutete auf den Gegenstand neben der Couch.

»Noah – was zum Teufel ist das?«

4

Es war eine Babywippe in einem sanften Grauton mit hellgelben und pastellgrünen Punkten. Sie war umgekippt, und das Mobile, das normalerweise an der u-förmigen Stange über dem Sitz hing, war abgerissen, die plüschigen Zootiere traurig über den Boden verstreut. Neben der Wippe lagen ein kleiner Stoffelefant und eine zerknitterte grüne Decke, gerade groß genug, um ein Neugeborenes darauf zu wickeln.

»War hier ein Baby? Hatte sie ein Baby? Ist das ...?«

»Das Baby ist nicht hier«, erklärte Noah schnell.

Das konnte das beklemmende Zwicken in Josies Magen nicht lindern.

»Ich wusste nicht einmal, dass sie schwanger war.«

Noah nickte. »Die Nachbarin meinte, es hätte jeden Tag so weit sein können. Nach allem, was wir oben im Badezimmer gefunden haben, gehen wir davon aus, dass sie das Baby hier zu Hause zur Welt gebracht hat. Aber es gibt keine Spur von ihm. Allerdings war ein Hund im Keller eingesperrt, der wie wild gebellt hat. Die Nachbarin hat ihn zu sich genommen, bis die Sache geklärt ist.«

»Wann könnte Misty entbunden haben?«

»Das wissen wir nicht, aber ich denke, es muss in den letzten beiden Tagen gewesen sein. Die Nachbarin sagt, sie hätte Misty vor vier Tagen gesehen, und da war sie noch schwanger.«

»Glauben Sie, dass sie bei der Geburt ganz allein war?«

»Das kann ich mir nicht vorstellen. Gehen wir nach oben.«

Josie folgte Noah die Treppe hinauf, vorbei an einem Raum, den Misty offensichtlich als Kinderzimmer hergerichtet hatte. Josie warf einen Blick hinein. Die gelbe Tapete war mit tanzenden Tieren übersät und die Kommode, der Wickeltisch und das Kinderbett wirkten brandneu. Wenn Misty wirklich erst in den letzten zwei Tagen ihr Kind zur Welt gebracht hatte, konnte sie nichts davon ausgiebig benutzt haben.

Noah führte sie ins Schlafzimmer, und das Erste, was Josie auffiel, war der Geruch: abgestandener Schweiß, ein seltsam süßliches Aroma, das sie nicht einordnen konnte, und ein schwacher Hauch von Kupfer, der unverkennbar auf Blut zurückzuführen war. In diesem Zimmer herrschte heilloses Durcheinander. Das wuchtige Bett mit dem kunstvoll geschnitzten Mahagonirahmen war mit zerknäulten Handtüchern und Laken übersät, die Tagesdecke lag auf dem Boden. Eine Spur aus zusammengeknüllten Handtüchern, Waschlappen und Bettbezügen führte ins angrenzende Badezimmer. Fast alle Stofffetzen waren mit getrocknetem Blut verschmiert.

»Wir sind schon fertig mit diesem Raum, Sie können sich also frei bewegen«, sagte Noah.

Josie ging nach nebenan ins Badezimmer. »Hier hat sie ihr Baby bekommen.«

»Ja«, sagte Noah.

Josie wusste nicht viel über Geburten, aber sie war sich sicher, dass Misty Hilfe gehabt haben musste.

»Wo ist ihr Telefon?«, fragte sie.

»Wir haben es nicht gefunden.«

»Hat die Nachbarin jemanden kommen oder gehen sehen? Sie haben doch zuerst die nächsten Nachbarn befragt, oder?«

»Das haben wir. Ich habe selbst mit ihnen gesprochen.«

»Und, haben sie jemanden gesehen? Vielleicht sogar mit einem Baby? Irgendwelche verdächtigen Fahrzeuge?«

»Niemand hat etwas gesehen«, sagte Noah.

»Wir müssen sofort eine öffentliche Vermisstenmeldung über das AMBER-Alarmsystem herausgeben.«

»Auf welcher Grundlage?«

»Der Fall hier erfüllt alle Kriterien. Wenn ein Kind unter achtzehn Jahren vermisst wird oder entführt wurde und sich in unmittelbarer Gefahr befindet, muss die Allgemeinheit informiert werden. Ein neugeborenes Baby, das nicht aufzufinden und vor allem nicht bei seiner Mutter ist, muss wie ein Entführungsopfer behandelt werden. Ich gehe kein Risiko ein, nicht, wenn es um ein Neugeborenes geht.«

»Boss, wir kennen nicht einmal das Geschlecht.«

»Dann müssen Sie das herausfinden. Jemand sollte mit ihrem Gynäkologen sprechen. Und was ist mit ihrer besten Freundin, die uns damals angerufen hat, als Misty verschwunden war?«

»Ich habe sie schon angerufen«, erklärte Noah. »Und am Kühlschrank hing ein Terminzettel einer Gynäkologiepraxis. Ich habe Gretchen dort vorbei geschickt.«

»Gut«, sagte Josie.

Detective Gretchen Palmer war quasi Josies Nachfolgerin. Sie hatte sie kurz nach ihrer Beförderung zur Polizeichefin eingestellt, um sich selbst zu ersetzen. Gretchen ging auf die vierzig zu und hatte die meiste Zeit ihres Berufslebens als Detective in Philadelphia gearbeitet. Sie brachte einiges an Erfahrung mit, ließ sich nichts bieten und war eine echte Bereicherung für ihr Team.

Noah runzelte die Stirn. »Es gibt kein Foto, kein Fahrzeug, keine Zeugen.«

»Ich weiß, das ist nicht viel«, räumte Josie ein. »Versuchen wir, wenigstens das Geschlecht des Babys herauszufinden, bevor wir an die Öffentlichkeit gehen. Was ist mit dem Vater?«

»Die Nachbarin meint, Misty hätte seinen Namen niemandem gegenüber erwähnt.«

»Also könnte es sein, dass das hier eine familiäre Angelegenheit ist und der Vater das Baby hat«, folgerte Josie. »Wir müssen herausfinden, wer er ist. Außerdem müssen wir in Erfahrung bringen, wer Misty bei der Entbindung geholfen hat und ob sie überhaupt eine Hausgeburt geplant hatte.«

»Boss? Lieutenant Fraley?«, rief eine Stimme von unten, die Josie dem Officer zuordnete, der vor dem Haus Wache hielt. »Hier ist eine Dame, die mit Ihnen sprechen möchte.«

5

Draußen auf Mistys Veranda lief eine junge Frau auf und ab, die Arme fest um ihren Körper geschlungen. Sie mochte Mitte zwanzig sein und trug eine dunkelblaue, aufgekrempelte Jeans, Riemchensandalen und einen schwarzen Pullover über einem weißen T-Shirt. Ihre Haut hatte den dunklen Orangeton von Bräunungsspray, der sich mit dem rabenschwarzen Haar biss, das ihr in Wellen über den Rücken fiel. Als sie Josie und Noah erblickte, stürzte sie zu ihnen herüber und breitete die Arme aus, als wollte sie einen von ihnen oder gleich beide auf einmal umarmen. Dann besann sie sich aber und schlang die Arme wieder um sich selbst.

»Kann ich Ihnen helfen?«, fragte Noah und zog seine Einweg-Kopfbedeckung ab.

Einen kurzen Moment blieb der Blick der jungen Frau an Noahs dichten braunen Locken hängen. Josie musste zugeben, dass seine Frisur jetzt noch kunstvoller zerzaust aussah als vor dem Aufsetzen der Haube.

»Entschuldigen Sie?«, sagte Josie.

Die junge Frau lächelte unsicher und schaute flüchtig zu

Josie. »Ich heiße Brittney. Lieutenant Fraley hat mich angerufen. Ich bin Mistys beste Freundin. Geht es ... geht es ihr gut?«

Noah streifte seine Latexhandschuhe ab und streckte ihr die Hand entgegen. »Ich bin Lieutenant Fraley«, sagte er. »Miss Derossi lebt, ist aber schwer verletzt. Sie ist ins Krankenhaus gebracht worden. Wir wissen noch nicht, wie es ihr jetzt geht. Eine Nachbarin hat sie bewusstlos aufgefunden.«

Brittney schlug eine Hand vor den Mund. »Oh mein Gott. Geht es dem Baby gut?«

Noah warf Josie einen Blick zu. »Brittney«, sagte Josie, »das Baby ist verschwunden.«

Brittney schnappte nach Luft. »Was? Wie meinen Sie das, verschwunden? Hat sie das Baby denn schon bekommen?«

»Wissen Sie, ob Misty einen Jungen oder ein Mädchen bekommen sollte?«, fragte Josie.

»Einen Jungen. Mein Gott, wo ist er denn?«

Josie reagierte mit einer Gegenfrage. »Wann haben Sie das letzte Mal mit Misty gesprochen oder sie gesehen?«

Brittney legte eine Hand an die Brust. »Ich weiß es nicht genau. Vielleicht vor vier, fünf Tagen? Ich bin beruflich viel unterwegs, deswegen war ich nicht in der Stadt, aber ich hatte ihr versprochen, zum Geburtstermin zurück zu sein. Gestern und vorgestern habe ich ihr ein paar Nachrichten geschrieben, aber sie hat nicht darauf reagiert. Ich habe mir nichts dabei gedacht. Manchmal ist sie müde oder fühlt sich mies, und dann dauert es ewig, bis sie auf eine Textnachricht antwortet.«

»Wann war Mistys Termin?«, fragte Josie.

»Morgen. Ich bin heute zurückgekommen.«

»Was machen Sie beruflich?«, fragte Noah.

»Ich arbeite als Vertreterin für ein Pharmaunternehmen. Aber Moment – wann hat sie das Baby denn bekommen?«

»Dem Zustand ihres Badezimmers nach zu urteilen, in den letzten vierundzwanzig bis achtundvierzig Stunden.«

Brittney wurde kreidebleich. »Was ist mit ihrem Badezimmer?«

»Sie hat zu Hause entbunden«, erklärte Josie. »Brittney, wissen Sie, ob Misty eine Hebamme hatte?«

Brittney fing wieder an, auf und ab zu laufen. »Nein. Nein, das hatte sie nicht. Sie wollte im Krankenhaus entbinden. Ich verstehe das alles nicht. Warum hat sie mich nicht angerufen? Wer war bei ihr?«

»Wir hatten gehofft, Sie wüssten mehr«, sagte Noah.

»Brittney«, schaltete sich Josie ein, »hat Misty Ihnen gegenüber erwähnt, wer der Kindsvater ist?«

»Nein, das war ein Riesengeheimnis. Sie hat es niemandem erzählt, nicht einmal mir. Aber sie meinte, sie würde es mir vielleicht verraten, wenn das Baby da ist.«

»Warum behält man so etwas für sich?«

Brittney zuckte die Schultern. »Keine Ahnung. Ich habe ihr gesagt, es wäre egal, wer der Vater ist, das würde doch ohnehin niemanden interessieren – mich zumindest nicht. Aber sie war ziemlich empfindlich. Wissen Sie, als sie zwanzig war oder so, hatte sie eine Eileiterschwangerschaft, und die hätte beinahe alles kaputtgemacht. Ich war ganz überrascht, dass sie überhaupt schwanger werden konnte. Die Ärzte wären auch nicht davon ausgegangen. Das war wie ein Wunder. Ich habe also immer gewitzelt, dass ich wirklich gerne wüsste, wer es denn nun geschafft hatte, ihr den Braten in die Röhre zu schieben, aber sie wollte nicht damit herausrücken. Sie meinte nur, sie müsste erst noch ein paar Dinge in Ordnung bringen, bevor sie es den Leuten erzählt.«

»Wie zum Beispiel?«, fragte Josie.

»Ich weiß nicht. Es war schon seltsam. Sie wollte nicht einmal mit mir darüber sprechen. Wir sind seit dem Kindergarten befreundet. Anfangs habe ich sie noch ziemlich gedrängt, aber irgendwann fing sie immer an, sich aufzuregen, wenn ich das Thema angesprochen habe, also habe ich damit aufgehört.«

Josie runzelte die Stirn. »Ist es möglich, dass ihre Schwangerschaft das Ergebnis eines nicht einvernehmlichen Kontakts war?«

Brittney blieb stehen und starrte sie an. »Was? Meinen Sie so etwas wie eine Vergewaltigung?«

»Zum Beispiel. Hätte sie Ihnen davon erzählt?«

»Ich weiß nicht. Ich meine, sie hatte bei der Arbeit hin und wieder Probleme mit Gästen – Sie wissen, dass sie im Foxy Tails gearbeitet hat, oder?«

»Ja«, sagte Noah.

„Na ja, manche von den Typen dort waren völlig besessen von ihr. Ich meine, sie war wirklich gut in ihrem Job. Die Kerle kamen jeden Abend, um sie tanzen zu sehen. Sie hatte eine Menge Stammgäste, die für Lapdances bezahlt haben.«

»Sie hatte Verhältnisse mit mehreren dieser Männer, nicht wahr?«, fragte Josie spitz und ignorierte den Blick, den Noah ihr zuwarf.

Brittney nickte. »Misty hatte immer wieder wechselnde Beziehungen. Ich meine, einen Typen gab es da, mit dem es ihr wirklich ernst war. Ray Quinn. Er war Polizist. Oh ...« Sie brach ab und lächelte verlegen. »Das wussten Sie bestimmt schon.«

Josie wurde klar, dass Brittney keinen Schimmer hatte, wer sie war. Die beiden waren sich zwar noch nie begegnet, aber in den letzten anderthalb Jahren war Josie in ihrer Funktion als Polizeichefin des Öfteren im Fernsehen zu sehen gewesen. Das war nur einer der Aspekte, die sie an ihrer neuen Position verabscheute. Natürlich erkannte Brittney sie nicht wieder, denn ihre dunklen Haare waren noch immer unter der Kappe verborgen, die sie aufgesetzt hatte, bevor sie den Tatort betrat.

»Wir haben Ray gekannt«, sagte Josie.

Noahs Blick brannte auf ihrer Haut, aber sie ignorierte ihn gekonnt.

»Ja«, sagte Brittney. »Es war ihr ziemlich ernst mit ihm. Sie wollten sogar heiraten. Misty hatte wirklich vor, sesshaft zu werden, und sie hat immer gesagt, er wäre der Typ Mann, mit dem man eine Familie gründen könnte. Ich würde fast sagen, dass er die Liebe ihres Lebens war. Der Eine, wissen Sie?«

Josie spürte einen Stich unter ihrem Zwerchfell. Für den Bruchteil einer Sekunde hatte sie den Eindruck, weder ein- noch ausatmen zu können, als wäre die Luft in ihrer Kehle gefangen. Ja, das wusste sie. Sie wusste es, weil Ray die Liebe *ihres* Lebens gewesen war. Der Eine für *sie*. Misty war nicht mehr als ein Flackern auf seinem Romantikradar gewesen. Immerhin waren sie nur etwa ein Jahr lang liiert gewesen, nachdem Josies und Rays Ehe in die Brüche gegangen war – und Ray hatte die Scheidungspapiere nie unterschrieben. Ja, er hatte sich sogar geweigert, sie zu unterschreiben. Und nicht nur das. Misty selbst hatte zugegeben, dass sie in dieser Zeit auch mit Rays bestem Freund geschlafen hatte.

Bevor Josie auf diese Umstände hinweisen konnte, fragte Noah: »Hatte sie nach Rays Tod noch eine feste Beziehung?«

Brittney schüttelte den Kopf. »Nicht, dass ich wüsste. Ich meine, jedenfalls nichts Ernsthaftes.«

Josie stemmte eine Hand in die Hüfte. »Wir müssen wissen, mit wem sie nach Rays Tod geschlafen hat.«

Brittney starrte sie an, und ihre orangefarbenen Wangen liefen rosa an. »Oh, na ja, ein paar Namen kann ich Ihnen schon nennen ...«

»Ein paar Namen?«, wiederholte Noah, nicht leise genug.

»Nun ja, sie ... also, es gab da ... abgesehen von Ray hatte Misty keinen festen Freund, aber an Männern hat es ihr nie gemangelt, wissen Sie?«

»Was meinen Sie damit?«, fragte Josie.

Brittney zuckte die Schultern. »Es gab eben viele Männer,

die sich für sie interessiert haben. Ihr gefällt es, Aufmerksamkeit zu bekommen. Ich glaube, ein paar von ihnen haben ihr leidgetan, also hat sie sich auf Techtelmechtel mit ihnen eingelassen. Viele Männer waren von ihr besessen, aber etwas Ernstes ist da nie gelaufen. Solange sie nicht verheiratet war, hat Misty Beziehungen nicht als monogam angesehen. Deshalb wollte sie nach der Hochzeit mit Ray ihre Arbeit und die Treffen mit den anderen Männern auch an den Nagel hängen.«

»Aber mit verheirateten Männern hat sie schon geschlafen«, sagte Josie. »Wäre es möglich, dass der Kindsvater verheiratet ist und sie deshalb Angst hatte, von den Leuten verurteilt zu werden?«

Wieder ein Schulterzucken. »Kann schon sein, aber ich glaube, sie hätte es mir trotzdem gesagt. Ich meine, ich kenne die meisten der verheirateten Männer, mit denen sie Sex hatte, also wäre es keine große Überraschung, wenn einer von ihnen der Vater wäre. Aber ich glaube wirklich, dass sie mir das gesagt hätte.«

Noah blickte zum Himmel hinauf, und Josie könnte förmlich sehen, wie es in seinem Hirn ratterte. »Sie müsste ja irgendwann im Dezember schwanger geworden sein, wahrscheinlich in den ersten beiden Wochen. Können Sie sich daran erinnern? Hat sie sich damals irgendwie seltsam verhalten? War sie vielleicht aufgebracht oder verschlossen?«

Nachdenklich berührte Brittney ihr Kinn. »Nein. Wenn mir etwas aufgefallen ist, dann, dass sie in dieser Zeit glücklich gewirkt hat. Ich weiß noch, dass es mir komisch vorkam, weil es so kurz vor den Feiertagen war. Das erste Weihnachten ohne Ray, und so. Ich hätte erwartet, dass sie niedergeschlagen gewesen wäre. Wir haben uns zwar nicht oft gesehen, weil ich auf einer beruflichen Fortbildung war, aber wir haben geschrieben und telefoniert. Ich weiß noch, dass ich erleichtert war, weil sie kein bisschen selbstmordgefährdet gewirkt hat. Damals in der Highschool war sie eben ver...«

Abrupt brach Brittney ab.

»Wurde sie in der Highschool missbraucht?«, drängte Josie.

Brittney starrte auf den Boden. »Ich sollte nichts mehr sagen. Das steht mir nicht zu. Sie wollte nie darüber reden. Ja, sie hat mir davon erzählt, aber das war auch alles. Sie war monatelang völlig fertig.«

»Hat sie die Tat angezeigt?«, fragte Josie.

»Nein. Es war ein Typ, mit dem sie ein paar Dates hatte, und sie meinte, sein Wort stünde gegen ihres. Sie hat einfach nicht geglaubt, dass irgendjemand sie ernst nehmen würde. Danach hat sie sich natürlich nicht mehr mit ihm getroffen. Aber sie war noch lange Zeit total durch den Wind. Als sie schwanger wurde, war sie ganz anders. Sie wirkte richtig glücklich.«

»Aber sie wollte nicht über den Vater sprechen«, stellte Noah fest.

Brittney zuckte die Schultern. »Wahrscheinlich hätte sie es irgendwann schon getan, wenn alles geklärt gewesen wäre, was es zu klären gab.«

»Wir brauchen Namen«, sagte Josie. »Von den Männern, mit denen sie sich getroffen hat. Alle, die sie seit Rays Tod getroffen hat, und auch die, mit denen vor Rays Tod etwas gelaufen ist.«

Noah zog ein Notizbuch hervor und schrieb eifrig mit, während Brittney eine Litanei an Namen herunterrasselte. Einige von ihnen kamen Josie bekannt vor. »Wir müssen überprüfen, ob sie Alibis für die letzten achtundvierzig Stunden haben«, ordnete Josie an.

Noah nickte und widmete sich wieder Brittney. »Sonst noch jemand? Fällt Ihnen noch etwas ein, das wichtig sein könnte? Sie haben die Gäste im Foxy Tails erwähnt. Könnte einer von ihnen sich so sehr auf Misty eingeschossen haben, dass er sie angegriffen hat?«

»Keine Ahnung. Wäre möglich. Ich meine, im Laufe der

Jahre hatte sie einige Stalker. Aber keiner von ihnen ist jemals gewalttätig geworden. Sie sollten mit ihrem Boss sprechen. Butch. Er weiß da wahrscheinlich besser Bescheid.«

»Natürlich«, sagte Noah.

»Eine Sache noch«, warf Josie ein. »Sie haben gesagt, Misty hätte gewusst, dass sie einen Jungen bekam. Hatte sie schon einen Namen ausgesucht?«

Brittney lächelte. »Ja. Victor Raymond. Süß, oder?«

6

Josie beobachtete von der Veranda aus, wie sich Brittney in ihrem alten Toyota Camry auf den Weg zum Krankenhaus machte. Der Name hatte sie verärgert. Die eine Hälfte, Raymond, die tat natürlich weh, aber Josie hatte in ihrem ganzen Leben nur einen einzigen Victor kennengelernt, und der war durch und durch bösartig gewesen. Victor Quinn hatte seine Frau regelmäßig verprügelt, während sich sein kleiner Sohn unter dem Küchentisch oder hinter dem Sofa versteckte. Ray hatte immer gesagt, dass die Menge an Blut und Eingeweiden, mit der er es bei der Arbeit zu tun habe, dem, was er, noch bevor er ein Teenager war, in seinem eigenen Zuhause hatte mitansehen müssen, nicht im Ansatz das Wasser reichte.

Hatte Misty ihr Baby wirklich nach Rays Vater benannt? Nicht zum ersten Mal hatte Josie das Gefühl, dass Misty sich auf eine gewisse Weise ihr Leben angeeignet hatte und es ziemlich schlecht handhabte.

»Boss?«

Josie wandte den Blick von Brittneys Rücklichtern ab und sah, dass Noah sie mit gerunzelter Stirn anstarrte. Sie seufzte. »Ja?«

»Wollen wir jetzt die Vermisstenmeldung herausgeben?«

»Ja. Sofort.«

»Glauben Sie, das bringt irgendetwas? Mit so wenig Informationen?«, fragte Noah.

»Es besteht die Möglichkeit, dass jemand sich daran erinnert, einen Freund oder ein Familienmitglied plötzlich mit einem Neugeborenen gesehen zu haben, und uns anruft. Wir dürfen kein unnötiges Risiko eingehen. Der AMBER-Alarm hat höchste Priorität. Wenn wir hier fertig sind, fahren wir direkt zum Foxy Tails und reden mit dem Inhaber. Hast du Mistys Handynummer?«

Noah blätterte in seinem Notizbuch herum und hielt ihr dann eine Seite entgegen. Josie tippte die Zahlen in ihr Telefon ein und rief die Nummer an, landete aber direkt auf der Mailbox. »Rufen Sie auf dem Revier an«, sagte sie zu Noah. »Jemand soll sich schon einmal um die richterlichen Anordnungen kümmern. Wir müssen herausfinden, wo ihr Handy zuletzt eingewählt war, und sehen, ob wir den jetzigen Standort herausfinden können. Obwohl ich, wenn ich mit einem entführten Baby unterwegs wäre, nicht gerade das Handy der Mutter mit mir herumtragen würde.«

»Sie gehen davon aus, dass wir es mit einem cleveren Täter zu tun haben«, stellte Noah fest.

»Ich möchte jedenfalls, dass jemand Mistys persönliche Sachen durchsucht. Vielleicht finden wir dort etwas Brauchbares. Wir sollten allerdings versuchen, nichts zu beschädigen. Wenn die Polizei für etwaige Schäden an ihren Möbeln aufkommen muss, wird es teuer.«

Noah nickte und machte sich wieder auf den Weg ins Haus. In diesem Moment bog ein schwarzer Chevrolet Cruze in Mistys Auffahrt ein. Detective Gretchen Palmer stieg aus und hob die Hand zum Gruß, bevor sie auf das Haus zuschritt. Sie trug eine Zusammenstellung, die Josie vage als Uniform interpretierte: eine schwarze Hose und ein weißes Poloshirt mit der Aufschrift *Denton Police Department* unter einer schwarzen Lederjacke, die schon bessere Tage gesehen hatte. Bei der Jacke handelte es sich eindeutig um ein abgewetztes Modell mit Herrenschnitt, und Josie war sich sicher, dass es eine Hintergrundgeschichte dazu gab. Sie verzichtete allerdings darauf, nachzuhaken.

»Boss«, grüßte Gretchen, als sie sich zu Josie auf der Veranda gesellte, das Notizbuch bereits einsatzbereit in der Hand. Aus einer Innentasche ihrer Jacke förderte sie eine Lesebrille zutage, setzte sie auf und fuhr sich mit der Hand durch ihr kurzes, braunes Stachelhaar, während sie ihre Ermittlungsergebnisse zusammenfasste. »Ich habe mich mit ihrem Gynäkologen getroffen. Derossi hatte keine Hausgeburt geplant. Der errechnete Geburtstermin wäre morgen gewesen, sie erwartete einen Jungen, und nächste Woche hätten sie die Geburt eingeleitet, wenn die Wehen nicht bis dahin von selbst eingesetzt hätten. Eigentlich hätte sie gestern einen Termin in der Praxis gehabt, zu dem ist sie aber nicht aufgetaucht. Das erste Mal war sie Ende des zweiten Schwangerschaftsmonats dort. Sie hatte eine Bilderbuchschwangerschaft, nicht die geringste Komplikation. Das Baby war kerngesund. Den Vater hat sie nie erwähnt, und auch in ihrer Krankenakte stand nichts. Als Nächstes war ich in der Notaufnahme. Miss Derossi hat einen Schädelbruch und eine Blutung im Gehirn. Wahrscheinlich muss sie operiert werden. Außerdem fehlt ihr ein Zahn, ein Handgelenk ist gebrochen und sie hat schwere Prellungen an den Unterarmen und am Hals. Sieht aus, als hätte jemand versucht, sie zu erwürgen. Sie hat sich vermutlich heftig gewehrt, woraufhin der Täter ihr einen Schlag auf den Kopf verpasst hat, um sie auszuknocken und entkommen zu können.«

»Mein Gott«, sagte Josie. »Wir müssen unbedingt dieses Baby finden. Was haben Sie sonst noch?«

Gretchen blätterte eine Seite weiter. »Die Ärzte gehen davon aus, dass die Kopfverletzung erst ein paar Stunden alt ist.

Und wahrscheinlich hat sie gestern entbunden. Sie blutet immer noch stark und ist eingerissen. Wer auch immer bei ihr war, hat sie nicht genäht. Das machen sie jetzt im Krankenhaus, ein Gynäkologe wurde auch schon hinzugezogen.«

Josie schnitt eine Grimasse. »Ist das üblich so? Können Hebammen nähen, wenn eine Frau bei ... bei einer Hausgeburt reißt?«

Gretchen warf ihr über den Rand ihrer Lesebrille hinweg einen Blick zu. »Die meisten Hebammen tun das vermutlich, wenn der Riss nicht zu kompliziert oder zu tief ist.«

»Wir können also mit ziemlicher Sicherheit davon ausgehen, dass, wer auch immer gestern bei Misty war und ihr bei der Geburt geholfen hat, keine professionelle Ausbildung hat und ihre Gesundheit nicht an oberste Stelle gesetzt hat. Aber wenn es unser Täter war, dann hätte er einen ganzen Tag verstreichen lassen, um ihr Baby gewaltsam zu entführen.«

»Seltsam, oder nicht?«

»Warum würde man ihr das Baby nach all dem mit Gewalt wegnehmen? Warum wartet man dann nicht einfach, bis die Mutter schläft, und schleicht sich mit dem Säugling weg?«, überlegte Josie laut.

»Ich würde sagen, wir haben es mit zwei verschiedenen Leuten zu tun.«

»Genau. Jemand, der ihr bei der Geburt assistiert hat, und jemand anderes, der das Baby mitgenommen hat. Ich glaube nicht, dass wir da von ein und derselben Person sprechen.«

»Wäre es möglich, dass der Täter auch die Hebamme mitgenommen hat?«

Josie schüttelte den Kopf. »Ich weiß nicht. Vielleicht liegen wir ja auch falsch, und es war gar keine Hebamme dabei. Vielleicht stecken beide Personen unter einer Decke – oder die Person, die bei der Entbindung geholfen hat, steckt in Schwierigkeiten. Wir haben nicht genügend Beweise, um Vermutungen anstellen zu können. Aber um sicherzugehen, sollten wir alle zugelassenen Hebammen in Denton überprüfen. So viele wird es da ja wohl nicht geben.«

Gretchen machte sich eine Notiz.

»Sonst noch etwas?«, fragte Josie.

»Ja. Misty hatte eine unkomplizierte Schwangerschaft, und den flüchtigen Untersuchungen zufolge, die die Ärzte jetzt an ihr vorgenommen haben, schien auch die Geburt vergleichsweise glatt verlaufen zu sein. Das Baby dürfte also gesund sein, und wenn der Entführer es gut behandelt, dürfte alles in Ordnung sein.«

Josie schüttelte den Kopf. Ihr fiel kaum etwas ein, was weniger in Ordnung wäre.

7

Die Durchsuchung von Mistys Haus brachte nicht viel Neues zutage, abgesehen von einem verschnörkelten antiken Schreibtisch mit mehreren verschlossenen Schubladen. Von einem Schlüssel fehlte jede Spur, aber Noahs Vorschlag, ihn einfach aufzubrechen, hätte vermutlich zu Kosten geführt, die selbst das monatliche Benzinbudget der Polizeibehörde gesprengt hätte. Stattdessen ließ Josie den Schlüsseldienst rufen, um herauszufinden, ob sich die Schubfächer auch mit minimalem Schaden öffnen ließen. Eine von Josies Hauptaufgaben als Polizeichefin war es, die Abteilung finanziell über Wasser zu halten. Sie konnte es sich nicht mehr leisten, sich ohne Rücksicht auf Verluste in einen Fall hineinzustürzen. Jede Entscheidung musste unter Berücksichtigung ihres Budgets gefällt werden.

Einem von Josies Mitarbeitern gelang es, sich Zugang zu Mistys Laptop zu verschaffen, aber auch das brachte ihnen kaum hilfreiche Informationen oder gar Hinweise auf einen Verdächtigen. Sie konnten die Websites sehen, die Misty häufiger besucht hatte – Onlinebanking und E-Mail-Postfach, wofür sie ein Passwort benötigten, Amazon, Babies R Us und eine Website mit dem Titel *Dein Schwangerschafts-Wochen-plan* – aber nichts davon schien ihnen bei der Suche nach dem Baby von Nutzen zu sein.

Josie hoffte, dass sie die Fingerabdrücke zuordnen konnten, aber das würde ein paar Tage in Anspruch nehmen, da dafür die Staatspolizei verantwortlich war. Josie überlegte, ob es möglich war, die Sache zu beschleunigen, vor allem, wenn ein solch kleines, zerbrechliches Leben auf dem Spiel stand.

Während sie so an der Seite ihrer Kollegen den Tatort inspizierte, verspürte Josie leichte Erregung, als wäre sie wieder Detective und nicht an einen mit Papierkram überquellenden Schreibtisch gefesselt. Himmel, das vermisste sie wirklich!

Das plötzliche Summen, Klingeln und Vibrieren mehrerer Handys riss sie aus ihren Gedanken. Das konnte nur bedeuten, dass die Staatspolizei den AMBER-Alarm angenommen hatte, dachte Josie erleichtert. Die Kollegen waren dafür verantwortlich, alle eingehenden Vermisstenmeldungen zu prüfen, zu bestätigen und herauszugeben. Jetzt konnte Josies Team nur noch abwarten.

Gemeinsam mit Noah trat sie nach draußen und pellte sich aus ihrem Schutzanzug. In Mistys Haus hatten sie getan, was sie konnten, aber für alles Weitere brauchten sie die Testergebnisse aus dem Labor. »Ich komme mit zum Foxy Tails«, verkündete Josie.

Noah blieb wie angewurzelt stehen und starrte sie an. »Sind Sie sicher?«

Bei ihrem letzten Besuch in dem Klub hatte Josie ihren Mann in einer leidenschaftlichen Umarmung mit Misty erwischt. Das war ein offenes Geheimnis unter ihren Kollegen, und eigentlich hatte Josie nie wieder einen Fuß in dieses Etablissement setzen wollen, aber die Begeisterung, endlich wieder ermitteln zu können, und der Gedanke an Lukes emotionale Kälte, die ihr zu Hause entgegenschlagen würde, waren Grund genug, sie vom Gegenteil zu überzeugen.

Außerdem war Ray lange Geschichte und Mistys Baby verschwunden. Es galt, einen Job zu erledigen, und da hatte Josies persönliche Abneigung gegenüber Misty keinen Platz.

»Ja«, sagte sie, »ich bin mir sicher.«

»Boss«, rief einer der Streifenpolizisten und zeigte in Richtung Straße. Gleich nach ihrer Ernennung zur Polizeichefin hatte Noah sich angewöhnt, sie »Boss« zu nennen, zunächst nur scherzhaft, aber mit der Zeit hatte sich das in der ganzen Truppe etabliert. Allerdings war ihr das lieber als »Chef«. Niemand würde je ihren Vorgänger ersetzen können, der bei allen nur der »Chef« gewesen war. Noah und Josie drehten sich um und schauten, worauf ihr Kollege sie hinweisen wollte. An der Bordsteinkante, unter dem sich langsam verdunkelnden Abendhimmel, parkte eine schwarze Stretchlimousine.

»Okay«, sagte Noah, »so etwas sieht man nicht alle Tage.«

Eine der getönten Fensterscheiben im hinteren Teil des Wagens wurde heruntergekurbelt und Bürgermeisterin Tara Charleston lugte mit stark gerunzelter Stirn hervor. »Chief Quinn«, rief sie, »auf ein Wort?«

Josie schaute Noah an, der mit den Schultern zuckte. Seufzend streifte sie ihre Tyvek-Überschuhe ab und machte sich auf dem Weg. Kurz bevor sie die Limousine erreicht hatte, öffnete sich die Tür, und Josie kletterte in das pompöse Gefährt. Die Bürgermeisterin saß allein auf einem der taupefarbenen Ledersitze. Sie trug ein dunkelblaues Abendkleid mit dazu passenden Perlen. Ihr dunkles Haar war zu einer eleganten Banane eingedreht.

»Oh, Scheiße«, sagte Josie.

Sie versuchte, ihr eigenes Haar zu glätten, das sich unter ihrer Kopfbedeckung aufgeladen hatte und in alle Richtungen abstand. Wahrscheinlich sah sie aus, als hätte sie in eine Steckdose gefasst.

Tara schaute sie grimmig an. »Sie haben es vergessen, nicht wahr?«

»Die Benefizveranstaltung. Tut mir wirklich leid, Tara«, sagte Josie.

»Haben Sie sich überhaupt ein Kleid besorgt?«, fragte Tara.

»Natürlich habe ich das. Ich ...« Josie verstummte und dachte an das schwarze Kleid, das an der Rückseite ihrer Badezimmertür hing, nachdem sie sich monatelang den Kopf darüber zerbrochen hatte, welches Kleid das richtige für den ersten weiblichen Polizeichef der Stadt sein würde. Josie war noch nie auf einer Wohltätigkeitsgala gewesen, und diese Veranstaltung, mit der die Bürgermeisterin ein Frauenhaus zu finanzieren gedachte, würde eine ganz neue Erfahrung für sie werden. Eigentlich verabscheute Josie derartige selbstgefällige, pompöse Events, zu denen man sich unnötig auftakeln musste – nicht einmal ihr Abschlussball hatte ihr gefallen -, aber ein Frauenhaus wurde in ihrer Stadt dringend gebraucht. Die Frauen von Denton würden extrem davon profitieren. Außerdem war sie jetzt Polizeichefin, und sich für solche Projekte einzusetzen, gehörte offenbar zum Berufsprofil dazu. Geistesabwesend fragte sie sich, ob Luke sie wohl zu Hause im Smoking erwartete oder ob er den Abend vergessen hatte.

»Chief Quinn, Sie wissen doch, wie wichtig diese Benefizgala für mich ist. Die Organisation hat mich Monate gekostet. Haben Sie eine Ahnung, wie schwierig es war, Eric Dunn und Peter Rowland unter ein Dach zu bekommen? Welche Versprechungen ich machen musste? Schon eine kleine Spende von nur einem von ihnen könnte den Ausschlag geben für den Bau dieses Frauenhauses – oder für den Abbruch des ganzen Projekts.«

»Ich weiß«, sagte Josie. »Tut mir leid.«

Peter Rowland war ein Milliardär, der in Denton aufgewachsen war. Er hatte ein Vermögen mit der Entwicklung hochmoderner Sicherheits- und Überwachungssysteme gescheffelt, die er weltweit an verschiedene Unternehmen verkaufte, vor allem an Spielkasinos. Er lebte in New York, aber

Josie wusste, dass er immer noch ein Haus in Denton besaß. Eric Dunn war ein Kasinomogul, der seit Monaten versuchte, den Bau einer solchen Spielhölle auf einem ungenutzten Grundstück innerhalb des Stadtgebiets durchzuboxen. Josie wusste aus ihren früheren Gesprächen mit Tara, dass Rowland scharf darauf war, mit Dunn ins Geschäft zu kommen und sein Sicherheitssystem in dem Dentoner Kasino und allen Spielbanken, die Dunn in Zukunft eröffnen würde, einzurichten. Josie hielt den Bau eines Kasinos in Denton für eine schreckliche Idee, aber ihr war klar, dass Tara es nur auf Dunns Geld abgesehen hatte. So lief es nun einmal in der Politik: Menschen wurden für persönliche Zwecke benutzt. Josie war nicht klar, was Tara damit bezweckte, ausgerechnet sie zu dieser Veranstaltung einzuladen, aber die Bürgermeisterin hatte mit Vehemenz darauf bestanden. Insgeheim war Josie froh, noch einmal davongekommen zu sein.

»Ich habe mir ja ein Kleid gekauft«, versicherte sie noch einmal. »Ich hatte durchaus vor, zu kommen.« Sie zeigte nach draußen zu Mistys großer viktorianischer Villa, die dunkel und still dalag, während die Ermittler ihre Ausrüstung und die gesicherten Beweise zusammenpackten. »Aber das hier ist wirklich ein Ernstfall.«

»Ich weiß«, sagte Tara. Sie öffnete ihre Handtasche, zog ein Handy heraus und wedelte damit herum. »Ich habe die Vermisstenmeldung bekommen und gleich auf dem Revier angerufen. Das ist *ihr* Haus, nicht wahr?«

Einen kurzen Moment starrte Josie sie nur an. Sie kannte die Art und Weise, wie Tara das Wort »ihr« ausgesprochen hatte – sie selbst hatte die gleiche Betonung benutzt, als sie von Rays Affäre erfahren hatte. Und jede Frau würde so von der Geliebten ihres Mannes sprechen. Es fühlte sich an, als nähme man etwas Schmutziges in den Mund, das man eigentlich lieber ausspucken wollte.

Tara ließ ihr Handy zurück in ihre Clutch fallen und

schaute aus dem Fenster. »Ich wusste, dass sie hier in der Gegend wohnt, aber ich war noch nie hier.«

»Wir reden schon noch von Misty Derossi, oder?«, fragte Josie.

Tara nickte, während ihr Blick auf Mistys Haus verweilte. Josie wartete darauf, dass sie weitersprach. Irgendwann tat sie es, mit leiser Stimme. »Mein Mann hatte eine Affäre mit ihr.«

»Das tut mir leid«, sagte Josie, nicht so schockiert, wie sie es hätte sein sollen. Sie kam nicht umhin, sich zu fragen, ob Misty mit Taras Mann geschlafen hatte, während sie mit Ray verlobt gewesen war. Unvorstellbar war das nicht.

Tara sah Josie in die Augen. »Er glaubt, dass er der Vater ihres Babys ist.«

Josie sparte sich einen Kommentar.

»Aber ich bin mir da nicht so sicher.«

»Wie kommen Sie darauf, dass er es nicht ist?«

Tara wandte den Blick wieder ab. Sie klang erschöpft. »Mein Mann und ich konnten keine Kinder bekommen. Das wissen nicht viele. Es liegt an mir, nicht an ihm. Wir haben immer gesagt, dass wir ja auch Kinder adoptieren oder wenigstens Pflegekinder aufnehmen könnten, aber dann kam uns das Leben in die Quere. Wir hatten unsere Karrieren ... Letztes Jahr im November habe ich von seiner Affäre erfahren.«

»Misty ist wahrscheinlich in der ersten Dezemberhälfte schwanger geworden«, bemerkte Josie.

»Richtig. Na ja, mein Mann behauptet aber, dass sie ... sich noch einmal gesehen hätten, nachdem er die Affäre beendet hatte. Ende November, Anfang Dezember. Ich habe ihm gesagt, dass es zeitlich nicht ganz hinhaut, aber er hat mir nicht wirklich zugehört. Ehrlich gesagt glaube ich, er will unbedingt, dass es sein Baby ist. Er hatte große Pläne, wie er es gemeinsam mit ihr aufziehen und gleichzeitig mit mir verheiratet bleiben wollte.« An dieser Stelle lachte Tara rau auf und verdrehte die Augen. »Manchmal können Männer solche Idioten sein. Wie auch immer, irgendwann hat er sie zur Rede gestellt. Können Sie sich vorstellen, wie überrascht er war, als sie ihm sagte, dass er nicht der einzige mögliche Kandidat sei?« Josie bemerkte einen leichten Anflug von Genugtuung in Taras Gesichtsausdruck.

»Hat er es danach gut sein lassen?«, fragte Josie.

»Irgendwann schon. Zuerst hatte er vor, einen Vaterschaftstest machen zu lassen, aber nach und nach hat er von der Idee abgelassen. Wir waren sogar bei der Eheberatung. Sie können sich sicher denken, wie sehr die ganze Sache unsere Beziehung belastet hat.«

Josie brannte darauf, zu erfahren, warum Tara überhaupt bei ihrem Mann geblieben war, aber sie hielt sich zurück. Tara hatte hochgesteckte Ziele, und Josie wusste, dass ihr Mann, ein angesehener Chirurg, gut für das Image war, das sie in der Öffentlichkeit gern präsentierte. Ein Powerpaar, das in der Lage war, in Denton die Führung zu übernehmen. Wenn Tara wiedergewählt werden wollte, würde sich dieser Skandal nicht gut auswirken. Und eine Scheidung auch nicht.

»Warum sind Sie wirklich hier?«, fragte Josie.

»Ich schätze, dass Sie als Erstes herausfinden wollen, wer der Vater des Babys ist.«

Josie blieb stumm. Sie war sich nicht sicher, ob ihr gefiel, in welche Richtung sich dieses Gespräch entwickelte.

»Ich wollte Sie vorwarnen und Ihnen Zeit ersparen, wenn ich Ihnen von vornherein sage, dass der Name meines Mannes wahrscheinlich auf der Liste möglicher Väter auftaucht.«

»Ich weiß Ihre Offenheit zu schätzen«, sagte Josie. »Wo ist Ihr Mann eigentlich?«

Tara lächelte. »Im Krankenhaus. Er wurde vor ein paar Stunden zu einer Notoperation gerufen.«

Da sie noch nicht genau wussten, wann Misty überfallen worden war, konnte diese Information Taras Mann zwar nicht entlasten, aber Josie war klar, worauf Tara aus war, und sie fragte: »Warum führen wir dieses Gespräch, wenn Ihr Mann doch ein Alibi hat?«

»Ich hatte gehofft, dass seine Affäre mit Misty Derossi nicht an die Öffentlichkeit kommt, wenn er direkt als Verdächtiger ausgeschlossen werden kann.«

»Ihnen ist doch bestimmt klar, dass wir sein Alibi überprüfen müssen, oder?«

»Ja, natürlich. Ich bitte lediglich um etwas ... Diskretion.«

»Solange es nicht um ein Verbrechen geht, bin ich äußerst diskret.«

Tara wirkte erzürnt. Offenbar hatte sie völlige Unterwürfigkeit erwartet, aber Josie hatte nicht die Absicht, vor ihr zu buckeln. Ein Baby wurde vermisst, und sie würde es finden, egal, welche Steine man ihr in den Weg legte und wem sie damit auf die Füße trat.

Betont ruhig griff Tara in ihre Clutch und holte eine Puderdose hervor, die sie aufklappte, um ihren Lidstrich zu überprüfen. »Wir haben nie darüber gesprochen, aber Sie gelten nach wie vor nur als Interimschefin.«

»Was wollen Sie damit sagen?«

Tara musterte ihr Gesicht in dem kleinen Spiegel und fummelte mit dem Fingernagel unter einem ihrer Augenlider herum. »Ich will damit sagen, dass jemand mit einer Vergangenheit wie der Ihren vermutlich nicht meine erste Wahl für den Posten des Polizeichefs wäre. Diese ganze Sache letztes Jahr und dann der Vorwurf der übermäßigen Gewaltanwendung.«

»Und das ist auch schon alles«, betonte Josie. »Ein Vorwurf. Von einem Junkie, der sich zwei Monate nach meinem Amtsantritt eine Überdosis verpasst hat. Das wissen Sie genau.«

Tara klappte die Puderdose zu und bedachte Josie mit einem bohrenden Blick. »Und Sie wissen, dass Sie Ihre Position nur mir zu verdanken haben. Eigentlich hätte ich nach dem

Tod von Chief Harris einen Kandidaten mit ausreichend Erfahrung und einem tadellosen Ruf suchen sollen.«

»Dann feuern Sie mich doch!«, hätte Josie beinahe patzig geantwortet, aber sie hielt sich zurück. Eigentlich hatte sie nie Polizeichefin werden wollen und die praktische Arbeit fehlte ihr, aber im Moment konnte sie keinen Krieg mit der Bürgermeisterin gebrauchen. Sie musste Mistys Baby finden. Stattdessen sagte sie: »Meine Mitarbeiter sind mir gegenüber äußerst loyal. Sie kennen mich und sie vertrauen mir – nicht zuletzt, weil Chief Harris mich als seine Nachfolgerin ausgewählt hat. Er hat sich für mich entschieden, weil ich meine Arbeit immer einwandfrei gemacht habe. Bürgermeisterin Charleston, ich werde so diskret wie möglich sein, aber sollte ich herausfinden, dass Ihr Mann in irgendetwas Illegales verwickelt ist, dann ist es mit der Diskretion vorbei.«

Tara starrte sie an. Die unausgesprochene Drohung hing knisternd zwischen ihnen in der Luft.

Josie zwang sich zu einem falschen Lächeln und streckte die Hand nach dem Türgriff aus. »Nun«, sagte sie, »vielen Dank für dieses Gespräch. Wir bleiben in Kontakt.«

8

»Was war das denn jetzt schon wieder?«, fragte Noah, als sie zum Foxy Tails fuhren.

»Sie können den Mann von Bürgermeisterin Charleston auf die Liste der potenziellen Väter von Mistys Baby setzen«, sagte Josie.

Noah stieß einen leisen Pfiff aus. »Heilige Scheiße. Gibt es irgendjemanden, mit dem sie *nicht* gevögelt hat?«

Josie verabscheute diese Doppelmoral. Ein promiskuitiver Mann war ein toller Hengst, eine promiskuitive Frau hingegen eine Schlampe. Es war ihr egal, mit wie vielen Typen Misty schlief – einzig ihre Vorliebe für verheiratete Männer brachte Josie auf die Palme. »Sie«, sagte sie leise, und es klang eher wie eine Frage als wie eine Feststellung.

Überrascht schaute Noah zu ihr herüber. »Richtig«, sagte er. »Eine Person weniger, deren Alibi wir überprüfen müssen.«

»Apropos Alibi«, murmelte Josie. Sie zückte ihr Handy, schickte Gretchen eine Nachricht und wies sie an, dem Mann der Bürgermeisterin einen Besuch abzustatten, um seine Version der Geschichte zu überprüfen.

Noah trat auf die Bremse. Mit gerunzelter Stirn musterte er Josie. »Sind Sie sich sicher, dass Sie dafür bereit sind?«

Josie antwortete mit einem Blick, der ihm sagte, etwas so Dummes nie wieder zu fragen. Und Noahs Schweigen auf dem Rest der Fahrt sagte ihr, dass die Botschaft angekommen war.

Das Foxy Tails lag einige Kilometer vom Stadtzentrum entfernt an einer kurvigen Bergstraße, gehörte aber trotzdem noch zu Denton. Aus dem Auto heraus aus hätte man es leicht übersehen können, wäre da nicht das riesige rosafarbene Neonschild am Straßenrand gewesen. *Foxy Tails – Striptease und Tabledance.* Das Gebäude selbst war gedrungen und unscheinbar, graue Ziegelsteinwände unter einem schwarzen Flachdach. Der einzige Farbtupfer war die lilafarbene Doppeltür. Als Noah den Wagen abstellte, war es fast Zeit zum Abendessen, und der Parkplatz war schon gut gefüllt.

Drinnen wurden sie von lauter Musik empfangen. Der Bass pulsierte durch Josies Körper und sie hatte das Gefühl, vom Rhythmus angetrieben zu werden. Barbusige Frauen in Stringtangas und Stöckelschuhen schlängelten sich zwischen den Tischen hindurch, servierten Drinks und lockten die Gäste von ihren Plätzen im abgedunkelten Gastraum in die Separees, wo sie, wie Josie wusste, private Lapdances anboten. Die Mitte des Raumes wurde von einer Bühne dominiert, auf der sich ein blasses Mädchen mit winzigen Brüsten an einer Stange rekelte. Ein paar Gäste scharten sich um sie herum, mit einem Getränk in der einen und Geldscheinen in der anderen Hand. Andere hielten sich noch zurück und verfolgten die Kellnerinnen mit lüsternen Blicken. Es roch nach Zigarettenrauch, schalem Bier und Geilheit.

Hinter der Bar stand eine Frau, die Misty Derossi verblüffend ähnlich sah. Sie war schlank, blond und perfekt gebräunt, und ihr Outfit aus einer bauchfreien Flanellbluse und abgeschnittenen Jeansshorts ließ sie im Vergleich zu den anderen

Frauen ziemlich overdressed wirken. Sie schenkte Noah ein Lächeln, bis sie sah, dass er Josie im Schlepptau hatte.

»Wir müssen mit Butch reden«, sagte Noah laut und hielt ihr seinen Ausweis unter die Nase.

Die Barfrau runzelte die Stirn und machte Anstalten, etwas zu erwidern.

»Bevor Sie jetzt behaupten, dass er nicht hier ist: Es geht um Misty«, warf Josie ein.

Die blonde Schönheit schlug die Hände vor den Mund. »Ist alles in Ordnung?«

»Nein«, sagte Josie rundheraus. »Wir müssen unbedingt zu Butch.«

»Was ist mit dem Baby?«

»Das wird vermisst. Können Sie uns jetzt bitte zu Butch bringen?«

»Oh mein Gott, war das der Grund für den AMBER-Alarm? Mistys Baby?«

»Butch. Sofort«, ordnete Josie an.

Mistys Kollegin sah aus, als traute sie sich nicht, all die Fragen zu stellen, die ihr auf der Seele brannten. Sie warf Noah einen Blick zu, der höflich lächelte. Offenbar reichte der Bardame Josies Anweisung nicht aus. »Einen Moment, bitte«, sagte sie.

Zehn Minuten später wurden Josie und Noah durch einen langen Flur mit schwarz gestrichenen Wänden und einem abgewetzten pinkfarbenen Teppich geführt. Vor einer schwarzen Tür, die, abgesehen von dem goldenen Türknauf, kaum ins Auge fiel, blieben sie stehen, und die Bardame klopfte. Josie und Noah traten ein und die junge Frau schloss die Tür hinter ihnen. Sie waren in einem großen Büro mit holzgetäfelten Wänden, einem tristen braunen Teppich und einem großen, L-förmigen Kirschholzschreibtisch gelandet. Hinter dem Tisch thronte Butch McConnell vor einer Wand mit mehreren kleinen Flachbildschirmen, auf denen das

Geschehen in den verschiedenen Räumlichkeiten des Klubs live übertragen wurde. Von einem kleinen Verteilerkasten am unteren Ende der Wand gingen einige Kabel ab. Auf der Vorderseite des Kastens konnte Josie die Worte *Rowland Industries* in kleinen goldenen Lettern erkennen.

Josie riss sich vom Anblick der Überwachungsmonitore los und konzentrierte sich auf Butch, der aufstand, um ihnen die Hand zu schütteln. Der Mann war riesig, bestimmt gut zwei Meter groß. Er trug ein schwarzes T-Shirt mit Rundhalsausschnitt unter einer schwarzen Anzugjacke. Sein Bauch ragte aus dem Jackett hervor, Speckrolle über Speckrolle. Er sah aus wie ein Berg aus Marshmallows. Selbst seine Gesichtshaut hing herunter wie bei einem sabbernden Basset. Butch mochte in den Vierzigern sein, aber als er sich nach vorn beugte, um ihnen einen Platz anzubieten, konnte Josie deutlich sehen, dass sein nach hinten gekämmtes Haar sich zusehends lichtete. Sie selbst blieb stehen, während Noah der Aufforderung nachkam.

»Was kann ich für Sie tun, Officers?«, fragte Butch mit der nonchalanten Besorgtheit eines Mannes, der sich auf Schwierigkeiten gefasst macht, aber hofft, sich mit ausreichend Charme aus der Angelegenheit herauswinden zu können.

»Wir sind wegen einer Ihrer Tänzerinnen hier«, erklärte Josie. »Misty Derossi.«

Butchs Lächeln erstreckte sich nicht auf seine Augen. »Misty hat gekündigt. Wurde schwanger. Ist jetzt schon ein paar Monate her.«

»Ist sie nicht im Mutterschaftsurlaub?«, fragte Noah.

Butch lachte. »So etwas wie Mutterschaftsurlaub gibt es bei uns nicht, mein Freund. Ich habe ihr gesagt, wenn sie so weit ist und ihr Arsch straff bleibt, kann sie ihren Job eventuell wieder antreten, aber ich kann ihr nicht garantieren, dass ich dann gerade Verwendung für sie habe. Und wenn ihr Körper nach der Geburt ein Wrack sein sollte, kann ich sie natürlich auf keinen Fall wieder auf die Bühne lassen.«

Wie charmant, dachte Josie. »Wie lange hat Misty für Sie gearbeitet?«

Butch zuckte die Schultern. »Keine Ahnung. Vier Jahre? Fünf? Als sie ihre Schwangerschaft nicht mehr verstecken konnte, musste ich natürlich mit ihr reden. Ich meine, ziemlich viele Stammkunden sind nur für private Lapdances von Misty hergekommen und sie wollte gern damit weitermachen. Das konnte ich aber nicht zulassen, wie sieht es denn aus, wenn hier eine schwangere Tänzerin herumwatschelt? Ich habe ihr angeboten, einige Wochen lang hinter der Bar zu arbeiten, aber sie hat es vorgezogen, zu kündigen.«

»Hat Misty je mit Ihnen über ihre Schwangerschaft gesprochen?«, fragte Josie.

»Nee. Sie hat mir nur gesagt, dass sie einen Braten in der Röhre hat.«

»Den Vater hat sie nicht erwähnt?«

Butch schüttelte den Kopf. »Mir gegenüber auf jeden Fall nicht. Sie können mit den anderen Girls sprechen. Vielleicht wissen die mehr als ich.«

»War Ihre Beziehung zu Misty streng professionell?«, warf Noah ein.

Butch grinste wissend. »Sie wollen wissen, ob wir etwas miteinander hatten? Nein. Ich hatte nie etwas mit Misty. Ich versuche, mich von meinen Girls fernzuhalten. Das macht alles nur ... unnötig kompliziert. Dann heißt es, ich würde die eine oder andere bevorzugen. Dabei kommt nicht Gutes heraus.«

»Wir brauchen eine Liste von Mistys Stammgästen«, sagte Noah.

Butch schüttelte den Kopf. Er hatte noch immer nicht gefragt, was Misty zugestoßen war oder warum sie überhaupt hier waren. Josie nahm an, dass die Bardame ihn bereits vorgewarnt hatte, aber dennoch kam es ihr seltsam vor, dass er überhaupt nicht nachhakte. Wusste er mehr, als er zugab, oder war er wirklich so eine Arschgeige? »Geht nicht«, sagte er. »Ich habe meinen Gästen gegenüber eine Schweigepflicht.«

Josie trat einen Schritt vor und stützte sich mit der flachen Hand auf seinen Schreibtisch. »Wenn Sie uns keine Namensliste geben wollen, können wir Sie gern wegen Strafvereitelung festnehmen.«

Zum ersten Mal wirkte Butch ehrlich überrascht. Josie wurde klar, dass er es gewohnt war, Frauen herumzukommandieren. Die umgekehrte Rollenverteilung war ihm fremd. »Brauche ich einen Anwalt?«, fragte er.

Josie platzierte ihre zweite Hand direkt neben der ersten, beugte sich vor und nahm Butch ins Visier. »Ich weiß nicht. Was denken Sie?«

Sie gab ihm ein paar Sekunden. Als er nicht antwortete, fragte sie: »Wo waren Sie heute Morgen?«

Er warf Noah einen hilfesuchenden Blick zu. »Was?« Er schien aus der Fassung gebracht. »Was ist eigentlich los?«

»Antworten Sie einfach«, sagte Noah.

»Ich war ... Ich war zu Hause. Und dann hier. Ich ...«

»Und gestern? Wo waren Sie da?«, drängte Josie weiter.

»Genau das Gleiche. Ich ... Nein, warten Sie. Gestern war ich beim Sport. Bevor ich hierher gefahren bin, war ich im Fitnessstudio.«

Josie bezweifelte das, ließ sich Butch gegenüber aber nichts anmerken. »Um wie viel Uhr kommen Sie normalerweise hierher?«

»Zwischen dreizehn und vierzehn Uhr«, sagte Butch. »Jeden Tag. Und dann bleibe ich, bis wir schließen.«

»Es gibt niemanden, der in Ihrer Abwesenheit für den Laden verantwortlich ist?«, fragte Noah.

Butch schüttelte den Kopf. »Machen Sie Witze? Wissen Sie, was es kosten würde, einen Geschäftsleiter einzustellen?«

»Sie machen also nie Urlaub?«, hakte Josie nach.

»Manchmal. Dann übernimmt meine dienstälteste Tänzerin vertretungsweise meinen Job.«

»In welchem Fitnessstudio trainieren Sie?«, fragte Noah, der sein Notizbuch herausgezogen hatte, um Butchs Antwort aufzuschreiben.

Josie zeigte auf die Bildschirme an der Wand. »Wie lange bewahren Sie Ihre Videoaufnahmen auf?«

»Ein halbes Jahr.«

»Wirklich?«, fragte Noah. »Die meisten Unternehmen löschen ihre Überwachungsbänder nach einer Woche oder so.«

Butch zuckte die Schultern. »Ja, mein altes System hat auch nach zweiundsiebzig Stunden alles vernichtet. Dieses hier habe ich erst letztes Jahr installieren lassen, und es speichert die Aufnahmen für sechs Monate. Es hat sich bezahlt gemacht, als mich im Mai ein Typ verklagen wollte, der behauptete, er wäre an der Bar ausgerutscht und gestürzt. Mithilfe des Videomaterials konnte ich nachweisen, dass der Sturz nie passiert ist.«

»Wir bräuchten die Aufnahmen der letzten drei Tage«, sagte Josie. »Und wenn Sie noch Videomaterial aus der Zeit haben, als Misty noch hier gearbeitet hat, würden wir uns das auch gern ansehen.«

»Das geht nicht. Ich meine, brauchen Sie dafür nicht eine richterliche Anordnung oder so etwas?«

Josie warf Noah einen Blick zu. Er zückte sein Handy und tippte eine Nachricht. In knapp einer Stunde würde Gretchen einen richterlichen Beschluss besorgt haben.

Josie ignorierte Butchs Frage. »Als Ihre Barkeeperin Sie darüber informiert hat, dass wir hier sind, was genau hat sie Ihnen da gesagt?«

»Sie hat gesagt, Misty sei etwas zugestoßen, das Baby werde vermisst und die Polizei wolle mit mir sprechen.«

»Und doch haben Sie uns noch nicht gefragt, was mit Misty passiert ist. Warum sagen Sie es uns nicht einfach?«

Noah schloss sich Josies Frage an und fügte hinzu: »Da Sie

so gar nicht neugierig sind, liegt der Verdacht nahe, dass Sie mehr wissen, als Sie zugeben wollen.«

Butch hievte sich aus seinem Sessel und hob die Hände. »Nein, nein, nein. Ich weiß, worauf das hier hinauslaufen soll. Irgendetwas Schlimmes ist passiert, und Sie wollen es mir anhängen. Mit allem, was sich außerhalb dieses Klubs abspielt, habe ich rein gar nichts zu tun. Misty habe ich seit Monaten nicht gesehen.«

»Warum wollten Sie dann nicht wissen, was mit ihr passiert ist?«, fragte Josie.

»Ich kann beweisen, dass ich die Wahrheit sage«, beharrte Butch. »Ich kann es beweisen. Schauen Sie sich die Videos an, dann sehen Sie, dass ich in den letzten zwei Tagen fast rund um die Uhr hier war.«

»Als Misty letztes Jahr verschwunden ist, waren Sie so besorgt, dass Sie eine Ihrer Mitarbeiterinnen losgeschickt haben, um nach ihr zu sehen. Und jetzt wollen Sie nicht einmal wissen, was ihr zugestoßen ist?«, fragte Josie.

Sie starrte ihn so lange durchdringend an, bis er die Hände wieder sinken ließ. »Hören Sie«, sagte er. »Ich bin nur davon ausgegangen, dass ... ich weiß auch nicht. Dass irgendjemand sie ziemlich übel zugerichtet haben muss.«

»Interessiert Sie gar nicht, wie es ihr geht?«

Seine Augen blitzten verärgert auf. »Lady, Sie müssen das mal verstehen. Misty war meine Angestellte, okay? Es ist nicht so, als wären wir beste Freunde gewesen. Letztes Jahr habe ich auf Druck der anderen Girls nach ihr suchen lassen, aber ich habe hier ein Unternehmen am Laufen zu halten. Haben Sie eine Ahnung, wie viele Mädchen hier kommen und gehen? Und wie viel Drama jedes einzelne von ihnen veranstaltet? Ich habe keine Zeit, mich mit den Privatangelegenheiten meiner Tänzerinnen zu beschäftigen. Tut mir leid, wenn es für Misty beschissen läuft, aber das war nur eine Frage der Zeit.«

»Wie meinen Sie das?«, fragte Noah.

Seufzend ließ Butch sich wieder in seinen Stuhl fallen und wischte sich mit der Hand über das Gesicht. »Was glauben Sie denn, wie ich das meine? Wie ich gesagt habe: Diese Mädchen sind scharf auf Drama. Misty war da keine Ausnahme. Einige von meinen Mädchen wissen genau, wie sie mit diesen Losern umgehen müssen.« Er deutete auf die Bildschirme an der Wand. Auf mehreren waren die nackten Hinterteile der Tänzerinnen und Kellnerinnen zu sehen, die durch den Klub stöckelten. »Einige von denen kommen nur, um ein Paar Titten zu sehen, ein Bier zu trinken, sich zu entspannen. Manche stehen auf private Lapdances, und das wars dann auch. Danach gehen sie wieder nach Hause und alles ist gut. Aber viele von diesen Typen kommen immer wieder her und fixieren sich auf ein bestimmtes Girl. Sie vergessen, dass sie für all das hier bezahlen, und glauben irgendwann, hier ginge es um mehr als nur um Titten. Sie entwickeln eine Art Besessenheit. Das nutzen viele der Mädels natürlich aus und nehmen diese Kerle regelrecht aus, Geld, andere Gefälligkeiten, Sie wissen schon. Und solange die Kuh noch Milch gibt, geht das Spielchen weiter. Irgendwann kommt dann der Punkt, an dem der eine oder andere Typ eine Grenze überschreitet, und dann muss ich ihn rausschmeißen. Das tu ich nicht gerne, immerhin verprelle ich mir damit einen zahlenden Kunden, aber ganz ohne Regeln gehts eben nicht, oder?«

»Hat Misty die Männer, die ihretwegen herkamen, auch ausgenutzt?«, fragte Josie.

Butch schaute weiterhin zu Noah, als würde er sich mit ihm unterhalten. Josie scherte sich nicht darum. Solange Butch ihre Fragen beantwortete, konnte er ruhig so tun, als ob sie gar nicht existierte. »Nein«, antwortete Butch. »Ich meine, nicht wirklich. Gut, vielleicht. Ich glaube nicht, dass Misty die Kerle vorsätzlich ausgenutzt hat. Die Gäste kamen her, zahlten für einen Lapdance, schütteten ihr das Herz aus und Misty hat ihnen zugehört. Wenn sie das nächste Mal herkamen, konnte sie sich noch an alles erinnern, hat dann so Sachen gefragt wie ›Wie gehts deiner Mom?‹ oder ›Hast du die Geschichte mit deinem Vorgesetzten jetzt geklärt?‹. Klar, sie war eine gute Tänzerin, aber ich hatte auch immer das Gefühl, als würde sie sich wirklich für ihre Stammkunden interessieren. Na ja, und dann kommt es natürlich irgendwann vor, dass die Typen denken, es wären Gefühle im Spiel.«

»Hat schon einmal einer von ihnen versucht, bei Misty die Grenze zu übertreten?«, fragte Noah.

»Das ist es ja«, sagte Butch. »Bei Misty gab es diese Grenze nicht. Sie hat richtige Beziehungen mit den Kerlen geführt. Das fand sie klasse. Ich meine, sie hat nicht mit jedem Typen etwas angefangen, der dachte, er wäre in sie verliebt, aber mit vielen. Manchmal hielt es einige Monate. Für sie war das wie ein Abenteuer, wissen Sie? Ihr gefiel die Aufmerksamkeit, die Aufregung, die etwas Neues mit sich bringt – so haben das die anderen Girls zumindest immer ausgedrückt.« Er sprach mit erhobener Stimme weiter und imitierte den Tonfall seiner Angestellten. »›Oh, Misty, das gibt dir wirklich einen Kick, oder?‹ Meine anderen Tänzerinnen wollen nach Feierabend ihre Ruhe haben. Die haben nicht einmal Lust, irgendeinen Mann auch nur anzuschauen. Klamotten anziehen und nach Hause. Hier spielen sie nur eine Rolle, verstehen Sie? Sie sind ein Teil der Show.«

»Ich verstehe«, sagte Noah.

»Aber Misty war anders. Ich glaube, sie mochte es, wenn möglichst viele Typen um ihre Aufmerksamkeit buhlten. Die haben sie ausgeführt und ihr Urlaube finanziert, sind mit ihr shoppen gegangen und haben ihr Blumen gekauft. Die anderen Girls haben sie immer gefragt, warum sie sich mit all diesen widerwärtigen Schweinen abgibt, aber sie meinte nur, die Männer, die sie sich aussuche, seien keine widerwärtigen Schweine. Sie würde nur mit den Netten ausgehen.«

»Hat sie sich auch in die Männer verliebt?«, fragte Josie.

»Nee«, erwiderte Butch. »Sie mochte die Typen, *schätzte sie,* so hat sie es immer ausgedrückt. Sie hat sich gekümmert. Aber verliebt? Nein. Nicht, bis dieser Cop um die Ecke kam. Das war der Einzige, auf den sie wirklich scharf war. Nachdem sie ihn getroffen hatte, hat sie sich total verändert.«

Butch schien nicht zu bemerken, was sich in Josies Innerem abspielte und sicherlich auch aus ihrer Miene zu lesen sein musste. »Sie hat alle anderen abgesägt«, fuhr er fort. »Das war wirklich eine ernste Geschichte.«

»Ihre beste Freundin hat gemeint, es habe ein paar Probleme mit einigen dieser Männer gegeben«, bemerkte Josie, um möglichst schnell das Thema zu wechseln.

Butch nickte. »Na ja, einige haben das nicht so gut weggesteckt. Ich musste ein paar Typen rauswerfen und sie ein paar Wochen lang immer zu ihrem Auto begleiten. Aber die größten Probleme gab es eigentlich nicht mit den Männern, sondern mit den Ehefrauen. Ich habe ihr gesagt, sie soll sich von den verheirateten Typen fernhalten, aber sie meinte, es ginge nicht um Ehe, sondern um *Verbundenheit.* Aber diese Frauen ... meine Fresse, die konnten übel sein. Verrückter als jeder schwule Kerl, der sich hier hinein verirrt. Und dann dieses Stalking. Eine von den Bekloppten hat Misty mal die Karre demoliert.«

»Wirklich?«, fragte Josie.

»Absolut«, bekräftigte Butch. »Einmal tauchte die Alte von einem dieser Typen hier auf und drohte, Misty abzustechen. Ein paar Weiber hatten es wirklich auf sie abgesehen. Ich meine, *Verbundenheit* hin oder her – es war nur eine Frage der Zeit, bis irgendjemand durchknallen und Misty auf die Pelle rücken würde. Tut mir leid, das so sagen zu müssen, aber warum sollte ich ein Mäntelchen darum hängen?«

»Haben Sie eine Idee, wer durchgeknallt sein könnte?«, fragte Noah.

»Nee. Ich habe Ihnen ja gesagt, dass Misty schon seit drei,

vier Monaten nicht mehr für mich gearbeitet hat. Keine Ahnung, mit wem sie sich zuletzt angelegt hat.«

»Was ist mit ihren Kolleginnen?«, fragte Josie. »Könnten die mehr wissen?«

Butch zuckte die Schultern. »Vielleicht.«

»Wir müssten sie ebenfalls befragen«, sagte Noah.

»Jetzt sofort?«

»Ja, jetzt sofort«, verlangte Josie.

Butch drehte sich langsam mit seinem Stuhl herum und musterte die Bildschirme an der Wand. »Dem Geschäft tut es natürlich nicht gut, wenn Cops hier herumhängen und meine Mädchen verhören.«

»Wir würden uns in einen Ihrer Privaträume zurückziehen«, sagte Noah. »Alles ganz diskret.«

Butch wandte ihnen immer noch den Rücken zu, aber Josie konnte sehen, dass er widerwillig nickte.

9

NBC 10 – Philadelphia, Pennsylvania

2. Dezember 2016

Tod eines Teenagers als Unfall eingestuft

Das Gerichtsmedizinische Institut in Philadelphia hat den Tod eines jugendlichen Joggers als Unfalltod durch Ertrinken eingestuft. Vor drei Wochen wurde der sechzehnjährige Mark Conlen, Schüler der Central High School, von seiner Mutter als vermisst gemeldet, nachdem er von einer Joggingrunde am Schuylkill River Trail nicht nach Hause gekommen war. Eine Woche später konnte er nach zahlreichen Hinweisen aus der Bevölkerung nur noch tot von der Hafenpolizei in Philadelphia aus dem Schuylkill River geborgen werden.

Die zuständigen Ermittler gehen davon aus, dass Conlen beim Laufen gestürzt, mit dem Kopf aufgeschlagen und anschließend in den Fluss gefallen ist. Die Obduktion ließ keine Rückschlüsse auf Fremdeinwirkung oder unerkannte gesundheitliche Probleme zu. Obwohl Conlen wegen einer Reihe bewaffneter Raubüberfälle in Center City gegen Kaution freigelassen worden war, geht die Polizei nicht davon aus, dass sein Tod etwas damit zu tun hat oder dass Conlen einem Mord zum Opfer gefallen sein könnte. Im Laufe der Woche werden weitere Informationen hinsichtlich der Beisetzung bekannt gegeben.

10

Butchs Tänzerinnen hatten nicht viel mehr Hinweise zu bieten als ihr Boss. Josie und Noah verbrachten die nächste Stunde damit, eine nach der anderen zu vernehmen, während sie darauf warteten, dass Gretchen mit der richterlichen Anordnung auftauchte und sie das Material der Überwachungskameras beschlagnahmen konnten. Die Mädchen bestätigten ausnahmslos, was sowohl Brittney als auch Butch bereits gesagt hatten: Misty war verschlossen gewesen, hatte niemandem den Namen des Kindsvaters verraten. Sie ging regelmäßig Beziehungen zu ihren Stammgästen ein, Ray war die Liebe ihres Lebens gewesen, und erst ihre Schwangerschaft schien ihr über die Trauer um Ray hinweggeholfen zu haben.

Mit Gretchen schwappte ein Schwall frischer Luft in den Klub. Josie stand gerade an der Bar und beobachtete die Ankunft ihrer Kollegin mit Erleichterung. Über Ray zu reden, fiel ihr immer schwer, aber ein ums andere Mal hören zu müssen, wie die Tänzerinnen ihn als Mistys Seelenverwandten beschrieben, war unerträglich.

Noah tauchte aus dem Gang auf, der zu Butchs Büro

führte, klappte sein Notizbuch zu und schüttelte den Kopf. Zeitgleich mit Gretchen kam er bei der Bar an.

»Das war die letzte Angestellte«, sagte er. »Und sie hatte auch nichts Neues zu erzählen. Hier stecken wir in einer Sackgasse.«

»Na ja, wir haben immerhin zwei weitere Namen auf unserer Liste mit Mistys ehemaligen Liebhabern«, betonte Josie. »Allerdings müssen wir natürlich noch das ganze Bildmaterial sichten.«

Gretchen wedelte mit der Anordnung. »Bitte sehr. Nach euch.«

Zehn Minuten später hatten sie sich hinter Butch aufgereiht, während er die Aufnahmen der letzten drei Tage durchging. Er spulte vor und hielt gelegentlich das Band an, um ihnen zu zeigen, wann er im Klub zu erscheinen pflegte. Josie und ihre Kollegen notierten sich die Uhrzeiten. Anschließend suchte Butch nach Aufnahmen aus Mistys letzten zwei Arbeitsmonaten. »In den Separees gibt es keine Kameras«, erklärte Butch. »Aber im Flur, also können Sie sehen, wer wann welches Zimmer betreten hat und wie lange er geblieben ist.«

»Fangen wir mit Mistys letztem Abend an und gehen dann weiter zurück«, schlug Noah vor. »Und sagen Sie uns bitte, wer Stammgast ist und wer nicht.«

Butch spulte durch die Aufnahmen. Tänzerinnen führten Männer durch den Flur, verschwanden durch verschiedene Türen und tauchten einige Minuten später wieder im Gastraum auf. Butch drosselte das Tempo, als Mistys Schicht begann, und sie schauten ihr dabei zu, wie sie ihre Kunden in die Separees hinein und wieder hinaus geleitete. Josie stellte fest, dass sich auf Mistys makellosem Bauch bereits die Spuren ihrer Schwangerschaft abzeichneten. Sie hatte wesentlich weniger Gäste als die anderen Mädchen. »Ich dachte, Misty hätte wahnsinnigen Zulauf gehabt«, merkte Josie an.

»Hatte sie auch. Bis nicht mehr zu übersehen war, dass sie

schwanger war. Das hat viele ihrer Typen verschreckt. Deswegen musste ich sie auch bitten zu gehen.«

Sie arbeiteten sich durch Mistys letzte Woche im Klub. Butch wies sie auf zwei Stammgäste hin, die aber bereits auf Noahs Liste der potenziellen Väter standen. Bürgermeisterin Charlestons Ehemann war nicht auf den Aufnahmen zu sehen. Als sie noch weiter zurückspulten, tauchte ein Polizeibeamter in Uniform auf, der hinter Misty durch den Flur ging. Butch schaltete auf normale Geschwindigkeit und zeigte auf den Bildschirm. »Dieser Typ war ein paar Mal da. Nicht, um Misty tanzen zu sehen. Er wollte sich nur unterhalten.«

Josie stockte der Atem. »Können Sie – können Sie das noch einmal zurückspulen?«, fragte sie und hoffte, dass ihre Stimme nicht zu stark zitterte.

»Nicht nötig«, sagte Butch. »Sie können ihn besser sehen, wenn er wieder zurückkommt.« Er spulte vor und Josie stellte fest, dass vierzehn Minuten und siebenundzwanzig Sekunden vergangen waren.

Auf dem Bildschirm tauchte Misty wieder aus dem Separee auf, ohne einen Blick zurückzuwerfen, direkt gefolgt von Luke, der seinen Hut in der Hand hielt und den Blick auf den Boden geheftet hatte. Am Ende des Flurs bog er in eine Richtung ab und Misty in die andere.

»Sie sollten mit ihm sprechen«, sagte Butch. »Vorausgesetzt, Sie können in Erfahrung bringen, wer das ist. Vielleicht weiß er etwas. Sieht wie ein Staatspolizist aus.«

Josie konnte Noahs Blick förmlich spüren. Sie biss die Zähne zusammen und wünschte ihn dahin, wo der Pfeffer wächst. Wenigstens starrte Gretchen sie nicht auch noch an. Sie gab Butch ein Zeichen, weiterzumachen. »Was sagten Sie, wie oft war dieser Staatspolizist hier?«

Butch zuckte die Schultern. »Weiß nicht. Zweimal? Ich bin mir sicher, dass er einen Monat zuvor da war. Das können Sie auf den Aufnahmen sehen. In dieser Uniform ist er aufgefallen wie ein bunter Hund. Wir stehen nicht drauf, wenn Typen in Uniform herkommen, das macht die Gäste nur nervös.«

Josie stieß den Atem aus, als Butch weiter zurückspulte. Sie brachte kein Wort heraus. Aus dem Augenwinkel sah sie, dass Noah sich zu ihr gedreht hatte. Er wirkte seltsam steif. Gretchen, die nichts bemerkt zu haben schien, fragte: »Und er hat nie für einen Tanz bezahlt?«

»Nee«, sagte Butch. »Er meinte, er hätte was mit ihr zu klären. Normalerweise würde ich so etwas nicht tolerieren, ich meine, Zeit ist Geld. In den fünfzehn, zwanzig Minuten, die sie sich mit ihm im Separee herumtreibt, habe ich Umsatzeinbußen. Aber ich hab's ihm durchgehen lassen, weil er ein Bulle ist.«

»Und Sie haben Misty nie gefragt, was ein Mitglied der Staatspolizei während ihrer Arbeitszeit so Dringendes mit ihr zu besprechen hat?«, warf Noah ein.

»Natürlich habe ich das. Sie meinte, das wäre ihre Angelegenheit.«

Gretchen hob eine Augenbraue. »Und Sie haben es dabei belassen?«

»Mehr wollte sie ja nicht erzählen. Sie sagte, es hätte nichts Illegales damit auf sich und es würde dem Klub keinen Schaden zufügen. Sie meinte, sie würden zusammen etwas austüfteln, und wenn sie damit durch wären, würde er sich nicht mehr blicken lassen.«

Josie spürte, wie die Hitze in ihr aufstieg. Sie schaffte es kaum, still stehen zu bleiben, während sie die restlichen Aufnahmen anschauten und Luke, etwa einen Monat vor dem Besuch, den sie soeben mitverfolgt hatten, wieder in dem Video auftauchte. Das gleiche Szenario: Wieder kamen Luke und Misty nacheinander aus dem Hinterzimmer und trennten sich am Ende des Ganges, ohne den anderen noch eines Blickes zu würdigen. Josie zog ihr Handy auf der Tasche und starrte auf das Display. Sie hatte keine Nachrichten oder entgangenen

Anrufe, aber eine Weile lang tippte und wischte sie wild auf ihrem Display herum. »Entschuldigt mich einen Augenblick, ich muss einen Anruf tätigen.«

Draußen an der frischen Luft atmete sie tief ein und aus. In der Zwischenzeit war es dunkel geworden und im trübgelben Licht der Parkplatzlaternen flatterten Nachtfalter umher. Josie lehnte sich an Noahs Auto und schaute wieder auf ihr Smartphone. Der Bildschirmhintergrund war ein Foto von ihr und Luke, die Köpfe aneinandergeschmiegt, fröhlich in die Kamera lächelnd. Sie waren doch einmal so glücklich gewesen. Am Anfang. Obwohl Josie technisch gesehen noch mit Ray verheiratet gewesen war, hatte das ihrer Unbeschwertheit und Leidenschaft keinen Abbruch getan. Dann kam der schreckliche Vorfall mit den verschwundenen Mädchen, und Luke wurde angeschossen. War das der Punkt gewesen, ab dem alles aus dem Ruder lief? Josie war sich nicht sicher. Und dann hatte noch Brady Conway seiner Frau eine Kugel in den Kopf gejagt und die Waffe anschließend gegen sich selbst gerichtet, und Luke hatte sich komplett verändert.

Hatte er eine Affäre mit Misty Derossi? War es wirklich möglich, dass sie zwei Männer an diese Frau verloren hatte? Reagierte Luke deshalb jedes Mal so gereizt, wenn sie es wagte, ihre Hochzeit zu erwähnen? Ihr kam ein weiterer entsetzlicher Gedanke. War es möglich, dass Luke der Vater von Mistys Baby war?

»Nein«, sagte Josie laut.

Das konnte nicht sein. Das *durfte* nicht sein. Sie versuchte, sich an den letzten Dezember zu erinnern. Damals waren sie doch glücklich gewesen. Oder etwa nicht?

Aber warum sollte Luke Misty im Stripklub aufgesucht haben, wenn er nicht mit ihr schlief? Warum hatte er Josie nichts davon erzählt? Was hatten die beiden miteinander zu tun?

Ihr Finger schwebte über dem Icon mit dem Telefonhörer.

Sie sollte Luke anrufen. Aber eigentlich wollte sie ihm ins Gesicht sehen, wenn sie ihn konfrontierte. Sie wollte die Wahrheit aus seinem Blick lesen.

»Boss?« Noah kam zögernd zu ihr herübergestapft, mit gequältem Gesichtsausdruck, die Hände tief in den Taschen vergraben.

Josie seufzte. »Bitte nicht.«

»Ich bin mir sicher, dass Luke nicht hier war, um ... Ich meine, er wirkt auf mich nicht wie *so einer*.«

»Jeder Typ ist *so einer*«, murmelte Josie.

Noah trat noch einen Schritt näher heran. »Nein, nicht jeder Typ«, erklärte er nachdrücklich.

Eine Weile lang schwiegen sie einander an. Dann sagte Noah: »Ich meine nur, dass Sie Luke nicht vorverurteilen sollten. Im Zweifel für den Angeklagten.«

Josie schüttelte sich und stieß sich vom Auto ab. »Ich muss mit ihm reden«, sagte sie. »Ich muss wissen, warum er hier war und was er mit Misty zu tun hat. Und ob er wenigstens etwas weiß, das uns bei der Suche nach dem Baby hilft.«

Noah streckte ihr seine Schlüssel entgegen. »Ich fahre mit Gretchen zurück zum Revier. Sehen wir uns später dort?«

Josie nahm die Schlüssel entgegen. »Danke sehr. Wenn Sie mit den Videos fertig sind ...«

»... dann mache ich daran, die Alibis der Männer auf unserer Liste zu überprüfen«, beendete er ihren Satz.

11

Luke wohnte in einem alten, steinernen Bauernhaus an einer Landstraße, nicht ganz dreißig Kilometer von der Innenstadt Dentons entfernt. Der ursprüngliche Eigentümer hatte sein Grundstück in mehrere Parzellen aufgeteilt und nach und nach verkauft. Einige Käufer hatten Häuser gebaut, aber trotzdem lebten Lukes nächste Nachbarn etwa einen Kilometer von ihm entfernt.

Josie und Luke verbrachten den Großteil ihrer Zeit bei Josie zu Hause. Im letzten Jahr war er sogar für eine kurze Zeit bei ihr eingezogen, als er sich von seinen Schusswunden erholen musste. Josie war davon ausgegangen, dass daraus ein Dauerzustand werden würde, und sie hatte sich gerade an den Gedanken gewöhnt, als sich der Vorfall bei den Conways ereignete und Luke sich wieder in sein eigenes Haus verkroch. Wenn sie sich stritten, verschwand er und blieb ein paar Tage lang auf seinem Hof, bis er sich wieder beruhigt hatte. Als Josie die lange Kieseinfahrt entlangfuhr, die zu seinem Haus führte, wurde ihr bewusst, dass sie seit fast sechs Monaten nicht mehr hier gewesen war.

Das Licht ihrer Scheinwerfer fiel auf die Fassade des

Hauses, Lukes Pick-up und die erleuchteten Fenster im Erdgeschoss. Josie stellte den Wagen ab und stieg aus. Sie blieb einen
Augenblick lang in der Dunkelheit stehen, lauschte dem Zirpen
und Summen der Grillen und Zikaden auf den Feldern. Ein
vertrautes besorgtes Kribbeln überkam sie, und entschlossen
machte sie sich auf den Weg zum Haus. Sie fragte sich, was
dieses Gefühl zu bedeuten hatte. Irgendetwas stimmte nicht.
Sie tastete nach der Dienstwaffe an ihrer Hüfte und stellte
erleichtert fest, dass sie am Nachmittag daran gedacht hatte, sie
mitzunehmen. Nach all dem, was ihr vor fast zwei Jahren zugestoßen war, verspürte sie eigentlich auch nicht das Bedürfnis,
jemals wieder unbewaffnet irgendwohin zu gehen.

Einen Schritt später traf sie die Erkenntnis mit ganzer
Wucht. Lukes Außenbeleuchtung war nicht angegangen. Der
Bewegungssensor hätte in dem Moment auslösen müssen, als
sie in die Auffahrt eingebogen war. Josie zog ihre Waffe aus
dem Holster und trat auf die Veranda. Glas knirschte unter
ihren Schuhen, und als sie zu Boden schaute, sah sie die glit-
zernden Splitter in einer Blutpfütze, die sich von der Haustür
bis kurz vor Josies Füße ausbreitete. Sie blieb wie angewurzelt
stehen und versuchte, über ihren laut pochenden Herzschlag
hinweg zu hören, ob sich irgendetwas im Haus oder draußen
bewegte. Nichts. Mit der Waffe in der einen Hand betätigte
Josie mit der anderen die Kurzwahl, um Noah anzurufen. Beim
dritten Klingeln nahm er ihren Anruf an. »Ich bin bei Luke«,
flüsterte sie. »Hier ist Blut auf der Veranda. Schicken Sie mir
eine Streife vorbei.«

»Gehen Sie nicht rein«, sagte Noah. »Warten Sie auf
Verst...«

Aber Josie hatte bereits aufgelegt. Sie steckte ihr Handy in
die Tasche, hob die Waffe und glitt ins Haus. Wenn Luke
verwundet war oder sogar zu verbluten drohte, dann würde sie
nicht fünfzehn oder zwanzig Minuten warten, bis Verstärkung
anrückte. Es war Ewigkeiten her, seit sie das letzte Mal ein

Gebäude gesichert hatte, aber sie ließ sich von ihrem Instinkt leiten und schaltete auf Autopilot. Ihre Sorge um Luke duellierte sich mit dem praktischeren Wunsch, den Tatort zu sichern. In diesem Moment musste sie Chief Josie sein – nicht die zukünftige Mrs. Creighton.

Sie folgte den Blutschlieren von der Haustür zur Küche. Die weiß lackierten Schränke waren rot besprenkelt und auf dem Fliesenboden lief das Blut in Pfützen zusammen. Josie musterte die Schränke, Wände und selbst die Decke auf der Suche nach Einschusslöchern, nur um sicherzugehen, aber die Spritzer sprachen eher für eine Stichwunde. Den Schleifspuren auf dem Boden nach zu urteilen, war auf das Opfer – *Bitte, lass es nicht Luke sein!* – in der Küche eingestochen worden. Nachdem es eine Weile dort gelegen hatte, war es auf die Veranda gezerrt worden.

Luke bewahrte seine Dienstwaffe zusammen mit seinem Jagdgewehr und einer Schrotflinte in einem Waffenschrank im Schlafzimmer auf. Dort hätte sie ihm nichts genützt, wenn er überrascht worden war, aber wenn sich unerwartete Gäste über die Einfahrt näherten, wäre er früh genug gewarnt worden. Natürlich bestand die Möglichkeit, dass sie ihn schon erwartet hatten, als er nach Hause gekommen war, was die zerbrochene Verandalampe erklären würde. Luke achtete immer sorgfältig darauf, seine Tür zu verschließen, aber durch eines der Seitenfenster ins Haus einzubrechen, wäre kein Hexenwerk.

Josie hielt die Waffe im Anschlag und achtete weiter auf verdächtige Geräusche, während sie verstohlen durchs Erdgeschoss schlich. In jedem Raum, den sie betrat, erwartete sie, Luke verblutend auf dem Boden zu finden, aber nirgendwo war eine Spur von ihm. Auf der Treppe waren keine Blutspuren zu sehen, aber sie machte sich trotzdem auf den Weg in den ersten Stock. Die Lichtschalter betätigte sie vorsichtig mit über die Hand gezogenem Ärmel. Das Gästezimmer war leer, ebenso wie das Zimmer, in dem

Luke seinen Trainingsraum eingerichtet hatte. Josie sicherte das Bad und anschließend das Schlafzimmer. Beide Räume waren leer und Lukes Waffenschrank war fest verschlossen.

Als sie den Raum ein zweites Mal prüfend musterte, blieb ihr Blick an dem Nachttisch auf der rechten Seite des Bettes hängen. Ihre Bettseite. Nicht, dass sie hier großartig übernachtet hätte. Die Lampe war dieselbe, aber außerdem lag dort ein Taschenbuch mit Eselsohren, das sie noch nie gesehen hatte, neben einer halb vollen Wasserflasche.

»Scheißkerl«, murmelte sie und ließ sich gegen den Türrahmen sinken.

Das Haus war gesichert. Von Luke fehlte jede Spur. Dem Blut in seiner Küche nach zu urteilen, war er nicht freiwillig gegangen. Das hier musste mit dem Vorfall in Mistys Haus zu tun haben – es konnte doch kein Zufall sein, dass Misty und Luke sich heimlich getroffen hatten und nun, Monate später, beide in ernsthaften Schwierigkeiten steckten. Wo zur Hölle war Luke da hineingeraten?

Noch vor ein paar Stunden hatte Josie geglaubt, alles über ihn zu wissen. Sie hatte ihn nie für den Typ Mann gehalten, der Geheimnisse hatte. Luke war eine ehrliche Haut. Vielleicht hatte ihre Angst davor, dass er die Leichen in ihrem Keller finden könnte, dazu geführt, dass sie nie darüber nachgedacht hatte, ob er selbst vielleicht auch etwas zu verbergen hatte. Das pikanteste Detail, das er jemals vor ihr geheim gehalten hatte, war seine Verlobung mit einer Frau gewesen, die im Kriminallabor der Staatspolizei arbeitete. Aber jetzt fragte Josie sich, ob diese Kleinigkeit das Einzige war, das er ihr nicht anvertraut hatte. Wer hatte in seinem Bett geschlafen – an seiner Seite? Warum war sie so blind gewesen? Josie schüttelte den Kopf und versuchte, die letzte Frage zu verdrängen. Das hatte im Moment keinerlei Bedeutung. Ihre Beziehungsprobleme mussten warten. Im Augenblick hatte sie die zweite Vermisstenmeldung an diesem Tag vorzubereiten – und dieses Mal war es der Mann, den sie liebte.

Josie versuchte, ihre Panik zu unterdrücken, während sie wieder zurück in die Küche ging. Vorsichtig die Blutpfützen meidend steckte sie ihre Waffe zurück ins Holster und zog ihr Handy aus der Tasche. Sie wählte Lukes Nummer. Aus dem Wohnzimmer ertönten die gedämpften Klänge von Blake Sheltons »Mine would be you«. Lukes Klingelton. Josie erinnerte sich daran, wie er ihr diesen Song zum ersten Mal vorgespielt hatte. Es war eines der romantischsten Lieder, das sie jemals gehört hatte, und die Töne hier und jetzt zu hören, gab Josie einen leichten Stich im Brustbereich. Lukes Handy lag auf dem Sofatisch, wahllos zwischen anderem Kram: Lukes Autoschlüsseln, der Fernbedienung, einem Stapel Briefe. Josie kribbelte es in den Fingern. Sie wollte wissen, ob er Nachrichten von Misty bekommen hatte – oder ob irgendwelche anderen Nummern auftauchten, die sie nicht einsortieren konnte. Aber sie stand an einem Tatort. Sie musste warten, bis die Spurensicherung anrückte und das Haus auf den Kopf stellte.

Zurück in der Küche starrte sie auf die Blutspritzer und versuchte abzuschätzen, ob ein Mensch so viel Blut verlieren und trotzdem überleben konnte. Ein Vibrieren in ihrer Tasche kündigte eine Nachricht von Noah an, der schrieb, in fünf Minuten sei er da. Das war gut. Josie wollte keine Sekunde länger allein bleiben.

Ein Klappern draußen an der Rückseite des Hauses ließ sie zusammenschrecken. Sie rannte zur Hintertür, spähte nach draußen und sah eine Gestalt durch die Dunkelheit auf die Scheune am Rand von Lukes Grundstück zurennen.

Als Josie nach draußen stürmte, fiel die Tür mit einem lauten Knall hinter ihr ins Schloss.

12

Josie sprang über einen Stapel Gartengeräte am unteren Ende der Stufen, die von der Tür auf den Rasen hinabführten, und nahm die Verfolgung auf. Glücklicherweise war Vollmond, und innerhalb von Sekunden hatten sich ihre Augen an die neuen Lichtverhältnisse gewöhnt. Ihre Füße flogen förmlich über das Gras, schienen kaum den Boden zu berühren. »Stehen bleiben, Polizei!«, rief sie laut, aber die Gestalt machte keine Anstalten, langsamer zu laufen. Josie schaffte es trotzdem, den Abstand zu ihr zu verringern, und stellte fest, dass es eine Frau war, die sie dort verfolgte. Ihr langes, blondes Haar blitzte dann und wann im Mondlicht auf, sie war zart gebaut und lief barfuß. Josie schloss schnell zu ihr auf, rempelte sie an und stieß sie so zu Boden.

Sie rollten durch das Gras, bis sie zum Liegen kamen. Josie drehte die Frau mit dem Gesicht in Richtung Boden und grätschte sich über sie. »Ich sagte: Stehen bleiben!«, schnaubte sie. Sie hielt die Hände der Frau auf deren Rücken fest und bedauerte, keine Handschellen oder Kabelbinder in der Tasche zu haben. Seit über einem Jahr hatte sie keinen Verdächtigen mehr verfolgt, und das machte sich bemerkbar.

Die Frau unter ihr hielt still, aber Josie merkte, wie sich ihre Brust hob, während sie versuchte, wieder zu Atem zu kommen. »Wie heißen Sie?«, fragte Josie.

Die Frau antwortete nicht. »Ich habe Sie gefragt, wie Sie heißen!«

Während der auch auf diese Frage hin andauernden Stille tastete Josie die Frau ab. Keine Waffen. Josie seufzte enttäuscht. »Gut. Dann sagen Sie es eben nicht. Sie sind verhaftet.«

»Ich ... ich weiß es nicht«, stammelte die Frau heiser.

»Bitte?«

»Ich erinnere mich nicht.«

»Sie erinnern sich nicht an Ihren Namen?«

»Ich erinnere mich an gar nichts. Ich bin nur gerade hier aufgewacht. Ich weiß nicht, wo ich bin. Ich habe jemanden im Haus gehört. D-d-da war Blut. Da bin ich weggerannt.«

Einen Moment lang starrte Josie auf den Hinterkopf der Frau und fragte sich, ob sie ihr Glauben schenken konnte. »Was sagen Sie da?«

»Ich weiß nicht. Bitte. Ich habe Angst.«

Josie stand auf und zerrte die Frau an einem ihrer Arme in die Höhe. Sie war klein und vielleicht in den Zwanzigern, schätzte Josie, und sie hatte ein herzförmiges Gesicht. Über einer Trainingshose trug sie ein T-Shirt, das Josie sofort wiedererkannte. Es gehörte Luke. Josie hoffte, dass der quälende Schmerz in ihrem Blick im Mondlicht nicht zu erkennen war.

»Wo sind Sie aufgewacht?«, fragte sie.

Die Frau zeigte zum Haus. »Dort«, sagte sie.

»Ich habe das Haus durchsucht«, erwiderte Josie. »Aber Sie habe ich nicht gesehen.«

»Ich war im hinteren Garten. Es war dunkel. Ich ... ich verstehe nicht, was hier vor sich geht.«

»Woher wissen Sie, dass überall Blut ist, wenn Sie nicht im Haus waren?«

Josie sah, wie die Frau die Stirn runzelte. Ihre Augen waren weit aufgerissen und dunkel. »Was?«

Josie wiederholte die Frage.

»Ich ... ich bin zur Tür gegangen und habe hineingesehen. Und da war das Blut. Ich dachte, ich hätte eine Bewegung in der Küche gesehen, also bin ich davongerannt.«

Josie musterte sie prüfend. Von der Tür aus hätte sie wirklich viele der Blutspuren sehen können. Das erklärte allerdings immer noch nicht, warum sie barfuß war und Lukes Kleider trug.

»Sie waren im Haus«, sagte Josie. »Wer sind Sie? Was tun Sie hier?«

»Ich weiß es nicht. Das schwöre ich. Ich kann mich an nichts erinnern. Ich weiß nicht, wer ich bin oder wessen Haus das hier ist.« Ihr Blick flehte um Verständnis.

»Was ist mit Misty Derossi? Kennen Sie die?«

»Wen?«

Diese Frau brachte sie keinen Schritt weiter. Ohne ein Wort zu sagen, drehte Josie sie um und stieß sie zurück in Richtung des Hauses. In der Ferne hörte sie die Geräusche eines Einsatzhorns.

»Was passiert jetzt?«, fragte die Frau so leise, dass ihre Stimme beinahe von dem Sirenengeheul verschluckt wurde. »Können Sie mir sagen, was hier passiert? Wo bin ich? Ist jemand verletzt?«

Josie ignorierte sie. Als sie das Haus erreichten, verstummten die Signaltöne, aber die roten und blauen Lichter der Einsatzfahrzeuge zuckten weiterhin durch die Nacht. Josie zerrte die Frau ums Haus herum in den Hof, wo Noah gerade aus ihrem Ford Escape stieg. Sie stieß ihm die Frau entgegen und Noah fing sie fachmännisch auf. »Legen Sie ihr Handschellen an«, ordnete Josie an.

Pflichtbewusst tat Noah wie geheißen und verfrachtete sie auf den Rücksitz eines Streifenwagens, während Josie vor

Lukes Haus auf und ab lief. Einige ihrer Officer tauchten auf und Josie gab ihnen Anweisung zur Sicherung und Untersuchung des Tatorts. Sie machten sich an die Arbeit und Josie fing wieder an, ihre Runden zu drehen, bis Noah an sie herantrat. »Verflucht, was ist denn hier passiert?«, fragte er.

Sie beschrieb ihm, was sie gesehen hatte. »Ich weiß nicht, wessen Blut das ist, also seht zu, dass ihr so schnell wie möglich die Blutgruppe bestimmen lasst. So lange dauert das ja nicht. Eigentlich müsste das noch heute Abend möglich sein. Luke hat A-negativ. Ich habe keine Ahnung, wer diese Frau ist, und sie behauptet, sie könne sich nicht daran erinnern, wer sie ist und wie sie hierhergekommen ist. Nehmt ihre Fingerabdrücke. Schaut, ob ihr irgendetwas findet. Bringt sie ins Krankenhaus und lasst sie durchchecken. Vielleicht kann auch ein Kopfscan gemacht werden oder so was. Und lasst sie vor allem nicht aus den Augen. Beim jetzigen Stand der Dinge ist sie unsere einzige Verbindung zu Luke. Irgendjemand anderes war hier. Ich weiß nicht, ob sie das war oder Misty oder wer auch immer. Anscheinend war er ›ein Typ für solche Geschichten‹.«

Josie verstummte und holte tief Luft, als Noah ihren Arm ergriff und sie zum Escape führte.

»Was haben Sie vor?«, fragte sie.

»Steigen Sie ein«, sagte Noah.

»Bitte?«

Josie starrte ihn an. »Boss«, fügte er hinzu, um ihrer Autorität mit Verzögerung Tribut zu zollen, aber an seinem bestimmten Ton hatte sich nichts geändert. »Steigen Sie in den Wagen.«

Josie umrundete das Auto und setzte sich auf den Beifahrersitz. Noah stieg ebenfalls ein, machte aber keine Anstalten, den Motor zu starten. »Das alles hier wird viel zu persönlich«, sagte er.

»Mir gehts gut«, erwiderte Josie kratzbürstig. »Wirklich. Ich …«

»Luke ist Ihr Verlobter. Er wird vermisst. Überall im Haus ist Blut und Sie haben eine fremde Frau verfolgt, die vom Tatort geflüchtet ist. Bitte sagen Sie mir noch einmal, wie gut es Ihnen wirklich geht.«

Josie warf ihm einen wütenden Blick zu und schluckte die Hysterie herunter, die in ihr aufzusteigen drohte. »Ich bin Ihre Vorgesetzte«, erinnerte sie ihn.

»Wollen Sie mir wirklich weismachen, dass Ihnen diese Situation nicht nahegeht?«

»Vor fast zwei Jahren ist mein Ehemann während einer laufenden Ermittlung in meinen Armen gestorben. Ich habe den ganzen Scheiß verarbeitet und tu das bis heute noch jeden Tag. Egal, welche Bedenken Sie auch immer haben, stecken Sie sie weg und reißen Sie sich zusammen. Wir haben hier einen Job zu erledigen!«

Ohne ein weiteres Wort stieg sie aus dem Wagen.

13

Die rätselhafte Frau trug keine Ausweispapiere bei sich und Josies Team hatte im Haus nichts gefunden, das geholfen hätte, ihre Identität zu bestimmen. Josie wartete ungeduldig, während Gretchen sich damit abmühte, die Frau noch auf der Rückbank des Streifenwagens zu befragen. Josie und Noah standen auf der Veranda und beobachteten die beiden Frauen aus der Ferne. »Das hätten besser Sie übernommen«, murmelte Josie. »Vielleicht hätte sie auf einen Mann ganz anders reagiert.«

»Boss«, sagte Noah. »Wenn sie ihr Gedächtnis verloren hat, dann ist das so. Sie könnte eine Gehirnerschütterung haben, vielleicht auch ein Trauma oder eine Amnesie.«

»Sie hat keine Amnesie«, sagte Josie. »Sie simuliert.«

»Was macht Sie da so sicher?«

»Ich weiß es einfach.«

»Sind Sie sich sicher, dass das nicht daran liegt, dass sie Lukes T-Shirt trägt?«

Verfluchter Noah. Ihm war wirklich gar nichts entgangen. Josie warf ihm einen kühlen Blick zu, aber er hatte sich bereits ein paar Schritte entfernt und tat so, als wolle er etwas mit dem

Officer besprechen, der an Lukes Haustür Wache stand. Dann verschwand er im Haus.

Josie stemmte die Hände in die Hüften und atmete einmal kräftig aus. Dann sah sie, wie Gretchen aus dem Streifenwagen stieg, ein paar Notizen niederschrieb und sich dann in Bewegung setzte. »Nichts Neues, Boss«, sagte sie. „Sie bleibt bei ihrer Geschichte.«

»Glauben Sie, da ist etwas dran?«, fragte Josie.

»Keine Ahnung. Sie wusste, welches Jahr wir haben, welchen Monat, und wer der amtierende Präsident ist. Sie kann addieren und subtrahieren. Ich habe ihr ein paar willkürliche Fragen aus dem Bereich der Popkultur gestellt, die sie ebenfalls beantworten konnte. Aber sie behauptet weiterhin, nicht zu wissen, wer sie ist, wo sie herkommt und wo sie jetzt gerade ist. Keine Zeichen einer körperlichen Verletzung. Ich meine, manchmal geraten Menschen nach einem traumatischen Erlebnis in so einen Dämmerzustand, aber hier stimmt trotzdem etwas nicht.«

»Ganz Ihrer Meinung«, sagte Josie.

Gretchen schaute zurück zum Streifenwagen, wo die Große Unbekannte saß und vor sich hinstarrte. »Ich bringe sie ins Krankenhaus. Die können sie durchchecken, und dann laden wir sie erneut zum Verhör vor.«

Josie folgte Gretchens Blick. Die Frau hob die gefesselten Hände, strich sich das Haar hinter die Ohren, eine Seite nach der anderen, und ließ sich dann in die Sitzpolster zurücksinken. »Sie ist mir zu ruhig«, sagte Josie.

»Vielleicht ein Schock?«

»Nein«, sagte Josie. »Ich weiß, wie ein Schock aussieht. Als ich sie angerempelt habe, hat sie zwar schwer geatmet, aber das war auf die Anstrengung zurückzuführen, nachdem sie vor mir wegrennen musste. Ihr Herzschlag war nicht sonderlich beschleunigt, sie hat nicht gezittert, nicht geweint. Und schauen Sie sie jetzt an. Wenn ich ohne jegliche Erinnerung an einem Tatort aufwachen würde, wäre ich verdammt durcheinander.«

»Das Problem ist: Wie weisen wir ihr nach, dass sie simuliert?«

»Ich weiß nicht«, sagte Josie. »Aber zuerst müssen wir die Bestätigung eines Arztes haben, dass mit ihr alles in Ordnung ist.«

Noah kam zurück und hielt Lukes Smartphone in die Höhe. »Das ist schon auf Fingerabdrücke untersucht worden. Wollen Sie selbst nachsehen?«

Josie versuchte, ihm das Telefon nicht zu stürmisch zu entreißen. Unter den wachsamen Blicken von Noah und Gretchen scrollte sie durch Lukes Anrufliste und Textnachrichten. »Nichts«, murmelte sie.

Da waren Anrufe und Kurzmitteilungen, die an sie selbst herausgegangen waren, an Lukes Schwester und seine Eltern, an drei Kollegen, deren Namen sie wiedererkannte, einschließlich Brady Conway. An dem Abend, als Luke ihn besucht und das Blutbad entdeckt hatte, hatte zuvor ein lebhafter Nachrichtenaustausch stattgefunden. Josie war nicht klar gewesen, dass Luke den ganzen Verlauf gespeichert hatte. Sie fragte sich, wie oft er ihn gelesen und versucht haben musste, diese scheinbar normalen Sätze mit dem abzugleichen, was er kurz darauf in Bradys Zuhause vorgefunden hatte. Sie gab Noah das Handy zurück, aber er drängte sie, es zu behalten. »Wir können es nicht gebrauchen. Es hat keinen großen Nutzen für uns. Heben Sie es auf und geben Sie es ihm zurück, wenn wir ihn gefunden haben.«

Typisch Noah. Immer optimistisch.

Josie war nicht entgangen, dass ihre beiden Kollegen einen Blick ausgetauscht hatten. Dann räusperte sich Noah. »Ähm, Boss ...«

Er verstummte. Josie schaute von ihm zu Gretchen und wieder zurück. »Was?«, fauchte sie.

Gretchen sprang in die Bresche. »Bei einer Ermittlung fangen wir ja meistens mit den Personen im nächsten Umfeld an.«

»Und das bin natürlich ich«, sagte Josie, die ihr Unbehagen gut nachvollziehen konnte.

»Wir wissen, dass Luke Ihr Verlobter ist, aber wenn Sie, ähm, irgendetwas wissen, würde uns das sehr weiterhelfen«, sagte Noah.

Josie seufzte. »Ich weiß nichts. Ich habe keine Ahnung, was mit ihm los war, dass es so enden musste. Ich wusste ja nicht einmal, dass er ins Foxy Tails ging, um Misty zu sehen. Seit der Sache mit den Conways war er durchweg kühl und distanziert. Ich dachte, das hätte mit deren Suizid zu tun gehabt. Von seinen eigenen Problemen hat er mir nie erzählt.«

»Sie haben sich das Haus ja auch angesehen«, sagte Gretchen. »Ist Ihnen aufgefallen, ob etwas gefehlt hat? Oder kam Ihnen etwas ungewöhnlich vor?«

Mit anderen Worten: Hätte es ein Einbruch sein können? Ein Raubüberfall? »Nein«, sagte Josie. »Nicht, dass es mir aufgefallen wäre.«

Das einzig Ungewöhnliche in dem Haus war die Tatsache, dass jemand in Lukes Bett geschlafen hatte. Niemand gurkte meilenweit aufs Land hinaus, um jemanden auszurauben, der nichts von großem Wert besaß. Luke hatte zwar einige Waffen, aber der Safe war nicht angerührt worden, und größere Geldsummen trug er niemals bei sich. Sein teuerster Besitz war ein kleines Fischerboot, das er in seinem Schuppen eingelagert hatte, aber das war wohl kaum einen Einbruch wert. Nein, wer auch immer in sein Haus eingedrungen war, hatte nicht vorgehabt, ihn zu bestehlen. Das Ziel war es gewesen, ihm Schaden zuzufügen, und die Blutspritzer ließen keinen Zweifel offen.

Aber wer könnte ihm so etwas antun wollen? Oder war Luke vielleicht gar nicht das Ziel gewesen, sondern die geheimnisvolle Unbekannte, und Luke hatte nur versucht, sie zu verteidigen? Wenn ja, warum? Wer zum Teufel *war* sie?

»Was ist mit seiner Schwester?«, fragte Noah jetzt.

Josie blinzelte und versuchte, sich wieder zu konzentrieren. »Was?«

»Seine Schwester. Könnte sie vielleicht darüber Bescheid wissen, wenn er in irgendetwas verwickelt gewesen wäre?«

»Das bezweifle ich«, sagte Josie. »Sie wohnt einige Stunden entfernt und sie sehen sich nicht sonderlich oft. Ich rufe sie aber an. Ich muss ihr ja sowieso Bescheid geben, dass ...« Sie verstummte und schluckte, um den Kloß in ihrer Kehle loszuwerden. »Haben Sie die Gerichtsmedizinerin gerufen?«

»Wir haben keine Leiche«, sagte Noah. »Ohne Leiche rückt die nicht aus.« Er hob die Hand, als Josie etwas erwidern wollte. »Aber ich habe ihr Fotos von den Blutspritzern geschickt. Sie meint, ohne eine Bluttransfusion sei es unwahrscheinlich, dass jemand einen so hohen Blutverlust überleben würde.«

Er führte das Thema nicht weiter aus, aber in Josies Kopf hallten die Worte wider, die er ihr sagen wollte. *Tut mir leid, Boss.*

14

Josie lehnte sich an ihren Ford Escape, das Handy am Ohr. Es klingelte dreimal, bevor Carrieann Creighton den Anruf entgegennahm. »Josie?«

Josie kam gleich zur Sache. »Carrieann, es ist etwas mit Luke passiert.«

Sie konnte hören, wie Lukes Schwester scharf Luft holte. »Ist er ... lebt er?«

»Das weiß ich nicht«, gab sie ehrlich zu.

Irgendwie schaffte sie es, Ruhe zu bewahren, während sie Carrieann erklärte, wie sie Lukes Haus vorgefunden hatte. Kurz vor dem Punkt, an dem sie auf die Unbekannte gestoßen war, brach sie ihren Bericht ab. Das Ganze laut auszusprechen, machte es so viel schlimmer. Vor fast zwei Jahren hatten sie einander im Krankenhaus getröstet, als Luke sich von seinen Schusswunden erholte. Schon damals hatte sie sich gefühlt, als könnte nichts Schlimmeres passieren. Lukes Organe waren von Geschossen zerfetzt worden, und sein Leben hatte nach der Operation am seidenen Faden gehangen. Aber das hier ... nicht zu wissen, wo er war, wie schwer seine Verletzungen waren oder ob er überhaupt noch am Leben war, das war um ein Vielfaches schlimmer.

»Tut mir leid«, sagte Josie.

»Ich komme sofort«, antwortete Carrieann mit angsterfüllter Stimme. »Morgen früh kann ich da sein.«

Josie widersprach ihr nicht. »Wann hast du das letzte Mal mit Luke gesprochen?«

Ein kurzer Moment der Stille folgte. »Ich weiß nicht genau. Vor ein paar Wochen? Du weißt ja, wie es ist, mit Luke zu telefonieren. Man muss ihm jeden einzelnen Satz aus der Nase ziehen. Eigentlich sagt er nie mehr als ›Mir gehts gut, Josie gehts gut, alles ist gut‹. Er würde auch niemals selbst auf den Gedanken kommen, anzurufen. Das muss immer ich machen.«

Das konnte Josie hundertprozentig nachvollziehen.

»Ist er dir bei eurem letzten Gespräch irgendwie ... durcheinander vorgekommen?«

»Nein«, sagte Carrieann sofort. »Er hat auf mich denselben Eindruck gemacht wie immer. Du hast ja gesagt, dass er extrem niedergeschlagen war, seit sein Freund gestorben ist, aber mir ist nie ein Unterschied aufgefallen. Warum willst du das alles eigentlich wissen?«

»Ich versuche, herauszufinden, was mit ihm los war. In was er ... in was er verwickelt war.«

»Verwickelt?«

»Irgendetwas Komisches geht hier vor, Carrieann. Ich glaube nicht, dass das alles ein Zufall war. Wir unterhalten uns, wenn du hier bist, ja?«

»Bis bald«, verabschiedete sich Carrieann und legte auf.

Josies nächster Anruf ging an Lukes Vorgesetzten in der Kaserne. Auch er musste erfahren, was vorgefallen war. Er berichtete Josie, Luke habe sich seit dem Suizid der Conways stark zurückgezogen. Allerdings habe er selbst keine Anzeichen dafür gesehen, dass noch mehr im Busch gewesen sein könnte. Er versprach Josie, mit den anderen Staatspolizisten zu sprechen und herauszufinden, ob er für die Ermittlungen hilfreiche Informationen beschaffen könne. Nachdem sie aufgelegt hatte, fühlte Josie sich noch entmutigter als zuvor.

Als ihr klar wurde, dass es in Lukes Haus nichts mehr für sie zu tun gab, ließ Josie ihr Team zurück und fuhr ziellos durch die Stadt. Sie ließ den Polizeifunk laufen, um ihre Gedanken mit dem Geschnatter zu übertönen und um sofort zu erfahren, wenn jemand auf den AMBER-Alarm reagieren sollte. Sie begann ihre Tour auf der Landstraße, die zu Lukes Hof führte, und fuhr meilenweit in beide Richtungen, langsam, immer wieder zum Randstreifen schwenkend. Sie wusste nicht, was sie zu finden erwartete oder hoffte, aber da war ohnehin nichts. Vielleicht wollte sie auch einfach nur nicht nach Hause fahren. Mit jeder Stunde, die verging, bekämpfte Josie das immer stärker werdende Gefühl der Hoffnungslosigkeit. Sie war fast jede gottverdammte Straße in Denton abgefahren, bis ihre Augen vor Erschöpfung anfingen zu brennen.

In ihrem Kopf hallten Noahs Worte nach. *Fahren Sie nach Hause, Boss. Ruhen Sie sich aus.*

Schweren Herzens entschloss sie sich, diesem Rat zu folgen, als ihr Handy klingelte. Es war Gretchen. »Boss, ich habe gerade einen Anruf aus dem Labor bekommen. Das Blut in Lukes Küche ist o-negativ. Es ist nicht von Luke.«

Die Erleichterung, die von Josie Besitz ergriff, war so überwältigend, dass sie sich einen kurzen Augenblick wie benommen fühlte. Dann sammelte sie sich und sagte: »Wenn es nicht zu Luke passt und ebenso wenig zu unserer Unbekannten, dann muss jemand anderes dort gewesen sein.« Sie hoffte, dass das Blut zu Lukes Angreifer gehörte. Der müsste mittlerweile ausgeblutet sein, und Luke wäre frei. Sofern er nicht ebenfalls tot war. Nein, daran wollte sie keinen Gedanken verschwenden. »Lasst einen DNA-Test durchführen und die Datenbank überprüfen.«

»Selbstverständlich«, sagte Gretchen, und Josie konnte hören, dass sie sich Notizen machte.

»Sind Sie immer noch im Krankenhaus bei unserer mysteriösen Lady?«

»Genau. Sie warten gerade darauf, ein CT machen zu können. Sie mussten den Neurochirurgen anpiepsen, deswegen kann es noch eine Weile dauern. Aber, Boss, ich habe gesehen, dass sie ein paar ... Narben hat.«

»Was für Narben?«

»Brandwunden. Auf ihrem Rücken.«

»Frische?«

»Nein. Ich bin zwar keine Expertin, aber nach allem, was ich bis jetzt im Beruf gesehen habe, würde ich sagen, dass sie von einem Glätteisen oder Lockenstab stammen könnten.«

Josie zuckte zusammen. »Gehen Sie von häuslicher Gewalt aus?«

»Wäre möglich. Sie sind nicht groß, aber es sind zwei, und eine sieht älter aus als die andere. Ein Versehen kann es also kaum gewesen sein. Ich dachte nur, ich sage es Ihnen schon einmal.«

»Danke.« Josie seufzte. »Rufen Sie Hummel an, damit er Sie bei der Nachtwache ablöst. Ich brauche Sie morgen früh in aller Frische.«

Sie bedankte sich noch einmal, legte auf und fuhr etwas zielgerichteter nach Hause. Als sie in ihre Auffahrt einbog, sah sie, dass in ihrem Wohnzimmer Licht brannte. Beinahe vergaß sie, den Schaltknauf ihres Wagens auf »Parken« zu stellen, so eilig hatte sie es, ins Haus zu laufen. Konnte das Luke sein? War er die ganze Zeit hier gewesen?

Aber das Wohnzimmer war verlassen. Josie stand im Türrahmen und starrte auf den Stapel Hochzeitseinladungen neben der Vase mit spätblühenden Wildblumen. Sie liebte Wildblumen. Luke musste sie gepflückt und für sie zurückgelassen haben. So etwas hatte er seit Ewigkeiten nicht mehr gemacht. Auf einem Beistelltisch fand sie eine Notiz in Lukes Handschrift: *Tut mir leid. Ich liebe dich. P. S.: Diese drei gefallen mir am besten.* Neben dem Zettel lagen die drei Einladungsmuster, die er aus dem Stapel auf dem Sofatisch herausgesucht hatte.

Luke hatte aufgeräumt und ihr das Licht angelassen. Josie schätzte, dass sie auch in der Küche all ihr Geschirr gespült und ordentlich im Abtropfgestell aufgereiht vorfinden würde. Die Stühle würden ordentlich an den Tisch gerückt sein. Lukes Ordnungsfimmel hatte sie lange verrückt gemacht – bis zum Tod der Conways, der dem Ganzen ein jähes Ende gesetzt hatte. Nach dem Luke nicht mehr er selbst gewesen war.

Josie umklammerte den Zettel und ließ sich auf das Sofa fallen, die Augen fest zugekniffen, um den erneuten Schwall an Gefühlen einzudämmen, der aus ihr herauszubrechen drohte. Luke hatte sich hinter ihrem Rücken mit Misty im Stripklub getroffen. Mehr als einmal. Eine andere Frau war in seinem Haus gewesen. Hatte seine Kleidung getragen. In seinem Bett geschlafen. Und doch hatte er Josie, nachdem er sich noch am Nachmittag so kalt ihr gegenüber verhalten hatte, Blumen gepflückt und sich die Einladungsmuster angesehen, mit denen sie schon wochenlang herumwedelte. Was ging hier vor sich?

Josie merkte nicht einmal, wie sie wegdämmerte. Erst ein Klopfen an der Tür ließ sie aus dem Schlaf schrecken. Sie sprang auf und warf einen Blick zur digitalen Zeitangabe am Fernseher, die ihr sagte, dass es schon fast sieben Uhr morgens war. Tageslicht zwängte sich an den Rändern ihrer Jalousien vorbei ins Wohnzimmer hinein. Josie rieb sich den Schlaf aus den Augen und machte sich auf den Weg zur Haustür. Auf dem Weg kontrollierte sie ihr Smartphone. Der Akku war nur noch zu fünf Prozent geladen und es gab keine Neuigkeiten seitens ihres Teams. Mit einem tiefen Seufzer öffnete sie die Tür.

15

Auf ihrer Türschwelle stand Carrieann Creighton, die sie deutlich überragte, mit einem schmerzerfüllten Gesichtsausdruck. Josie brauchte noch einen Moment, um ihre Müdigkeit abzuschütteln, und schloss sie dann in die Arme. »Ich bin so froh, dass du hier bist, Carrieann.«

Lukes Schwester umarmte sie lange.

»Komm rein«, sagte Josie und dirigierte sie in die Küche.

»Ich war zuerst bei Luke«, erklärte Carrieann und ließ sich auf einen der Stühle am Küchentisch fallen.

Josie schaltete die Kaffeemaschine ein. »Tut mir leid. Ich kann jemanden vorbeischicken, der die Sauerei beseitigt.«

Carrieann schüttelte den Kopf. »Nein, nein. Ich kümmere mich schon darum. Ich wusste nur nicht, ob ... ob ich irgendwelche Beweise vernichten könnte.«

»Es ist alles untersucht worden, du bringst schon nichts durcheinander. Aber du kannst gerne hier wohnen, das weißt du, ja?«

Carrieann lächelte verspannt. »Vielleicht tu ich das. Ich weiß nicht, ob ich gerade allein in dem Haus sein kann. Gibt es schon etwas Neues?«

»Nichts«, sagte Josie. »Mein Team arbeitet daran, die Spuren auszuwerten, aber, um ehrlich zu sein, gibt es nicht allzu viele.«

»Überhaupt nichts?«

Josie musste an die Unbekannte denken, und ihr Magen rumorte. »Na ja. Da war eine Frau.«

Sie gab Carrieann eine kurze Zusammenfassung des letzten Abends und eine Beschreibung des Mädchens ohne Gedächtnis. Bedächtig schüttelte Carrieann den Kopf. »Kommt mir nicht bekannt vor.«

»Du kanntest doch Lukes Ex-Freundinnen, oder?«

»Ja, natürlich, zumindest die, mit denen es etwas Ernstes war. Die Liste ist nicht allzu lang.«

»Kannst du vielleicht mit zum Polizeirevier kommen und sie dir ansehen? Vielleicht erkennst du sie ja doch wieder«, schlug Josie vor. »Nur für den Fall, dass wir ihr Foto nicht an die Presse weitergeben.«

»Glaubst du, sie ist eine alte Freundin?«

Josie seufzte. »Ich weiß nicht, was ich glauben soll, Carrieann. Die Frau hat eindeutig in seinem Bett geschlafen und ... und sie hat seine Kleidung getragen.«

Carrieann runzelte die Stirn, schaute auf die Tischplatte hinunter und zog ihr Flanellhemd etwas enger um ihren Körper. »Das sieht ihm so gar nicht ähnlich. Luke ist nicht der Typ fürs Fremdgehen. Im Ernst. Das sage ich nicht nur, weil ich seine Schwester bin.«

Josies Kopf begann zu pochen. »Gibt es denn eine andere Erklärung?«

Carrieann zuckte die Schultern. »Ich weiß nicht, aber wenn, dann würde sie uns wohl nicht gefallen.«

Drei Ibuprofen, zwei Tassen Kaffee und eine Dusche später fühlte sich Josies Kopf zwar nicht besser an, aber ihr Telefon war wieder geladen und ihre Gedanken hatten sich ein wenig geordnet. Carrieann hatte sich in Josies Gästezimmer zurückgezogen, das im Normalfall für Großmutter Lisette reserviert war. Ihr Schnarchen war bis in die Küche zu hören, von wo aus Josie Noah auf dem Handy anrief. »Wo sind Sie gerade?«, fragte sie.

»Was schätzen Sie? Gerade wurde unsere Unbekannte aus dem Krankenhaus hergebracht.«

»Haben sie irgendetwas gesagt?«

»Laut dem Neurologen waren ihre Hirnscans unauffällig. Sie hat ein paar alte Orbitafrakturen, aber abgesehen davon ist sie topfit.«

»Orbitafrakturen?«, fragte Josie. »Bekommt man die nicht durch Schläge ins Gesicht?«

»Ich glaube schon. Der Doc meinte, es sähe aus, als hätte sie mal einen Augenhöhlenbruch gehabt.«

»Das klingt, als hätte sie irgendwann einmal häusliche Gewalt erlebt. Hat der Arzt auch etwas über ihren Gedächtnisverlust gesagt?«

»Er meinte, es sei eine dissoziative Fugue.«

»Also, dass sie etwas Traumatisches erlebt und dadurch ihr Gedächtnis verloren hat?«, fragte Josie und musste an Gretchens Worte am letzten Abend denken.

Noah seufzte. »Im Grunde ja. Ich habe lange mit dem Arzt telefoniert. Nach dem zu urteilen, was er gesagt hat, kommt das so hin. Menschen mit einer dissoziativen Fugue wirken meistens ganz normal, sie können sich nur nicht an ihre Vergangenheit und ihre Identität erinnern.«

»Ja, wenn das so ist«, sagte Josie schnippisch. »Luke wird vermisst, und diese Frau könnte eventuell wertvolle Informationen für uns haben. Entweder schweigt sie mit voller Absicht, oder was auch immer sie gesehen hat, hat diese ... Fugue hervorgerufen. Haben Sie ihre Fingerabdrücke genommen?«

»Sofort als allererstes«, sagte Noah. »Und die Staatspolizei hat uns die Ergebnisse sofort mitgeteilt. Sie ist nicht im AFIS erfasst.«

AFIS war das System, mit dem Fingerabdrücke automatisch zugeordnet werden konnten, eine landesweite Datenbank, die es der Exekutive ermöglichte, an Tatorten gefundene Fingerabdrücke mit jedem zu vergleichen, der in diesem System gelistet war.

»Hat der Neurologe gesagt, wie man sie aus ihrem Zustand herausholt?«

»Anscheinend gibt es da keine sichere Methode. Er empfiehlt, sie zu einem Psychologen oder Hypnotiseur zu bringen, wenn es eilt.«

»Herrgott«, sagte Josie. »Für so etwas haben wir keine Zeit. Was macht Misty?«

»Sie ist immer noch bewusstlos. Hirnschwellung. Die Ärzte wollen sie heute operieren, um den Druck zu mindern. Wir müssen noch warten, bis wir sie befragen können.«

»Halten Sie sich über ihren Zustand auf dem Laufenden«, ordnete Josie an. »Ich komme gleich vorbei. Setzt die Unbekannte ins Verhörzimmer, bis ich da bin. Carrieann ist bei mir, und sie wird sie sich auch einmal ansehen. Vielleicht erkennt sie sie wieder. Schicken Sie Gretchen noch einmal zu Lukes Haus, sie soll sich das Ganze noch einmal bei Tageslicht ansehen. Ich weiß, dass das Team auch die Scheune durchsucht hat, aber ich will, dass alles noch einmal überprüft wird. Der ganze Tatort soll noch einmal untersucht werden. Dort muss doch irgendetwas sein, was uns einen Hinweis auf diese Frau oder Lukes Angreifer geben kann.«

»Alles klar«, sagte Noah.

16

Auf dem Polizeirevier angekommen verbrachte Josie fünf Minuten damit, die Unbekannte über die Überwachungskamera zu beobachten. Sie saß reglos und allein im Verhörraum, vor sich eine unberührte Tasse Kaffee. Gerade, als Josie sich zu fragen begann, ob sie in irgendeinen anderen Bewusstseinszustand abgeglitten war, schaute sie auf, ließ den Blick durch den Raum schweifen, strich sich das Haar hinter die Ohren und stieß hörbar den Atem aus. Dann streckte sie die Arme über den Kopf und gähnte. Noch immer trug sie Lukes Kleidung, und Josie verabscheute das Gefühl, das sie bei dem Anblick beschlich.

Ihre Bürotür war offen gewesen und jemand hatte ihr einen ganzen Stapel Post auf den Schreibtisch gelegt. Sie blätterte durch die Briefe, ohne irgendeinen davon zu registrieren. Ihre Gedanken drehten sich um Luke. Ob er noch am Leben war? Und wie zum Teufel war er in diese Situation hineingeraten?

»Boss?« Noah erschien mit einer dampfenden Tasse Kaffee in der einen und seinem Notizbuch in der anderen Hand in der Tür. Er reichte ihr den Kaffee. »Ich dachte mir, den könnten Sie jetzt gebrauchen.«

»Danke schön.«

Josie nippte an dem heißen Gebräu und schaute zu, wie Noah sein Buch in die Höhe hielt. Eine komplette Seite war mit einer Namensliste gefüllt. »Ich glaube, ich habe jetzt eine ziemlich vollständige Liste aller Männer, mit denen Misty verkehrt hat«, sagte er. »Bis hin zu dem Zeitpunkt, als sie schwanger wurde.«

»Also eine Liste potenzieller Väter«, stellte Josie fest.

»Korrekt.« Noah runzelte die Stirn, während er die Liste studierte. »Insgesamt sind es sieben.«

Josie verschluckte sich beinahe an ihrem Kaffee. »Sieben?«

»Ähm, ja, und das hier könnte Sie interessieren: Einer davon ist Brady Conway.«

Josie stellte die Tasse hart auf dem Schreibtisch ab. »Lukes Freund?«

»Genau der.«

Josie stieß einen leisen Pfiff aus und dachte über das Filmmaterial nach, das Luke im Foxy Tails in Mistys Gesellschaft gezeigt hatte. Das Treffen hatte etwa zur Zeit von Brady Conways Tod stattgefunden. Hatte Luke deshalb Kontakt zu Misty aufgenommen? Als eine Art Mittelsmann? Brady war verheiratet gewesen und darüber hinaus noch Polizeibeamter. Wenn er der Vater des Babys war, wäre das für beide Seiten eine prekäre Situation gewesen. Josie schickte ein Stoßgebet zum Himmel, dass sich ihre Theorie, weshalb Luke kurz vor Bradys Tod zweimal bei Misty im Foxy Tails gewesen war, bewahrheiten würde. Aber warum hatte er ihr nicht davon erzählt?

»Boss?«, holte Noah sie wieder in die Realität zurück.

Auch wenn Brady der Vater war, erklärte das noch nicht, was Misty und ihrem Baby zugestoßen war. Oder Luke. »Ich war nur in Gedanken«, sagte Josie. »Die Verbindung zu Conway ist auf jeden Fall interessant, aber Brady ist tot und hat somit ein wirklich wasserdichtes Alibi. Wir werden Mistys

Baby erst wiederfinden, wenn wir herausfinden, wer gestern in ihr Haus eingedrungen ist.«

Noah lächelte schief. »Nun ja, das sieht bei den meisten dieser Typen nicht anders aus. Fünf haben Alibis für die letzten beiden Tage, einen Kerl haben wir noch nicht aufgespürt, und dann ist da noch der Ehemann der Bürgermeisterin.«

Josie hob eine Augenbraue. »Hat der denn kein Alibi?«

Noah schüttelte den Kopf. »Seine Frau gibt ihm eins. Gestern und vorgestern war er im Krankenhaus, aber dazwischen liegen lange Zeiträume, deren Verlauf er nicht nachweisen kann. Er sagt, er sei mit seiner Frau zu Hause gewesen, und sie bestätigt das.«

»Also ist es möglich, dass er Misty angegriffen und das Baby entführt hat? Aber wenn er das Baby hat, wo ist es dann?«

Noah zuckte die Schultern. »Es sollte nicht allzu schwierig sein, ein Baby in einem Herrenhaus zu verstecken.«

»Ich kann mir nicht vorstellen, dass Tara da mitziehen würde. Ihr gefällt doch die Macht, die sie durch ihre Position innehat. Sie würde nichts tun, was diesen Status gefährden könnte.«

»Ja, sie hat schon einmal versucht, ihn zu decken. Was, wenn sie nach Hause kam, ihn mit dem Baby angetroffen hat und nicht wusste, was sie tun sollte? Anstatt die Polizei zu rufen, hat sie sich des Babys angenommen.«

Das war nicht vollkommen unplausibel. Ehepartner deckten sich oft. Josie hätte gedacht, dass Tara zu intelligent für so etwas sei, aber andererseits war sie bei ihrem Mann geblieben, obwohl sie wusste, dass er möglicherweise der Vater von Mistys Baby war.

»Bestimmt lässt sie zu, dass wir uns bei ihr umsehen«, sagte Josie. »Aber wenn die beiden wirklich ein Baby im Haus verstecken sollten, würde Tara es doch verschwinden lassen, sobald sie weiß, dass wir vorbeikommen, oder nicht?«

»Soll ich ein paar Kollegen unter dem Vorwand eines Einbruchs in der Nähe vorbeischicken?«, fragte Noah.

Josie lächelte. »Die dem Verdächtigen bis auf das Grundstück der Bürgermeisterin gefolgt sind?«

»Exakt.«

»Hat die Untersuchung der Fingerabdrücke aus Mistys Haus etwas ergeben?«

»Bis jetzt noch nicht. Ich habe die Staatspolizei gebeten, sie mit höchster Priorität zu behandeln, aber Sie wissen ja, dass das trotzdem gut und gerne achtundvierzig Stunden dauern kann.«

»Blödsinn. Die Fingerabdrücke der Unbekannten zu untersuchen hat nur ein paar Stunden gedauert«, sagte Josie.

»Ja, weil das etwas mit Luke zu tun hatte.«

»Rufen Sie noch einmal dort an. Sagen Sie ihnen, dass es eine Verbindung zwischen beiden Fällen gibt. Wenn es sein muss, übernehme ich das auch selbst.«

Noah schüttelte den Kopf. „Nein, ich kümmere mich schon darum.«

»Danke. Behalten Sie außerdem den Ehemann der Bürgermeisterin im Auge und sehen Sie zu, dass Sie den letzten potenziellen Vater auf der Liste in die Finger bekommen. Ich beschäftige mich jetzt wieder mit unserer Unbekannten.«

17

Die Tür zum Verhörraum fiel mit einem lauten Knall hinter Josie ins Schloss und das Mädchen hob erschrocken den Kopf. Ihre großen braunen Rehaugen weiteten sich, als sie Josie vor sich sah. Wieder wanderte ihre Hand zum Ohr, um ein paar Haarsträhnen zurückzustreichen. Josie rief auf ihrem Smartphone ein Foto von Luke auf, legte es auf den Tisch und schob es so weit nach vorn, bis die junge Frau nicht anders konnte, als es sich anzuschauen.

Mit ausdruckslosem Blick glotzte sie auf den Bildschirm. »Wer ist das?«

Josie starrte zurück. »Sagen Sie es mir.«

Die Unbekannte schaute auf, und für einen kurzen Augenblick hatte Josie das Gefühl, etwas Echtes in ihrem Blick aufflackern zu sehen. Etwas nicht Einstudiertes. Möglicherweise so etwas wie Verdruss. »Ich weiß nicht, wer das ist.«

Josie streckte die Hand aus und tippte auf den Bildschirm. »Das ist der Staatspolizist, aus dessen Haus Sie letzte Nacht geflohen sind.«

Die Unbekannte sagte nichts.

»Sein Name ist Luke Creighton, aber das wissen Sie vermutlich schon, nicht wahr?«

»Nein. Nein, ich erinnere mich an n...«

»Was haben Sie gestern Abend in diesem Haus gesehen?«

»Ich habe Ihnen doch gesagt, dass ich mich nicht erinnern kann.«

»Warum sind Sie dort gewesen?«

»Wie ich gesagt habe: Ich weiß es nicht. Ich meine, ich habe es nicht Ihnen gesagt, sondern Ihrer Kollegin.«

Josie stemmte eine Hand in die Hüfte. »Ich weiß, was Sie Detective Palmer erzählt haben. Aber jetzt bin ich es, die hier die Fragen stellt. Wer hat Luke mitgenommen?«

»Mitgenommen? Wie meinen Sie das?«

Der Bildschirm war wieder schwarz geworden. Josie griff nach dem Handy, rief das Bild erneut auf und zoomte an Lukes lachendes Gesicht heran. Dann hielt sie es der Unbekannten direkt unter die Nase. »Ich bin mir sicher, dass Sie ihn kennen. Sie tragen sein T-Shirt. Wo waren Sie gestern Abend?«

Die Unbekannte legte die Hände mit den Handflächen nach oben auf den Tisch. Eine Geste der Frustration. »Ich weiß es nicht! Ich erinnere mich an gar nichts. Ich weiß nicht, warum ich dort war, und ich kenne niemanden mit dem Namen Luke. Wenn ich etwas wüsste, würde ich es Ihnen verraten. Versprochen.«

»Was haben Sie gesehen?«

»Das habe ich Ihnen doch schon gesagt. Ich ... bin draußen gelandet, auf der Veranda. Es war dunkel. Ich bin zur Hintertür gegangen und habe Blut an den Wänden gesehen. Deswegen bin ich weggerannt. An etwas anderes kann ich mich nicht erinnern.«

»Wie sind sie dorthin gekommen?«

Die Unbekannte verdrehte die Augen. »Wie oft soll ich es denn noch sagen? Ich weiß es nicht!«

»Wie heißen Sie?«

»Ich weiß nicht.«

»Woher stammen die Brandnarben auf Ihrem Rücken?«

Ihr Gesichtsausdruck veränderte sich ein wenig. Der Kiefer wirkte verkrampfter. »Was?«

»Meine Kollegin hat mich darüber informiert, dass bei der Untersuchung im Krankenhaus Brandwunden auf Ihrem Rücken gefunden wurden. Woher stammen die?«

»Ich ... ich weiß nicht. Ich meine, ich erinnere mich nicht daran.«

Josie taxierte sie für einen langen, stillen Moment. Dann tippte sie auf das Kamera-Icon ihres Smartphones. »Bitte lächeln«, sagte sie.

Die Augen der Frau traten hervor. Diesmal nicht in geheuchelter Unschuld, sondern aus Angst. »Was haben Sie vor?«, fragte sie.

»Ich mache ein Foto von Ihnen, das wir an die Presse weiterleiten können. Irgendjemand wird Sie ja wohl wiedererkennen.«

Die Frau sprang auf und schlug genau in dem Moment, als Josie den Auslöser betätigte, die Hände vors Gesicht. Die ganze Aufnahme war verschwommen. »Halt!«

Josie unterdrückte ein zufriedenes Grinsen. »Was ist los? Sie wollen doch bestimmt auch wissen, wer Sie sind und woher Sie stammen?« Sie hielt ihr Telefon wieder in die Höhe. »Und jetzt halten Sie bitte still.«

Die Frau bedeckte noch immer ihr Gesicht. »Bitte nicht«, sagte sie.

»Warum nicht?«

»Ich ... ich glaube, ich könnte in Gefahr sein.«

»Ach wirklich? Inwiefern?«

Die Unbekannte versteckte das Gesicht hinter ihren blonden Locken und wandte sich von Josie ab. »Nun ja, ich war in diesem Haus, und offensichtlich ist dort etwas Schlimmes passiert. Dieses Blut ... ich habe es doch mit eigenen Augen gesehen. Daran erinnere ich mich. Und jetzt wollen Sie wissen, wer diesen Dings, diesen Luke mitgenommen hat, was wohl heißt, dass er vermisst wird. Ich weiß nicht, was das alles zu bedeuten hat, aber ich bin offensichtlich in diese Geschichte verwickelt, sonst säße ich nicht hier. Was, wenn das Bild von mir in den Nachrichten gezeigt wird und der Entführer dann hinter mir her ist?«

Josie kniff die Augen zusammen. »Sie sind in Polizeigewahrsam.«

Die Frau wandte ihr Gesicht wieder Josie zu und spähte durch ihre Finger. »Ja. Aber ist der Entführte nicht auch ein Polizist? Das hat ihm nicht geholfen, oder?«

Josie hielt das Telefon immer noch wie eine Waffe erhoben.

»Bitte«, sagte die junge Frau. »Geben Sie mir noch einen Tag, an dem ich versuche, mich zu erinnern, bevor Sie mein Gesicht durch alle Medien jagen. Ich habe schließlich auch noch kein Auge zugetan. Vielleicht hilft ein bisschen Ruhe ...«

Josie steckte ihr Telefon in die Tasche, stützte sich mit beiden Händen auf den Tisch auf und lehnte sich nach vorn. »Ich passe auf Sie auf«, versprach sie. »Ich kann Sie schützen, wovor auch immer Sie sich verstecken. Wenn Sie mir jetzt verraten, was es ist, dann kann ich Ihnen helfen.«

„Ich erinnere mich an nichts«, behauptete die Unbekannte beharrlich.

»Ist Ihnen nicht bewusst, dass wovor auch immer Sie sich verstecken oder weglaufen, Lukes Tod bedeuten könnte? Falls er nicht schon tot ist. Ich muss ihn finden. Jetzt.«

Die Unbekannte blieb stumm und kaute auf ihrer Unterlippe herum.

»Was ist mit Misty Derossi?«

»Mit wem?«

»Sie liegt im Denton Memorial auf der Intensivstation. Irgendjemand hat gestern ihren neugeborenen Sohn entführt. Wissen Sie etwas darüber?«

Die Frau riss die Augen dramatisch weit auf. Josie drängte sich der Verdacht auf, dass diese schockierte Entgeisterung nur aufgesetzt war. »Das ist ja furchtbar. Aber nein, darüber weiß ich nichts. Oder über sie. Ich habe noch nie von ihr gehört. Ich kann Ihnen nur noch einmal sagen: Ich erinnere mich an nichts.«

»Sagen Sie mir, was Sie wissen. Ich passe auf Sie auf und wir finden Luke – wenn er noch am Leben ist.«

Ein langer Augenblick verstrich. Josie hörte, wie ein paar Kollegen im Flur auf und ab gingen. Sie behielt die Frau so lange fest im Blick, bis diese sich wieder von ihr abwandte.

»Es tut mir leid«, sagte die Unbekannte. »Ich weiß wirklich nichts. Geben Sie mir bitte noch einen Tag. Lassen Sie mich schlafen. Ich will Ihnen doch helfen.«

Josie glaubte ihr kein Wort, und so sehr es sie auch in den Fingern juckte, die paar Schritte durch den Raum zu gehen und die Informationen aus ihr herauszuschütteln, wusste sie doch, dass das nicht möglich war. Die Frau war eindeutig in Gefahr, was bedeutete, dass der sicherste Ort für sie der Polizeigewahrsam war.

»Ich gebe Ihnen vier Stunden. Sie können unten in der Zelle schlafen, bis ich wieder nach Ihnen sehe. Wenn Sie sich bis dahin immer noch an nichts erinnern, dann gebe ich Ihr Bild an die Presse weiter.«

»Vielen Dank.«

Und Josie verstand, dass sie Luke auf eigene Faust finden musste.

18

Noah wartete draußen vor der Tür des Verhörraums. »Das war ja mal produktiv«, konstatierte er grinsend.

Josie verkniff sich eine bissige Erwiderung. Stattdessen schickte sie ihm eine Nachricht. Sein Smartphone gab einen piepsenden Ton von sich und er schaute auf den Bildschirm. »Ich dachte, Sie hätten kein Foto von ihr gemacht«, sagte er.

Josie lächelte. »Sie war so damit beschäftigt, ihre Show abzuziehen, dass sie nicht gemerkt hat, als ich es doch gemacht habe. Schicken Sie es an WYEP. Ich will, dass sie es im Laufe der nächsten Stunde in den Nachrichten bringen.«

»Ich dachte, Sie wollten ihr vier Stunden Zeit geben.«

»Wir haben keine vier Stunden. Bringen Sie sie in die Zelle und machen Sie es ihr bequem. Dann sorgen Sie dafür, dass ihr Foto in den Medien und Social Media geteilt wird. Wir sagen, dass sie an einem Tatort aufgegriffen wurde und wir versuchen, ihre Identität zu ermitteln.«

»Was ist, wenn sie häusliche Gewalt erfahren hat? Und der Typ, der ihr das Gesicht gebrochen hat, hinter ihr her ist?«

»Ich kann ihr helfen«, sagte Josie beharrlich. »Ich kann sie beschützen, aber im Moment ist sie nun einmal meine einzige

Verbindung zu Luke. Sie weiß etwas. Eine andere Chance, ihn zu finden, habe ich nicht – falls er noch am Leben ist. Wenn sie mir nicht sagen kann oder will, wer sie ist, dann muss ich alle Möglichkeiten ausschöpfen, um es herauszufinden. Etwas anderes bleibt mir nicht übrig.«

Noah sah aus, als wollte er ihr widersprechen, aber dann schluckte er nur und sagte: »In Ordnung. Ich rufe bei WYEP an.«

»Und dann fahren Sie bitte zum Foxy Tails und zeigen ihr Foto dort herum. Vielleicht erkennt sie ja irgendjemand wieder.«

»Glauben Sie, dass sie Misty kennt?«, fragte Noah.

»Ich weiß nicht. Was ich weiß, ist, dass Misty gestern die Scheiße aus dem Leib geprügelt und ihr Neugeborenes entführt wurde. Ein paar Stunden später stellen wir beim Sichten der Videoaufnahmen fest, dass Luke sich mit ihr im Foxy Tails getroffen hat. Dann verschwindet er nach einem offensichtlichen Kampf und diese Frau wird bei seinem Haus aufgegriffen. Das kann doch alles kein Zufall sein. Verbreiten Sie dieses Foto auf der Stelle, in Ordnung? Schauen wir mal, wie es unserer Unbekannten gefällt, belogen zu werden.«

»Alles klar, Boss. Übrigens haben wir Mistys Handy nicht orten können.«

»Dann hat es der Täter wohl zerstört. Also eine Sackgasse. Wie sieht es bei den Hebammen aus? Ich möchte immer noch wissen, ob irgendwo in der Stadt eine Hebamme vermisst wird.«

»Gretchen hat sich darum gekümmert«, erklärte Noah. »Ihr ist aber nichts Verdächtiges aufgefallen.«

»Wenigstens eine gute Nachricht. Und wie sieht es mit Mistys Schreibtisch aus? Das könnte ebenfalls eine Sackgasse sein, aber ich möchte wissen, ob sich darin irgendetwas Brauchbares befindet.«

»Gretchen hat mit dem Typen vom Schlüsseldienst gesprochen, aber er braucht anscheinend ein spezielles Werkzeug für dieses Möbelstück. Wussten Sie, dass der Schreibtisch aus England importiert wurde? Er ist fast zweihundert Jahre alt. Wie auch immer, die vom Schlüsseldienst scheinen nicht das richtige Werkzeug zu haben, aber sie kennen jemanden ein paar Städte weiter, bei dem sie es ausleihen können.«

»Beschissene Stilmöbel«, murmelte Josie.

»Sie müssen es nur sagen, wenn wir das Schloss aufbrechen sollen.«

»Auf keinen Fall. Der Schreibtisch muss Unsummen kosten, dafür übernehme ich nicht die Verantwortung. Das Einzige, was ich mir davon verspreche, ist, dass wir Dokumente finden, die uns einen Hinweis auf den Vater des Babys geben. Und was das anbelangt, bin ich mir recht sicher, dass wir ihn auf der Liste unserer potenziellen Väter finden. Sagen Sie mir nur Bescheid, wenn der Schreibtisch geöffnet ist, ja?«

»Selbstverständlich.«

Noah verschwand durch den Flur, das Smartphone bereits am Ohr. Gleichzeitig meldete sich Josies eigenes Handy. Auf dem Display leuchtete Gretchens Name auf. »Gibt es etwas Neues?«, meldete sich Josie ohne unnötige Floskeln.

Gretchens Stimme klang angespannt. »Ich bin zu Lukes Haus gefahren, wie Sie es angeordnet hatten. Habe mich draußen umgesehen, auf dem Hof, in der Scheune, auf dem Gelände.«

Josies Mund wurde trocken. »Was haben Sie gefunden?«, fragte sie. Gretchen hätte nicht angerufen, wenn sie nichts Wichtiges zu berichten hätte.

»Eine männliche Leiche, Boss. Hinter der Scheune. Vergraben. Sieht aus, als läge er schon länger dort.«

»Also kann es nicht Luke sein«, platzte Josie heraus.

»Nein, das glaube ich auch nicht. Ich habe die Gerichtsmedizinerin angerufen und sie hat sich sofort auf den Weg gemacht. Wollen Sie dazustoßen?«

Josie ließ den Blick durch den Raum schweifen. Drei ihrer Kollegen standen an ihre Schreibtische gelehnt und hatten den Blick auf den Fernseher an der Wand gerichtet. Trinity Payne begleitete Tag zwei der Gerichtsverhandlung gegen Aaron King. Wie jeder im ganzen Land waren auch Josies Mitarbeiter wie gebannt von dem Strafprozess. Warum sollten sie sich auch nicht für die Berichterstattung interessieren? Im Fall des vermissten Babys von Misty Derossi gab es gerade keine Spuren zu verfolgen. Im Fall von Lukes Verschwinden sah es ähnlich aus. Die Unbekannte verweigerte die Zusammenarbeit. »Bin in zwanzig Minuten da«, sagte Josie und legte auf.

Sie rief einen Officer zu sich und beauftragte ihn damit, sofort ein Spurensicherungsteam zu Lukes Haus zu schicken. Dann machte sie Noah ausfindig, um ihn über die neuesten Entwicklungen in Kenntnis zu setzen. Er versprach, sich später mit ihr in Verbindung zu setzen, wenn er Josies Aufträge erledigt hatte. Josie selbst setzte sich in den Wagen und machte sich auf den Weg. Die dreißig Kilometer wurden zu den längsten ihres Lebens.

Dr. Anya Feist war eine intelligente, effiziente und nüchterne Frau in den Vierzigern. Seit mehr als zehn Jahren war sie die zuständige Gerichtsmedizinerin der Stadt Denton. Josie hatte sie immer sympathisch gefunden. Durch den Fall mit den vermissten Mädchen hatte Anya allerdings etwas von ihrer jungen, vitalen Frische eingebüßt. Josie war nicht entgangen, dass ihr schulterlanges blondes Haar in den letzten anderthalb Jahren einen silbrigen Glanz angenommen und Anya selbst auf ihren 1,70 Metern einige Pfunde verloren hatte, bis die Leute anfingen, sie zu fragen, ob sie krank sei. »Nein«, hatte sie jedes Mal erwidert. »Das ist nur der berufliche Stress.«

Josie fand sie auf dem Boden hinter Lukes Scheune vor, wo

sie mit den behandschuhten Händen im lockeren Boden herumwühlte. Sie hatte bereits ein rechteckiges Raster mit Metallstangen und Schnüren abgesteckt. Gretchen stand außerhalb der Markierung und machte Fotos mit einer Kamera der Polizei. In der Mitte des Rechtecks, direkt neben Anyas Knien, ragte ein Bein mit brauner Hose aus dem Dreck. Der Fuß war mit einem schlammverschmierten schwarzen Slipper bekleidet. Eine Woge der Erleichterung erfasste Josie. Der passte nicht zu Luke. Er besaß nur ein einziges Paar eleganter Schuhe, für das er viel zu viel Geld bezahlt hatte und das er nur zu Hochzeiten und Beerdigungen trug. Dieser Schuh sah anders aus.

Anya hörte auf, sich durch den Dreck zu wühlen, und schielte zu Josie hinauf. »Chief«, sagte sie.

»Dr. Feist«, gab Josie zurück und blieb vor dem abgesperrten Bereich stehen.

Gretchen nickte Josie zu. Sie hatte vorübergehend damit aufgehört, Fotos zu machen, und nutzte die Kamera gerade für einen Schwenk zur Grundstücksgrenze, an die sich ein kleines Wäldchen anschloss. »Dort ist ein Hang«, erklärte sie. »Man muss eine kleine Böschung hinauf, um in den Wald zu gelangen. Letzte Woche hat es viel geregnet, und ich glaube, das hat jede Menge Dreck und Schlamm weggespült. Andernfalls wäre mir nie aufgefallen, dass dort ein Schuh aus dem Boden ragt. Allerdings sieht es nicht so aus, als wäre er sonderlich tief vergraben gewesen.«

Anya strich sich mit dem Handrücken eine Haarsträhne aus der Stirn. »Ich muss noch den Rest meiner Ausrüstung aus dem Wagen holen. Wenn ich diesen Gesellen hier freigelegt habe, brauchen wir einen Krankenwagen, der ihn in die Pathologie bringt.«

»Was immer Sie brauchen«, sagte Josie. »Was glauben Sie, wie lange er schon hier liegt?«

»Keine Ahnung. Da könnte ich nur raten. Ich muss ihn erst

auf dem Tisch haben und genauer untersuchen, um ein Urteil abgeben zu können. Wenn ich mir den Zustand seiner Kleidung anschaue, würde ich aber sagen, nicht allzu lange. Wenn er schon seit Jahren hier herumliegen würde, sähen seine Hose und die Schuhe anders aus.«

»Über welchen Zeitraum sprechen wir hier?«, fragte Josie. »Tage? Wochen?«

Anya klopfte ein wenig Dreck vom unteren Ende des Hosenbeins. »Vier bis sechs Monate. Vielleicht auch weniger. Aber Sie wissen ja, dass ich keine zuverlässige Antwort geben kann, solange ich die Leiche nicht untersucht habe.«

»Das verstehe ich. Ich helfe Ihnen mit Ihrer Ausrüstung.«

»Einen Augenblick«, sagte Anya, beugte sich über das Bein und bürstete mit raschen, gleichmäßigen Bewegungen sanft den Dreck vom Oberschenkel. Dann tastete sie das Hosenbein nach etwas ab. Wahrscheinlich nach einer Tasche, überlegte Josie, während Anya noch etwas mehr Schmutz entfernte und ihre Finger unter dem Stoff verschwanden. »Na, komm schon«, presste sie heraus, während sie vorsichtig an etwas zerrte, das in der Hosentasche steckte. Einen Augenblick später hielt sie triumphierend ein Männerportemonnaie in die Höhe. »Detective Palmer«, sagte sie.

Gretchen trat einen Schritt heran, beugte sich über das Absperrband und schoss einige Fotos von dem Portemonnaie. Dann ließ sie die Kamera los, die an einem Riemen um ihren Hals baumelte, zog ein paar Gummihandschuhe an und nahm die Geldbörse von Anya entgegen. Während Gretchen den Inhalt des Portemonnaies untersuchte, schaute Josie ihr über die Schulter. Zum Vorschein kam ein in New Jersey ausgestellter Führerschein. »Mickey Kavolis.« Gretchen hielt das Kärtchen in die Höhe, damit Josie ein Foto davon machen konnte. »Er war siebenundvierzig Jahre alt und hat in Atlantic City gelebt.«

Der Mann auf dem Führerscheinbild wirkte älter, als er

war. Sein grau meliertes Haar wucherte über den Ohren, war am Scheitel schütter und wich an den Schläfen zurück. Seine braunen Augen lagen tief in den Höhlen und seine platte Nase schien mehrmals gebrochen gewesen zu sein. Aknenarben hatten seine olivfarbene Haut in eine Kraterlandschaft verwandelt. Das Foto erinnerte eher an ein Fahndungsfoto als an ein Ausweisbild. Josie war sich sicher, dass sie seinen Namen nur in eine der verschiedenen Datenbanken würde eingeben müssen, um auf ein Vorstrafenregister zu stoßen.

»Atlantic City?«, wiederholte sie. »Wie kommt er dann hierhin?«

Und warum zum Teufel war er auf Lukes Grundstück vergraben?

19

ABC 7NY – Newark, New Jersey
7. Januar 2017

Junger Mann stirbt nach Sturz vom Balkon

David Hammons, ein zwanzig Jahre alter Bürger aus Newark, kam bei einem Sturz von seinem Balkon im zehnten Stock ums Leben. Die Polizei äußerte sich kurz nach 19 Uhr zu dem Vorfall in der Mt. Prospect Avenue. Hammons lebte allein und war auch zum Zeitpunkt des Unfalls allein in seiner Wohnung. Die zuständigen Beamten gehen davon aus, dass er zum Rauchen auf den Balkon gegangen war, bevor er in den Tod stürzte.

Nach Vorwürfen des Kindesmissbrauchs hatte Hammons erst vor Kurzem seine Anstellung in einem nahe gelegenen Stadtteilzentrum verloren. Anzeichen für einen Suizid wurden allerdings nicht gefunden.

Durch vorläufige Ermittlungen konnten der Polizei zufolge Fremdeinwirkung sowie bautechnische Mängel als Ursache des Unfalls ausgeschlossen werden.

20

Das städtische Leichenschauhaus war im Keller des Denton Memorial Hospital untergebracht, einem alten Backsteingebäude oben auf einem Hügel. Von den Zimmern aus hatten die Patienten des Krankenhauses einen ausgezeichneten Blick über die Stadt, aber die Pathologie war ein fensterloses, düsteres Loch, in dem es ständig nach Chemikalien und biologischem Verfall roch. Die Wände des langen Ganges waren irgendwann einmal weiß gewesen, aber so lange nicht gestrichen worden, dass sie einen stumpfen Grauton angenommen hatten, und die Bodenfliesen waren seit Urzeiten vergilbt. Einen ruhigeren Ort fand man im ganzen Krankenhaus nicht – vielleicht sogar in der ganzen Stadt. Wenn Josie ins Leichenschauhaus musste, fühlte sie sich jedes Mal wie am Set eines Horrorfilms. Heute war sie die Hauptdarstellerin. Fragen über Fragen wirbelten ihr durch den Kopf. Wer war Mickey Kavolis? Hatte Luke ihn dort vergraben? Hatte Luke ihn *umgebracht*? Sie versuchte, Ordnung in ihre Gedanken zu bringen. Zuerst brauchte sie mehr Informationen. Der Fall verlangte nach ihrer üblichen professionellen Ermittlungsarbeit.

Dr. Feist hatte die uneingeschränkte Herrschaft über diese

kleine Ecke des Gebäudes. Für den Fall der verschwundenen Mädchen hatte sie einen Teilzeitassistenten angestellt, einen jungen Mann Ende zwanzig, klein und gedrungen, mit einer Brust wie ein Fass und einem ordentlich gestutzten Spitzbart. Josie stand in einer Ecke des Obduktionsraums, während Dr. Feist und ihr Assistent den Leichensack mit Mickey Kavolis von der fahrbaren Transportliege auf den Obduktionstisch aus Edelstahl hievten.

Der Assistent bewegte sich schweigend durch den Raum, half Dr. Feist, den Leichensack zu öffnen, und bereitete den Tisch mit den Arbeitsutensilien vor, während Anya ihren Mantel auszog, unter dem sie hellblaue OP-Kleidung trug, und sich eine Haube über die silberblonden Locken stülpte. An einem der Waschbecken verbrachte sie einige Zeit damit, sich die Hände zu waschen, und sagte dabei mit einem Blick zu Josie: »Sind Sie sicher, dass Sie dabei zusehen wollen?«

Josie grinste. »Schauen wir mal, wie lange es gut geht.«

Sie hatte noch nicht bei allzu vielen Obduktionen zugegen sein müssen und sie konnte sich einiges vorstellen, was ihr in diesem Moment mehr Spaß gemacht hätte.

»Setzen Sie sich gerne auf den Stuhl dort in der Ecke. Und unterbrechen Sie mich bitte nicht. Merken Sie sich Ihre Fragen für später, wenn wir hier fertig sind. Der Ablauf ist Ihnen ja bekannt.«

Josie ließ sich auf dem Stuhl nieder, den Dr. Feist ihr zugewiesen hatte, und zog ihr Smartphone heraus. »*Wo sind Sie?*«, textete sie an Noah.

»*Auf dem Weg*«, antwortete er prompt.

Josie hatte ihn angerufen, während Dr. Feist und die Kollegen von der Spurensicherung Mickey Kavolis᾽ Leiche freigelegt hatten. Noah war gerade im Foxy Tails gewesen, wo er mit dem Foto der Unbekannten herauszufinden versuchte, ob irgendeine der Tänzerinnen sie kannte. Ohne Erfolg. Niemand erkannte sie wieder. Josie hatte Noah gebeten, Mickey Kavolis᾽

Namen und relevante Informationen durch die Datenbanken der Polizei zu jagen und danach ins Leichenschauhaus zu kommen.

Nun schaute sie dabei zu, wie Dr. Feist ihr Aufnahmegerät einschaltete und mit klarer, lauter Stimme ihre Befunde vortrug. Sie kannten den Namen, die Adresse und das Geburtsdatum des Toten, das alles stand auf seinem Führerschein. Ein Blick in das schon teils verweste Gesicht des Mannes reichte, um festzustellen, dass er an einem Schuss in den Kopf gestorben war. Josie hoffte, dass Dr. Feist eine Kugel oder irgendeinen anderen Hinweis darauf finden würde, wer Mickey Kavolis umgebracht hatte und wie seine Leiche im Erdboden hinter Lukes Scheune gelandet war.

Sie wusste, dass sie keine Mutmaßungen anstellen sollte, aber Lukes Grundstück war ziemlich abgelegen. Die Wahrscheinlichkeit, dass jemand – abgesehen von ihm selbst – dort eine Leiche vergrub, war verschwindend gering. Mit jeder Stunde, die verging, wuchs das unheilvolle Gefühl in ihr an. Sie wischte über das Smartphonedisplay, um Noah auf seine letzte Nachricht zu antworten. Vom Startbildschirm schaute ihr Luke entgegen.

Wo bist du da nur hineingeraten?, fragte sie ihn in Gedanken.

In diesem Moment ertönte ein leises Klopfen an der Tür. In der quadratischen Glasscheibe erschien Noahs Gesicht. Erleichtert, nicht länger mit ihrer Sorge und Angst um Luke allein zu sein, steckte Josie ihr Smartphone ein, nickte Dr. Feist zu, die gerade ihr Skalpell in die Hand genommen hatte, und verließ den Raum.

Noah trat einen Schritt zurück, um nicht die Tür an den Kopf zu bekommen. Er hielt sich die Nase zu. »Mein Gott!«, sagte er. »Dieser Geruch.«

Josie rümpfte die Nase und vergewisserte sich, dass die Tür

zum Obduktionsraum fest verschlossen war. »Ich weiß«, sagte sie. »Der ist fürchterlich. Und, gibt es Neuigkeiten?«

Noah warf noch einmal einen Blick zur Tür. »Gehen wir ein paar Schritte. Ich brauche frische Luft.«

Der nächste Ausgang führte sie zu einem Mitarbeiterparkplatz hinter dem Krankenhaus. Neben den Türen standen zwei Abfallcontainer, und doch war der Geruch hier angenehmer als das, was Mickey Kavolis 'Leiche ausdünstete.

Josie klemmte den Fuß in die Tür, um zu verhindern, dass sie hinter ihnen ins Schloss fiel, da ihr nicht danach zumute war, einmal um das komplette Gebäude herumlaufen zu müssen. »Schießen Sie los«, sagte sie.

»Mickey Kavolis hat für Eric Dunn gearbeitet.«

»Was meinen Sie damit? Als was?«

»Privater Sicherheitsdienst«, erklärte Noah.

»Inwiefern? In einem von Dunns Kasinos?«

»Nein, mehr wie ein Leibwächter ... unter anderem.«

Josie gefiel der Klang von Noahs Stimme nicht. »Unter anderem?«

Noah zuckte die Schultern. »Wie soll ich das sagen? Ich habe mit einem Kollegen von der Polizei in Atlantic City gesprochen. In den letzten drei Jahren haben sie Kavolis ein paar Mal festgenommen – dreimal Körperverletzung, ein Raubüberfall.«

»Herrje.«

»Jep. Er ist immer irgendwie durchgekommen. Wurde noch nicht einmal vor Gericht gestellt. Dunn hat seinen Anwalt eingeschaltet, Kavolis 'Freilassung gegen Kaution erwirkt, und die Zeugen sind daraufhin verschwunden.«

»Hat Kavolis dann überhaupt ein Vorstrafenregister?«, fragte Josie.

»Ja, er hat zwölf Jahre wegen Totschlags gesessen. Als er zweiundzwanzig war, hat er einen Typen zu Tode geprügelt.«

»Also war er quasi Dunns verlängerter Arm. Was zum

Teufel hat er dann hier gemacht? Ich weiß, dass Dunn mit dem Stadtrat in Verhandlung steht, weil er hier ein Kasino errichten will, aber was hatte Kavolis damit zu tun? Hier muss doch niemand eingeschüchtert werden.«

»Was ist mit den Ratsmitgliedern, die gegen den Bau des Kasinos gestimmt haben?«, fragte Noah.

Josie runzelte die Stirn. »Soweit ich weiß, gab es dazu keine Berichte.«

»Glauben Sie, dass die Ratsmitglieder es zugeben würden, von so einem Typen herumgestoßen worden zu sein?«

»Vielleicht nicht.« Josie seufzte. »Wie haben Sie herausgefunden, dass er für Dunn gearbeitet hat?«

»Vor zwei Monaten wurde ein verlassenes Fahrzeug in einer dieser Nebenstraßen hinter dem College abgeschleppt. Es war ein Mietwagen, der in Philadelphia von Kavolis abgeholt worden war – und jetzt raten Sie mal, wessen Kreditkarte er dabei benutzt hat.«

»Eric Dunns.«

Noah nickte. »Es war eine Firmenkreditkarte, ausgestellt auf die Dunn Hotel and Gaming, LLC.«

»Mickey Kavolis ist nie als vermisst gemeldet worden«, hob Josie hervor. »Zumindest nicht hier.«

»In Atlantic City auch nicht.«

Josie lächelte. »Sie haben Dunn bestimmt schon angerufen, oder?«

»Ich habe die Personalabteilung angerufen und mich als jemand von einem privaten Sicherheitsunternehmen ausgegeben, bei dem Kavolis kürzlich einen Lebenslauf eingereicht hat.«

Josie musste sich davon abhalten, in schallendes Gelächter auszubrechen. Als ob Typen wie Kavolis über so etwas wie Bewerbungsunterlagen verfügten. Das hatten sie gar nicht nötig. Sie verfügten über spezielle Fähigkeiten, die in den passenden Kreisen gewürdigt wurden.

»Sie sagten, Kavolis habe im Mai gekündigt«, fuhr Noah fort.

»Gekündigt. Aha. So kann man es natürlich auch ausdrücken. Das war dann vor vier Monaten. Sie haben doch gesagt, dass der Mietwagen vor zwei Monaten abgeschleppt worden ist, also im Juli. Wann genau hat er ihn ausgeliehen?«

»Im Mai. Der Autoverleih hat Dunns Kreditkarte einfach immer weiter belastet. Anscheinend haben sie ein paar halbherzige Versuche gestartet, Dunn mitzuteilen, dass der Wagen zurückgegeben werden soll, sind aber nicht sonderlich weit damit gekommen.«

»Und Dunn war damit einverstanden, dass sich immer mehr Kosten angehäuft haben?«

»Immerhin so lange, bis wir dort anriefen. Dann haben sie jemanden geschickt, der den Wagen vom Abschlepphof abgeholt hat.«

»Und sie haben alle Gebühren bezahlt?«

Noah nickte. »Ohne aufzumucken.«

»Können Sie herausfinden, wann sich Eric Dunn dieses Jahr in Denton aufgehalten hat? Und ob Kavolis ihn begleitet hat?«

»Ich versuche es.«

»Er muss zurzeit im Eudora Hotel sein«, erklärte Josie. »Bürgermeisterin Charleston hat mir gesagt, dass er bei seinen Besuchen immer dort absteigt. Wahrscheinlich ist er noch in der Stadt, er war ja gestern Abend auf der Wohltätigkeitsgala zu Gast.«

Noah hob eine Augenbraue. »Sollten wir uns mal mit ihm unterhalten?«

»Nein, jetzt noch nicht. Ich brauche mehr Informationen, bevor wir ihn konfrontieren.«

»Was für Informationen?«

»Solche, die uns nur Trinity Payne verschaffen kann.«

21

Das Gerichtsgebäude von Alcott County war das Herzstück einer Kleinstadt mit dem Namen Bellewood, die etwa sechzig Kilometer von Denton entfernt lag. Josie jagte die Straße entlang, hielt das Lenkrad so fest umklammert, dass ihre Knöchel weiß hervortraten, und versuchte, sich auf die kurvenreiche Bergstraße zu konzentrieren anstatt auf den Gedanken, wie es Luke gerade ging – falls er noch am Leben war. Das Gerichtsgebäude wurde von Übertragungswagen und umherstreifenden Journalisten belagert, die den Prozess um Aaron King dokumentierten. Sie liefen im Kreis, die Blicke fest auf ihre Smartphones gerichtet, wie gut gekleidete, perfekt frisierte Zombies. Josie entdeckte Trinity Payne an einem Ü-Wagen mit riesiger Satellitenschüssel auf dem Dach. Sie stand an den Van gelehnt und tippte hektisch auf ihrem Handydisplay herum. Als Josie sich ihr näherte, hob sie die Hand. »Sag ihm, dass ich schon noch eine Aussage bekommen werde, okay?«, sagte sie, ohne Josie eines Blickes zu würdigen.

»Mach ich gern«, sagte Josie. »Wenn Sie mir verraten, wem ich das sagen soll.«

Jetzt schaute Trinity auf, und ein Lächeln breitete sich über ihr Gesicht aus. Wie jedes Mal, wenn sie aufeinandertrafen, stellte Josie mit Befremden fest, wie ähnlich sie sich sahen. Fast wie von selbst wanderte ihre Hand nach oben und strich eine Strähne ihres schwarzen Haares über die lange, gezackte Narbe, die sich von ihrem rechten Ohr bis hinunter zum Kinn zog. Trinity warf ihre eigenen glänzend schwarzen Locken nach hinten. Ihre blauen Augen blitzten. »Chief Quinn«, sagte sie. »Sind Sie hier, weil Sie Hilfe mit der Großen Unbekannten brauchen? Ich habe den Bericht in den Lokalnachrichten gesehen. Sie ist wirklich hübsch. Wo haben Sie sie aufgegabelt?«

»Es steht mir zu diesem Zeitpunkt noch nicht zu, darüber Auskunft zu erteilen«, sagte Josie und erwiderte das Lächeln. »Ich bin aus einem anderen Grund hier. Wegen *jemand* anderem.«

Trinity hob eine perfekt gezupfte Augenbraue. »Ihr verschwundener Verlobter oder das Baby der Stripperin?«

»Ihnen entgeht wirklich nichts«, bemerkte Josie. »Sie machen mittlerweile doch gar keine Lokalberichte mehr.«

»Aber ich schnappe so manches auf. Man weiß nie, was für das landesweite Publikum von Interesse sein könnte. Also, worum gehts?«

»Wissen Sie irgendetwas über einen der beiden Fälle?«

»Es tut mir leid, aber nein.«

»Wenn das so ist, dann geht es auch um etwas anderes. Ich muss Sie fragen, was Sie über Eric Dunn wissen. Ich weiß, dass der Sender Sie im letzten Jahr die ganze Ostküste hinauf und hinunter gescheucht hat. Ich habe Ihre Reportage über die Kasinos in Atlantic City gesehen, die den Bach runtergegangen sind. Fast alle Kasinos, um ehrlich zu sein – ausgenommen das von Eric Dunn.«

Trinity steckte das Telefon in die Tasche, stemmte eine manikürte Hand in die Hüfte und taxierte Josie von oben bis unten. Josie war klar, dass sie von ihr nichts umsonst bekommen würde. Seit dem Fall mit den vermissten Mädchen war Trinity eine treue Verbündete, aber jetzt, da sie auf der landesweiten Bühne stand, kannte ihr Ehrgeiz keine Grenzen mehr.

»Dafür schulden Sie mir ein Mittagessen«, sagte sie.

»Das ist alles? Ein Mittagessen?«

Trinity grinste wie ein Honigkuchenpferd. »Ich sage Ihnen, was ich weiß, und dann sagen Sie mir, warum Sie es wissen wollen. Wenn es eine gute Story gibt, will ich sie bringen.«

Josie verdrehte die Augen. »Na gut. Auf gehts.«

»Gehen wir zu Harry᾿s Grill.«

»Dort ist es ganz schön teuer.«

»Das sollte es wert sein.«

»Ich hoffe für Sie, dass Sie etwas wissen, was ich nicht einfach googeln kann.«

Trinity lachte und schloss sich Josie an. »Oh, Schätzchen, ich weiß immer mehr als Google.«

Harry᾿s Grill lag im Erdgeschoss eines alten fünfstöckigen Hotels, das das Straßenbild der Main Street in Bellewood dominierte. Es war eines von wenigen Edelrestaurants im ganzen County und lag nur ein paar Straßen vom Gerichtsgebäude entfernt. Die Menschen, die dort im Gericht ein und aus gingen, waren auch der Grund, weshalb sich das Restaurant in Bellewood hielt, dessen Einwohner sich die exorbitanten Preise für gewöhnlich nicht leisten konnten. Die beiden Frauen gingen die kurze Strecke zu Fuß. Die Zehn-Zentimeter-Absätze von Trinitys Jimmy Choos klackerten in gleichmäßigem Rhythmus auf dem Asphalt. Noch im Gehen verschickte die Reporterin in rasantem Tempo mehrere Textnachrichten. Im Restaurant wurden sie von einer Tischeinweiserin empfangen, die glamouröser gekleidet war als Josie auf ihrem eigenen Abschlussball, und bekamen binnen Minuten einen freien Tisch zugewiesen.

Trinity legte ihr Smartphone auf den Tisch und musterte Josie mit zusammengekniffenen Augen. »Bevor ich irgendetwas sage, sollten Sie wissen, dass Eric Dunn brandgefährlich ist.«

»Wie meinen Sie das?«

»Ich will damit sagen, dass Menschen, die sich ihm in den Weg stellen, die Gewohnheit haben, zu verschwinden.«

Angesichts dessen, was sie bereits über Mickey Kavolis in Erfahrung gebracht hatte, war Josie nicht überrascht, aber das behielt sie vorerst für sich. Eine Kellnerin erschien mit Wasser und Gläsern, stellte sich vor und nahm ihre Getränkebestellung auf. Trinity entschied sich für ein Glas Weißwein, Josie für einen Kaffee. Als sie wieder ungestört sprechen konnten, lehnte Trinity sich nach vorn. »Geht es um dieses Kasino, das Dunn in Denton bauen will?«

»Ich wünschte, es wäre so«, sagte Josie.

Trinity lächelte und nippte an ihrem Wasserglas. »Oh, das klingt pikant.«

»Reden Sie zuerst.«

Trinity zuckte die Schultern, stellte ihr Glas ab und ließ die Spitze ihres Zeigefingers träge den Rand umkreisen. »Eric Dunn ist vierundzwanzig. Seine Eltern gehören zum alten Geldadel. Die sind so reich, dass sie ihn nicht einmal selbst zeugen mussten.«

»Wie ist das schon wieder gemeint?«

»Mr. Dunn war ein alter Knacker mit einer Frau in den Zwanzigern, die nicht scharf darauf war, sich die Figur zu ruinieren. Deshalb wurde Eric von einer Leihmutter geboren.«

»Hatte der Vater noch andere Kinder?«

»Nein, Eric ist sein erster und einziger Sprössling. Der Vater hatte ein paar Ehen hinter sich, aber Kinder sind dabei nie zustande gekommen. Ehefrau Nummer vier hat ihn dann wohl davon überzeugen können, jetzt oder nie, und offenbar hat für beide nichts dagegengesprochen, den Erben auf ›unkonventionelle Weise‹ zu produzieren.«

»Woher wissen Sie das alles?«

»Das stand in einem Artikel im *People*-Magazin, vor zwei Jahren, als Eric Dunns Erfolg ihn förmlich auf die Titelseiten katapultiert hat. Aber alles andere weiß ich, weil ich mal eine Reportage über ihn vorbereitet habe, die meine Produzenten dann nicht senden wollten.«

Jetzt war es Josie, die grinsen musste. »Ihre Produzenten scheinen so einige Ihrer Berichte nicht ausstrahlen zu wollen.«

Trinity verdrehte die Augen. »Nur die allzu kontroversen. Bis jetzt. Wenn ich etwas mehr Erfahrung und damit auch Glaubwürdigkeit gewonnen habe, werden sie mir komplett freie Hand lassen.«

Die Kellnerin erschien mit ihren Getränken und nahm die Bestellung auf – eine Suppe für Josie und eine Vorspeise sowie ein teures Hauptgericht mit drei Beilagen für Trinity. Josie hatte ganz vergessen, wie viel die zarte Trinity verdrücken konnte.

»Also hat Dunn das Imperium seines Vaters geerbt«, soufflierte Josie, in der Hoffnung, Trinity wieder auf Kurs zu bringen.

Die zuckte die Schultern. »Ja, und man muss sagen, dass er damit wahre Wunder vollbracht hat. Er ist der jüngste Kasinomogul in der ganzen Branche. Als er zwanzig war, besaß sein Vater zwei Spielhöllen – eine in Atlantic City und eine weitere in Philadelphia. Und jetzt? Die bauen Kasinos in Kalifornien, Colorado, Louisiana, Las Vegas. Überall. Im ganzen Land. Eric ist nicht einmal aufs College gegangen. Stattdessen hat er nach dem Schlaganfall seines Vaters das Familienunternehmen übernommen. Er ist gut in dem, was er tut. Wirklich gut. Aber er ist nicht so ... gewissenhaft, wie sein Vater es war.«

»Lebt der alte Herr noch?«, fragte Josie.

»Nein. Mr. Dunn ist gestorben, als Eric zweiundzwanzig war. Nach dem Schlaganfall hat er nie mehr zu seiner alten Form zurückgefunden. Er ging da allerdings auch schon auf die neunzig zu.«

»Was meinen Sie damit, dass Eric nie so gewissenhaft war wie sein Vater?«

»Er nimmt immer den einfachsten Weg. Und den billigsten. Er beschäftigt Arbeiter, die nicht gewerkschaftlich organisiert sind, und bezahlt sie nicht, bevor nicht die komplette Arbeit verrichtet ist. Er besticht Leute, um sich um notwendige Genehmigungen herumzudrücken, und es wird gemunkelt, dass diejenigen, die sich nicht bestechen lassen, gern mal verschwinden oder unglückliche Unfälle erleiden.«

Josie gefror das Blut in den Adern. Offensichtlich war Luke in irgendeine Geschichte mit Eric Dunn verwickelt worden. Hatte Dunn ihn verschwinden lassen? War es schon zu spät? Sie versuchte, die aufwallenden Gefühle zu unterdrücken, legte die Stirn in Falten und versuchte, sich wieder auf das Gespräch zu konzentrieren. »Gehört er irgendwelchen mafiösen Strukturen an?«

Trinity schüttelte den Kopf und nahm einen kräftigen Schluck von ihrem Wein. »Nein, ich glaube nicht. Aber er führt sein Unternehmen mit einer Rücksichtslosigkeit, die einem Mafiaboss alle Ehre machen würde. Er umgibt sich mit Schlägertypen, die alles tun, was er ihnen sagt – oder wofür er sie bezahlt. Ihm ist egal, wen er verletzt oder über den Tisch zieht. Er hat es immer geschafft, sich aus unangenehmen Situationen herauszuwinden. Na ja, bis zuletzt jedenfalls.«

Josie nahm sich die Zeit, Zucker und Milch in ihren Kaffee zu schütten und ihn träge umzurühren. »Was ist zuletzt passiert?«

»Sie haben etwas in Philadelphia gebaut – oder mussten zuerst etwas Altes dafür abreißen. Es heißt, dass Dunn eine ganze Reihe von Stadtarbeitern bestochen hat, damit sie auf die erforderlichen Inspektionen verzichteten und ein paar Typen für den Abriss anheuerten, die zwar fast für lau arbeiteten, aber keine Ahnung hatten, was sie taten. Letzten Endes gingen zwei weitere Gebäude zu Bruch, als sie auf den Knopf drückten.«

»Oh.«

»Es waren noch Leute drin. In einem der Gebäude waren mehrere Wohnungen und ein Coffeeshop. Neun Leute sind bei dem Einsturz ums Leben gekommen. Das andere wurde gerade von einem Kammerjäger nach Bettwanzen durchforstet, deswegen sind dort nur drei Personen gestorben. Glück für Dunn.«

»Oh mein Gott.«

Trinity nippte an ihrem Wein und nickte. Ihre Wangen hatten eine rosige Färbung angenommen. »Ja, das war ziemlich übel. Haben Sie das denn nicht in den Nachrichten gesehen? Das ging doch herum wie ein Lauffeuer.«

Josie erinnerte sich vage an einige Meldungen in den Abendnachrichten, aber offenbar hatte sie die Ereignisse nicht aufmerksam verfolgt. Außerdem hatte ihr der Name Eric Dunn zum damaligen Zeitpunkt noch nichts gesagt. Sie holte ihr Smartphone heraus und googelte ihn. Was sie brauchte, war ein Gesicht zu dem Namen. Die meisten Fotos, die ihre Bildersuche hervorbrachte, zeigten Dunn, wie er mit einer überdimensionierten Schere ein Seil vor einem neuen Gebäude zerschnitt. Er wirkte etwas älter als vierundzwanzig, hatte einen vollen, braunen Haarschopf, haselnussbraune Augen, die etwas zu nah beieinanderstanden, und eine lange, kaum merklich gekrümmte Nase. Er wirkte durchschnittlich groß und kräftig. Eigentlich hatte er nichts Markantes an sich. Josie hatte das Gefühl, ihn wiederzuerkennen, aber sie konnte sich nicht daran erinnern, ihm schon einmal begegnet zu sein.

»Ich kann mir nicht vorstellen, dass Dunn sich über zivilrechtliche Verfahren den Kopf zerbricht«, sagte sie zu Trinity.

»Ich meine, er war doch bestimmt versichert oder hatte genügend Rücklagen, um für alles aufzukommen.«

»Natürlich«, stimmte Trinity ihr zu. »Er war schon vorher in Skandale dieser Art verwickelt, aber nie in einem solchen Ausmaß. Auch vorher sind schon Leute auf seinen Baustellen ums Leben gekommen, nur sind die Augenzeugen dann entweder verschwunden oder haben ihre Aussagen zurückgenommen. Manchmal hat er den betroffenen Familien auch heimlich Geld übergeben und so verhindert, dass die Fälle vor Gericht landeten. Die Angehörigen waren meistens einfach froh, das Geld nehmen und weitermachen zu können.«

»Dieses Mal aber anscheinend nicht?«

»Nein. Dieses Mal bestand die Möglichkeit, dass er strafrechtlich belangt werden würde. Natürlich behaupten seine Anwälte, dass er nichts mit den angeheuerten Arbeitern oder was sich sonst auf der Baustelle abgespielt hat zu tun hatte. Sie weisen alle Vorwürfe der Bestechung zurück. Aber zwei der Stadtarbeiter haben sich bereits das Leben genommen, und bei dreien der Männer, die für die technische Ausführung zuständig waren, wurden Drogenspuren im Blut nachgewiesen. Die Staatsanwaltschaft versucht natürlich, Dunn auf irgendetwas festzunageln, um ihn endlich wegsperren zu können. Die Opfer werden sein Geld nicht annehmen.«

»Was ist mit den Arbeitern?«

»Oh, die wurden bereits der fahrlässigen Tötung und was weiß ich sonst noch alles angeklagt. Die werden in den Bau wandern, da bin ich mir sicher. Aber wie ich schon sagte, das reicht der Staatsanwaltschaft nicht. Diese Nummer ist zu groß. Da wird sich Dunn nicht wieder herauswinden können.«

»Aber der Kerl hat doch bestimmt die besten Anwälte an der Seite, die man für Geld bekommen kann, oder nicht?«, fragte Josie.

»Selbstverständlich. Aber man munkelt, dass es Beweise

dafür gibt, dass er selbst bei der Beaufsichtigung des Abrisses beteiligt war.«

»Was für Beweise?«, fragte Josie, während sie durch ihre Suchergebnisse scrollte. Ein Foto, auf dem Dunn zu sehen war, wie er Arm in Arm mit einer blonden Frau eines seiner Kasinos betrat, fiel ihr ins Auge. Sie tippte es an, um näher heranzoomen zu können, konnte aber leider nur den Hinterkopf der Frau erkennen. Dunn selbst hatte sich umgewandt und winkte in die Kamera.

»Videos, Audioaufnahmen ... Niemand ist sich dessen sicher, aber eines muss es sein. Oder beides.«

»In welchen Kreisen kursieren diese Gerüchte?«

»In seinem Umfeld. Ich habe mit vielen verschiedenen Leuten gesprochen. Keiner wollte vor die Kamera, aber diese Geschichte habe ich immer und immer wieder erzählt bekommen.«

Josie widmete sich wieder den Suchergebnissen und stieß auf zwei weitere Aufnahmen von Dunn in Gesellschaft einer kleinen blonden Frau, aber auf keiner war das Gesicht zu erkennen. »Also hat jemand gehört, dass jemand gehört hat, dass jemand gesagt hat ... Sie wissen doch selbst, dass das keine verlässliche Quelle ist.«

»Ja, aber wo Rauch ist, ist normalerweise auch Feuer. Schauen Sie, Eric Dunn ist kein guter Mensch. Ebenso wenig wie die Typen, die für ihn arbeiten.«

»Wurde er schon einmal der häuslichen Gewalt beschuldigt?«, fragte Josie.

»Nicht offiziell. Ich meine, es gab auch in der Hinsicht Gerüchte, aber ich glaube nicht, dass irgendetwas davon bis zur Polizei vorgedrungen ist.«

»Hat er eine Freundin?«

Trinity hob eine Augenbraue. »Wieso? Haben Sie Interesse? Ich weiß, dass Luke vermisst wird, aber ich hätte gedacht, dass Sie ein bisschen länger auf seine Rückkehr hoffen.«

»Das ist nicht lustig«, sagte Josie.

»Tut mir leid«, lenkte Trinity ein. »Das war unter der Gürtellinie. Dunn hat eine Freundin, Kim irgendwas.«

Josie rief eines der Fotos auf, die sie von ihrer mysteriösen Zeugin geschossen hatte. »Ist sie das?«

»Ihre geheimnisvolle Unbekannte? Keine Ahnung. Ich kenne sie nicht. Ich weiß nur, dass er seit etwa einem Jahr mit einer Kim liiert ist. Er war eigentlich nie der Typ für eine feste Beziehung, aber sie ist seinen Angestellten aufgefallen, weil sie sich schon so lange hält.«

»Einen Nachnamen haben Sie nicht?«

»Nein. Um sie ging es schließlich nicht, sondern um ihn.«

Josie tippte »Eric Dunn Freundin« in die Suchleiste von Google. Langsam bauten sich die Bildergebnisse auf. Josie ging davon aus, dass es sich bei den meisten Damen um Ex-Freundinnen handelte. Auffällig viele Models waren unter ihnen, die Dunn deutlich überragten.

»Könnten Sie mir denn den kompletten Namen besorgen?«, fragte Josie, als Trinitys Vorspeise serviert wurde.

Trinity stieß die Gabel in die dampfenden, mit Krabben gefüllten Pilze, und bedeutete Josie, sich zu bedienen, aber Josie machte eine abwehrende Handgeste. »Verraten Sie mir, weshalb Sie sich so für Eric Dunn interessieren?«, wich Trinity aus.

Josie wog ihre Alternativen ab. Trinity hatte sie schon einmal in Teufels Küche gebracht, indem sie eine vertrauliche Bemerkung von ihr in den Nachrichten gebracht und damit bewirkt hatte, dass Josie suspendiert worden war. Selbstverständlich unbezahlt. Das war allerdings vor dem Fall mit den vermissten Mädchen gewesen, bevor Trinitys Ruf wiederhergestellt worden war und ihre Karriere im landesweiten Fernsehen an Fahrt aufgenommen hatte. Mittlerweile hatten sie zarte Bande des Vertrauens geknüpft. Auch wenn sie Trinity nichts von Mickey Kavolis erzählte, gab es keine Garantie, dass sein

Tod und der Ort, an dem seine Leiche gefunden worden war, ein Geheimnis blieben.

»Wir haben ein Mitglied von Dunns Sicherheitsteam auf Lukes Grundstück gefunden. Vergraben. Schusswunde im Kopf.«

Trinitys Augen wurden kugelrund und sie verschluckte sich beinahe an dem halbzerkauten Bissen in ihrem Mund. »Machen Sie Witze?«

Dann stellte sie Josie all die Fragen, die Josie selbst schon ihrem Team gestellt hatte. Woher wussten sie, dass er für Dunn gearbeitet hatte? Wo war der Mietwagen gefunden worden? War Kavolis von Dunn oder jemand anderem als vermisst gemeldet worden? Gab es eine Verbindung zwischen Luke und Dunn? Josie antwortete so gut sie konnte mit so wenig Informationen wie möglich.

Mit dem Zeigefinger wischte Trinity den Rest des heruntergefallenen käseüberbackenen Krabbenfleischs von ihrem leeren Teller und leckte ihn ungeniert ab, als die Hauptgerichte gebracht wurden. Josie hatte kaum Appetit, und ihre Hand zitterte, als sie den Löffel hob und ihre Suppe umrührte.

»Sie glauben doch nicht, dass Dunn Luke hat?«, fragte Trinity.

»Sie kennen Luke nicht«, sagte Josie. »Nicht wirklich. Er hat nichts mit ... kriminellem Zeug am Hut.«

»Aber er ist doch ein Staatspolizist. Manche Cops haben Dreck am Stecken. Das wissen Sie doch.«

Josie fuhr die Krallen aus. »Luke nicht«, sagte sie, während ihre Gedanken wieder zu seinem ungemachten Bett und dem Nachttisch auf der für sie reservierten Seite wanderten. »Er hatte keinen Dreck am Stecken – hat, meine ich. Aber er ist da in irgendetwas hineingeraten. Ich weiß nicht, in was, aber irgendetwas ist passiert.«

„Ob Ihnen das hilft oder nicht«, sagte Trinity, »aber mir tut es leid.«

Das war wohl das Netteste, was von Trinity zu erwarten war. »Danke«, sagte Josie.

»Was haben Sie jetzt vor?«

Josie schob ihren unberührten Suppenteller zurück. »Ihn nach Hause zu holen.«

22

Auf ihrem Weg zurück zum Revier telefonierte Josie mit Carrieann und Gretchen. Carrieann hatte die Frau, die sie festgenommen hatten, nicht wiedererkannt. Sie war gerade auf dem Weg zu Lukes Haus, um dort für ein wenig Ordnung zu sorgen. Josie brachte es nicht übers Herz, ihr übers Telefon zu sagen, dass eine Leiche auf dem Grundstück entdeckt worden war, und so beließ sie es bei der Information, dass vermutlich noch Kollegen vor Ort auf der Suche nach Hinweisen sein würden, die ihnen dabei helfen könnten, Luke wiederzufinden. »Aber die werden sich draußen aufhalten, vermutlich in der Nähe der Scheune«, fügte Josie hinzu. »Kümmere dich einfach nicht um sie. Wir sehen uns dann heute Abend bei mir zu Hause.«

Kurz darauf rief Gretchen an, um Josie wissen zu lassen, dass sie und die Kollegen von der Spurensicherung ihre Arbeit auf Lukes Grundstück abgeschlossen hatten und sich bald auf den Rückweg zum Polizeirevier machen würden. Sie hatten weder weitere Leichen noch zusätzliche Hinweise gefunden. Falls Kavolis ein Handy besessen hatte, war es nicht mit ihm begraben worden, und sie hatten es auch nirgendwo in der

Nähe gefunden. Die Gerichtsmedizinerin hatte allerdings festgestellt, dass Mickey Kavolis ′ Hirn von einem Geschoss mit Kaliber .45 durchdrungen worden war. Josie war sich nicht sicher, ob sie das beruhigte oder noch mehr verwirrte – Luke besaß keine Waffe dieses Kalibers.

Josie erteilte Gretchen den Auftrag, die Landregister des Countys darauf zu überprüfen, ob Dunn oder sein Unternehmen in der Nähe irgendwelche Grundstücke oder Immobilien besaß. Wenn Luke noch lebte – und Josie weigerte sich, irgendeine andere Option überhaupt in Erwägung zu ziehen – dann hielten ihn Dunns Leute vielleicht irgendwo in der Nähe gefangen. Das war zwar reine Spekulation, aber eine Möglichkeit, die Josie nicht unbeachtet lassen konnte.

Als sie durch die Tür des Polizeireviers trat, umrundete der diensthabende Polizist Dan Lamay gerade die Trennwand zwischen dem Empfangsbereich und dem Rest des Gebäudes. Lamay war ein rundlicher Typ, der schon stark auf das Rentenalter zuging und so aussah, als bräuchte er dringend ein künstliches Knie. Josie hatte ihn an den Empfang gesetzt, weil sie wusste, dass seine Frau an Krebs erkrankt war und er eine Tochter hatte, die noch das College besuchte.

»Boss«, begrüßte er sie, »wir haben ein paar ... Probleme.«

Aus dem Augenwinkel sah Josie, wie sich etwas Blaues näherte. Sie drehte den Kopf und sah Bürgermeisterin Tara Charleston auf sie zulaufen, mit ausgestrecktem Finger auf Josies Brust zielend. Sie trug ein elegantes marineblaues Kostüm mit dazu passenden Pumps, deren Absätze beim Laufen über den Boden klackerten. Wie bei Trinity, dachte Josie flüchtig. Taras Fingerspitze wanderte hinauf, bis sie direkt in Josies Gesicht zeigte. Ihre blassen Wangen glühten in wütendem Rot. »Wie können Sie es wagen!«, zischte sie.

Josie wich nicht von der Stelle, überkreuzte die Arme vor der Brust und gab sich Mühe, möglichst gelangweilt auszusehen. »Entschuldigen Sie, Bürgermeisterin Charleston. Möchten Sie irgendetwas mit mir besprechen?«

Für den Bruchteil einer Sekunde erwartete Josie, sich eine Ohrfeige von Tara Charleston einzufangen – aber auch dadurch würde sie sich nicht einschüchtern lassen. Nicht in ihrem eigenen Revier. Tara schien das zu verstehen, denn sie beruhigte sich, stemmte die Hände in die Hüften und starrte Josie zornig an. »Erst lassen Sie Ihre Kollegen meinen Mann an seinem Arbeitsplatz befragen, obwohl ich *ausdrücklich* angeordnet hatte, das zu unterlassen. Dann schicken Sie *bewaffnete* Polizisten zu meinem Haus, die so tun, als suchten sie nach einem Einbrecher. Sind Sie von allen guten Geistern verlassen? Was wollen Sie damit beweisen?«

Josie verengte die Augen. »Zunächst einmal haben Sie mir gegenüber überhaupt nichts angeordnet. Sie haben mich gebeten, diskret vorzugehen, und das habe ich getan. Ihnen ist bewusst, dass wir nach einem verschwundenen Baby suchen, ja? Ich trage die Verantwortung dafür, das Kind zu finden und zurück zu seiner Mutter zu bringen – wenn sie überlebt. Und zweitens haben die Officers bei Ihnen zu Hause nichts vorgetäuscht. Einer Ihrer Nachbarn hat uns angerufen.«

»Ach, wirklich? Welcher Nachbar?«

»Ich bin nicht dazu befugt, darüber Auskunft zu geben.«

Taras Wangen nahmen eine noch dunklere Färbung an. »Ich bin die Bürgermeisterin dieser Stadt«, sagte sie mit vor Wut zitternder Stimme.

»Und ich bin damit beschäftigt, zwei vermisste Personen zu finden«, erwiderte Josie scharf. »Ich habe keine Zeit für ... was auch immer das hier sein soll.«

Damit umrundete sie Tara und trat zu Lamay, der ihren Wortwechsel verfolgt hatte und ein Gesicht machte, als hätte er etwas Saures verschluckt. »Sehen Sie sich lieber vor!«, sagte Tara hinter Josies Rücken.

»Was meinen Sie damit, Bürgermeisterin Charleston?« Josie drehte sich zu Tara um.

»Das wissen Sie ganz genau.«

»Dass Sie mich entlassen und jemanden auf meine Position setzen, der brav befolgt, was immer Sie ihm sagen? Viel Glück dabei.«

Tara hob wieder den Finger. »Ich habe Ihnen gesagt ...«

»Und ich habe Ihnen gesagt«, schnitt Josie der Bürgermeisterin das Wort ab und trat auf sie zu, sodass Tara zurückweichen musste, um nicht von Josie umgestoßen zu werden, »dass ich hier nur meine Arbeit verrichte. Solange Sie und Ihr Mann nicht in irgendwelche kriminellen Machenschaften verwickelt sind, haben wir kein Problem miteinander. Wenn Sie mich jetzt entschuldigen würden: Ich muss mich mit einer Zeugin unterhalten.«

Josie ließ die verblüffte Tara stehen, fegte an Lamay vorbei und rief ihn noch im Gehen zu sich. Er folgte ihr in den Bürobereich, der sich an die Lobby anschloss, während Josies Handy piepste und eine Textnachricht ankündigte.

»Boss«, sagte Lamay, während er ihr die Treppe hinauf in ihr Büro im ersten Stock folgte.

Die Nachricht war von Trinity. *Habe den Namen. Eric Dunns Freundin heißt Kim Conway. Das ist alles, was ich herausfinden konnte.*

»Conway?«, murmelte Josie.

»Boss«, wiederholte Lamay, als sie ihre Bürotür erreichten.

Josie starrte noch immer auf die Nachricht. Das konnte kein Zufall sein, aber sie erinnerte sich nicht daran, dass Brady oder seine Frau jemals irgendwelche Geschwister erwähnt hätten. Brady war in Denton aufgewachsen, der Staatspolizei beigetreten und hatte in Erie und Philadelphia gearbeitet, bevor er zurück nach Denton versetzt worden war. Dann war er ins kleinere, ruhigere, ländliche Bowersville gezogen. Josie wusste über all das Bescheid,

weil WYEP Bradys Tod ausgiebig ausgeschlachtet hatte: Lokalma-
tador wurde zum Gewalttäter; Polizist wurde zum Mörder. Zwei
Wochen nach dem Vorfall war er beerdigt worden und Josie hatte
gemeinsam mit Luke an der Trauerfeier teilgenommen. Sie hatte
Bradys weinende Mutter, Großmutter und verschiedene andere
Verwandte getroffen, aber keine Schwester. Und auf keinen Fall
hatte sie eine blonde Frau namens Kim kennengelernt.

»Ich muss mit unserer Unbekannten sprechen«, sagte sie zu
Lamay und steckte ihr Telefon in die Tasche. »Und wenn mir
die Bürgermeisterin das nächste Mal am Empfang auflauert,
warnen Sie mich bitte mit einer Textnachricht vor, in
Ordnung?«

Lamay verzog das Gesicht. »Tut mir wirklich leid. Sie war
erst ein paar Minuten vorher gekommen. Aber da ist noch
etwas.«

Josie unterdrückte den Seufzer, der in ihrer Kehle
aufsteigen wollte. »Ein Bürgermeisterbiest, das im Schatten
lauert, reicht also nicht?«

»Es geht um die Unbekannte. Sie ist weg.«

23

Verständnislos starrte Josie Lamay an. »Was haben Sie gesagt?«

»Ich sagte, sie ist weg.«

Josie sprintete die Treppe hinunter zu dem Bereich mit den Zellen im Erdgeschoss. Bis auf einen Officer, der am Schreibtisch saß und über den Computer die Berichterstattung rund um den Aaron-King-Prozess verfolgte, war keine Menschenseele zu sehen.

»Verdammte Scheiße«, stieß Josie aus. »Was ist passiert?«

Lamay, der Schwierigkeiten hatte, mit ihr Schritt zu halten, tauchte an ihrer Seite auf. »Es tut mir leid, Boss. Vor einer halben Stunde ist ein US-Marshal hier aufgetaucht und hat sie mitgenommen. Er meinte, sie sei ins Witsec-Programm aufgenommen worden.«

»In den Zeugenschutz?«

Er nickte. »Er konnte sich ausweisen. Hatte Ausweispapiere.«

In all ihren Jahren bei der Polizei hatte Josie es nie erlebt, dass ein US-Marshal unangemeldet auftauchte, um einen Zeugen zu überführen. Allerdings hatte Lamay auch schon einige Dienstjahre mehr auf dem Buckel. »Sergeant Lamay, haben Sie schon einmal den Ausweis eines US-Marshals gesehen?«

Lamay streckte sich, um etwas größer zu wirken. »Nein, aber warum hätte ich das hinterfragen sollen? Er kam her, fragte nach dem Mädchen und konnte sich ausweisen. Es wirkte völlig authentisch.«

Josie massierte sich die Nasenwurzel. Irgendwo hinter ihrer Stirn begann es schmerzend zu pochen. »Hat er gesagt, wer sie ist? Hat er ihren Namen genannt?«

»Nein, er hatte ein Foto von ihr dabei, wollte mir aber nicht sagen, wer sie ist. Er meinte nur, dass das Ganze ein sensibler Fall sei und er sie schnellstmöglich wieder in Verwahrung nehmen müsse, nachdem ihr Bild schon durch alle Medien gegangen sei. Er meinte, ihr Leben sei in Gefahr.«

Darauf kannst du Gift nehmen, dachte Josie. »Haben Sie bei der Bundespolizei angerufen, um sich bestätigen zu lassen, dass die Verlegung der Zeugin genehmigt war?«

»N-nein, ich habe nicht ...«

»Hat der Mann die Formulare unterzeichnet?«

»Selbstverständlich«, sagte Lamay und wirkte erleichtert. »Ich zeige Sie Ihnen.«

Josie folgte ihm zurück zur Lobby und schrieb währenddessen eine Nachricht an Noah. *Ich brauche Sie hier. Sofort.*«

An der Kante von Lamays Schreibtisch lag ein wackeliger Stapel Formulare und ganz zuoberst eines der Exemplare, die verwendet wurden, wenn Personen in Gewahrsam zu einer anderen Vollzugsbehörde überführt wurden. Der Mann hatte es ausgefüllt und unterzeichnet, aber seine Handschrift war vollkommen und unverkennbar absichtlich unlesbar. »Rufen Sie bei der Bundespolizei an«, befahl Josie und war selbst überrascht, wie ruhig ihre Stimme klang. Ihre einzige Verbindung zu Luke war ihr direkt unter der Nase weggeschnappt worden, höchstwahrscheinlich von einem von Eric Dunns Schlägern – falls nicht doch die Bundespolizei dahintersteckte. »Schauen

Sie, ob Sie eine Bestätigung der Überführung unserer Zeugin bekommen. Und ich will die Aufnahmen der Überwachungskameras sehen. Wenn der Typ hier war, dann haben wir Aufnahmen von ihm.«

In diesem Moment trat Noah durch die Eingangstür, und bei seinem Anblick durchströmte Josie ein Gefühl der Erleichterung. Sie winkte ihn zu sich heran und ging ihm voraus in den Überwachungsraum direkt neben der Lobby, der früher einmal ein Besenschrank gewesen war. »Was ist los?«, fragte Noah.

»Unser Mädchen ohne Namen ist verschwunden. Ich glaube, ich weiß jetzt, wer sie ist, aber sie ist fort.«

»Wie kommt's?«, fragte Noah.

»Hier ist vor etwa einer Stunde ein Mann aufgetaucht, der sich als US-Marshal ausgegeben und sie mitgenommen hat. Er hat Lamay weisgemacht, sie wäre im Zeugenschutzprogramm.«

Noah fuhr sich mit der Hand durch seinen dichten Haarschopf. »Heilige Scheiße«, sagte er. »Wissen Sie, wer das war?«

»Seine Unterschrift ist nicht zu entziffern. Ich versuche jetzt, ihn auf den Videoaufnahmen zu finden.« Josie ließ sich an dem kleinen Schreibtisch nieder und begann, sich auf der Suche nach den Aufnahmen dieses Nachmittags durch das Videomaterial auf dem Computer zu klicken. »Das war noch nicht alles«, fuhr sie fort und erzählte Noah von ihrem Treffen mit Trinity.

»Also glauben Sie, dass unser Mädchen Kim Conway ist? Dunns Freundin? Und Brady Conways Schwester?«

Josie nickte, den Blick fest auf den Computerbildschirm geheftet, während sie durch die Aufnahmen spulte. Der Postbote, ein Lieferant von UPS, zwei Frauen, ein Mann, der sich, wie Josie wusste, bei einer Bürgerinitiative engagierte, ein weiterer Mann, diesmal vom Geschichtsverein, und noch ein paar Frauen. Sie alle blieben eine Weile am Empfangsschalter stehen, unterhielten sich mit Lamay und verschwanden dann wieder. Ein paar Besucher pinnten Flyer an das öffentliche

Schwarze Brett neben der Eingangstür. Das Material zu sichten half Josie dabei, ihre Angst unter Kontrolle zu halten.

»Wo sind Sie gewesen?«, fragte sie Noah.

»In der Kaserne der Staatspolizei. Ich wollte mal sehen, ob ich sie irgendwie davon überzeugen kann, sich mit dem Zuordnen der Fingerabdrücke aus Mistys Haus zu beeilen.«

Josie spulte weiter durch die Aufnahmen. Sie konzentrierte sich darauf, einen Mann im Anzug zu finden. Sie ging davon aus, dass ein echter US-Marshal, der im Auftrag des Zeugenschutzprogramms unterwegs war, nicht erpicht darauf gewesen wäre, mit der typischen blauen Uniform Aufmerksamkeit zu erregen, und dass jemand, der sich als US-Marshal ausgab, wahrscheinlich keine echte Uniform zur Hand gehabt hätte. Ein paar weitere Besucher wuselten auf dem Bildschirm in den Empfangsraum herein und wieder hinaus, aber ihre Kleidung passte nicht zu einem US-Marshal – echt oder vorgetäuscht. „Und, haben Sie die Fingerabdrücke zugeordnet?«

»Ähm, ja«, antwortete Noah. »Ich meine, ein paar davon konnten nicht zugeordnet werden, aber ...«

Der Ton in seiner Stimme sagte Josie, dass er etwas gefunden hatte. Sie hob den Finger von der Maus, pausierte die Videoaufnahmen und schaute zu ihrem Kollegen hinauf. »Was?«

War Mistys Haus voll von Lukes Fingerabdrücken gewesen, fragte sie sich. Hatten die beiden eine Affäre gehabt? Hatte er sowohl mit ihrer mysteriösen Zeugin als auch mit Misty Derossi geschlafen?

»Sie haben die Fingerabdrücke unserer Unbekannten gefunden. Im Schlafzimmer, dem großen Bad, der Küche und in dem Raum, in dem der Angriff stattgefunden hat.«

»Sind Sie sich sicher?«

»Ich habe es ein zweites Mal überprüfen lassen. Sie war definitiv dort.«

Josie wandte sich wieder dem Bildschirm zu und drückte mit dem Zeigefinger auf die Maus, um das Abspieltempo zu erhöhen. »Komm schon«, murmelte sie vor sich hin. Unter dem Schreibtisch zuckte ihr Bein auf und ab, schnell wie ein Maschinengewehr. Eine Weile herrschte auf dem Bildschirm Flaute, bis ein Kollege Lamay ablöste, damit dieser eine Frühstückspause machen konnte. Fünfzehn Minuten später kehrte er mit einer Kaffeetasse in der Hand zurück. Josie kam nicht umhin, sich zu fragen, was passiert wäre, wenn der Marshal genau dann aufgetaucht wäre, als Lamays Vertretung am Empfangstisch saß. Hätte der Kollege misstrauischer reagiert? Aber solche Überlegungen mussten warten. Jetzt galt es, diesen Typen zu finden. Sie erhöhte den Druck auf die Maus, als könnte sie das Video damit noch schneller abspielen. »Was zum Teufel hatte unsere Unbekannte bei Misty verloren?«, fragte sie Noah.

»Könnten sie Freundinnen sein?«, schlug Noah vor.

»Haben Sie noch die Telefonnummer von Mistys bester Freundin? Brittney? Schicken Sie ihr ein Foto des Mädchens und versuchen Sie, herauszufinden, ob sie sie wiedererkennt. Eigentlich hätte sie uns anrufen müssen, wenn sie ihr Bild in den Nachrichten gesehen hat, aber man kann ja nie wissen.«

Noah hockte sich auf die Kante des Schreibtischs, zog sein Smartphone aus der Tasche und begann zu tippen.

»Hab ihn!«, rief Josie.

Endlich konnte sie das Video anhalten, das einen korpulenten, kahlköpfigen Mann in einem dunkelgrauen Anzug zeigte. Josie spielte die Aufnahme in normalem Tempo ab und schaute dabei zu, wie er durch die Eingangstür trat, zum Empfangstisch ging und sich eine Weile mit Lamay unterhielt. In der Lobby gab es drei Kameras: eine unter der Decke, eine hinter dem Empfangsschalter, etwa auf Schulterhöhe, um die Gesichter der Besucher zu erfassen, und eine über dem Ausgang. Der Mann hielt den Kopf schräg, und sowohl die Kamera über den

Türen als auch die hinter dem Empfang konnten sein Gesicht nur im Profil erfassen.

»Er weicht ganz bewusst den Kameras aus«, stellte Josie fest.

Noah lehnte sich vor und klickte auf die linke Seite des Bildschirms. »Haben Sie alle Kameras überprüft?« Er spielte die Sequenz noch einmal auf allen drei Kameras ab, aber der Mann schaffte es tatsächlich, in keine von ihnen hineinzublicken. »Mist«, sagte Noah und schaltete wieder auf die Aufnahme, die den gesamten Eingangsbereich zeigte. »So kriegen wir kein brauchbares Standbild. Der Kerl ist gut.«

»Zu gut. Ein echter US-Marshal hätte keinen Grund, die Überwachungskameras zu meiden«, stellte Josie fest. »Scheiße.«

Sie spulte ein paar Minuten weiter. Er diskutierte weiter mit Lamay. Dieser überprüfte die Ausweispapiere, tätigte einen Anruf – mit dem Kollegen im Haftraum, vermutete Josie – und ließ den Mann die Formulare ausfüllen. Dann telefonierte Lamay erneut. Zehn Minuten lang schaffte es der Mann, sich von keiner der Überwachungskameras einfangen zu lassen, während er sich die Anschläge auf dem Schwarzen Brett neben der Eingangstür durchlas.

Irgendwann tauchte ein Kollege in Begleitung der Unbekannten hinter der Trennwand auf. Josie schaute zu, wie sich der Officer auf den Mann zubewegte. Das Mädchen blieb aber plötzlich stehen. Ihr ganzer Körper versteifte.

»Sie hat ihn wiedererkannt«, sagte Josie. »Sie kennt ihn.«

Noah schaute mit zusammengekniffenen Augen auf den Bildschirm. »Woher wissen Sie das?«

Josie spulte das Band zurück. »Schauen Sie hin.«

»Also hat sie uns bezüglich ihres Gedächtnisverlusts angelogen«, sagte Noah.

»Haben Sie ihr eigentlich geglaubt?«

»Nicht immer, aber die meiste Zeit wirkte sie ehrlich auf mich.«

Josie verdrehte die Augen.

Noahs Telefon piepste, und er schaute auf den Bildschirm hinunter. »Brittney sagt, die Frau auf dem Bild habe sie noch nie gesehen.«

Auf dem Computerbildschirm wurde die Unbekannte gerade dem Mann übergeben. Josie und Noah verglichen die Aufnahmen aller Kameras noch ein weiteres Mal, aber der Mann hielt sich wirklich bedeckt. Die Unbekannte war wie angewurzelt stehen geblieben. Nach einem kurzen erhitzten Wortwechsel griff der Mann sie unsanft am Arm und zerrte sie zur Tür. Sie warf einen Blick zur Decke hinauf, reckte den Hals, schaute suchend umher, bis sie die Kamera gefunden hatte. Dann schaute sie direkt hinein und formte ein einziges Wort mit den Lippen: *Hilfe.*

24

»Ich habe dieser Frau versprochen, auf sie aufzupassen!« Josies
Stimme zitterte vor Wut und Frust.

»Boss, Sie können doch nichts ...«

Josie sprang von ihrem Stuhl auf und Noah zuckte zusammen, als sie mit dem Finger auf ihn zeigte. »Nein. Der Typ war
kein US-Marshal. Das ist entweder derjenige, der ihr die
Gesichtsknochen gebrochen hat, oder er bringt sie zu diesem
Kerl.«

Sie lief unruhig im Raum hin und her. In ihr schwoll der
Zorn an wie ein großer Ballon, der sie zum Platzen zu bringen
drohte. Noah schaute ihr dabei zu, wie sie einem eingesperrten
wilden Tier gleich auf und ab tigerte. »Sie war meine einzige
Verbindung zu Luke«, sagte Josie. »Und jetzt ist sie weg.«

Noah warf einen Blick auf den Bildschirm. Josie hatte an
das Gesicht der Unbekannten herangezoomt. »Warum hat sie
nichts gesagt? Geschrien, sich gewehrt? Irgendwas? Sie war
doch in einer Polizeistation.«

»Sie hatten noch nicht oft mit häuslicher Gewalt zu tun,
oder?«

Noah erwiderte Josies Blick. »Was soll das heißen?«

Josie drehte sich zum Bildschirm um, von dem ihr die Unbekannte zu Tode erschrocken entgegenstarrte. »Warum gehen nicht alle Opfer häuslicher Gewalt einfach zur Polizei? Sie haben zu große Angst. Diese Typen üben einen derart starken psychischen Druck auf ihre Opfer aus, und wenn sich dann wirklich mal eine Frau traut, den Mund aufzumachen, kommt es nicht selten vor, dass sie vom System im Stich gelassen wird.«

Noah hob eine Augenbraue. »Aber sie war doch schon auf dem Polizeirevier.«

»Das ist richtig. Der Typ wusste also, wo sie ist. Sagen wir, unsere Unbekannte hätte wirklich geschrien, einen Aufstand angezettelt, und Lamay hätte diesen Kerl verhaftet – was wäre dann passiert? In ein paar Wochen wäre er gegen Kaution wieder auf freien Fuß gesetzt worden, umso wütender, weil sie es gewagt hat, zur Polizei zu gehen.«

»Also war es das Beste, dass sie mit ihm mitgegangen ist?«

Josie schüttelte den Kopf. Plötzlich fühlte sich der Raum so klein an, die Luft zum Schneiden dick. »Sie wissen nicht, wie es ist, mit so einem Menschen zusammenzuleben. Mit jemandem, der Sie verletzt. Und der immer einen Weg findet, Ihnen zu schaden, selbst wenn andere versuchen, Ihnen zu helfen.«

»Wissen Sie es denn?«

Josie ignorierte seine Frage. Sie hatte nicht vor, dieses Gespräch mit Noah zu führen. Nicht jetzt, vielleicht auch nie. »Ich muss diese Frau finden«, sagte sie.

Noah hielt ihrem Blick einen langen Moment stand, als warte er darauf, dass sie mehr von sich preisgab. Als das nicht passierte, sagte er: »Schauen Sie sich mal die Außenaufnahmen an. Vielleicht ist darauf zu sehen, mit welchem Fahrzeug sie weggefahren sind.«

Josie holte tief Luft und zwang sich zur Konzentration. Ihr war danach, alles durch die Gegend zu werfen, was sie in die Finger bekam, alles zu zerstören, das ihr im Weg herumstand, aber nichts dergleichen würde ihr dabei helfen, Luke zu finden, oder etwas an der Tatsache ändern, dass sie die Unbekannte wieder in die Hände ihres Peinigers hatte laufen lassen. Josie setzte sich wieder auf den Stuhl, suchte nach dem Videomaterial der Außenkameras und schickte Noah mit dem Auftrag fort, jede einzelne Kim Conway in New Jersey und Pennsylvania zu überprüfen.

Die gesamte Außenseite des Gebäudes war mit Kameras bestückt. Der Mann, der das Mädchen ohne Namen mitgenommen hatte, war durch den Haupteingang hereingekommen, also nahm Josie sich die entsprechenden Aufnahmen zuerst vor. Der Bildausschnitt umfasste etwa den halben Gebäudeblock und schloss den kleinen Besucherparkplatz mit ein. Aber dort hatte der Mann nicht geparkt. Er näherte sich zu Fuß und ging auch auf gleichem Weg wieder fort, die Hand fest um den Oberarm der Unbekannten gekrallt. Er zerrte sie den Gehweg entlang und verschwand mit ihr am Rand des Bildschirms.

»Wir haben keinen Wagen, den wir verfolgen könnten«, sagte Josie und versuchte, nicht allzu hoffnungslos zu klingen. »Er hat außerhalb der Kamerareichweite geparkt. Wir wissen nicht einmal, welches Modell er fährt.«

Sie schaute sich um, erinnerte sich daran, dass sie allein war, und stand auf, um Lamay am Empfang aufzusuchen. Der war gerade am Telefon. Mit dem Ärmel wischte er sich den Schweiß von der Stirn. Er sah blass aus und wich Josies Blick aus. »Tut mir leid, Boss«, murmelte er. »Ich habe einen Fehler gemacht. Die Bundespolizei hat niemanden nach unserer Unbekannten geschickt. Ich kann nicht glauben, dass ich ... Es tut mir wirklich leid, Boss.«

»Von jetzt an werden alle Transfers von mir persönlich abgesegnet«, erklärte Josie mit bemüht ruhiger Stimme. »Ohne Ausnahme. Sie können mich auch zu Hause anrufen, wenn es sein muss. Haben Sie verstanden, Lamay?«

Er nickte.

»Die Disziplinarmaßnahmen besprechen wir später. Jetzt möchte ich, dass Sie zwei oder drei Streifen aussenden, die sich auf die Suche nach diesem Typen machen. Benachrichtigen Sie auch die Staatspolizei. Die helfen uns bestimmt gern, wenn Sie ihnen sagen, dass es mit Lukes Verschwinden zusammenhängt.«

Lamay nickte erneut, immer noch nicht imstande, ihr in die Augen zu sehen.

Josie ließ ihn mit seinen Aufträgen allein und machte sich auf den Weg in ihr Büro, wo Noah bereits auf sie wartete. »Wo ist Gretchen?«, fragte sie.

»Ich habe sie auf Kavolis angesetzt, als Sie meinten, Sie bräuchten mich hier. Er war nicht als Gast im Eudora Hotel registriert, aber falls Dunn die Zimmer auf seinen Namen reserviert haben sollte, würde Kavolis 'Name auch nicht im Hotelcomputer auftauchen. Gretchen will dem Personal das Führerscheinfoto zeigen. Vielleicht erinnert sich jemand an ihn.«

»Wunderbar«, sagte Josie. »Irgendetwas Neues zu Kim Conway?«

„Es gibt acht Kimberley Conways in Pennsylvania, aber keine von denen ist jünger als achtunddreißig. Fehlanzeige also. In New Jersey gibt es neun Kimberley Conways. Eine von ihnen lebt in Margate, ganz in der Nähe von Atlantic City, und sie ist zweiundzwanzig Jahre alt.«

»Vorstrafenregister?«

»Nein.«

»Facebook-Account?«

»Konnte keinen finden.«

»Führerscheinfoto?«

Noah legte die Stirn in Falten. »Ich kann nur die Einträge aus New Jersey einsehen, die Fotos aber nicht.«

»Mist. Das hatte ich vergessen.« Josie ließ sich auf ihren

Schreibtischstuhl fallen. »Diese Verbindung zu den Conways macht mir Sorgen«, sagte sie.

»Gibt es denn eine Verbindung?«

»Ich weiß nicht. Finden Sie nicht, dass das ein zu großer Zufall wäre? Lukes bester Freund trug den Namen Conway. Unsere Unbekannte ist höchstwahrscheinlich Kim Conway, die Freundin von Eric Dunn, dessen Lakaien wir tot auf Lukes Grundstück gefunden haben. Ich zähle nur eins und eins zusammen.«

»Also sagen wir, der gemeinsame Nenner ist Eric Dunn.«

»Nein, der gemeinsame Nenner ist unsere Unbekannte. Sie war an beiden Tatorten.«

»Gut, also wenn die Unbekannte Dunns Freundin ist, warum ist der dann nicht längst hier aufgetaucht, um sie zurückzuholen?«

»Weil er uns glauben lassen will, dass sie von einem US-Marshal abgeholt und ins Zeugenschutzprogramm aufgenommen wurde. Wenn er sie umbringen und ihre Leiche entsorgen lässt, werden wir es nicht mitbekommen.«

»Warum sollte er seine eigene Freundin umbringen wollen?«

»Keine Ahnung.«

»Wollen Sie Eric Dunn einen Besuch abstatten?«

»Nicht, bevor wir die Bestätigung haben, dass unsere Unbekannte seine Freundin ist. Können Sie mir die Telefonnummer von Brady Conways Mutter besorgen?«

»Natürlich«, sagte Noah.

Josie dachte an das Gesicht des Mädchens, das direkt in die Kamera gestarrt und lautlos um Hilfe gefleht hatte. Schuldgefühle nagten an ihr. Die Unbekannte mochte vielleicht gelogen haben, was ihre Amnesie anbelangte, aber sie hatte versucht, Josie begreiflich zu machen, in welcher Gefahr sie sich befand. Die Brandnarben auf ihrem Rücken und die alten Gesichtsfrakturen waren objektive Beweise, aber Josie hatte sie ignoriert und das Mädchen großer Gefahr ausgesetzt, indem sie das Foto so schnell an die Presse weitergegeben hatte. Hätte sie vielleicht noch ein paar Stunden warten sollen, wie das Mädchen es verlangt hatte?

»Machen Sie sich keine Vorwürfe«, sagte Noah.

Josie lächelte gequält. »Können Sie jetzt auch noch Gedanken lesen?«

Er erwiderte ihr Lächeln. »Ich werde langsam besser darin«, scherzte er. »Ich meine ja nur – sie war die einzige Spur, die uns zu Luke hätte führen können. Sie mussten so schnell wie möglich handeln und alles versuchen. Es war richtig, ihr Foto zu veröffentlichen. Wie hätten Sie denn ahnen können, dass jemand ihr so verzweifelt auf den Fersen war, dass er sich sogar als US-Marshal ausgeben würde?«

Josie rollte mit den Fingern einen Stift auf ihrem Schreibtisch herum. *Was, wenn ich ihn bereits verloren habe?*, fragte sie sich im Stillen, sprach ihre Bedenken aber gegenüber Noah nicht aus. »Wir finden Luke«, sagte der stattdessen. »Ich besorge Ihnen jetzt erst einmal Mrs. Conways Nummer.«

Noah wandte sich zum Gehen, und plötzlich spürte Josie, wie die Panik in ihr hochstieg. Allein zu sein fiel ihr immer schwerer. Allein mit den ganzen vernichtenden, unbeantworteten Fragen, die ihr durch den Kopf schossen.

»Warten Sie«, sagte sie.

Auf halbem Weg hinaus in den Flur blieb Noah stehen. »Ist noch was?«

Josie winkte ihn zurück in den Raum. Er wartete und seine Mundwinkel zuckten unsicher. Ein paar Sekunden verstrichen. Von irgendwoher drangen gedämpfte Geräusche der Berichterstattung über den Aaron-King-Prozess in Josies Büro. Vermutlich streamte irgendjemand die Nachrichten über ein Smartphone oder einen Computer. Trinity Paynes Stimme schwappte hinein. »Heute beabsichtigt die Anklage, DNA-Nachweise vorzubringen, die eine Verbindung zwischen King und seinem letzten Opfer nachweisen könnten ...«

»Boss?«, sagte Noah.

Josie brachte es nicht übers Herz, ihm zu sagen, dass sie nicht allein sein wollte. Sie war seine Vorgesetzte. Sie hatten einen Fall zu lösen. Menschen wurden vermisst: ihr eigener Verlobter, ein kleines Baby und eine misshandelte Frau. Josie machte eine Geste in Richtung Tür. »Würden Sie den anderen bitte sagen, dass sie diese verdammte Berichterstattung abschalten sollen?«

»Na klar«, sagte er und verschwand.

25

CBS Boston

27. März 2017

Junge Frau stirbt an Kohlenmonoxidvergiftung

Annie Lannan, neunzehn Jahre alt, wurde gestern tot in ihrer Wohnung in Plymouth aufgefunden, vermutlich verstorben an einer Kohlenmonoxidvergiftung. Lannans Mutter, die von einer Nachtschicht in einem nahe gelegenen Krankenhaus zurückkehrte, fand ihre Tochter in ihrem Bett vor. Zu dem Zeitpunkt war sie bereits nicht mehr ansprechbar.

Polizei und Rettungsdienst konnten Lannan nicht mehr wiederbeleben. Die Feuerwehr bestätigte, dass ungewöhnlich hohe Kohlenmonoxidwerte in der Wohnung gemessen wurden. Die zuständigen Sachverständigen suchen immer noch nach dem Grund für den Austritt des Gases. Den anderen Hausbewohnern wurde dringend dazu geraten, ihre Wohnungen mit Kohlenmonoxidmeldern auszustatten.

Noah brauchte nur fünf Minuten, um Zora Conways Telefonnummer zu beschaffen.

»Die Ortsvorwahl ist 212«, sagte Josie, als Noah ihr den Zettel reichte. »Das ist in New York, oder?«

»Genau.«

»Ich dachte, Bradys Mutter würde hier in der Gegend leben.«

»Offenbar nicht«, sagte Noah.

»Sind Sie sich sicher, dass das hier die richtige Nummer ist?«

»Was glauben Sie, wie viele Zora Conways es in New York gibt? Ich weiß, dass ich nach dem Vorfall ihren Namen in den Nachrichten gehört habe. Das ist schon richtig so.«

Josie sagte nichts mehr, sondern griff nach dem Telefon und wählte die Nummer. Noah ließ sich in ihrem Besucherstuhl nieder. Es klingelte viermal. Gerade, als Josie sich sicher war, auf dem Anrufbeantworter zu landen, meldete sich eine näselnde Frauenstimme. »Hallo?«

»Mrs. Conway?«

»Wer will das wissen?« Ein Hauch von Misstrauen, aber keine Bestätigung.

»Hier ist Josie Quinn, Polizeichefin von Denton. Ich suche nach Zora Conway.«

Langes Schweigen. Dann sagte die Frau: »Ich habe schon mit der Polizei über meinen Sohn gesprochen. Ich habe Ihnen gesagt, dass er nie gewalttätig war. Ich weiß nicht, warum er das getan hat. Mehr habe ich nicht zu sagen.«

»Oh, Mrs. Conway, ich rufe nicht wegen Ihres Sohnes an. Es geht um Ihre Tochter.«

Die Frau verstummte erneut. Josie kämpfte sich voran. »Ihre Tochter Kim«, probierte sie es.

Keine Reaktion.

»Ich habe ein paar Fragen zu ihr. Ich glaube, sie ...«

»Meine Tochter ist tot«, erwiderte Mrs. Conway barsch. Daraufhin ertönte ein Klicken, gefolgt vom Wählton.

Josie nahm den Hörer vom Ohr und starrte ihn verdutzt an. Dann versuchte sie, noch einmal zurückzurufen. Viermal versuchte sie es und ließ das Telefon klingeln, bis sie auf den Anrufbeantworter umgeleitet wurde. Das hier war eine Sackgasse.

»Was hatte das denn zu bedeuten?«, fragte Noah.

»Sie hat gesagt, ihre Tochter sei tot, und dann hat sie mich weggedrückt. Jetzt nimmt sie meine Anrufe nicht mehr an.«

»Und jetzt?«

Josie versuchte, sich an die Beerdigung zu erinnern. Brady und seine Frau waren in Denton bestattet worden, weil Bowersville keinen eigenen Friedhof hatte und die meisten Angehörigen in Denton wohnten, einschließlich der Großmutter, die Josie noch deutlich vor sich sah.

»Ich muss nach Rockview«, erklärte sie.

»Um Ihre Großmutter zu besuchen?«, fragte Noah erstaunt.

»Nein, um Brady Conways Großmutter zu besuchen.«

27

Rockview Ridge lag hoch oben auf einem felsigen Hügel am Rande der Stadt und war die einzige qualifizierte Pflegeeinrichtung in Denton. Josies Großmutter Lisette Matson wohnte bereits seit einigen Jahren dort. Auch mit Mitte achtzig war Lisette noch vollkommen klar im Kopf, und sie hatte mit mehreren anderen Bewohnern, die noch einigermaßen fit waren, Freundschaft geschlossen. Josie ging davon aus, dass dies auch Bradys Großmutter, Hattie Conway, einschloss.

»Die da vorn, in dem blauen Pullover«, sagte Lisette. Sie zeigte auf die Frau, die Josie auf der Beerdigung getroffen hatte und die nun in der Rockview-Cafeteria saß, eine aufgeschlagene Zeitschrift vor sich auf dem Tisch. Langsam blätterte sie die Seiten um und beugte sich weit nach vorn, um durch ihre dicke Brille hindurch den Text entziffern zu können. Wie die meisten anderen Rockview-Bewohner trug sie eine weiße Kurzhaarfrisur, dezent toupiert, gelockt und mit Haarspray in Form gebracht.

»Würdest du uns miteinander bekanntmachen?«, fragte Josie. »Ich weiß nicht, ob sie sich an mich erinnert.«

Lisette stieß einen tiefen Seufzer aus. Aus ihrer Miene

sprach Resignation, gepaart mit Ärger. »Du hättest mir sofort sagen sollen, dass Luke vermisst wird. Warum hast du mich nicht angerufen?«

»Tut mir leid, Grandma«, sagte Josie.

»Nein, das tut es dir nicht.«

»Doch, wirklich. Ich habe es verbockt. Ich hätte dich sofort anrufen sollen, aber ich musste arbeiten. Ich …«

Lisette hob eine Hand von ihrem Rollator und winkte ab. »Ich weiß, ich weiß. Deine Arbeit ist wirklich wichtig. Das verstehe ich ja, vielleicht besser als alle anderen. Aber Josie, dieser Junge soll doch mein Schwiegerenkel werden. Du hättest mir Bescheid sagen sollen.«

Josie öffnete den Mund, um sich ein weiteres Mal zu erklären und zu entschuldigen, aber Lisette ließ sie nicht zu Wort kommen. »Aber lass uns jetzt nicht darüber sprechen. Ich merke doch, wie aufgelöst du bist. Wir müssen uns jetzt nicht an Details aufhängen. Aber fürs Protokoll: Wenn ein zukünftiges Familienmitglied verschwindet, dann erwarte ich einen Anruf.«

Spontan lehnte sich Josie zu ihrer Großmutter hinüber. Lisette legte den Arm um Josies Schultern und zog sie an sich. Mit einer ihrer arthritischen Hände strich sie über Josies langes schwarzes Haar. »Alles wird gut«, flüsterte sie. »Warte es ab. Luke geht es gut und du findest ihn.«

Josie kämpfte gegen die aufsteigenden Tränen an. Sie hatte ein fürchterlich schlechtes Gewissen, weil sie ihrer Großmutter nicht sofort Bescheid gesagt hatte, aber es war ihr zu schwergefallen. Lisette war alles, was ihr noch geblieben war, ihr einziges Familienmitglied. Wenn Josie ihr erzählt hätte, was Luke zugestoßen war, wäre die ganze Situation nur noch realer geworden. Zu real. Seit Rays Tod war Lisette der einzige Mensch, bei dem Josie ihre Wachsamkeit schleifen ließ. Wenn sie mit ihr über Luke gesprochen hätte, da war sich Josie sicher, wäre sie nicht imstande gewesen, ihre Contenance zu wahren – und sie war sich nicht sicher, ob sie sie irgendwann wieder zurückbekommen hätte. Jetzt brauchte sie jedes noch so kleine bisschen Selbstvertrauen und Konzentration, das sie aufbringen konnte. Wenn das Grauen ein Ende gefunden hätte, würde sie all die heiklen Gefühle verarbeiten müssen, die sie jetzt noch in Schach hielt.

»Danke«, sagte sie zu Lisette, die sich wieder von ihr löste, die Hände an Josies Wangen legte und lächelte.

»Jetzt komm. Die Arbeit wartet.«

Wie sich herausstellte, erinnerte Hattie Conway sich noch gut an Josie. »Wir hatten noch nie einen weiblichen Polizeichef«, erklärte sie strahlend. »Wie könnte ich Sie vergessen? Davon abgesehen prahlt Ihre Großmutter ohne Pause mit Ihnen herum.«

Josie schielte zu Lisette, die die Augen verdrehte, als wolle sie sagen, dass Hattie maßlos übertrieb.

»Es tut mir leid, dass ich Sie belästigen muss, Mrs. Conway«, sagte Josie. »Aber in der Stadt hat es ein paar Vorfälle gegeben. Einige Personen werden vermisst, und ich glaube, dass Ihre Enkelin irgendwie in diese Fälle verwickelt ist.«

»Meine Enkelin?«

»Ja. Haben Sie denn keine?«

»Meinen Sie Bradys Frau Eva?«

»Nein. Hatte Brady denn keine Schwester?«

Hatties von tiefen Furchen durchzogenes Gesicht zog sich noch mehr zusammen, als hätte sie einen bitteren Geschmack im Mund. »Oh, ja, die hat er. Ich meine, hatte. Aber sie ist nicht meine Enkelin.«

»Ist sie nicht?«

Hattie schüttelte nachdrücklich den Kopf. »Wissen Sie, Zora hat meinen Sohn Emmett geheiratet. Kurz darauf haben sie Brady bekommen. Emmett wollte gern noch weitere Kinder, also haben sie es versucht und versucht und versucht. Immer wieder, aber Zora wurde nicht wieder schwanger. Das hat ihre

Ehe enorm belastet. Mein Sohn wollte immer eine große Familie mit vielen Kindern. Ich weiß, dass sie sich deswegen grässlich gestritten haben. Emmett begann zu trinken und trieb sich immer häufiger in Bars herum. Ein paar Mal ist Zora mit Brady nach New York City geflüchtet. Ich weiß nicht, was sie dorthin gezogen hat, Verwandte hatte sie dort, soweit ich weiß, nämlich nicht. Jedenfalls kehrte sie immer wieder zurück. Und eines Tages hat sie verkündet, wieder schwanger zu sein. Eine Zeit lang war alles wieder gut und es sah so aus, als könnten sie ihre Ehe retten. Dann wurde bei Emmett Hodenkrebs diagnostiziert. Er hätte Zora also gar nicht schwängern können. Sie bestand darauf, dass das Kind von ihm war, aber er glaubte ihr nicht. Als das Baby geboren wurde, war er bereits tot.«

»Das tut mir so leid«, sagte Josie.

Hattie hob den Kopf. »Das war keine einfache Zeit. Ich wusste, dass Zora log. Ihre Tochter sah Emmett kein bisschen ähnlich. Überhaupt nicht. Wir alle wussten Bescheid, aber Zora bestand darauf, dem Mädchen den Namen Conway zu geben. So eine Schande.«

»Dieses Baby ... hat Zora ihre Tochter Kim genannt?«

»Kim, genau, so heißt sie. Sie war ein Unruhestifter – ein weiterer Beweis, dass sie keine echte Conway ist. Ihre Verhaltensstörungen zeichneten sich schon ab, bevor sie alt genug war, um in ernsthafte Schwierigkeiten zu geraden. Kaum, dass Brady die Schule beendet hatte, zog Zora mit Kim nach New York City. Vermutlich zu dem Mann, den sie dort hatte, wer auch immer das sein mochte.«

»Lebt Kim noch?«

Hattie zuckte die Schultern. »Soweit ich weiß.«

»Wissen Sie, ob Zora und Kim sich zerstritten haben?«

»Da bin ich mir sogar ziemlich sicher.«

»Hat Zora mit Ihnen darüber gesprochen?«

»Das musste sie nicht. Wie ich sagte, das Mädchen war ein Teufel. Ich schätze, das war Zoras Strafe dafür, dass sie ihren

Ehemann betrogen hat und ihm ein Kuckuckskind unterschieben wollte.«

»Hat Brady manchmal von Kim gesprochen? Hatten sie eine Bindung zueinander?«

»Ich weiß, dass er Kontakt zu ihr hatte und versucht hat, auf sie achtzugeben, aber meistens hat sie sich herumgetrieben, wie es leichte Mädchen eben tun. Dann hat er monatelang nichts von ihr gehört. Ich weiß, dass er sie nicht aufgeben wollte, weil sie seine Halbschwester war, aber ich habe es immer für reine Zeitverschwendung gehalten.«

Josie zog ihr Smartphone aus der Tasche und rief das Foto der Unbekannten auf, das sie an die Presse weitergegeben hatte. Sie drehte den Bildschirm zu Hattie um. »Ist das hier Kim Conway?«

Hattie nahm Josie das Gerät aus der Hand und hob den Bildschirm so nah an ihr Gesicht heran, dass er fast gegen ihre Brillengläser stieß. Sie betrachtete das Bild ein paar Sekunden lang und gab Josie dann das Smartphone zurück. »Ja, genau. Das ist sie.«

Josie steckte das Handy in die Tasche. Sie warf Lisette einen Blick zu und wandte sich dann wieder an Hattie. »Mrs. Conway, konnten Sie das Bild wirklich gut erkennen?«

Hattie lachte. »Ich bin mir ganz sicher, dass sie es ist«, sagte sie. »Das ist Kimberly. Genau.«

28

Im Eingangsbereich der Seniorenresidenz wartete Gretchen auf Josie. Sie lehnte am Empfangstresen und sah in ihrer charakteristischen Lederjacke mehr wie eine Bikerin als eine Polizeibeamtin aus. Einen Moment lang zog Josie in Erwägung, eine Kleiderordnung für ihre leitenden Ermittler einzuführen. Dann schob sie den Gedanken beiseite. Darum ging es jetzt nicht. Es ging um ihren Fall.

»Was gibt es Neues?«, fragte Josie, als sie auf dem Weg nach draußen an Gretchen vorbeiging.

Diese heftete sich an ihre Fersen. »Im Mai war Kavolis in Denton. Der Hotelportier im Eudora war keine große Hilfe, aber das Zimmerpersonal hat es mir bestätigt. Allerdings konnte ich keinen Hinweis darauf finden, dass Dunn oder sein Unternehmen im Alcott County irgendwelchen Grundbesitz hätte. Tut mir leid, Boss.«

Die kühle Septemberluft fühlte sich gut auf Josies Gesicht an. Sie blieb an der Fahrertür ihres Wagens stehen und nahm Gretchen ins Visier. »Sind Sie den ganzen Weg hierher gefahren, nur um mir das zu erzählen?«

Gretchen blinzelte gegen die Sonne. »Ich wollte nur mal sehen, wie es bei Ihnen läuft.«

»Wie es läuft? Hat Noah Sie gebeten, mit mir zu sprechen?«

»Lieutenant Fraley? Nein. Ich habe selbst beschlossen, herzukommen.«

Josie öffnete die Tür, stieg aber nicht ein. »Wollen Sie mir etwas sagen?«

Gretchen zögerte und verzog das Gesicht nach und nach zu einer Grimasse. »Es ist nur so, dass, wissen Sie, ich schon recht lange dabei bin.«

»Länger als ich, das ist mir wohl bewusst«, sagte Josie. »Haben Sie ein Problem damit, wie ich mein Kommissariat führe?«

»Nein, überhaupt nicht. Darauf will ich gar nicht hinaus.«

»Spucken Sie 's einfach aus, Detective Palmer«, sagte Josie. »Ich habe wirklich viel zu tun.«

»Na ja, darum geht es ja. In der Regel ist es nicht üblich, dass Polizeibeamte in ihren eigenen Fällen ermitteln.«

Josie schlug die Tür zu, machte einen Schritt auf Gretchen zu und überkreuzte die Arme vor der Brust. »Ich habe keinen eigenen Fall.«

»Ihr Verlobter wird vermisst.«

»Ja, also ist das sein Fall, nicht meiner.«

Gretchen lächelte mit einem bitteren Zug um den Mund. »Diese Haarspalterei ist unnötig, Boss.«

»Finden Sie, dass ich meine Arbeit nicht gut mache?«

»Das habe ich nicht gesagt. Ich glaube, dass die Belastung eines Vermisstenfalls im engsten Kreis und die Verantwortung für zwei komplexe Ermittlungen ein bisschen viel für eine einzelne Person sein könnte. Das ist alles. Ich will nur sagen, dass wir alles im Griff haben. Sie haben viele fähige Leute in Ihrem Team, und wir lassen Sie nicht im Stich.«

Josie spürte, wie sich ihr Ärger ein wenig legte.

»Schlaf kann guttun«, fügte Gretchen hinzu.

»Mir gehts gut, wirklich«, sagte Josie. »Aber sagen Sie: Sprechen Sie aus Erfahrung?«

Ein Schatten legte sich über Gretchens Miene und sie schlug den Kragen ihrer Lederjacke hoch. Ohne auf Josies Frage zu antworten, fuhr sie fort: »Ihre Schwägerin – Entschuldigung, ich meine Ihre Schwägerin in spe – ist doch in der Stadt. Ich habe sie in Lukes Haus getroffen. Vielleicht könnten Sie etwas Zeit mit ihr verbringen.«

Josie erinnerte sich an die langen, qualvollen Stunden, die sie und Carrieann vor fast zwei Jahren gemeinsam im Wartesaal vor der Intensivstation des Geisinger-Krankenhauses verbracht hatten. Ihr war absolut nicht danach, diese Zeit noch einmal nachleben zu müssen. Sie musste am Ball bleiben. Dieses dauernde Vorwärtsstreben war alles, was sie noch von einem seelischen Zusammenbruch trennte.

Sie öffnete ihre Tür erneut. »Ich muss jetzt los«, sagte sie zu Gretchen.

Die nickte nur. »Ich helfe Ihnen bei der Suche nach unserer Unbekannten«, sagte sie.

»Kimberly Conway«, präzisierte Josie. »Ich habe die Aussage eines Familienmitglieds. Würden Sie das bitte weitergeben?«

»Natürlich. Wo fahren Sie jetzt hin?«

»Es gibt da etwas, das ich erledigen muss«, sagte Josie und stieg im selben Atemzug ins Auto, um Gretchen nicht die Möglichkeit zu geben, nachzuhaken. Sie startete den Wagen, fuhr los und beobachtete im Rückspiegel, wie Gretchens Silhouette immer kleiner wurde.

Sie war schon fast in Bowersville, als sie einen Anruf von Noah bekam. »Gibt es etwas Neues?«, fragte sie.

Noahs Stimme klang angespannt. »Es hat einen Unfall gegeben«, sagte er und ratterte eine Adresse herunter. »Das sollten Sie sich ansehen. Wir brauchen Sie jetzt hier.«

29

Die Fahrt zum Unfallort dauerte eine Viertelstunde. Josies Streifenpolizisten hatten den Bereich schon abgesperrt und eine Meute Schaulustiger drängte sich hinter den Barrikaden. Die Gaffer reckten die Hälse und versuchten, mit ihren Smartphones Bilder vom Gemetzel zu schießen. Die Straße bestand aus zwei Spuren in jede Richtung. Auf der einen Seite reihten sich Wohngebäude aneinander, auf der anderen befand sich nur ein laubbedeckter unbefestigter Randstreifen. Die Straße führte um einen dicht bewaldeten Teil des Dentoner Stadtparks herum – eine Grünfläche zwischen dem College-Campus und der Hauptstraße. Anwohner gingen im Park mit ihren Hunden spazieren oder joggen, und manchmal fanden dort öffentliche Veranstaltungen statt. Es gab einen großen Spielplatz, einen Pavillon und einen kleinen Teich. Die nächstgelegene Querstraße war eine einspurige Wohnstraße in einigen Metern Entfernung.

In der Mitte der Fahrbahn in Richtung Norden lag ein zerknautschter Ford Bronco auf der Fahrerseite. Der Boden um ihn herum war mit Glas und Metalltrümmern bedeckt. Josies Kollegen waren damit beschäftigt, ein Pop-up-Zelt als Sichtschutz aufzubauen, was bedeutete, dass es einen Todesfall gegeben haben musste. Als Josie sich dem Wrack näherte, sah sie die Blutpfütze, die sich von der Stelle ausbreitete, an der das Fenster der Fahrertür den Asphalt geküsst hatte. Ein paar Meter weiter war ein kleiner roter Pick-up frontal in die Beifahrerseite eines Toyota Corolla geknallt.

»Boss.« Noah lief auf Josie zu. Er hatte an der Absperrung einige Schaulustige befragt.

Hinter ihnen ertönte ein piependes Geräusch, und als Josie den Kopf drehte, sah sie, wie Anya Feist langsam durch die Polizeisperren fuhr.

»Wollen Sie mir nicht verraten, was hier passiert ist?«, fragte Josie, an Noah gerichtet.

Sie beobachtete, wie Dr. Feist neben dem Pop-up-Zelt parkte und ausstieg, um sich mit den zuständigen Ansprechpersonen zu unterhalten. Der Officer, der sie in Empfang nahm, gestikulierte in Richtung des jetzt verdeckten Bronco-Klumpens, woraufhin ihn die Gerichtsmedizinerin stehen ließ, um sich das Wrack genauer anzusehen.

Noah deutete auf die Wohngebäude. »Ein Typ war auf dem Balkon, als der Unfall passiert ist, und sagt, er hätte einen lauten Knall gehört, wie von einem Schuss. Dann hat der Bronco die Kontrolle verloren, ist in ein geparktes Auto geknallt und hat sich ein paar Mal überschlagen, bis er auf der Fahrbahn nach Norden liegen geblieben ist. Der rote Truck ist dem Bronco ausgewichen und dabei in den Corolla gekracht. Der Zeuge hat ausgesagt, dass eine blonde Frau aus der Beifahrerseite des Bronco geklettert und zu Fuß in den Park geflüchtet ist.«

»Conway. Haben Sie schon Leute auf die Suche nach ihr geschickt?«

»Zwei Einheiten.«

Josie beobachtete Dr. Feist, die gerade im Zelt verschwand.

»Gibt es Tote im Truck oder im Corolla?«

Noah schüttelte den Kopf. »Nein, nur leichte Verletzungen.«

Eine Welle der Erleichterung überkam sie. Was auch immer mit Kim Conway los war, Josie wollte auf keinen Fall, dass irgendwelche unbeteiligten Dritten dabei ums Leben kamen. »Wer ist der Fahrer des Bronco? Der Typ, der Kim auf dem Polizeirevier abgeholt hat?«

»Davon gehen wir aus.«

»Aber Sie wissen es nicht?«

»Chief Quinn«, rief Dr. Feist in diesem Moment.

Josie machte sich auf den Weg ins Zelt, um nach der Gerichtsmedizinerin zu suchen.

»Chief?«

Erst auf die erneute Ansprache hin bemerkte Josie, dass Anyas Beine aus der Beifahrerseite des Bronco herauslugten, die zum Dach des Zeltes zeigte. Durch die zersplitterte Windschutzscheibe sah sie, dass die Gerichtsmedizinerin sich Kopf voraus durch das Beifahrerfenster in den Unfallwagen gehängt hatte, um an den Fahrer heranzukommen.

»Was zum Teufel tun Sie da?«, fragte Josie.

»Mir den Kerl in situ anschauen. Irgendjemand hat ihm das gottverdammte Hirn weggepustet.«

Dr. Feist strampelte mit den Beinen und Josie hörte ein dumpfes Ächzen, als die Gerichtsmedizinerin ihren Oberkörper aus dem Fahrzeug wuchtete und sich auf die Beifahrertür setzte. In ihrer ausgestreckten Hand, die in einem Gummihandschuh steckte, hielt sie ihnen etwas entgegen. Josie warf Noah einen Blick zu, der ihr ein paar Latexhandschuhe reichte. Sie zog sie an und nahm den Gegenstand, den ihr Dr. Feist reichte. Noch ein in New Jersey ausgestellter Führerschein. Dieses Exemplar gehörte einem Denny Twitch, und das Foto zeigte einen kahlköpfigen Mann mit Stiernacken: den falschen US-Marshal.

Josie schenkte Dr. Feist ein Lächeln. »Wenn Sie in Zukunft

an sämtlichen Tatorten auftauchen und Ausweise der Opfer wie aus dem Nichts herbeizaubern würden, wäre das einsame Spitze.«

Dr. Feist grinste zurück und wischte sich mit dem Unterarm eine Haarsträhne aus der Stirn. »Das ist eigentlich kein Hexenwerk. Schauen Sie immer zuerst in den Taschen nach. Dort habe ich übrigens auch eine Pistole gefunden. Ich mache nur noch ein paar Fotos, dann können Sie ihn für eine vollständige Obduktion in die Gerichtsmedizin liefern lassen. Allerdings kann ich Ihnen jetzt schon verraten, dass er an einem Schuss aus nächster Nähe in den rechten Schläfenlappen gestorben ist.«

Sie lehnte sich wieder ins Fahrzeug. Josie hielt Noah die Führerscheinkarte so hin, dass er ein Foto davon machen konnte. »Ich überprüfe ihn«, sagte er. »Mal schauen, ob er für Eric Dunn gearbeitet hat.«

»Wunderbar«, sagte Josie. »Was ist mit dem Wagen?«

»Der gehört ihm selbst«, erklärte Noah. »Er ist auf seinen Namen angemeldet.«

Josie musterte den Bronco und seufzte. »Das ist ein ziemlich altes Modell, oder?«

Noah verzog das Gesicht. »Ja, hier drin gibt es nicht einmal ein Navi.«

»Was ist mit seinem Handy?«

»Wenn Dr. Feist fertig ist, suchen wir danach.«

»Also hat es noch keinen Sinn, Eric Dunn einen Besuch abzustatten. Nicht, solange wir nicht mit Sicherheit wissen, dass Twitch für ihn gearbeitet hat. Vielleicht kann uns sein Telefon da Aufschluss geben. Außerdem müssen wir Conway finden.«

»Soll ich die Presse informieren?«, fragte Noah.

Josie schüttelte den Kopf. »Nein. Passen Sie auf, dass nichts davon durchsickert, okay? Wenn Dunn und seine Leute so scharf darauf sind, sie zu finden, dass sie sogar einen Typen in

Verkleidung eines US-Marshals losschicken, dann will ich, dass die Suche nach ihr so unauffällig wie möglich abläuft. Ich will nicht einmal, dass irgendjemand von ihrem Verschwinden erfährt.«

»Bei WYEP berichten sie immer noch über die Unbekannte«, sagte Noah.

»Dann rufen Sie dort an und sagen Sie ihnen, dass wir sie identifiziert haben und daran arbeiten, sie wieder ihrer Familie zuzuführen. Bestehen Sie darauf, dass ihre Privatsphäre respektiert wird. Und richten Sie aus, dass wir ihren Namen noch nicht öffentlich bekannt geben. Bedanken Sie sich bei den Zuschauern. Lassen Sie es irgendwie gut klingen. Ich will nicht, dass irgendjemand Wind davon bekommt, dass hier schon eine neue Sensation wartet.«

»Alles klar!«, sagte Noah.

Mit langsamen Schritten umrundete Josie das Unfallwrack. Glassplitter knirschten unter ihren Füßen. Sie fragte sich, wie verängstigt Kim Conway gewesen sein musste, um einem Mann bei voller Fahrt ins Gesicht zu schießen, während sie auf dem Beifahrersitz saß. Trinitys Worte hallten in ihrem Kopf nach. *Eric Dunn ist kein guter Mensch.* »Noah«, rief sie ihren Kollegen zurück, der sich in einen Streifenwagen gesetzt hatte, um den Computer zu benutzen, und jetzt wieder ausstieg. »Ist noch was, Boss?«

»Ich möchte, dass Sie eine Hundestaffel auf Conway ansetzen. Vielleicht kann der Sheriff uns damit helfen, haken Sie da mal nach? Vielleicht hat sie beim Unfall Verletzungen davongetragen. Ich will nicht, dass sie da draußen herumläuft und möglicherweise medizinische Versorgung braucht.«

Noah nickte und stieg wieder ins Auto, das Handy bereits ans Ohr gepresst. Josie wandte dem zerstörten Bronco den Rücken zu und musterte die erste Baumreihe des Waldes. Sie fragte sich, wie weit Kim Conway es zu Fuß schaffen würde. Oder hatte sie vor, sich zu verstecken, bis die Patrouillen die

Suche im Park beendeten? Josie wusste, dass sie mehr als genug
Kollegen damit beauftragt hatte, nach Kim Ausschau zu halten,
und dass es am besten wäre, wieder zurück in ihr Büro zu
fahren oder Gretchens Ratschlag zu befolgen und sich ein paar
Stunden Schlaf zu gönnen. Sie könnte auch nach Bowersville
fahren, wie sie es eigentlich vor Noahs Anruf beabsichtigt hatte.
Aber all dies tat sie nicht, sondern machte sich auf den Weg
zum Wald und schlug sich in die Büsche.

30

Josie lief durch den Dentoner Stadtpark und den umliegenden Wald, bis ihre Füße schmerzten und die Sonne hinterm Horizont versunken war. Es würde noch zwei Stunden dauern, bis die Hundestaffel des Sheriffs auftauchte. Mehrere Polizisten patrouillierten durch den Park, während Kollegen in Streifenwagen die Stadt nach Kim Conway durchkämmten. Andere Beamte gingen in den umliegenden Straßen von Haustür zu Haustür, um Zeugenaussagen der Anwohner zu sammeln. Nachdem Josie über einen Ast gestolpert war und sich den Knöchel verdreht hatte, schaltete sie die Taschenlampen-App ihres Smartphones ein. Sie humpelte durch den Wald und ließ den Lichtstrahl über den Boden wandern, die Baumstämme entlang und selbst hinauf zu den unteren Ästen der Bäume, die so aussahen, als könnte man sie hinaufklettern.

Verdammt, wohin war Kim verschwunden?

Das Knacken eines Zweiges ertönte und Josie erstarrte. Sie richtete ihr Telefon in die Richtung, aus der das Geräusch gekommen war, und ließ das Licht wie wild durch die Bäume zucken, bis sie aus dem Augenwinkel das Blau einer Polizeijacke wahrnahm. Sie richtete den Lichtstrahl auf den Ankömmling. Es war Noah, der sich behutsam die Stirn rieb. »Hab den Ast hier nicht gesehen«, murmelte er.

»Sie haben mich erschreckt«, sagte Josie. »Was ist los? Haben Sie etwas gefunden?«

Er trat zu ihr und schüttelte den Kopf. Ein roter Striemen zeichnete sich dort ab, wo ihn der Ast am Kopf getroffen hatte. »Nein, nichts.«

Josie seufzte, drehte sich um und hinkte los. Mit der Taschenlampe beleuchtete sie den Weg vor ihnen. »Wie wäre es dann mit einem Lagebericht?«

»Sie humpeln«, bemerkte Noah.

»Und das ist inwiefern von Bedeutung?«

Noah ignorierte ihre Frage und gab ihr einen kurzen Überblick über den aktuellen Stand der Ermittlungen in beiden Fällen. »Wir haben den letzten potenziellen Vater auf der Liste von Mistys Liebhabern aufgespürt. Er hat die letzten drei Monate wegen Drogenmissbrauch im Gefängnis gesessen, sein Alibi ist also bombensicher. Ich suche immer noch nach der Verbindung zwischen Denny Twitch und Eric Dunn. Es heißt, Dunn halte sich immer noch im Eudora auf. Er trifft sich diese Woche offenbar mit ein paar Ratsmitgliedern, um die Pläne für sein Kasino vorzustellen. Gretchen ist mit Dr. Feist für die Obduktion ins Krankenhaus gefahren. Sie haben wohl ein Handy gefunden, aber es ist so zerstört, dass Gretchen es erst zur Technikreparatur in der Nähe des Colleges bringen will. Mal schauen, ob die überhaupt etwas wiederherstellen können. Der Typ vom Schlüsseldienst besorgt sich die passenden Werkzeuge, um Mistys Schreibtisch zu knacken. Morgen früh holt er sie ab und trifft sich dann mit Gretchen bei Misty zu Hause. Oh, und was Misty anbelangt, die hat die Operationen ganz gut überstanden, steht aber natürlich noch unter Einfluss der Narkose. Der Chirurg sagt, wir können frühestens morgen mit ihr sprechen. Außerdem finde ich, Sie sollten nach Hause gehen und sich etwas Ruhe gönnen.«

Josie blieb stehen und stemmte die Hände in die Hüften. Ihr Knöchel pochte. Sie sehnte sich nach ihrem Bett – einfach einen Stapel Kissen aufschichten, den Fuß hochlegen und die Verletzung kühlen. Wein könnte die Schmerzen auch lindern. Aber all das würde bedeuten, dass sie ihre Suche nach Luke, Mistys Baby und jetzt auch noch Kim Conway unterbrechen musste. Vermutlich schwebten alle in Gefahr, aber Josie wusste nicht einmal, warum. Wie konnte sie in diesem Moment eine Pause einlegen? Luke brauchte sie. Mistys winziges, hilfloses, erst wenige Tage altes Baby brauchte sie. Josie holte tief Luft und lief weiter. Hinter sich hörte sie Noahs Schritte.

»Boss.«

»Es geht nicht, Noah. Es geht einfach nicht.«

Josie spürte, wie Noah sanft nach ihrem Ellbogen griff und sie davon abhielt, ziellos weiterzulaufen. Im Schein der Smartphonelampe konnte sie seinen Gesichtsausdruck sehen, so ernst, so besorgt, dass ihr beinahe nach Lachen zumute war. »Mir gehts gut«, log sie.

»Sie sind müde, Sie hinken, und ich gehe jede Wette ein, dass Sie halb verhungert sind. Unsere Leute werden im Laufe der Nacht jeden Winkel dieser Stadt durchkämmen, falls Ihnen das hilft, um beruhigt schlafen zu können. Wenn Sie sich nicht ausruhen, dann sind Sie uns keine große Hilfe. Holen Sie sich eine Pizza, fahren Sie nach Hause und reden Sie mit Carrieann. Sie war auch den ganzen Tag allein.«

Ihre Schwägerin in spe hatte Josie schon fast vergessen. »Ich glaube, wir sollten uns das Haus der Conways einmal anschauen«, sagte sie zu Noah.

Er hob eine Augenbraue. »Glauben Sie, Kim würde dorthin flüchten? Das ist ein Gewaltmarsch von hier aus. Zu Fuß würde sie mehrere Tage brauchen.«

»Wir sollten es trotzdem überprüfen.«

»Ich rufe in Bowersville an und bitte die Kollegen, eine Streife vorbeizuschicken.«

»Okay, wunderbar. Schauen Sie auch, ob wir uns morgen dort umsehen können. Ich würde mir das Haus gern anschauen, auch, wenn Conway sich nicht dort versteckt.«

»Gibt es etwas, das ich wissen sollte?«, fragte Noah.

Josie hatte sich schon nach der Tötung der Conways dort umschauen wollen, aber Luke hatte es ihr nicht erlaubt. Er hielt es für sinnlos. Josie hatte damals den Kollegen aus Bowersville angeboten, ihr eigenes Spurensicherungsteam zur Verfügung zu stellen, aber der dortige Polizeichef hatte dankend abgelehnt. »Ist doch recht eindeutig, was hier passiert ist«, waren seine Worte gewesen. »Kein Grund, Arbeitskraft und Geld zu verschwenden.« Josie selbst wäre die Sache anders angegangen, aber das Haus der Conways lag nicht in ihrem Zuständigkeitsbereich, und sie hatte nicht vor, einen Streit mit einem Dorfpolizisten vom Zaun zu brechen, dessen schlampige Arbeit sich nicht auf ihr eigenes Revier auswirkte. Trotzdem hatte sie ihren Ärger über die Gleichgültigkeit, mit der ihr Kollege aus Bowersville den Fall abgetan hatte, nicht vergessen. Aber je häufiger sie das Thema angesprochen hatte, desto wütender war Luke geworden. »Du kannst nichts machen«, hatte er ihr gesagt. »Sie sind tot, und ihr Haus zu durchwühlen würde nichts daran ändern. Glaub mir, du willst es gar nicht sehen. Lass gut sein!«

Daraufhin hatte Josie das ganze Thema fallen gelassen, abgesehen von Momenten, in denen er besonders distanziert und verschlossen gewesen war, und selbst dann hatte sie nur – manchmal mit Nachdruck – vorgeschlagen, dass er sich professionelle Hilfe suchte, immerhin schien er ja mit dem Vorfall noch nicht im Reinen zu sein. Jetzt war Josie für drei vermisste Personen verantwortlich, und alle Spuren schienen zu Brady Conway zu führen.

»Es gibt einen Zusammenhang, nein, viele Zusammenhänge mit Brady Conway«, erklärte sie Noah. »Brady hatte eine Affäre mit Misty, er steht auf unserer Liste möglicher Väter. Ein paar Wochen vor dem Suizid der Conways hat Luke sich mit

Misty getroffen. Kim war Brady Conways jüngere Halbschwester – und ihrer Großmutter zufolge war Brady der Einzige in der Familie, der überhaupt noch mit Kim gesprochen hat.«

»Verstehe«, sagte Noah.

Josie fragte sich, ob Brady Luke gebeten hatte, sich um seine kleine Schwester zu kümmern – warum auch immer. War Kim deshalb bei Luke gewesen? Möglich war es, aber das erklärte nicht, weshalb sie in seinem Bett geschlafen und seine Kleidung getragen hatte. Vielleicht hatte sie bei Luke gewohnt, weil er Bradys Freund gewesen war, aber die Intimität erklärte sich dadurch nicht. Und vor allem fiel Josie keine vernünftige Erklärung dafür ein, warum Luke ihr nichts erzählt hatte.

»Vielleicht hat Luke Kim vor Eric Dunn versteckt. Das ist das einzige Szenario, dass meiner Meinung nach Sinn ergibt. Nach allem zu urteilen, was Trinity mir über ihn erzählt hat, ist Dunn unfassbar skrupellos. Dass es ihn nicht juckt, das Gesetz zu übertreten, haben wir bei der Aktion mit dem falschen US-Marshal gesehen. Ich meine, wir wissen noch nicht sicher, ob Twitch für Dunn gearbeitet hat. Das sollten wir aber schnellstmöglich herausfinden.«

Noah runzelte die Stirn. »Selbst wenn Luke wusste, dass Kim in Gefahr ist, und er der kleinen Schwester seines Freundes helfen wollte – warum hat er nicht mit Ihnen darüber gesprochen? Oder mit irgendjemandem sonst?«

Weil Mickey Kavolis in seinem Garten verbuddelt war. Josie sprach ihren Gedanken nicht laut aus, aber in ihrem Kopf entspann sich langsam ein Szenario, das sie erst mit Noah besprechen wollte, wenn sie sich komplett sicher war. Der Besuch im Haus der Conways würde ihre Theorie bestätigen, da war sie sich sicher. Das erklärte aber trotzdem nicht, wie Kims Fingerabdrücke in Mistys Haus kamen. Anders als bei Brady Conway gab es keine offensichtliche Verbindung zwischen Kim und Misty. Aber irgendwo musste Josie eben mit der Suche beginnen.

»Ich habe eine Theorie«, sagte sie. »Aber ich muss mir zuerst das Haus ansehen.«

Noah widersprach nicht. »Ich rufe in Bowersville an und bespreche mit ihnen, wie wir ins Haus kommen. Aber erst morgen, okay?«

Josie dachte an Carrieann, die allein in ihrem Haus wartete. Allein mit ihrer Angst. Derselben Angst, die Josie komplett in die Tiefen ihres Unterbewusstseins verbannt hatte, indem sie ständig in Bewegung blieb. Luke hatte Josie angelogen – über viele Dinge – und sie vielleicht sogar betrogen. Aber Carrieann war immer nett zu ihr gewesen. Hatte ihren Kopf für sie hingehalten, als es wirklich nötig gewesen war. Sie hatte Besseres verdient, als allein in Josies Haus herumzugeistern und sich Sorgen um ihren Bruder zu machen. Noah hatte recht. Ein paar Stunden Schlaf und leibliches Wohl würden die Ermittlungen nicht behindern. Sie war zwar Chief, musste aber noch lernen, wie sie Aufgaben delegierte.

»Okay«, stimmte sie zu. »Aber nur für ein paar Stunden.«

31

MITTWOCH

Josie wurde vom Geruch nach gebratenem Speck geweckt. Das Sonnenlicht fiel durch ihre Schlafzimmerfenster, und auf der Stelle wurde ihr klar, dass sie länger geschlafen hatte als die drei Stunden, die sie sich vorgenommen hatte. Viel länger. Ein Blick auf ihren Funkwecker entlockte ihrer Kehle ein lang gezogenes Stöhnen. Es war schon fast acht Uhr. Sie hatte ganze sechs Stunden geschlafen. Einen Moment blieb sie noch liegen und lauschte den Geräuschen aus der Küche, dem Klirren von Geschirr und Besteck, den Schubladen, die aufgezogen und wieder zugeschoben wurden. Dem Gluckern der Kaffeemaschine. Im Halbschlaf hatte sie für ein, zwei Sekunden geglaubt, es wäre Luke. Er war wieder zurück und vor ihr aufgestanden, um Frühstück zu machen, wie immer, wenn sie beide einen freien Tag hatten. Luke kochte wirklich ausgezeichnet, intuitiv und kreativ. Er richtete sich nie nach Rezepten, aber alles, was er zusammenrührte, war köstlich. Josie war weit davon entfernt, eine Küchenfee zu sein, und dementsprechend schlecht war sie meistens auch ausgestattet, aber irgendwie schaffte Luke es immer, aus ihren spärlichen Vorräten ein Meisterwerk zu kreieren.

Josie vermisste ihn.

Sie schlug die Augen auf und schüttelte die Erschöpfung ab. Als sich der Nebel in ihrem Kopf lichtete, wurde ihr klar, dass nur eine Person im Moment in ihrer Küche herumwerkeln konnte – Carrieann. Luke wurde vermisst, rief sie sich in Erinnerung. Es fühlte sich an, als wären bereits Monate vergangen, dabei war sein Verschwinden erst wenige Tage her. Obwohl Josie ihn *wirklich* schon über Monate hinweg vermisst hatte, oder etwa nicht? Immerhin hatte sie sogar schon überlegt, die Beziehung zu beenden, als er ihr immer weiter entglitten und der herzliche, liebevolle Mann, den sie kennengelernt hatte, hinter einer kalten, distanzierten Fassade verschwunden war. Seufzend hievte Josie sich aus dem Bett. Die Arbeit rief.

Carrieann stand in der Küche vorm Herd und schob mit einem Pfannenwender Rührei in einer Bratpfanne herum. In einer anderen Pfanne brutzelte der Speck. Lukes Schwester sah aus, als hätte sie überhaupt nicht geschlafen. Ihr blondes Haar hing ihr in fettigen Strähnen auf den Rücken und sie hatte dunkle Schatten unter den Augen. Den Abend zuvor waren sie lange aufgeblieben, hatten sich über die verschiedenen Hinweise unterhalten und eine Flasche Wein geleert, während Carrieann selbst online Nachforschungen über Eric Dunn angestellt hatte.

Erst auf halbem Weg zur Kaffeekanne bemerkte Josie, dass Noah am Küchentisch saß. »Herrgott, haben Sie mich erschreckt«, sagte sie und legte die Hand aufs Herz.

Noah grinste und hob seine dampfende Kaffeetasse zum Gruß. »Wir hielten es für besser, Sie noch ein wenig schlafen zu lassen.«

Josie fuhr sich mit den Fingern durch ihr zerzaustes Haar und versuchte, es wenigstens ein bisschen zu glätten. Dann griff sie an den Saum ihres Nachthemds, zog ihn über ihre entblößten Oberschenkel und verfluchte sich dafür, nicht wenigstens eine Jogginghose angezogen zu haben. »Das wäre nicht nötig gewesen«, murmelte sie.

Dann goss sie sich einen Kaffee ein und setzte sich zu Noah an den Tisch. »Und, gibt es etwas Neues?«

»Gretchen hat jemanden damit beauftragt, Twitchs Handy zu analysieren. Anscheinend gehen die davon aus, dass sie es wieder ans Laufen bekommen. Die Hundestaffel des Sheriffs war die ganze Nacht unterwegs. Sie haben Kim Conways Spur bis zu einem Baumhaus im Garten einer Frau verfolgt. Dort haben sie zwar nur ein bisschen getrocknetes Blut gefunden, aber das heißt, dass sie sich dort zumindest eine Weile lang versteckt haben muss. Die Hausbesitzerin beharrt darauf, nichts gesehen zu haben. Die Hilfssheriffs haben ihr Haus durchsucht, aber nichts gefunden.«

Josie stöhnte auf. »Ein beschissenes Baumhaus. Da war sie drin? Quasi direkt über unseren Köpfen.«

»Na ja, sie ist ja nicht lange dortgeblieben. Sie haben ihren Geruch noch drei Kilometer weiter verfolgt und ihre Spur dann verloren.«

»Was heißt das? Ist sie in ein Auto gestiegen?«

»Das ist die plausibelste Erklärung.«

»Wenn jemand sie mitgenommen hat, könnte sie jetzt überall sein«, sagte Josie. Sie war gerade einmal seit zehn Minuten auf den Beinen und hatte schon das Gefühl, dass es gar nicht genug Kaffee geben konnte, um diesen Tag einigermaßen erträglich zu machen.

»Ich habe gestern Abend außerdem noch in Bowersville angerufen«, ergänzte Noah. »Sie haben sowohl gestern Abend als auch heute Morgen eine Streife beim Haus der Conways vorbeigeschickt. Keine Spur von ihr.«

Josie nahm einen kräftigen Schluck von ihrem Kaffee und zuckte zusammen, als ihr die heiße Flüssigkeit über den Gaumen bis in die Kehle rann. Carrieann stellte je einen vollen Teller mit Frühstück vor Josie und Noah. Dann setzte sie sich mit ihrem eigenen Teller zu ihnen, machte aber keine Anstalten, etwas zu essen. Nur Noah griff zu und bedankte sich zwischen zwei Bissen bei ihr.

»Ich will in dieses Haus«, sagte Josie und kaute abwesend auf einem Stück Speck herum, von dem plötzlich doch stark aufkeimenden Hungergefühl überrascht. Sie schaufelte etwas Rührei auf ihre Gabel und quälte es sich herunter, so gut es ging. Carrieann schaute ihr und Noah beim Essen zu, ließ ihren eigenen Teller aber nach wie vor unberührt.

»Wir können gern hinfahren, aber wir brauchen die Erlaubnis der Familie, um uns dort umzusehen.«

Josie leerte ihre Tasse. Langsam war sie imstande, einen klaren Gedanken zu fassen. »Manchmal bittet man besser um Entschuldigung als um Erlaubnis«, sagte sie.

32

Sie fuhren über Nebenstraßen, überquerten schweigend einen Bergkamm und gelangten von dort aus hinab in das kleine Tal, in dem Bowersville lag, nicht mehr als ein paar vereinzelte Häuser, Kirchen und eine einsame Einkaufsmeile. Josie fand es erstaunlich, dass die Stadt überhaupt noch bestand und sich genug Gläubige fanden, um die vier Kirchen zu füllen, die jegliche Naturkatastrophen und finanziellen Desaster überlebt hatten, unter denen die Stadt selbst beinahe ausgelöscht worden wäre. Bowersville war so verschlafen, dass vor dem Tag, als Brady Conway seine Frau und dann sich selbst getötet hatte, ein halbes Jahrhundert lang kein einziger Mordfall registriert worden war.

Josie bog in die Auffahrt der Conways ein. Bäume und Gebüsch schirmten das Haus von den Nachbarn zu beiden Seiten ab. Es war durchaus möglich, dass ihr Besuch unbemerkt blieb, gerade jetzt, mitten am Tag, aber Josie war sich sicher, dass nach dem zweimaligen Vorbeischauen der örtlichen Polizei der Dorfbuschfunk schon längst in Gang gesetzt worden war.

Langsam schritten sie über das Grundstück. Die tödlichen Schüsse lagen Monate zurück, aber noch immer flatterten Reste des an die Verandaposten geknoteten Absperrbandes im Wind. Noah versuchte, die Haustür zu öffnen, aber sie war verschlossen.

»Versuchen wir es hinten«, sagte Josie.

Sie marschierten erneut los, dieses Mal auf die Rückseite des Hauses. Bestimmt war die Gartentür nicht abgeschlossen. Josie war nicht überrascht, als sie ihre Vermutung bestätigt fand. Die Leute in Bowersville schlossen ihre Türen für gewöhnlich überhaupt nicht ab. Es war nicht nötig. Im Haus roch es modrig, mit einem Hauch von Blut und Bleiche. Vom Garten aus trat man direkt in die Küche. Alle Schränke standen offen und waren geleert worden. Auf dem Tisch und den Arbeitsflächen stapelten sich Kartons mit der Aufschrift «KÜCHE».

»Es ist Monate her«, sagte Noah. »Die meisten Leute hätten schon längst alles ausgeräumt und verkauft.«

»Luke hat mal gesagt, die beiden Familien wären zerstritten. Bradys Mutter hat eine Firma beauftragt, das Haus zu reinigen und auszuräumen. Evas Angehörige sollten vorbeikommen und mitnehmen, was immer sie haben wollten, aber es gab irgendeine Meinungsverschiedenheit und alles blieb liegen, bis die Probleme beseitigt sind.«

Noah klopfte auf eine der Kisten. »Sieht nicht aus, als wäre irgendetwas beseitigt worden.«

»Anscheinend dachten Evas Verwandte, ihnen stünde sowohl die Einrichtung als auch der Erlös aus dem Verkauf zu, und sie erwarteten von Bradys Mutter, auch für die Reinigung und das Entrümpeln zu zahlen. Die bestand aber darauf, alles zu gleichen Teilen zu splitten.«

»Ich könnte mir vorstellen, dass die Streitigkeiten schon eine ganze Weile andauern«, sagte Noah.

Josie ging ihm voraus ins Wohnzimmer. Die Stellen, an denen jemand vergeblich versucht hatte, die Blutflecken zu entfernen, waren deutlich zu erkennen. Ein Sofa und zwei

Fernsehsessel waren an eine Wand geschoben, der gläserne Couchtisch umgedreht und auf das Sofa gelegt worden. Der Fernseher stand auf dem Boden zwischen den Sesseln, und den Fernsehschrank hatte man zur Seite gestellt und mit Kartons vollgepackt, auf denen »WOHNZIMMER« stand.

»Wer auch immer hier geputzt hat, der hat sich nicht viel Mühe gegeben, das Blut vom Parkett zu wischen – oder von den Wänden.«

Josie nickte zustimmend und starrte auf die zwei pfützenförmigen Flecken, die die Mitte des Raumes dominierten. Hier mussten Brady und Eva nach den Schüssen zusammengebrochen sein, kaum mehr als einen Meter voneinander entfernt. Ein paar Handbreit neben dem Fleck, der der Küche am nächsten war, entdeckte Josie einige rötlich-braune Schlieren. »Schauen Sie sich das hier an«, sagte sie. Noah trat zu ihr und starrte die Spuren an. »Mein Gott!«, sagte er.

Josie ging in die Knie und strich mit der Hand über zwei dicke, nebeneinander verlaufende Spuren verblassten Blutes. »Finden Sie, das sieht nach Schleifspuren aus?«

Noah musterte den Fußboden mit zusammengekniffenen Augen. »Ich weiß nicht«, sagte er. »Möglich wäre es. Aber vielleicht stammen die Streifen auch nur vom Reinigungstrupp?«

Josie stand auf, trat in die Mitte des Raumes und betrachtete die Szenerie noch einmal von oben. Dann stellte sie sich direkt in den Fleck und stellte sich vor, wie Brady hier gestanden hatte und mit der Waffe auf das Gesicht seiner Frau zielte. »Gehen Sie da rüber«, sagte sie zu Noah. »Stellen Sie sich in den anderen Fleck.«

Noah tat, wie sie ihm befohlen hatte. »Bin ich jetzt Brady oder Eva?«

»Ich weiß nicht«, sagte Josie. »Sagen wir, Sie sind Eva. Ich schieße von hier aus.« Sie streckte die Hand aus, den Zeigefinger angewinkelt, als läge er auf dem Abzug einer Waffe. Ihr

Blick schweifte über die verblassten Spuren der Blutspritzer auf den Wänden und an der Decke.

»Ich habe den Tatort nicht gesehen«, sagte sie. »Aber Luke zufolge wurde Eva ins Gesicht geschossen und Bradys Hinterkopf war weggepustet.«

»Also hat er seine Frau erschossen und sich dann die Waffe in den Mund gesteckt«, folgerte Noah. Er lehnte sich ein wenig nach links, um ebenfalls die Wand hinter Josie betrachten zu können. Dann drehte er sich herum und tat dasselbe mit der Wand hinter ihm. »Denken Sie auch, was ich denke?«

Josie ließ den Arm sinken. »Wenn Brady Eva aus so kurzer Distanz ins Gesicht geschossen hätte, wäre ihr Blut nach vorn gespritzt – auf ihn zu. Nicht hinter ihr an die Wand. Der tödliche Schuss, den er sich selbst beigebracht hat, dürfte der einzige gewesen sein, der Blutspritzer zur Rückseite hin verursacht hat.«

»Und warum haben wir dann Blutspritzer an beiden Wänden?«

»Gute Frage.«

»Deshalb wollten Sie also das Haus sehen«, stellte Noah fest. Das war keine Frage. »Sie wussten, dass etwas faul ist.«

Josie sagte nichts, sondern widmete sich wieder den Schleifspuren auf dem Boden. Sie erinnerte sich daran, wie blutdurchtränkt Luke gewesen war, als sie ihn vom Krankenhaus abgeholt hatte. Er hatte versucht, seinen Freund wiederzubeleben. Erneut stieg die Wut auf die Polizei von Bowersville wie Sodbrennen in ihrer Kehle auf.

Wäre der Tatort professionell untersucht und analysiert worden, hätte jemand bemerken müssen, dass etwas nicht stimmte. Verdammt, ein oberflächlicher Blick und ein paar Hirnzellen hätten einem das schon sagen müssen. Aber so ein ganzes Einsatzteam einzuschalten kostete Geld. Da häuften sich Laborkosten an, die Unkosten für geborgte Ausrüstung und Zubehör – ganz zu schweigen von der Zeit, die bei dem ganzen

Prozess verstrich. Niemand wusste das besser als Josie, die sich in ihrer neuen Rolle als Chief häufiger den Kopf über ihren Etat zerbrach als über ihre Fälle. Bowersville hatte diese finanziellen Möglichkeiten erst gar nicht. So tragisch es war, aber es war am schnellsten, einfachsten und günstigsten, den Tod der Conways als erweiterten Selbstmord abzustempeln, unter dem Oberbegriff häusliche Gewalt abzuhaken und den Fall schnellstmöglich zu schließen.

»Was, glauben Sie, ist hier passiert?«, fragte Noah.

Josie hatte genug im Wohnzimmer gesehen. Sie hatte nun eine recht genaue Vorstellung davon, was passiert war und warum Luke sie angelogen hatte. Sie fühlte sich, als hätte ihr jemand ein Messer zwischen die Rippen gestoßen. »Ich bin mir nicht sicher, aber ich glaube, dass sowohl Kavolis als auch Kim Conway in jener Nacht hier waren.«

»Glauben Sie, dass ein Teil der Blutspritzer von Kavolis stammt?«, fragte Noah.

Josie gab ihm ein Zeichen, ihr durch den Rest des Hauses zu folgen. »Nun, wenn ich recht habe und Kavolis hier war, dann ja. Dann würden die Blutspritzer zu ihm gehören.«

»Wer hat ihn erschossen?«

Josie stieg die Treppe hinauf in den ersten Stock. Noah stapfte hinter ihr her. »Ich weiß nicht«, gab sie zu. War es möglich, dass Luke einen Menschen erschossen und all die Monate mit dem Wissen gelebt hatte? Es gab nur einen Grund, aus dem Kavolis in jener Nacht im Haus der Conways gewesen sein konnte – er hatte Kim holen und sie zurück zu Eric Dunn bringen wollen.

»Was für eine Waffe hat Brady benutzt?«, fragte Noah.

Oben roch es noch muffiger. Josie spürte, wie ihr Schweißperlen über die Oberlippe liefen. »Seine Dienstwaffe«, sagte sie. »Das stand in den Nachrichten.«

»Also nicht dieselbe Waffe, mit der Mickey Kavolis erschossen wurde«, folgerte Noah. »Kavolis wurde mit einem

Kaliber .45 erschossen, aber Luke selbst besitzt keine solche Waffe, oder?«

»Genau. Brady könnte eine .45er besessen haben, aber wenn hier irgendwelche Waffen gefunden wurden, haben die Kollegen aus Bowersville sie bestimmt konfisziert.«

»Ja, weil sie ja wahre Profis in der Beweissammlung sind«, spottete Noah. »Ich glaube, dass Kavolis die Waffe mitgebracht und jemand anderes ihn dann damit erschossen hat. Glauben Sie, er kam erst nach dem erweiterten Selbstmord, so wie Luke?«

Josie kam ein schauriger Gedanke. »Vielleicht war es ja überhaupt kein erweiterter Suizid. Wenn ich es recht bedenke, gibt es zwei Leute, die die Wahrheit kennen – und beide werden vermisst.«

Sie gingen am Badezimmer und dem Schlafzimmer vorbei. Beide Räume waren auf ähnliche Weise ausgeräumt worden wie das Erdgeschoss. Es gab noch zwei weitere Schlafzimmer, die noch unberührt wirkten. Eines war zu einem häuslichen Arbeitszimmer mit einem Laufband umfunktioniert worden. Im anderen stand ein ordentlich gemachtes Doppelbett mit einer grauen Decke. Auf dem Nachttisch lag ein Stapel Bücher.

Noah durchsuchte den Kleiderschrank, während Josie eines der Bücher in die Hand nahm. *Das erste Jahr mit Baby: Alles, was Sie wissen müssen.* Der Titel des zweiten Buchs lautete *Beim ersten Kind gibt's 1000 Fragen.* Auch die anderen drei Bücher beschäftigten sich mit dem Thema Schwangerschaft.

»Hier ist nichts. Nur Frauenschuhe«, sagte Noah und tauchte wieder aus dem Kleiderschrank auf.

Josie reichte ihm das erste Buch des Stapels. »Okay«, sagte er, »das ist interessant.«

»Luke hat mir vor einer Weile erzählt, dass Brady und Eva sich dazu entschieden hätten, keine Kinder zu bekommen. Er sagte, sie würden stattdessen die Welt bereisen wollen.«

Noah starrte auf das Buch, bevor sein Blick zu dem ganzen

Stapel wanderte. »Vielleicht haben sie sich umentschieden. Möglich, dass sie es zu dem Zeitpunkt versucht haben.«

»Die lagen im Gästezimmer, nicht im Schlafzimmer.«

»Vielleicht sind sie während der ganzen Packerei dort gelandet.«

»Oder vielleicht haben sie Kim gehört«, schlug Josie vor.

»Glauben Sie, dass Kim schwanger ist?«, fragte Noah.

»Ich glaube, sie *war* schwanger. Im Krankenhaus wurde im Rahmen der Routineuntersuchungen auch ein Schwangerschaftstest gemacht. Wenn der positiv gewesen wäre, hätten wir davon erfahren.«

Noah runzelte die Stirn. »Aber wenn sie schwanger war, als sie zuletzt hier war, also vor vier Monaten – was zum Teufel ist dann mit dem Baby passiert?«

Josie setzte gerade zu einer Antwort an, als ihr Telefon klingelte. Sie schaute auf den Bildschirm. »Es ist Gretchen«, informierte sie Noah und legte das Handy ans Ohr. »Was gibt es Neues?«

»Die Schlinge um Dunn zieht sich zu.«

»Haben Sie eine Verbindung zwischen ihm und Twitch nachweisen können?«

»Denny Twitch gehörte zu seiner Personenschutzgruppe. Vor ungefähr drei Monaten wurde er entlassen.«

»Entlassen?«, fragte Josie. »Das ist ja mal interessant.«

»Ich weiß. Und noch interessanter ist, dass einer der bislang nicht zugeordneten Fingerabdrücke aus Misty Derossis Haus zu Denny Twitch gehört.«

Josies Finger schlossen sich fester um ihr Telefon, während sie mit Noah auf den Fersen die Treppe hinunterstieg. Der verrenkte sich beinahe den Hals, um mitanhören zu können, was Gretchen erzählte. »Was?«, sagte Josie. »Wie zum Teufel sind Sie so schnell an das Ergebnis der Fingerabdruckanalyse gekommen?«

»Auf die gleiche Weise wie Noah beim letzten Mal. Ich

habe es an die Polizeikaserne weitergeleitet, und die haben sich sofort darum gekümmert, weil es auch um Lukes Fall geht. Vorher gab es kein Ergebnis, weil Twitch nicht aktenkundig war.«

»Wie weit sind wir mit Twitchs Handy?«

»Eigentlich sollte ich bald etwas bekommen – wenigstens eine Kontaktliste.«

»Na ja, ich denke, dass wir auch ohne das Telefon genug in der Hinterhand haben, um Eric Dunn einen Besuch abzustatten. Finden wir irgendwelche Verbindungen zwischen Dunn und Misty? Besteht die Möglichkeit, dass er der Kindsvater ist?«, fragte Josie.

»Da wäre ich mir nicht so sicher«, sagte Gretchen zögerlich.

Josie und Noah verließen das Haus der Conways durch die Hintertür. Die frische Luft war eine wahre Wohltat nach dem abgestandenen, modrigen Geruch des verrammelten Hauses. »Sie sagen das so eigenartig?«

»Ich habe mich gerade mit dem Schlüsseldienst bei Misty zu Hause getroffen, und er hat den Schreibtisch geöffnet. Dabei ist etwas zum Vorschein gekommen, das Sie sich ansehen sollten.«

33

Josie und Noah trafen sich mit Gretchen in Mistys Haus. Die oberste Schublade des Schreibtisches stand offen und Gretchen hatte mehrere Zettel auf der Schreibfläche ausgebreitet. Sie trat von einem Fuß auf den anderen, während Josie die Unterlagen durchsah.

»Misty war in einer Kinderwunschklinik in Behandlung?«, fragte Josie. Sie nahm einen Entlassungsbrief der Forest Hills Fertility Clinic in Philadelphia in die Hand. Er war auf den Dezember des letzten Jahres datiert.

Noah, der über ihre Schulter mitlas, stieß einen leisen Pfiff aus. »Damit hätte ich nicht gerechnet«, sagte er.

»Ich auch nicht«, murmelte Josie und ließ den Blick über die Seite wandern. »*In-vitro*-Fertilisation. Warum sollte sie ein Geheimnis daraus machen?«

»Vielleicht hatte sie ein komisches Gefühl dabei, auf einen Samenspender zurückzugreifen?«, schlug Noah vor.

Gretchen trommelte mit den Fingern auf ihrem Oberschenkel herum. »Nein«, sagte sie. »Daran lag es nicht.«

Josie und Noah schauten zu ihr auf. Gretchen verzog das

Gesicht, griff gezielt nach einigen Blättern und reichte sie an Josie weiter. »Hier steht drin, wer der Samenspender war.«

»Ich dachte, das würde alles anonym ablaufen«, sagte Noah.

»Ja, meistens schon, aber viele Samenbanken verlangen auch Kinderfotos der potenziellen Spender. Namen oder Adressen werden nicht bekannt gegeben, aber die zukünftigen Mütter suchen anhand der Fotos den Spender aus. Anscheinend ist vielen Müttern daran gelegen, dass eine gewisse Ähnlichkeit zu ihnen selbst vorliegt.«

Josie schaute von den Seiten auf, die Gretchen ihr gereicht hatte. Das Profil beschrieb auf den ersten Blick einen weißen, blonden Mann in den Zwanzigern. Spender Nummer G8492. »Woher wissen Sie das alles?«

»Ich habe mit der Samenbank telefoniert, während ich auf Sie gewartet habe. Ohne richterliche Genehmigung wollten sie mir nicht allzu viel erzählen, aber sie konnten mir ein paar ›allgemeine‹ Informationen geben – und mit allgemein meine ich, dass im Grunde alles davon auch auf ihrer Website steht. Da habe ich mich dann anschließend noch schlaugemacht.«

Josie las das Spenderprofil. Blutgruppe: B-positiv. Schuhgröße: 43. Rechtshänder. Athletisch. Student mit Interesse an Strafrecht. »Was ist so besonders an Spender G8492?«, fragte sie.

»Drehen Sie die Seite um«, sagte Gretchen.

Auf der Mitte der zweiten Seite prangte ein Kinderfoto des Spenders. Josie starrte es an und hatte einen endlosen Moment lang das Gefühl, als rückten die Wände näher an sie heran. Dann meinte sie, ins Bodenlose zu fallen. Vielleicht war das ja auch keine Illusion, denn das Nächste, was sie spürte, war Noahs Hand auf ihrem Rücken. »Boss?«, fragte er. »Geht es Ihnen gut?«

Josie war immer noch wie gebannt von dem Foto. Sie

konnte den Blick nicht abwenden. »Das verstehe ich nicht«, murmelte sie.

Aber eigentlich verstand sie es doch. Josie hatte sich nie dazu durchringen können, Kinder zu bekommen, immer in dem Wissen, dass sie das Erbgut ihrer Mutter und damit das Potenzial in sich trug, das gleiche Übel an mögliche Kinder weiterzugeben, die sie und Ray miteinander zeugten. Was, wenn sie selbst den Fluch in sich trug? Würde er zum Vorschein treten, wenn sie Mutter wurde? Dieses Risiko konnte Josie nicht eingehen. Ray hatte immer damit argumentiert, dass die Erziehung so viel mehr ausmache als die Gene, aber Josie hatte sich nicht umstimmen lassen. Schlussendlich hatte sich Ray damit einverstanden erklärt, aber er hatte schon einmal darüber gescherzt, dass sie im Alter vielleicht mit einem Kind konfrontiert werden würden, dass sie nicht hatten aufziehen müssen. Nervös hatte er Josie gestanden, zu Studienzeiten sein Sperma gespendet zu haben, um sich ein paar Dollar dazuzuverdienen. Einfach aus einer Laune heraus. Und vermutlich, weil er immer schon ein etwas überhöhtes Bild von sich selbst gehabt hatte.

Jetzt starrte ihr von dem Samenspenderprofil das Bild ihres zehnjährigen verstorbenen Ehemanns entgegen. Sein unsicheres Lächeln war unverkennbar. Die Mundwinkel schafften es nicht ganz bis nach oben und über seiner Nase war eine leichte Furche zu erkennen. Josie kannte diese Miene. Genauso hatte er ausgesehen, bevor er ihr den Antrag gemacht hatte, und auch, als er zu ihrem ersten Hochzeitstag einen wahnsinnig teuren Ausflug nach Disney World gebucht hatte, ohne es vorher mit ihr abzusprechen. Dieser Gesichtsausdruck sagte unmissverständlich, dass er sich nicht sicher war, ob er das Richtige tat, aber trotzdem unbeirrt weitermachte.

»Oh, Ray«, murmelte sie.

Wie dumm sie gewesen waren. Es wäre ein Leichtes gewesen, ihn zu bitten, bei der Samenbank anzurufen und seine Samenproben vernichten zu lassen, aber als er ihr davon erzählte, hatte sie ihm nicht wirklich geglaubt. Jetzt stellte sich heraus, dass er die Wahrheit gesagt und nicht einfach nur etwas behauptet hatte, um ihr eine Reaktion zu entlocken. Er hatte es wirklich getan. Er hatte sein Sperma gespendet und Misty hatte das herausgefunden. Der kleine Victor Raymond Derossi war Rays Sohn.

»Heilige Scheiße«, sagte Noah, dessen Blick ebenfalls auf Rays Foto klebte. »Ist das wahr?«

Josie riss sich von dem Bild los und musterte Noah. Sein Gesicht hatte einen besorgniserregenden Grauton angenommen. Dann wandte sie sich an Gretchen. »Woher wussten Sie, dass das mein Ehemann war?«

»Wusste ich nicht. Ich meine, ich habe es mir zusammengereimt. Sein Foto kam mir so bekannt vor. Dann fiel mir ein, dass es dem Sergeant ähnlich sah, der im Zusammenhang mit dem Fall der vermissten Mädchen zu Tode gekommen war. Sein Bild ging ja durch die Medien. In unserem Pausenraum hängt außerdem ein Foto von ihm und den anderen Kollegen. Und in Ihrem Büro haben Sie das Bild, das Sie beide als Kinder zeigt. Sein Name war Sergeant Quinn, Sie sind Chief Quinn. Nicht allzu schwer, da eine Verbindung zu ziehen. Er wusste es, nicht wahr? Er wusste, was in dieser Stadt vor sich ging, und er hat nichts gesagt? So wurde es zumindest berichtet. Also habe ich mir überlegt, wenn ich Misty wäre, würde ich wollen, dass die ganze Stadt weiß, dass dieser Cop der Vater meines Babys ist? Selbst, wenn wir verlobt sind und einander lieben? Glauben Sie nicht, in einer so kleinen Stadt wie der unseren musste sie mit Gegenwind rechnen? Bei all den Opfern?«

Instinktiv öffnete Josie den Mund, um Ray zu verteidigen, schloss ihn aber unverrichteter Dinge wieder. Es gab keine Entschuldigung für das, was er getan hatte. Oder nicht getan hatte. Gretchen hatte recht. So sehr Josie versucht hatte, die ganze Angelegenheit aus der Presse herauszuhalten und zu verhindern, dass der Name ihres ihr entfremdeten und verstorbenen Ehemanns durch den Dreck gezogen wurde, wussten die Leute trotzdem Bescheid. Die Leute wussten Bescheid, und sie redeten darüber. Es gab fast einhundert Opfer. Einhundert Familien, die um Gerechtigkeit kämpften und nach jemandem suchten, gegen den sich ihre Wut richten konnte.

»Ray war sehr bekannt«, stimmte Noah Gretchens Ausführungen zu. »Die Leute haben das alles nicht vergessen. Ich könnte schon nachvollziehen, warum Misty die Angelegenheit lieber geheim halten wollte.«

»Das erklärt aber nicht, was Kim Conway und Denny Twitch hier verloren hatten«, sagte Josie. »Na und? Sie hatte also einen Samenspender.« *Tut ja nichts zur Sache, dass es mein toter Ehemann war.* »Das hilft uns aber auch nicht dabei, ihr Baby zu finden. Was hatten Conway und Twitch mit ihr vor?«

»Vielleicht hat sich Conway hier versteckt und Twitch kam, um nach ihr zu suchen«, schlug Noah vor.

»Warum sollte Misty Kim Conway verstecken?«, fragte Josie. »Die kannten sich doch gar nicht.«

»Na ja, wir wissen, dass Misty eine Affäre mit Brady hatte, Kims älterem Bruder«, erklärte Noah. »Außerdem kannten sie beide Luke.«

»Wie kommt das?«, fragte Gretchen.

Noah fasste ihr kurz zusammen, was sie im Haus der Conways entdeckt hatten, und erzählte ihr von der Überlegung, dass sowohl Kim als auch Kavolis in der Nacht zugegen gewesen sein könnten, als die Conways starben; dass Kavolis dort umgebracht, aber dann zum Verscharren zu Lukes Grundstück gekarrt worden war; und dass Kim Conway möglicherweise schwanger gewesen war.

Gretchen hob eine Augenbraue. »Das klingt ja alles ganz interessant, aber Sie haben recht: Nichts davon hilft uns bei unserer Suche nach dem Baby oder Luke. Über all dem schwebt Dunn.«

»Aber was ist Dunns Verbindung zu Misty?«, fragte Josie.

Der Anblick von Rays Foto zerriss ihr noch immer das Herz. Sie versuchte, die Seite umzublättern, aber ein weiterer Zettel war an diese Seite getackert. Josie befreite das zusätzliche Blatt und riss dabei versehentlich eine Ecke ab. Dem Briefkopf zufolge kam das Schreiben von der Atlantic East Cryobank. Der Hauptsitz dieser Samenbank lag in einer Stadt etwa eine Stunde von Denton entfernt, auf halbem Weg nach Philadelphia.

Der Brief war vor sechs Wochen verschickt worden. *Sehr geehrte Miss Derossi,* stand dort. *Wir bedauern, Sie darüber informieren zu müssen, dass die Samenprobe, die im Dezember des letzten Jahres für Ihre In-vitro-Behandlung an die Forest Hills Fertility Clinic weitergeleitet wurde, möglicherweise nicht die Probe war, die Sie ursprünglich ausgewählt hatten. Leider ist es möglich, dass aufgrund eines bürokratischen Versehens eine falsche Probe verschickt wurde. Wie Sie wissen, hatten Sie Spender G8492 ausgewählt. Wir glauben, dass Ihnen infolge verschiedener Computer- und Schreibfehler in unserem Lager die Proben des Spenders Nummer G8491 zugeordnet wurden. Auf Anfrage stellen wir Ihnen gern das Profil dieses Spenders zur Verfügung. Die Probe von Spender G8491 war erheblich älter als die Probe, die Sie ausgewählt hatten, und es war bereits beschlossen, sie zu vernichten. Aufgrund des Alters der Probe ist es nicht auszuschließen, dass ein damit gezeugtes Kind unter gesundheitlichen Einschränkungen oder Geburtsfehlern leiden könnte. Aufgrund dieses Risikos sind wir übereingekommen, Sie augenblicklich von der Verwechslung in Kenntnis zu setzen. Beigefügt finden Sie außerdem einen Scheck über die volle Rückerstattung der von Ihnen gezahlten Gebühr. Bitte seien Sie versichert, dass wir bereits eine interne Ermittlung in dieser Angelegenheit eingeleitet haben. Wenn diese abgeschlossen ist, setzen wir uns erneut mit Ihnen in Kenntnis, um Sie über die Ergebnisse zu informieren. Wir bitten zutiefst um Verzeihung für alle Unannehmlichkei-*

*ten, die Ihnen diese Verwechslung möglicherweise bereiten
könnte.*

»Bitte verzeihen Sie die Unannehmlichkeiten?«, sagte Josie
ungläubig und reichte den Brief an Noah weiter. Gretchen
stellte sich neben ihn und las über seine Schulter mit.

»Das hatte ich nicht einmal gesehen«, stellte sie mit verknif-
fener Miene fest. »Ich dachte, ich hätte alles durchgeschaut.«

»Der Brief war an das Spenderprofil geheftet«, erklärte
Josie. »Ich musste ihn umständlich losfummeln.«

»Mein Gott«, sagte Noah und machte eine Geste in Richtung des Schreibtisches. »Ist dort noch mehr von der Samenbank? Haben sie herausgefunden, wessen Probe Misty
eingesetzt bekommen hat?«

Josie blätterte durch die restlichen Seiten, zog die Schubladen eine nach der anderen heraus und durchwühlte ihren
Inhalt. »Ich finde nichts mehr«, sagte sie.

»Ich rufe dort an«, erklärte Gretchen.

»Wir müssen wissen, wer Spender G8491 ist«, sagte Josie.
»Aber wahrscheinlich werden sie uns ohne richterlichen
Beschluss nicht viel verraten. Halten Sie mich auf dem Laufenden. Ich will immer noch bei Eric Dunn vorbeischauen. Das
hier ist ja alles sehr aufschlussreich, aber wir suchen immer
noch nach drei Personen, und im Moment führen alle Spuren
zu Dunn.«

34

Das Eudora Hotel war so alt wie Denton selbst. Es war eines der größten, verschnörkeltsten Gebäude in der Stadt, zwölf Stockwerke hoch und fast einen ganzen Straßenblock breit. Als Josie mit Noah im Schlepptau die Lobby betrat, versanken ihre Füße in einem dicken, smaragdgrünen Teppich. Der Mann hinterm Empfangstresen hatte flaumiges blondes Haar und ein breites, wie eingemeißeltes Lächeln, das auch nicht nur für eine Sekunde ins Wanken geriet. Sein »Wie kann ich Ihnen helfen?« klang fast melodiös.

Josie und Noah zogen ihre Ausweise hervor und baten darum, mit Eric Dunn zu sprechen.

»Einen Augenblick, bitte«, sagte der Portier aalglatt. Er nahm einen Telefonhörer zur Hand, drückte ein paar Tasten und sprach dann mit so leiser Stimme, dass Josie nicht mehr als ein paar wenige Worte verstehen konnte. Als er wieder auflegte, sagte er: »Mr. Dunn empfängt keinen Besuch.«

»Es ist mir egal, wen er empfängt oder nicht. Wir führen hier eine aktive Ermittlung durch und müssen mit ihm sprechen«, sagte Josie.

Das Lächeln blieb an Ort und Stelle. Sein Besitzer griff

erneut zum Telefon, wählte und führte ein Gespräch. Dieses Mal bedeckte er den Hörer mit der Hand und sagte zu Josie: »Mr. Dunn möchte wissen, ob ein richterlicher Beschluss vorliegt.«

»Wir brauchen keinen Beschluss, um mit ihm zu reden«, erklärte Noah. »Außer, er hat etwas auf dem Kerbholz.«

Honigkuchenpferd grinste noch immer. »Ich werte das als Nein«, sagte er und wandte sich wieder an den Mann am anderen Ende der Leitung. Dann legte er auf und sagte: »Mr. Dunn sagt, Sie möchten bitte seine Sekretärin kontaktieren und einen Termin vereinbaren.«

»Und wie lautet ihre Nummer?«, fragte Josie.

»Tut mir leid, das sind vertrauliche Informationen, zu deren Herausgabe ich nicht befugt bin.«

»Wir überbringen hier eine Todesnachricht«, sagte Josie. »Aber wenn Mr. Dunn sich seine Informationen lieber aus den Abendnachrichten herausklauben möchte wie jeder normale Mensch, soll es uns recht sein.«

Zum ersten Mal schien das Lächeln des Rezeptionisten ein wenig zu bröckeln. »Eine Todesnachricht? Darf ich fragen, wer gestorben ist?«

Mit leisem, spöttischem Ton erwiderte Josie: »Tut mir leid, das sind vertrauliche Informationen, zu deren Herausgabe ich nicht befugt bin.«

Josie war nicht bewusst gewesen, dass man gleichzeitig böse dreinschauen und ein permanentes Grinsen aufrechterhalten konnte, aber der Empfangschef belehrte sie eines Besseren, während er sich wieder ans Telefon hängte. Zehn Minuten später wurden Josie und Noah in Eric Dunns Penthouse-Suite geleitet. Der Hauptraum war mit dunklem Holz getäfelt und beeindruckte mit kunstvollen Stuckverzierungen. Der weinrote Teppich stand dem in der Lobby an Flauschigkeit nichts nach. Zwei dazu passende rote Sofas flankierten einen großen Kirschholzschreibtisch mit Glasfläche, der einen großen Teil des

Raumes einnahm. Dahinter thronte Dunn mit einem Panoramablick auf Denton im Rücken. Josie zählte vier Leibwächter – große, vierschrötige Männer in schwarzen Cargohosen und dazu passenden schwarzen Poloshirts. Wie wuchtige Wachtürme säumten sie die Wände des Raumes. Josie kam nicht umhin, sich zu fragen, ob dieses Typen in der Nacht seines Verschwindens bei Luke zu Hause gewesen waren.

Einer der Leibwächter deutete auf die Sofas. »Sie können sich setzen«, sagte er schroff.

Gerade, als sie sich niederließ, zirpte Josies Handy. Sie holte es aus der Tasche und las schnell die Nachricht, die Gretchen ihr geschickt hatte. »*Twitchs Handy läuft. 5 Anrufe ans Eudora letzte Woche.*« Natürlich. Er hatte das Hotel angerufen, nicht Dunn persönlich. Das hieß, er konnte mit jedem Gast im Eudora gesprochen haben, und bestimmt würde auch Dunn das behaupten. Josie steckte ihr Telefon zurück in die Tasche und schaute zu ihrem Gastgeber.

Er trug eine Krawatte über einem seidigen grauen Hemd, die Ärmel aufgekrempelt, sodass seine knochigen, behaarten Arme zum Vorschein kamen. Sein braunes Haar war glatt zurückgegelt. In Fleisch und Blut wirkte er noch unattraktiver als auf seinen Fotos. Seine Wangen waren von Aknenarben gezeichnet, und die Augen saßen eng über seiner langen, geraden Nase, die in seinem Gesicht verblüffend schräg wirkte. Eine Aura des Unvollkommenen umgab ihn, als bräuchte er nur ein wenig genetische Feinjustierung, um zu einem ansehnlichen Menschen zu werden. Der Blick, mit dem er sie aus seinen dunklen Augen bedachte, war unnachgiebig. »Sie haben zehn Minuten«, sagte er ohne jegliche Begrüßungsfloskeln.

Josie überlegte, wie gut es sich anfühlen musste, Handschellen um seine knochigen Gelenke klicken zu lassen. »Mr. Dunn«, eröffnete Noah das Gespräch. »Gestern ist einer Ihrer Angestellten bei einem Autounfall ums Leben gekommen.«

Langsam ließ Dunn den Blick durch den Raum schweifen. »Interessant«, sagte er. »Ich vermisse nämlich keinen meiner Angestellten.«

»Denny Twitch«, sagte Josie.

Jetzt richtete Dunn seinen stechenden Blick auf sie. »Denny arbeitet nicht mehr für mich.«

»Nach allem, was wir wissen«, erwiderte Josie, »hat er sie in der letzten Woche fünfmal in diesem Hotel angerufen.«

»Mich? Ich habe keine Anrufe von ihm bekommen. Er muss mit jemand anderem gesprochen haben.«

Josie hob eine Augenbraue. »Was glauben Sie, wie viele der Hotelgäste Mr. Twitch wohl kannte?«

»Woher soll ich das wissen? Ich habe keine Ahnung, was er vorhatte. Wie ich schon sagte, er arbeitet nicht mehr für mich.«

»Wann hat sein Angestelltenverhältnis geendet?«, fragte Noah.

Dunn lehnte sich in seinem Stuhl zurück und formte die Hände zu einem Dach. »Ich weiß nicht. Ist schon eine Weile her. Vor ein paar Monaten, vielleicht? Ich kann Ihnen gern die Informationen von meiner Personalabteilung übermitteln lassen.«

»Wie sieht es mit Mickey Kavolis aus?«, fragte Josie. »Er wurde tot aufgefunden, eine Schusswunde im Gesicht.«

Dunn warf dem Mann zu Josies Rechten einen Blick zu. »Kavolis?«, wiederholte er, als wäre ihm der Name völlig unbekannt. Aus dem Augenwinkel sah Josie, wie der Mann nickte.

Dunn seufzte. »Offenbar hat er irgendwann auch einmal zu meinem Personal gehört. Aber auch er arbeitet nicht mehr für mich. Wenn Sie damit fertig sind, mir von Toten zu erzählen, die nicht mehr für mich arbeiten, entschuldigen Sie mich bitte. Ich habe noch Termine.«

»Wann haben Sie Twitch das letzte Mal gesehen?«, fragte Josie.

»Das weiß ich nicht. Ich kann mich kaum noch an ihn erinnern. Wie ich schon sagte, ich kann Ihnen gerne über die Personalabteilung seine Akte zukommen lassen.«

»Was ist mit Kavolis?«

»Keine Ahnung. Noch einmal, ich kann …«

»… uns über die Personalabteilung die Akte zukommen lassen, ich weiß«, schnitt Josie ihm das Wort ab. »Mr. Dunn, können Sie mir sagen, weshalb ich ständig Ihre ehemaligen Angestellten ermordet in meiner Stadt finde?«

Einen kurzen Moment meinte sie, etwas hinter Dunns gelangweilter Fassade aufblitzen zu sehen – vielleicht einen Anflug von Überraschung. Aber so schnell dieser Augenblick gekommen war, so schnell war er auch wieder verflogen. »Tut mir leid«, sagte er. »Ermordet?«

Er wollte mehr über Twitch wissen, stellte Josie fest. Schon vor Monaten, als Kavolis verschwunden war, musste ihm klar geworden sein, dass er ermordet worden war, aber Dunn konnte keine Ahnung davon haben, dass Twitch erschossen worden war. Sie hatten ihm lediglich gesagt, dass er bei einem Autounfall gestorben war. Josie und Noah sagten nichts, sondern ließen Dunn die Stille ausfüllen. »Ich dachte, Sie hätten gesagt, es sei ein Autounfall gewesen.«

»Ich habe gesagt, dass er bei einem Autounfall ums Leben gekommen ist«, stimmte Noah ihm zu. »Wie es zu dem Unfall gekommen ist, dazu habe ich nichts gesagt. Aber ich glaube, Chief Quinn hat Ihnen eine Frage gestellt.«

Dunn zögerte einen Moment. Dann sagte er: »Verstehe«, und rückte seine Krawatte zurecht. »Ich weiß nicht, warum in Ihrer Stadt Leute ermordet werden.«

»Nicht Leute«, korrigierte Josie ihn. »Ihre ehemaligen Angestellten.«

»Ich habe keine Ahnung, was diese Typen treiben, wenn ich sie entlasse. Das interessiert mich auch nicht wirklich.«

»Warum wurden sie denn entlassen?«, fragte Josie, auch wenn sie Dunns Antwort bereits ahnte.

»Das kann ich Ihnen nicht ad hoc sagen. Aber ich bin mir sicher, dass es in den Akten der Personalabteilung steht.«

Josie hatte nicht erwartet, irgendetwas Nützliches aus Dunn herauszubekommen. Seine Dementis und sein ständiges Ausweichen mit Verweis auf die Personalabteilung kamen insofern nicht überraschend.

»Wann haben Sie das letzte Mal mit Kim gesprochen?«, fragte Josie.

Dunn lächelte angespannt. »Kim wer?«

»Ihre Freundin, Kim Conway«, erklärte Noah.

»Oh, *die* Kim«, sagte Dunn. »Keine Ahnung. Wir haben uns schon vor Monaten getrennt.«

»Vor wie vielen Monaten?«, fragte Josie.

Dunn warf einen Blick auf die massive goldene Uhr an seinem linken Handgelenk. »Ihre Zeit ist fast um«, sagte er.

»Wann sind Sie hier in Denton eingetroffen?«, versuchte Josie es mit einer anderen Taktik.

Dunn zuckte die Schultern. »Vor ein paar Tagen. Tara – die Bürgermeisterin – hatte mich zu einer Benefizgala eingeladen.«

Josie hielt ihr Smartphone mit dem Bild von Kim Conway in die Höhe. »Kims Bild war während der letzten zwei Tage in sämtlichen Regionalnachrichten. Wir hatten um Hilfe bei ihrer Identifizierung gebeten. Haben Sie es nicht für nötig gehalten, uns anzurufen und uns darüber in Kenntnis zu setzen, dass es sich bei unserer Unbekannten um Ihre Ex-Freundin handelt?«

»Ich habe keine Zeit, die Regionalnachrichten zu schauen, Miss ...«

»Quinn«, half Josie aus.

»Chief Quinn«, korrigierte Noah.

Dunn schaute von Noah zu Josie und wieder zurück. »Chief, sagen Sie? Also wie Polizeichef?«

Josie nickte. Dunns Lächeln jagte ihr Schauer über den Rücken. Sie hatte das Gefühl, als wäre ihm eine Maske vom Gesicht gerutscht, unter der etwas wirklich Abstoßendes,

Verstörendes zutage getreten war. Wie ein auseinanderstiebender Insektenschwarm, unter dem ein angefressener Kadaver zum Vorschein kam. »Denton mag Frauen in Machtpositionen, nicht wahr?«, sagte er.

»Wann haben Sie das letzte Mal mit Kim Conway gesprochen?«, wiederholte Josie.

Dunn ignorierte sie und musterte Noah. »Sind Sie ihr Sekretär?«

»Lieutenant Fraley«, erwiderte Noah widerborstig.

»War Kim schwanger?«, fragte Josie.

In Dunns dunklen Augen flackerte irgendetwas auf, aber er unterdrückte jeglichen Impuls und konzentrierte sich auf Noah. »Lieutenant Fraley, gefällt es Ihnen, neben all diesen Frauen zu arbeiten?«

»Chief Quinn hat Ihnen eine Frage gestellt«, gab Noah zurück.

»Ich mag starke Frauen«, legte Dunn nach. »Vor allem, wenn sie vor mir knien.«

»Welches Verhältnis haben Sie zu Misty Derossi?«, fragte Josie.

Dunn gewährte ihr einen kurzen Blick. »Nie gehört, den Namen. Welche Position hat sie inne? Stellvertretende Polizeichefin? Vizebürgermeisterin?«

»Sie kämpft gerade im Denton Memorial um ihr Leben«, erklärte Noah. »Sie wurde angegriffen und hat versucht, ihr neugeborenes Baby zu verteidigen. Der Junge wird vermisst. Sie wissen nichts darüber, oder?«

»Da ich noch nie von ihr gehört habe: nein, weiß ich nicht.«

»Wir glauben, dass Denny Twitch in den Überfall involviert war«, sagte Noah.

»Was Denny nach seiner Zeit bei mir angestellt hat, geht mich nichts an«, erklärte Dunn.

»Waren Sie schon einmal im Foxy Tails?«, fragte Josie. »Dem Stripklub hier in Denton?«

Dunn lachte auf. »Glauben Sie, so etwas hätte ich nötig?«

Josie drehte sich um, ließ den Blick langsam durch den Raum schweifen und schaute Dunn schließlich geradewegs ins Gesicht. »Ja, ich könnte wirklich verstehen, wenn Sie all die Frauen, die sich Ihnen an den Hals werfen, überfordern.«

Ohne zu zögern gab Dunn zurück: »Aber Sie sind immerhin hier.«

»Haben Sie schon einmal Sperma gespendet?«, fragte Josie.

Dunn lachte erneut. »Süße, ich brauche mein Sperma nicht zu spenden. Da draußen sind unzählige Frauen, die förmlich darum betteln. Fragen Sie nur Ihre Bürgermeisterin.«

Josie bezweifelte stark, dass Tara Charleston diesem Widerling mehr als nur den kleinen Finger reichen würde, sagte aber nichts. Dunn versuchte, ein Spielchen mit ihr zu spielen, und Josie hatte nicht vor, seinen Köder zu schlucken. »Sie sagten, Kavolis arbeite nicht mehr für Sie. Ihre Firma hat aber noch die Gebühren für seinen Mietwagen bezahlt, nachdem er abgeschleppt wurde.«

Dunn machte eine wegwerfende Handbewegung. »Und? Ich habe Leute, die sich um solche Kinkerlitzchen kümmern.«

»Ach ja? Was für Leute?«, hakte Josie nach.

Dunn schaute wieder auf die Uhr. »Ich glaube, Ihre Zeit ist abgelaufen.»

»Warum haben Sie und Kim Conway sich getrennt?«, fragte Josie.

»Warum fragen Sie nicht Kim?«, sagte Dunn. »Haben Sie sie nicht in Ihre Obhut genommen?«

Josie antwortete nicht darauf. Stattdessen erhob sie sich, und Noah tat es ihr gleich. Einer der Leibwächter hielt ihnen die Tür auf. Bevor sie den Raum verließen, drehte Josie sich um und sagte: »Seit Ihrer Ankunft in Denton gab es hier zwei Morde und mehrere Personen werden vermisst. In sämtliche Fälle sind Leute von Ihrem Unternehmen verwickelt. Wenn ich Sie wäre, würde ich nicht versuchen, genau denen ans Bein zu pissen, die über die Zukunft Ihres Kasinos entscheiden.«

Dunns Augen loderten wieder auf. »Weiser Ratschlag, Chief. Es ist nie klug, jemandem ans Bein zu pissen, der genau das besitzt, was man selbst am meisten will – nicht wahr?«

35

Auf dem Weg zurück zum Auto ballte Noah immer wieder die Faust. Sein Gesicht glühte vor Wut. »Dieser Typ gehört doch einmal kräftig durchgeprügelt«, knurrte er, als sie in Josies Escape stiegen. Während Josie versuchte, mit zittrigen Händen ihren Schlüssel ins Zündschloss zu stecken, brabbelte er weiter darüber, was er alles mit Dunn anzustellen gedachte. »Er hat Luke«, flüsterte Josie.

»Ich weiß, dass man den Frauenhass nicht aus jemandem herausprügeln kann«, fuhr Noah fort. »Aber ich würde es verdammt gern versuchen.«

»Er hat Luke«, wiederholte Josie.

Ihr Schlüsselbund landete auf dem Boden. Ungeschickt bückte sie sich unter das Lenkrad und streckte suchend den Arm aus.

»Was haben Sie gesagt?«, fragte Noah.

Josies Finger tasteten über den rauen Stoff ihrer Fußmatte. »Er hat Luke«, sagte sie zum dritten Mal. »Haben Sie ihn nicht gehört? Er sagte, es sei nicht klug, jemandem ans Bein zu pissen, der das hat, was man am meisten will.«

»Er wusste doch nicht einmal, wer Sie sind«, versuchte Noah, sie zu beschwichtigen. »Glauben Sie, er weiß, dass Sie und Luke ein Paar waren?«

Josies Hand schloss sich um die Schlüssel. Endlich schaffte sie es, das Schloss zu treffen und den Motor zu starten. »Ein Paar sind«, korrigierte sie Noah. Vielleicht würde ihre Beziehung das alles hier nicht überleben, insbesondere für den Fall, dass Luke in den letzten Monaten eine Affäre mit Kim Conway gehabt haben sollte, aber darüber würde sie sich Gedanken machen, wenn sie Luke gefunden hatte. Lebend. Hoffentlich.

»Tut mir leid, Boss«, sagte Noah.

»Er weiß so einiges«, sagte Josie. »Aber er ist zu klug, um es sich vor der Polizei anmerken zu lassen. Selbst, wenn wir Videoaufnahmen davon hätten, wie er irgendetwas Illegales abzieht, würde er es noch abstreiten. Leugnen, leugnen, leugnen und dann ganze Heerscharen von Anwälten einschalten, wenn er doch wegen irgendetwas angeklagt wird, das ist für ihn der einfachste Weg. Eric Dunn ist der Typ Mensch, der nie für seine Handlungen belangt wurde.«

»Was tun wir jetzt?«, fragte Noah.

»Wir setzen jemanden auf ihn an«, sagte Josie. »Egal, wohin er geht, jemand muss sich an seine Fersen heften. Wir ziehen ein paar Leute vom Streifendienst ab, um Verstärkung in der Hinterhand zu haben. Und Gretchen vielleicht. In ein paar Stunden kann sie damit loslegen.«

»Boss, ich weiß nicht, ob das eine gute Id...«

»Er hat Luke, und wir haben nichts! Wenn wir ihm folgen, dann finden wir Luke.«

»Glauben Sie wirklich, er führt uns so mir nichts, dir nichts ans Ziel? Einfach so? Dazu ist er doch viel zu vorsichtig. Er hat genügend Handlanger, die die Drecksarbeit für ihn verrichten. Und später behauptet er dann, sie würden nicht länger für ihn arbeiten.«

»Dann beschatten wir seine Leute eben auch«, sagte Josie.

»Dafür haben wir gar keine Kapazitäten«, gab Noah zu bedenken. »Wir müssen uns immer noch um das vermisste Baby kümmern, das vermisste Unfallopfer und den ganzen üblichen Scheiß, der in dieser Stadt so vor sich geht.«

»Dann bitten wir die Staatspolizei um Hilfe. Sie wissen ja, dass die hinter uns stehen. Rufen Sie sie an und schauen Sie, was sich machen lässt. Wir müssen Luke finden, sonst bringt Dunn ihn um.«

»Wir wissen noch nicht einmal, mit wie vielen Leuten Dunn hier unterwegs ist.«

»Gretchen könnte es wissen. Sie hat das Personal im Eudora Hotel befragt, als sie in Kavolis 'Fall ermittelt hat. Sie ist schon auf dem Weg.«

Eine Weile lang saßen sie schweigend nebeneinander. Dann fragte Noah: »Glauben Sie, dass Dunn auch Mistys Baby hat?«

Josie schloss die Augen. Der Gedanke, dass ein kleiner Säugling der Gnade eines Typen wie Dunn ausgeliefert sein könnte, bereitete ihr Gänsehaut. Vor ihrem inneren Auge erschien wieder Rays Bild auf dem Spenderprofil der Samenbank. Josie schlug die Augen wieder auf und schaute Noah an. »Ich weiß es nicht. Ich weiß nicht, warum er Mistys Baby entführen sollte. Es gibt keine logische Verbindung zwischen ihnen.«

»Abgesehen von Conway und Twitch.«

Das waren die beiden Puzzleteile, die irgendwie nicht ins Gesamtbild passen wollten. Josie vermutete, dass Dunn Kavolis geschickt hatte, um Kim aus dem Haus ihres Bruders zu holen, und die Dinge dann fürchterlich aus dem Ruder gelaufen waren. Luke war irgendwie in die ganze Angelegenheit verwickelt worden. Aber das erklärte nicht, weshalb Kims und Twitchs Fingerabdrücke in Mistys Haus gefunden worden waren oder weshalb irgendjemand von ihnen – Kim, Twitch oder Dunn – Interesse an Mistys Baby haben sollte.

»Wir müssen herausfinden, wer der andere Spender war«, erklärte Josie. »Der, dessen Probe mit der von Ray vertauscht wurde. Wenn Gretchen hier ist, sehen wir ja, ob sie bei der Samenbank irgendetwas erreichen konnte.«

36

Zehn Minuten später traf Gretchen ein. Als sie auf den Rücksitz von Josies Escape glitt, brachte sie einen Schwall kühler Luft von draußen hinein. Noah erzählte von dem Gespräch mit Eric Dunn. »Reizend«, kommentierte Gretchen seine Worte verächtlich.

»Hat die Untersuchung des Handys irgendetwas ergeben?«, fragte Josie.

»Nicht viel. Es ist ein Wegwerfhandy. Wie ich Ihnen schon gesagt habe, hat Twitch im Lauf der letzten Woche fünfmal im Eudora angerufen. Die Anrufliste reicht nur eine Woche zurück. Die einzigen anderen Nummern, die er angerufen hat, gehörten ebenfalls zu solchen Wegwerftelefonen. Die Anbieter kann ich zurückverfolgen, aber Namen oder andere Informationen zu den jeweiligen Haltern bekommt man nicht.«

Noah drehte sich zu Gretchen um. «Wenn wir die Anbieter kennen, sollten die Mobilfunkbetreiber doch imstande sein, den Standort der Telefone zu ermitteln.«

»Nur, wenn das GPS auf den Geräten aktiviert ist«, sagte Josie. »Ansonsten muss die Position mittels Triangulation bestimmt werden. Wenn die Typen clever sind, haben sie das GPS auf ihren Handys deaktiviert.«

»Aber mithilfe von Triangulation bekommen wir doch trotzdem einen recht genauen Standort«, wandte Noah ein.

»So können wir noch mehr von Dunns Handlangern ausfindig machen«, sagte Gretchen. »Aber woher wissen wir, dass er nicht die Schlägertruppe bei Dunn im Penthouse angerufen hat?«

»Weil«, sagte Josie, »wie Dunn so eifrig versucht hat, uns klar zu machen, Twitch nicht länger für ihn gearbeitet hat.«

»Gequirlte Scheiße«, sagte Noah.

»Twitch gehörte zu einer anderen Truppe. Der, die das Baby entführt und Luke angegriffen hat. Denken Sie mal drüber nach: Wenn irgendetwas dabei schiefgegangen wäre, hätte Dunn immer noch behaupten können, nichts davon gewusst zu haben – dass es ›ihn nichts anginge‹, was diese Typen anstellen, nachdem ihr Arbeitsverhältnis aufgehoben wurde.«

»Das heißt, es muss etwas schiefgelaufen sein«, sagte Gretchen. »Sonst hätte Twitch doch nicht im Hotel angerufen, oder?«

Josies Magen rumorte. »Vielleicht nicht. Es ist auch möglich, dass sie auf diese Weise einchecken. Was, wenn Dunn den Portier geschmiert hat, damit er lügt, wenn er gefragt wird, an wen die Anrufe gingen? Selbst, wenn wir beweisen könnten, dass die Anrufe direkt ans Penthouse gingen, könnte Dunn noch irgendeine Geschichte erfinden: Twitch wollte seinen Job zurück, irgendetwas in der Richtung. Der Inhalt dieser Gespräche wird immer ein Rätsel bleiben, selbst wenn wir nachweisen können, dass sie stattgefunden haben. Ich glaube, es ist einen Versuch wert, die anderen Handys zu orten.«

»Schicken Sie mir die Nummern«, sagte Noah zu Gretchen. »Ich lasse die Nummern anpingen, und wenn das nicht funktioniert, schreibe ich die Genehmigung, dass die Anbieter sie über Triangulation orten dürfen.«

Gretchen beugte sich über ihr Smartphone und begann zu tippen. Dreimal hintereinander vibrierte Noahs Handy.

»Wie viele Leute hat Dunn bei sich?«, fragte Josie.

»Ein vierköpfiges Team«, antwortete Gretchen. »Das sind alle, die das Personal im Hotel gesehen hat. Wenn es noch eine zweite Truppe gibt, dann agiert sie extern, wie Sie gesagt haben.«

»Was ist mit der Samenbank?«, hakte Josie weiter nach. »Haben Sie dort etwas erreichen können?«

Gretchen steckte ihr Handy in die Tasche, zog ihr Notizbuch hervor und blätterte ein paar Seiten um. »Nein«, sagte sie.

Noah lachte und deutete auf Gretchens Buch. »Und dafür brauchten Sie jetzt Notizen? Was steht da?«

Gretchen lächelte gutmütig. »Da steht, dass ich mit einer Dame namens Diana Sweeney gesprochen habe. Eine Rezeptionistin Schrägstrich Verwaltungsangestellte, die meinte, dass sie mir keine Informationen geben könne – weder über die Ermittlungen hinsichtlich der Verwechslung noch über den anderen Spender. Ich habe ihr gesagt, dass die Genehmigungen nicht lange auf sich warten lassen würden, woraufhin sie erwiderte, dass ihre Rechtsabteilung sieben bis zehn Geschäftstage bräuchte, um die zu bearbeiten.«

»Moment«, sagte Josie. »Wie war noch gleich ihr Name?«

»Diana Sweeney«, wiederholte Gretchen.

»Kennen Sie sie?«, fragte Noah.

»Möglicherweise«, antwortete Josie. »Noah, fahren Sie zurück zum Polizeirevier. Klemmen Sie sich hinter die Ortung der Telefone. Dann möchte ich, dass Sie nachfragen, wie es Misty geht und ob sie schon mit uns sprechen kann. Danach schauen Sie, ob es Fortschritte bei der Suche nach Conway gibt, und schicken Sie jemanden mit Twitchs Foto durch die Hotels und Motels. Vielleicht erinnert sich irgendjemand daran, ihn als Gast gehabt zu haben – nur für den Fall, dass uns die Ortung der Handys nicht weiterbringt. Gretchen, ich möchte, dass Sie Dunn im Auge behalten, bis ich wieder zurück bin.«

Gretchen steckte ihr Smartphone ein und stieg aus dem Auto. »Alles klar, Boss.«

Noah schaute Josie an. »Und was haben Sie jetzt vor?«

»Ich halte jetzt einen Plausch mit Diana Sweeney.«

37

Kurz nach Mittag kam Josie bei der Atlantic East Cryobank an, die im ersten Stock eines fünfstöckigen Bürogebäudes aus Ziegelsteinen und Glas untergebracht war. Die Eingangstür wirkte massiv und abweisend, und im ersten Moment fragte sich Josie, ob sie wohl verschlossen war. Als sie sich dagegenstemmte, gab sie allerdings den Blick auf einen kleinen Empfangsbereich frei. An den Wänden waren schwarze Plastikstühle für die wartenden Besucher aufgereiht. Ein paar vereinzelte Beistelltische bogen sich unter Zeitschriftenstapeln. *Field and Stream, Sports Illustrated* und *Motorcycle Racing*. Der Wartesaal war eindeutig auf Männer zugeschnitten. Josie war davon überzeugt, dass die Pornohefte den privaten Momenten der Spermaprobenabgabe vorbehalten waren.

In eine der Wände war ein Fenster eingefasst. Josie trat heran und spähte durch die Scheibe. In dem Raum auf der anderen Seite befanden sich mehrere Bürozellen. Josie klopfte mit den Knöcheln an das Glas und einen Augenblick später erschien eine Frau, die die Scheibe öffnete. »Kann ich Ihnen helfen?«

Josie hielt ihr ihren Ausweis unter die Nase. »Ich bin hier, um mit Diana Sweeney zu sprechen.«

Die Frau runzelte die Stirn und wirkte einen Moment, als würde sie anfangen, Fragen zu stellen. Dann schien sie sich aber dagegen zu entscheiden und bat Josie stattdessen, einen Moment Platz zu nehmen. Sie schloss das Fenster, und Josie hatte sich kaum auf einem der Stühle niedergelassen, als sich die Tür neben der Glasscheibe öffnete und eine andere Dame heraustrat. Sie war etwa in den Vierzigern, korpulent und trug ihr braunes Haar in einem Dutt. An ihren Schläfen zeichneten sich erste graue Strähnen ab. Über ihre Brille hinweg schaute sie Josie lächelnd an.

»Josie Quinn?«

Josie stand auf und streckte die Hand aus, aber die Frau zog sie stattdessen an sich und umarmte sie herzlich. »Miss Sweeney«, sagte Josie, als die Dame sie wieder freigab.

Diana Sweeney lächelte. »Wie schön, Sie endlich kennenzulernen. Kommen Sie mit.«

Josie folgte ihr durch die Tür und vorbei an einem Labyrinth aus Bürozellen, bis hin zu ihrem eigenen winzigen Arbeitsplatz, der gerade groß genug für Dianas Schreibtisch und einen Besucherstuhl war, den Diana von ihrer Handtasche und einem Ordner befreite, damit Josie sich setzen konnte. Ein leises Summen aus weiblichen Stimmen und das stetige Klackern der Computertastaturen füllte den Raum. An den Innenwänden von Dianas Zelle hingen Fotos von Diana selbst und verschiedenen Leuten, die Josie für Familienmitglieder und Freunde hielt. Ein Bild von Diana und ihrer Schwester erkannte Josie wieder. Es war dasselbe, das Diana Josie vor sechs Monaten geschickt hatte.

Diana bemerkte Josies Blick, und sie strich mit einem Finger über das Gesicht ihrer Schwester. »Dreizehn Jahre war sie vermisst, bevor Sie sie gefunden haben.«

Auch das wusste Josie aus dem Brief, den Diana ihr

mitsamt dem Foto geschickt hatte. »Ich habe sie ja nicht wirklich gefunden«, erklärte sie. »Das war ein FBI-Team.«

Mit einem sanftmütigen Lächeln wandte sich Diana zu Josie um. Tränen glitzerten in ihren Augen. »Nur, weil Sie ihnen gesagt haben, wo sie suchen sollen. Nur Ihretwegen haben all diese Familien die Antworten bekommen, auf die sie so lange gewartet hatten – genau wie wir. Jetzt können sie ihre Liebsten endlich ruhen lassen.«

Das Thema war alles andere als neu für sie, aber Josie fühlte immer noch ein Unbehagen angesichts der Hochachtung, die ihr dafür entgegengebracht wurde, dass sie nicht nur einen, sondern gleich zwei Serienmörder enttarnt hatte, die jahrzehntelang in Denton umgegangen waren. Sie war froh, dass sie so vielen Familien Gewissheit verschafft hatte, aber angesichts all der toten Mädchen fiel es ihr schwer, sich wie eine Heldin zu fühlen.

»Danke für Ihren Brief«, sagte Josie. »Er hat mir viel bedeutet. Ich habe das Foto in meinem Büro aufgehängt.«

Eine Träne rann über Dianas Wange, und sie wischte sie fort. Sie brauchte einen Moment, um sich zu sammeln, atmete tief ein und langsam wieder aus. »Was kann ich für Sie tun?«, fragte sie dann.

»Heute Morgen haben Sie mit meiner Kollegin gesprochen«, sagte Josie. »Detective Gretchen Palmer. Es ging um eine vertauschte Samenspende.«

Diana nickte. »Ich weiß. Sie wollte die Ergebnisse der internen Ermittlung wissen und mehr Informationen über den Spender haben.«

»Genau. Misty Derossi, die Dame, die, ähm, die Spende empfangen hat, wurde in ihrem Haus angegriffen. Ihr neugeborenes Baby wurde entführt.«

Diana kramte eine Broschüre unter einem Stapel Akten auf ihrem Schreibtisch hervor. »Das ist wirklich schrecklich«, sagte sie. »Die Situation tut mir wirklich leid, vor allem die Sache mit der Entführung, aber sind Sie sich sicher, dass das irgendetwas mit der Verwechslung in Miss Derossis Fall zu tun hat?«

»Das wissen wir nicht«, erklärte Josie. »Aber wir müssen jeder Spur nachgehen. Das Leben eines Babys ist in Gefahr.«

Diana pulte einen Klebezettel von einem Block auf ihrem Tisch, klebte ihn in die Falten der Broschüre und griff nach einem Kugelschreiber. »Nun, Chief Quinn, so gern ich Ihnen auch helfen würde – und das würde ich auf der Stelle! – habe ich mich doch an meine Schweigepflicht zu halten. Das könnte mich meinen Job kosten.«

Sie kritzelte etwas auf den Klebezettel, faltete die Broschüre wieder zusammen und reichte sie Josie. »Aber in diesem Prospekt finden Sie alles, was Sie über unsere Richtlinien und Abläufe wissen müssen. Wie ich Detective Palmer bereits sagte: Wenden Sie sich mit richterlichen Anordnungen an unsere Rechtsabteilung. Ich bin mir sicher, dort wird man Sie mit allen Informationen versorgen, die Sie benötigen.«

»Das könnte Tage dauern«, sagte Josie.

Diana streckte die Hand aus und tippte verschwörerisch lächelnd mit einem Finger auf das Faltblatt. Ihre Stimme klang teilnahmsvoll, aber unerschütterlich. »Es tut mir sehr leid, Chief Quinn. Aber mehr kann ich nicht für Sie tun.«

Josie verabschiedete sich von Diana und verließ das Gebäude. Wieder im Wagen faltete sie die Broschüre auseinander und las die Notiz. *Geben Sie mir ein, zwei Tage. Die Dateien, die Sie brauchen, sind passwortgeschützt und nicht zugänglich für Leute meiner Gehaltsklasse. Ich muss mir eine gute Ausrede einfallen lassen, um darauf zugreifen zu können. Aber ich werde tun, was ich kann.«* Darunter stand Diana Sweeneys Handynummer.

Josie speicherte die Nummer ein und schickte ihr eine Nachricht. *»Die Broschüre war sehr informativ. Vielen Dank.«*

Die Antwort kam unverzüglich. *»Gern geschehen. Reden bald.«*

38

WBAL-TV 11 – Baltimore, Maryland
13. Juni 2017

Jugendliche stirbt bei Bootsunfall

Eine Achtzehnjährige konnte nur noch tot geborgen werden, nachdem ihr Fischerboot am Montagabend in der Strömung des Potomac Rivers gekentert war. Sie wurde von der Polizei als Erin Appleby aus dem Viertel Guilford in Baltimore identifiziert. Ein Sprecher der Polizei in Maryland sagte aus, dass die Windgeschwindigkeiten an diesem Tag bis zu sechzig Kilometer pro Stunde erreicht hatten. »Wir nehmen an, dass Miss Appleby bereits auf dem Rückweg zum Hafen war«, erklärte der Polizeisprecher. »Aber dort ist sie offensichtlich nie angekommen.« Applebys Leiche wurde aus dem Fluss geborgen, nachdem der Besitzer eines Motorboots ihr gekentertes Boot bemerkt hatte.

Den Behörden zufolge ist dies bereits der achte Bootsunfall

mit tödlichem Ausgang in diesem Jahr. Weitere Details über den Unfall wurden noch nicht bekannt gegeben.

39

Während Josie zurück zum Polizeirevier fuhr, hallten Dunns Worte immer wieder in ihrem Kopf nach. *Es ist nie klug, jemandem ans Bein zu pissen, der genau das besitzt, was man selbst am meisten will – nicht wahr?* Sie konnte nur hoffen, dass er seine Worte so gewählt hatte, weil Luke noch am Leben war. Was konnten diese Leute nur von ihm wollen? Josie arbeitete die ganze Zeit unter der Annahme, dass Dunns Männer in Lukes Haus nach Kim gesucht hatten – aber warum hatten sie Luke mitgenommen, und warum sollten sie ihn am Leben halten? Oder hatte Dunn ihn längst getötet und seinen Körper irgendwo entsorgt, wo er nie gefunden werden würde? Spielte er nur ein Spiel mit ihr?

Auf dem Weg hinauf zu ihrem Büro fuhren die Gedanken in Josies Kopf noch immer Achterbahn. Noch bevor sie um die Ecke in den großen Gemeinschaftsraum bog, konnte sie Trinity Paynes Stimme hören, die vom Fernseher an der Wand plärrte. »Morgen werden den Geschworenen die Waffen vorgeführt, die Aaron King vermutlich benutzte, als er seine Verbrechen beging, einschließlich der Machete, mit der er den Staatspolizisten am Abend seiner Verhaftung attackierte.« Selbst Noah hatte sich auf der Kante eines Schreibtisches niedergelassen und starrte konzentriert auf die Mattscheibe. Josie räusperte sich und alle Anwesenden verfielen in einen plötzlichen Eifer, bestrebt, möglichst beschäftigt zu wirken. Noah griff nach der Fernbedienung und schaltete den Fernseher aus.

»Tut mir leid, Boss«, murmelte er.

Josie zeigte auf ihr Büro, und er folgte ihr hinein. »Misty war schon wach, aber noch sehr desorientiert«, informierte er sie. »Ich war dort, um nach ihr zu sehen. Den Ärzten zufolge ist sie noch nicht imstande, unsere Fragen zu beantworten, und da haben sie auf jeden Fall recht. Sie hat auf ihren Namen reagiert, konnte mir aber sonst keine Antworten geben. Der Chirurg meint, bei Kopfverletzungen sei es nicht ungewöhnlich, dass das Erinnerungsvermögen des Patienten anfänglich noch nicht richtig funktioniert. Wir können morgen wiederkommen und es erneut versuchen. Neue Spuren hinsichtlich des Babys oder Conways gibt es nicht. Im Eudora konnte sich niemand daran erinnern, Denny Twitch in Dunns Gefolge gesehen zu haben.«

Josie ließ sich in ihren Stuhl fallen. »Was ist mit Gretchen?«

»Nichts. Dunn war bei ein paar Meetings. Seine vier Gorillas kleben an seinen Fersen. Sie weichen nie von seiner Seite.«

»Hat die Technik es geschafft, die Handys anzupingen?«

»Ja, aber dabei ist nichts herausgekommen. Ich warte jetzt auf die Ergebnisse der Triangulation. Sobald ich etwas weiß, lasse ich es Sie wissen.«

»Wenn wir die Koordinaten haben, will ich, dass wir uns direkt dranhängen. Luke könnte noch am Leben sein.«

Noah öffnete den Mund, um etwas zu erwidern, zögerte aber. Josie wusste, was er sagen wollte – dass sie sich auf die Möglichkeit gefasst machen sollte, dass dem nicht so war. Warum sollte Dunn Luke am Leben halten? Wahrscheinlich dachte Noah nur noch darüber nach, wie er ihr das am taktvollsten sagen konnte. Das Telefon auf ihrem Schreibtisch klingelte und Josie griff nach dem Hörer. »Quinn«, bellte sie.

Es war Sergeant Lamay. »Die Bürgermeisterin ist hier. In Begleitung einiger, ähm, Freunde. Sie sagt, sie wolle sich nur unterhalten.«

»Freunde?«, fragte Josie.

»Ein paar Gentlemen. Drei an der Zahl. Soll ich sie raufschicken?«

»Nein«, sagte Josie. »Sie können unten im Konferenzraum auf mich warten. Ich stoße gleich dazu.«

»Was die wohl wollen?«, fragte Noah, während sie die Treppe zum Erdgeschoss hinabstiegen.

»Keine Ahnung«, sagte Josie.

Tara erwartete sie vor der Tür des Konferenzraums, ganz die Bürgermeisterin, in ihrem klassischen schwarzen Kostüm, den dazu passenden Pumps und dem perfekten Make-up. Das Haar fiel ihr glänzend und glatt auf die Schultern. Beim Anblick ihrer düsteren Miene vermutete Josie, dass sie ein paar Mitglieder des Stadtrats zusammengetrommelt hatte, um Josie zu bitten, vom Posten der Polizeichefin zurückzutreten.

»Was zum Teufel soll das denn werden?«, murmelte Noah so leise, dass nur Josie ihn verstehen konnte. Sie würdigte ihn allerdings keines Blickes.

»Bürgermeisterin Charleston«, sagte sie stattdessen steif und mit einem unguten Bauchgefühl.

»Chief Quinn«, gab Tara kühl zurück.

Josie kam direkt zur Sache. »Worum gehts?«

Tara taxierte Noah abschätzend. Dann lächelte sie verspannt. »Sie wissen ja über das ... Interesse meines Ehemanns bezüglich Misty Derossis Baby Bescheid.«

So kann man es auch sagen, dachte Josie. »Ja, dessen bin ich mir bewusst.«

»Nun, er hatte die Idee, dass wir eine Belohnung auf die unversehrte Rückkehr des Babys aussetzen.«

»Das ist eine großartige Idee«, sagte Josie. »Aber Sie wissen doch sicher, dass wir von der Polizei damit nichts zu tun haben. Vielleicht könnte sich jemand von der Stadtwache um die Koordination des Ganzen kümmern?«

»Mir ist bewusst, dass das nicht in Ihren Aufgabenbereich fällt«, sagte Tara und klang gereizt. »Ich bitte Sie ja auch nicht, das Geld für die Belohnung zu sammeln oder aufzubewahren. Ich möchte Sie nur aus reiner Höflichkeit über unser Vorhaben in Kenntnis setzen. Wir haben die Hoffnung, dass die Aussicht auf eine Belohnung viele Hinweise einbringt. Das wäre dann wiederum eine Aufgabe für Sie und Ihre Behörde.«

»Wäre schön, wenn sich Ihre Hoffnung bewahrheiten würde«, sagte Josie. »Wir nehmen jegliche Hinweise entgegen. Ich weiß Ihr Entgegenkommen sehr zu schätzen.«

»Liegt da nicht ein Interessenkonflikt vor?«, warf Noah ein. Er ignorierte den giftigen Blick, den Tara ihm zuwarf, und fuhr fort: »Ich meine, Sie sind die Bürgermeisterin. Wird man in Zukunft nicht von Ihnen erwarten, bei jedem neuen Vermisstenfall eine Belohnung auszusetzen?«

Taras Eisköniginnenmaske schmolz etwas in sich zusammen und sie überkreuzte die Arme vor der Brust. »Nun, genau das habe ich auch gesagt. Deswegen hat mein Ehemann vorgeschlagen, dass wir in der Gemeinde um Hilfe bitten. Leute, die Misty gern helfen oder einfach nur für einen guten Zweck spenden möchten.«

Josie hielt sich nur mit Mühe davon ab, die Augen zu verdrehen. Tara schaffte es, jede Angelegenheit in ein Event zu verwandeln. Diese ganze Nummer hätte sie diskret über das Telefon oder via E-Mail abwickeln können, aber das hätte ihr nicht genug Aufmerksamkeit beschert – oder Ruhm und Ehre für die Rettung der Lage, sollte ihr Vorhaben das gewünschte Ergebnis erzielen. Selbst wenn es die Idee ihres treulosen Ehemannes gewesen sein mochte, würde Tara ausgiebig im Scheinwerferlicht baden, sollte das Baby aufgrund einer fetten

Belohnung unversehrt wieder auftauchen. Josie konnte es förmlich vor sich sehen: Tara auf einer Pressekonferenz, wie sie
einem glücklichen, heldenhaften Informanten einen riesigen
Scheck überreichte, während Misty im Hintergrund ihren
kleinen Sohn auf dem Schoß wippte. Konnte es bessere Publi-
city direkt vor einer möglichen Wiederwahl geben? Scheißpoli-
tiker. »Und haben Sie schon jemanden davon überzeugt, sich
mit einer Geldspende zu beteiligen?«, fragte Josie.

Wie die Moderatorin einer Spielshow deutete Tara mit
einer schwungvollen Armbewegung auf die Tür zum Konferenzraum. Noah hastete an ihnen vorbei und öffnete die Tür.

Dort wurden sie von Mistys Chef Butch erwartet. Neben
ihm saß ein grauhaariger, etwa fünfzigjähriger Mann, der einen
Anzug ohne Krawatte trug. Jack Coleman, erinnerte sich Josie,
der Vater von Isabelle Coleman, der Jugendlichen, die vor fast
zwei Jahren verschwunden war. Die darauffolgenden Ermittlungen hatten beinahe die ganze Stadt auseinandergerissen und
zum Tod von Josies Ehemann Ray geführt. Misty hatte Isabelle
damals gefunden, und Josie wusste, wie dankbar die Colemans
gewesen waren, dass sie sich um ihre Tochter gekümmert hatte.
Den dritten Mann stellte Tara ihr als Peter Rowland vor. Er
stand auf und gab Josie und Noah die Hand. Eine solche Stadt-
legende hätte Josie sich älter vorgestellt, aber Rowland wirkte
nicht älter als Mitte vierzig. Wenn überhaupt. Sein dichtes
braunes Haar war ordentlich zurückgekämmt und über einer
langen, geraden, am Ende leicht gebogenen Nase saßen zwei
eng beieinanderliegende haselnussbraune Augen. Josie hätte
auch nicht damit gerechnet, dass er leger in Jeans und Hemd
erscheinen würde.

Sie und Noah nahmen am Tisch Platz, während Tara
stehen blieb, als plane sie, eine Präsentation zu halten. »Danke,
dass Sie sich alle hier eingefunden haben«, sagte sie. »Ich
glaube, wir hier im Raum haben genug Geld gesammelt, um
den Ermittlungen den so dringend benötigten Anstoß zu

geben.« Sie wandte sich an Butch. »Mr. McConnell, Sie haben angeboten, sich mit 5.000 Dollar zu beteiligen, ist das richtig?«

Butchs Bassethundbacken erschlafften. »Ja, stimmt«, murmelte er.

Josie hob eine Augenbraue. »Das ist sehr großzügig, Butch. So viel Geld für eine Ex-Angestellte. Ich wusste gar nicht, dass Misty Ihnen so am Herzen liegt.«

»Tja, meine Mädels haben mich letztendlich davon überzeugt.«

Tara wandte sich an Jack Coleman. »Die Colemans haben freundlicherweise angeboten, 10.000 Dollar beizusteuern.«

Coleman nickte.

»Und ich lege die gleiche Summe noch mal oben drauf«, meldete sich Rowland zu Wort. Lächelnd drehte er sich zu Josie und Noah um. »Das heißt, Sie haben 30.000 Dollar, die Sie als Belohnung für die unversehrte Rückkehr des Derossi-Babys aussetzen können.«

Josie ließ den Blick über die Gesellschaft am Tisch schweifen. »Das ist sehr großzügig und ich bin mir sicher, dass Miss Derossi es sehr zu schätzen weiß. Wir nehmen jede Hilfe an, die wir bekommen können.«

Sie unterhielten sich noch eine Weile und besprachen die genauen Formulierungen, die in den Pressemitteilungen verwendet werden sollten, bevor Tara die drei Männer aus dem Raum hinauskomplimentierte. Sie wies sie an, im Empfangsbereich auf sie zu warten, und schlug vor, mit einem Mitglied der Bürgerinitiative mittagzuessen, die sich darum kümmern würde, die Geldbeiträge einzusammeln. Beim Anblick von Butchs entsetzter Miene unterdrückte Josie ein Lachen. Die Bürgerinitiative gehörte nicht gerade zur Fangemeinde des örtlichen Stripklubs. Josie konnte sich keine peinlichere Tischgesellschaft vorstellen.

Als die drei Männer außer Hörweite waren, wandte sich Tara wieder an Josie. »Chief Quinn, ich erwarte, dass diese

Belohnung zu zahlreichen Hinweisen führt. Ich möchte die Freigiebigkeit dieser Bürger nicht verschwenden.«

»Wir haben doch keinen Einfluss darauf, welche Hinweise wir bekommen«, sagte Noah an Josies Seite.

»Noah«, mahnte Josie, aber Tara schaute ihn nicht einmal aus dem Augenwinkel an. Ihr Blick klebte fest an Josie. »Ich muss Sie ja nicht darauf hinweisen, was hier auf dem Spiel steht.«

Unter anderem Menschenleben, dachte Josie, aber das meinte Tara wohl kaum. Sie sprach über Josies Job und wie sich Josies Arbeit auf ihr eigenes Renommee auswirkte. »Wie haben Sie Rowland an Land gezogen?«, fragte Josie.

Tara richtete sich auf, kreuzte die Arme und wirkte defensiv und selbstzufrieden zugleich. »Ich habe ihm angeboten, das Frauenhaus nach seiner verstorbenen Tochter Polly zu benennen.«

Josie und Noah nickten im Gleichtakt. Sie kannten die Geschichte. Rowlands Frau und seine zwölf Jahre alte Tochter waren vor etwa einem Jahr in New York City von einem betrunkenen Fahrer getötet worden. Rowland hatte der Stadt den Rücken gekehrt und die folgenden Monate in seinem abgelegenen Haus in Denton verbracht.

»Dann ist die Finanzierung für das Frauenhaus also in trockenen Tüchern«, sagte Josie. »Und die Belohnung?«

»Er war so begeistert von dem Vorschlag, die Einrichtung nach Polly zu benennen, dass er sofort zugestimmt hat, als ich ihm von der Idee mit der auf das Derossi-Baby ausgesetzten Belohnung erzählt habe. Wie ich bereits sagte, ich will nicht, dass diese Großzügigkeit im Sande verläuft, vor allem, wenn daran so viele gute Projekte für die Stadt hängen.«

Josie spürte, wie Noah erneut den Mund öffnete und zum Protest ansetzte, und sie stieß ihn mit dem Ellbogen an. Wenn er einen Streit mit Tara vom Zaun brach, würde er sie nur noch weiter erzürnen. Josie hatte ein schlechtes Gewissen, dass diese

Menschen, die es nur gut meinten, ihr Geld für Hinweise aus dem Fenster warfen, die niemals kommen würden, aber an dieser Stelle hatte sie nicht vor, mit Tara darüber zu diskutieren.

Für den Fall, dass Dunn Mistys Baby in seiner Gewalt hatte, würde er es nicht einfach zurückgeben. Josie bezweifelte, dass irgendeiner seiner Vertrauten ihn für schlappe 30.000 Dollar in die Pfanne hauen und riskieren würde, seinen Zorn zu wecken. Aber es stand ihr nicht zu, den Leuten vorzuschreiben, was sie mit ihrem Geld anfangen sollten. Dass versprochene Belohnungen oft zu nützlichen Hinweisen führten, war kein Geheimnis. Wenn es nur die leiseste Chance gab, dass sich irgendjemand in Dunns Unternehmen von dem Geld locken ließ, dann war es den Aufwand wert. Josie betete nur, dass das Baby noch am Leben war.

Mit einem erzwungenen Lächeln in Taras Richtung sagte Josie: »Wir geben unser Bestes.«

40

DONNERSTAG

So schnell es ging überquerte Josie den Parkplatz des Eudora Hotels, einen wackeligen Träger mit zwei dampfenden Kaffeebechern in der Hand. Sie suchte die Wagenreihen nach Gretchens Dienstwagen ab, einem Chevy Cruze. Es war kurz nach sechs Uhr morgens und noch stockdunkel. Josie fand das Auto und winkte. Mit einem Klicken wurde die Tür der Beifahrerseite entriegelt. Josie stieg ein, reichte Gretchen einen der Becher, griff selbst nach dem anderen und warf den Pappträger auf den Rücksitz.

»Dankeschön«, sagte Gretchen.

Josie nippte an ihrem Kaffee. »Gern geschehen. Seit wann sind Sie hier?«

»Ungefähr seit einer Stunde. Noah ist nach Hause gefahren, um ein Nickerchen zu halten.«

»Haben Sie ein bisschen geschlafen?«, fragte Josie.

»Ein paar Stunden. Und Sie?«

»Nicht wirklich«, gab Josie zu. Sie war nur nach Hause gefahren, weil sie wusste, dass Carrieann dort auf sie wartete. Dann hatten sie eine Weile über Eric Dunn gesprochen. Carrieann hatte einen Großteil des Tages damit verbracht, jeden Onlineartikel über den jungen Kasinomogul zu lesen, den sie finden konnte. Als Josie heimkam, war Carrieann in der Küche auf und ab gelaufen, ununterbrochen im selben Takt, wie ein Metronom. Keiner von ihnen hatte schlafen können, egal, wie sehr sie es versuchten.

»Waren Sie noch auf der Wache?«, fragte Gretchen. »Haben sich die Telefongesellschaften bezüglich der Handyortung gemeldet?«

»Nein, aber Lamay ist dran. Er ruft mich an, sobald er die Ergebnisse hat.«

»Gab es irgendwelche Tipps, nachdem die Presse Wind von der Belohnung bekommen hat?«

Josie seufzte. »Nein, und ich glaube auch noch nicht daran, dass wir Hinweise bekommen werden.«

Was sie wirklich dachte, behielt sie für sich: Vermutlich hatte Dunn Misty Derossis Baby längst umgebracht. Ihr Magen schmerzte bei dem Gedanken, als würde der Kaffee, den sie gerade geschluckt hatte, wieder zum Kochen gebracht. Sie stellte ihren Becher auf dem Armaturenbrett ab. Ein paar Minuten lang behielten sie schweigend den Haupteingang des Eudora Hotels im Blick. Dann sagte Gretchen: »Noah hat mir gesagt, dass die Bürgermeisterin so richtig Druck macht.«

Josie lachte. »Das kann man wohl sagen. Es ändert aber nichts an der Sache. Wir arbeiten, wie wir es gewohnt sind, ob mit oder ohne Druck. Oder die Belohnung. Ich glaube, unsere wichtigsten Anhaltspunkte, um das Baby und Luke wiederzufinden, sind immer noch die Telefonnummern aus Twitchs Handy und die Beschattung von Eric Dunn.«

Gretchen stellte ihren Kaffeebecher zurück in den Träger und starrte weiter in Richtung des Hotels. »Das denke ich auch. Ich sage Ihnen Bescheid, wenn Dunn sich rührt.«

»Danke. Ich fahre dann jetzt zum Krankenhaus und schaue, ob ich schon mit Misty reden kann.«

41

Josie kam schon vor der offiziellen Besuchszeit am Denton Memorial Hospital an. Noah hatte ihr Mistys Zimmernummer auf der Station im dritten Stock mitgeteilt, und als Josie dem Pflegepersonal ihren Ausweis zeigte, wurde sie ohne Umschweife zu Misty vorgelassen, die im Bett hochgelagert worden war, einen Arm in der Schlinge und den Kopf mit weißem Mull umwickelt. Ihr Gesicht war böse zugerichtet und Josie bemerkte, dass einer ihrer Mundwinkel leicht herabhing.

»Nicht zu lange«, flüsterte die Krankenschwester, die sie ins Zimmer geführt hatte. »Sie hat ernsthafte Kopfverletzungen und einen schweren chirurgischen Eingriff hinter sich. Außerdem hängt sie an einem Morphiumtropf. Sie braucht Ruhe, damit alles abheilen kann.«

Jemand hatte einen Besucherstuhl neben Mistys Bett gestellt. Eine dünne weiße Krankenhausdecke lag zusammengeknüllt auf der Sitzfläche. Josie wusste, dass Brittney an Mistys Seite gewacht hatte. Wahrscheinlich war sie nach Hause gegangen, um sich ein wenig auszuruhen. Josie schob die Decke beiseite und ließ sich auf der Stuhlkante nieder. Eine Weile lauschte sie Mistys gleichmäßigem Atem und warf dann einen

Blick auf den Monitor über dem Bett, der ihre Herzfrequenz, den Blutdruck, ihre Atmung und die Sauerstoffsättigung überwachte.

Josie berührte Mistys Hand und sagte ein paar Mal ihren Namen, bis Mistys Augenlider zu flattern begannen. Durch schmale Schlitze in ihrem geschwollenen, violetten Gesicht schaute sie Josie ausdruckslos an. Als sie den Mund öffnete und zu sprechen versuchte, kam lediglich ein krächzender Laut heraus.

Josie stand auf und trat näher an sie heran. »Ich bin es, Josie Quinn.«

»Jo...« Mistys Stimme erstarb. Ein dünner Speichelfaden lief aus ihrem Mundwinkel. Josie konnte die Lücke in ihrer oberen Zahnreihe erkennen, wo ihr ein Zahn ausgeschlagen worden war.

»Misty«, setzte Josie an, »ich muss wissen, was dir zugestoßen ist. Was ist bei dir zu Hause passiert? Kannst du es mir sagen? Erinnerst du dich überhaupt daran?«

Misty wandte den Blick von Josies Gesicht ab und ließ ihn durch den Raum schweifen, bis er an ihrem Körper hinunterwanderte. Sie legte die gesunde Hand auf ihren Bauch und Josie sah, wie Entsetzen ihr Gesicht überschattete. »Mein Baby«, sagte sie. »Wo ist – wo ist mein Sohn?«

Josie drückte ihre Hand und wünschte, sie könnte dieser armen, misshandelten Frau bessere Neuigkeiten überbringen. »Wir suchen nach ihm. Ich tu alles, was in meiner Macht steht, um ihn zu finden, aber dafür brauche ich deine Hilfe. Ich muss wissen, was nach Victors Geburt passiert ist. Wer war bei dir?«

Misty schaute ihr wieder ins Gesicht. Eine Träne rann aus einem ihrer Augenwinkel. »Ein Mann hat ihn mitgenommen. Ich habe versucht ... Ich habe versucht, ihn aufzuhalten. Ich habe ... geht es meinem Baby gut? Wo ist es?«

Josies Magen schmerzte. »Wir suchen nach ihm«, wiederholte sie. Dann holte sie ihr Smartphone heraus und rief das

Bild von Denny Twitchs Führerschein auf. Sie hielt es Misty direkt unter die Nase. »Ist das der Mann?«

Langsam nickte Misty. Speichel tropfte über ihr Kinn. Josie schaute sich um, fand eine Box mit Papiertüchern und tupfte vorsichtig Mistys Gesicht trocken. »Kennst du ihn?«, fragte sie.

»Nein«, antwortete Misty. »Er kam von ... von hinten ins Haus.«

»Die Gartentür war nicht beschädigt. War sie unverschlossen?«

Wieder ein langsames Nicken. Eine Träne nach der anderen quoll aus Mistys Augen. »Mein Baby. Wo ist mein Baby?«

Josie gab ihr keine Antwort. Stattdessen rief sie ein Foto von Kim Conway auf und zeigte es Misty. »Was ist mit ihr? Kennst du sie? War sie bei dir?«

Mistys Augenlider flatterten und Josie wurde klar, dass sie sich nicht mehr lange würde wachhalten können. »Kim«, sagte Misty. »Bradys Schwester. Lukes Freundin.«

Josie hatte das Gefühl, an einen Elektrozaun gefasst zu haben. »Sie kannte Luke also? Woher?«

»Sie war da.«

»Wo? Bei dir zu Hause?«

Misty nickte wieder. »Das Baby kam. Sie hat mir geholfen ...«

»Sie ist also bei dir aufgetaucht, hat gesagt, sie sei eine Freundin von Luke und ...«

»Suchte einen Ort.«

»Zum Wohnen?«

»Ja.«

»Und dann kam dein Baby. Warum bist du nicht ins Krankenhaus gefahren?«

Mistys Augenlider senkten sich.

»Misty«, drängte Josie. »Bleib noch wach! Kim war also bei dir, als die Geburt losging? Warum hat sie dich nicht ins Krankenhaus gebracht? Warum habt ihr nicht die 911 gewählt? Wo war Kim, als der Mann dein Baby entführt hat? Misty!«

Aber Mistys Atem ging schon wieder völlig gleichmäßig, und Josie war klar, dass sie wieder in einen morphiuminduzierten Schlaf gefallen war. Sie beobachtete Misty noch eine Weile und tupfte gelegentlich die Speichelfäden von ihren Lippen. Als die Krankenschwester hereinkam, um den Tropf zu überprüfen, stand Josie auf und ging. Sie konnte Noah später noch einmal vorbeischicken oder selbst zurückkehren, aber wahrscheinlich würde Misty ihnen nicht viel mehr nützliche Informationen geben können als das, was sie bereits zusammengepuzzelt hatten. Interessant zu wissen wäre höchstens, weshalb sie mit Kims Hilfe zu Hause entbunden hatte und wo Kim sich aufgehalten hatte, als Denny Twitch sich ins Haus geschlichen und das Baby entführt hatte. Tausende Fragen rasten durch Josies Kopf. Warum war Kim überhaupt zu Misty gegangen? Hatte Luke sie geschickt? Worauf hatte Kim es abgesehen? War sie dort gewesen, als Twitch Misty angriff, und falls ja, hatte sie versucht, einzugreifen? Oder war sie weggelaufen, weil sie wusste, wozu er imstande war?

Zurück auf dem Polizeirevier verbrachte Josie den Morgen damit, sich durch all den Papierkram zu wühlen, um den sie sich in ihrer Funktion als Polizeichefin zu kümmern hatte. Ablenken von den ganzen Fragen, die sie bewegten, konnte sie sich damit trotzdem nicht. Der bohrende Schmerz in ihrer Brust, den Josie für einen Schluchzer hielt, der nur auf eine Gelegenheit wartete, aus ihrem Körper hervorzubrechen, wurde dadurch auch nicht gelindert. Im Sekundentakt wurde sie von immer neuen Visionen heimgesucht, was Dunn mit Luke angestellt haben könnte. Vor ihrem inneren Auge formte sich das Bild seines leblosen Körpers in so vielen verschiedenen Szenarien, dass ihr schlecht wurde. Sie schob die Schreibarbeit beiseite und rief wieder einmal bei den Mobilfunkanbietern an, um sie davon zu überzeugen, dass Leben auf dem Spiel standen.

Zwanzig Minuten später saß sie mit Noah Schulter an Schulter an ihrem Schreibtisch und schaute sich Karten auf ihrem Laptop an.

Noah deutete auf den Bildschirm und zeichnete das Dreieck der drei Mobilfunkmasten nach, die von den Mobilfunkunternehmen gekennzeichnet worden waren, da sie die optimale Signalstärke von zwei der Telefone empfingen, die Denny Twitch angerufen hatte. »Hier. Das ist unser Gebiet.«

Es war ein Landstrich südlich von Denton, der nicht mehr zu Alcott County gehörte. Josie würde sich mit der Polizei vor Ort in Verbindung setzen müssen, wenn sie eine Suchaktion anleiern wollte. »Von welcher Größenordnung sprechen wir hier?«

»Einem Abstand von jeweils etwa zwanzig Kilometern.«

Josie rutschte das Herz in die Hose. »Zwanzig Kilometer? Ich dachte, die könnten die Geräte auf zwei, drei Kilometer genau orten?«

»Das hier ist eine ländliche Gegend, da liegen die Funkmasten weit auseinander. Aber die Tatsache, dass dort fast alles aus Ackerland oder Jagdgebiet besteht, kann uns auch in die Hände spielen.«

»Inwiefern?«

Behände fuhr Noah mit den Fingern über das Touchpad, wischte und klickte so lange, bis er eine Google-Karte mit den Satellitenbildern der Gegend aufgerufen hatte. Die eine Hälfte des Gebiets sah aus wie eine Reihe unregelmäßig geformter grüner und brauner Rechtecke, durchzogen von den dünnen Linien der Straßen. Die andere Hälfte war dicht bewaldet und auf der Karte als staatliches Jagdgebiet ausgewiesen. Als Noah näher heranzoomte, stellte Josie fest, dass er recht hatte. Bei den meisten der grünen Vierecke außerhalb des Jagdgebietes handelte es sich um Maisäcker und andere Getreidefelder. Es gab nur wenige menschengemachte Gebäude, und die wenigen Häuser hoben sich deutlich erkennbar in weiß oder grau von den Erdtönen des unbewohnten Lands ab. Am südlichen Rand des Gebiets lagen die Randgebiete einer Stadt namens Fairfield. Josie konnte die Dächer einiger eng beieinanderstehender Gebäude erkennen. »Ich kann mir nicht vorstellen, dass sie jemanden in einem dicht besiedelten Gebiet gefangen halten würden«, sagte sie. »Wir suchen nach einem abgelegenen Ort. Wo niemand Fragen stellt. Fairfield ist nicht so groß, und Schlägertypen wie Twitch würden dort ziemlich viel Aufmerksamkeit auf sich ziehen.«

»Meinen Sie nicht, dass sie an einem abgelegenen Ort nicht noch viel mehr Aufmerksamkeit erregen würden?«, fragte Noah.

»Wenn er abgelegen genug ist, sieht ja niemand, wenn sie kommen und gehen. Also nein, ich glaube, in einer Stadt wäre es für sie unsicherer.«

Sie starrten auf den Bildschirm. Josie streckte die Hand aus, wischte über das Touchpad und bewegte den Mauszeiger über zwei Gebäude, die mutterseelenallein inmitten mehrerer Felder lagen. Eines war relativ groß, L-förmig, mit einem Spitzdach. »Das sieht nach einer Farm oder etwas Ähnlichem aus«, sagte Josie. »Hier ist das Haus und hier hinten eine große Scheune.«

»Das sieht nach Gerätschaften aus«, stellte Noah fest. »Der Hof mag abgelegen sein, aber wenn er noch in Betrieb ist, kann ich mir nicht vorstellen, dass Dunns Männer dort ihre Zelte aufgeschlagen haben.«

»Wir müssen den County-Sheriff anrufen«, sagte Josie. »Wir müssen uns ohnehin mit den Kollegen vor Ort absprechen. Vielleicht können sie uns schon sagen, ob die Farm noch geführt wird.«

Noah notierte sich die Straßennamen in der Nähe des Hofs. »Okay, schauen wir mal. Zoomen Sie mal weg.«

Josie folgte seiner Bitte, und auf dem Bildschirm baute sich ein Bild der Umgebung auf. Sie stießen auf zwei weitere Gebäude, die meilenweit von anderen Siedlungen entfernt lagen. Eines befand sich am westlichsten Punkt des eingekreisten Gebiets und sah aus wie eine Art Fabrik. Angesichts des tadellosen Zustands der Zufahrtsstraße und der zahlreichen Fahrzeuge, die in der Nähe parkten, gingen sie davon aus, dass dort noch gearbeitet wurde. Trotzdem setzten sie die Adresse auf die Liste, die die örtlichen Vollzugsbehörden überprüfen sollten. Das zweite Gebäude, eine Kirche, wie es aussah, lag nördlicher und näher an Denton. Auf den Satellitenbildern waren keine Autos in der Nähe zu sehen und das umliegende Land schien von Gras und Unkraut zugewuchert. An drei Seiten war das Gebäude von Wald umgeben.

»Ich glaube, das ist es«, sagte Josie.

»Eine Kirche?«

»Sie sieht verlassen aus. Schauen wir uns sie mal an.«

42

Während in Alcott County mit seiner größeren Stadt und den umliegenden Kleinstädten genug los war, dass die Polizei rund ums Jahr gut beschäftigt war, hatte Lenore County einen komplett ländlichen Charakter. Als Josie auf der Polizeiwache anrief und um Hilfe bat, überschlugen sich die Kollegen beinahe in dem Bestreben, ihr zu helfen. Es dauerte nur wenige Minuten, bis sie so in Erfahrung gebracht hatte, dass sowohl die Farm als auch die Fabrik, die Josie und Noah auf der Karte ausgemacht hatten, noch in Betrieb waren. Die Kollegen versprachen, sich an beiden Orten umzuschauen, aber Josie bezweifelte, dass sie dort etwas finden würden.

Die Kirche hingegen war seit fast zehn Jahren verlassen. Es war eine katholische Kirche, und das umliegende Land gehörte noch immer der Erzdiözese, die es allerdings seit Ewigkeiten vernachlässigte. Weil das Gebiet so abgelegen war, müsse sich niemand Gedanken darüber machen, dass Obdachlose oder Drogensüchtige sich dort einnisten könnten, erklärte Deputy Sheriff Phillips. »Wahrscheinlich stoßen Sie dort eher auf einen Bären oder ein Reh als auf Menschen«, sagte er.

Das war der perfekte Ort, um eine Geisel zu verstecken,

dachte Josie. Ihre Haut kribbelte, so groß war die Hoffnung, Luke lebendig wiederzufinden.

Eine Stunde später hatten sich ein Team aus Polizisten aus Denton und Sheriffs aus Lenore auf dem Seitenstreifen einer zweispurigen Straße in etwa zwei Kilometern Entfernung von der alten Kirche zusammengefunden. Zum ersten Mal seit Langem legte Josie wieder eine schusssichere Weste an und spürte einen Adrenalinstoß. Wie sie das vermisst hatte! Das war die Art von Polizeiarbeit, für die sie seit dem Moment ihrer Vereidigung gelebt hatte. Sie überprüfte ihre Waffe und versuchte, sich nur auf die Vorbereitung des Einsatzes zu konzentrieren und keinen Gedanken daran zu verschwenden, was sie nach der Erstürmung der Kirche möglicherweise finden würden. Oder was sie nicht finden würden. Ihr Herzschlag schien einen Moment auszusetzen, um dann mit zu hohem Tempo wieder einzusetzen. Josie zwang ihren Körper dazu, sich zu beruhigen.

»Ich habe rund um die Kirche Späher zwischen den Bäumen positioniert«, sagte Deputy Phillips. Er mochte in den Fünfzigern sein, hatte kurzes, ergrauendes Haar, einen beeindruckenden Wanst und ernst dreinblickende braune Augen. Er hatte Josies Fall mit Begeisterung aufgegriffen und in weniger als einer Stunde ein eifriges und kompetentes Team zusammengestellt. Josie vermutete, dass er einen militärischen Hintergrund hatte.

»Und, regt sich etwas?«, fragte sie.

»Nichts. Alles ruhig. Ein Fahrzeug parkt hinter der Kirche.«

»Wie viele Eingänge gibt es?«, fragte Noah.

»Die drei Türen vorn und eine weitere an der Rückseite.« Phillips zog ein Blatt Papier hervor, auf dem er eine grobe Skizze gezeichnet hatte. Er zeigte mit dem Finger auf den rechteckigen Grundriss. »Diese drei Türen führen in die Eingangshalle. Wir glauben, dass es auf einer Seite eine Abstellkammer und auf der anderen eine Toilette gibt. Von dort aus führen weitere Türen in das Hauptschiff. Wir gehen davon aus, dass dort immer noch die Kirchenbänke stehen und so.« Er hatte mehrere parallele Linien gezogen, um die Bänke und Gänge darzustellen. Ganz vorn hatte er ein Quadrat eingezeichnet. »Das ist der Altar«, erklärte er. »Davor gibt es einen größeren freien Raum, das ist das Querschiff. Auf jeder Seite gibt es zwei Türen, die in die Sakristei führen. Auf halbem Weg zwischen Eingangshalle und Querschiff befinden sich die Beichtstühle.«

»Wir schleichen uns leise hinein«, sagte Josie. »Zuerst räumen wir den vorderen Gebäudeteil. Positionieren Sie Ihre Teams hier und hier.« Sie zeigte auf die Rückseite der Kirche. »Sie sollen sich für den Fall der Fälle bereithalten.«

Phillips nickte. »Ja. Nehmen wir sie hoch.«

Sie stellten Dreierteams für jeden Eingang zusammen. Da sich der Einsatzort außerhalb ihres Zuständigkeitsbereichs befand, stellten die Dentoner nur ein einziges Team, das den mittleren der drei Vordereingänge übernahm. Josie ging voraus, gedeckt von Noah und einem ihrer erfahrensten Streifenpolizisten. Sie kommunizierten mit Handzeichen und schlichen sich leise an das Gebäude heran und die Treppenstufen zum Eingang hinauf. Josie hielt die Waffe in einer Hand, den Lauf nach unten gerichtet, und drückte mit der anderen die knarrende Kirchentür auf.

Der Eingangsbereich der Kirche war vollständig abgesucht und geräumt. Als sie sich durch die zweite Reihe von Türen in das Hauptschiff vorgearbeitet hatten, bewegten die beiden Teams zu Josies linker und rechter Seite sich schnell an den Wänden entlang, um die Beichtstühle zu räumen, während Josie, Noah und der dritte Officer aus Denton sich auf den Altarraum und den Eingang zur Sakristei fokussierten. Als sie sich durch den Mittelgang bewegten, fiel Josie ein Paar mit Jeans bekleideter Beine direkt neben dem Altar auf. Der Größe und Optik der Turnschuhe nach zu urteilen, gehörten sie zu einem Mann. Josies Herz hämmerte gegen ihren Brustkorb. Noah rief ihr irgendetwas hinterher, aber da war sie schon losgespurtet, geradewegs auf die ausgestreckten Beine zu. *Nicht Luke,* sagte eine Stimme in ihrem Kopf. *Lass es bitte nicht Luke sein!*

Als sie die letzten Kirchenbänke hinter sich ließ, sah sie, dass dort sogar zwei in sich zusammengesunkene Gestalten lagen. Das Adrenalin schoss mit derartiger Wucht durch ihre Adern, dass ihr Gehirn sich im ersten Moment keinen Reim darauf machen konnte, was sie vor sich sah. Als sie den ersten Körper berührte, fühlte sie sich in den kalten Bunker auf dem Berg zurückversetzt, wo Ray gestorben war.

»Nein, nein, nein.« Das war ihre eigene Stimme, die laut aussprach, was sie dachte. »Nicht schon wieder.«

Hinter ihr wurden Stimmen laut und der Rest der Gruppe schloss zu ihr auf, aber sie verstand nicht, was ihre Kollegen sagten. Das Rauschen ihres Blutes und der Klang ihres eigenen Murmelns ließen keine anderen Geräusche zu ihr durch. »Nein, nein, nein.«

Sie drehte den Mann auf den Rücken. Es war nicht Luke. Josie holte pfeifend Luft und hielt den Atem an. Sie hatte Angst, die zweite Leiche anzuschauen, aber sie wusste, dass es sein musste.

Auch nicht Luke.

Sie stieß den Atem aus. Eine Hand ergriff ihren rechten Arm und zog sie sanft auf die Füße. »Boss«, sagte Noah. Jetzt hörte Josie Schritte um sie herum, knappe Kommandos und das gebrüllte Wort »Sauber!«, wenn ein Raum leer und sicher vorgefunden wurde. Noah bugsierte sie zur nächstbesten Bank und Josie setzte sich. »Boss«, setzte Noah erneut an.

Josies Blick wanderte zu den toten Männern. Beide trugen Jeans und schlichte schwarze T-Shirts, Stiefel und Schulterholster. In einem steckte noch eine Waffe, die des anderen

Typen lag ein paar Meter entfernt. Als hätte jemand sie weggetreten, nachdem ihr Besitzer erschossen worden war.

»Er ist nicht hier«, sagte Josie. »Wir sind zu spät.«

Noah runzelte die Stirn und schaute bedauernd auf sie herab. »Tut mir leid, Boss.«

Einer der Hilfssheriffs trat aus einem an den Altarraum angrenzenden Zimmer. »Chief«, rief er. »Hier ist niemand mehr, aber in der Sakristei haben wir etwas gefunden, das Sie sich ansehen sollten.«

Auf tauben Beinen wankte Josie ihm entgegen. Noah folgte ihr. Gemeinsam mit dem Hilfssheriff betraten sie den kleinen Raum, in dem sich normalerweise ein Priester auf den Gottesdienst vorbereiten würde. Von der aktiven Zeit der Kirche waren keine Gewänder übrig geblieben; nur ein alter Plastikstuhl und ein paar Holzbänke waren an einer Wand aufgereiht. Das, und eine hölzerne Babywiege, weiß, gepolstert mit einem Stoff mit tänzelnden Zootieren. Josie trat näher heran und spürte eine so übermächtige Angst, dass sie meinte, daran zu ersticken. Aber das Bettchen war leer, bis auf eine unbenutzte, noch verpackte gelbe Decke in einer Ecke. Josie schaute sich noch einmal im Raum um.

»Sonst ist hier nichts«, stellte sie fest.

Noah und der Deputy starrten sie an. Josie musterte die Wiege. »Die sieht unbenutzt aus.«

»Sie müssen sie verlegt haben«, sagte Noah. »Also, Luke und das Baby.«

»Aber warum sind Dunns Männer tot?«

»Vielleicht haben sie ihren Job nicht gut genug gemacht?«, schlug Noah vor.

Josie schüttelte den Kopf und trat wieder hinaus in den Altarraum. Nichts hier ergab irgendeinen Sinn. Warum waren die Männer tot? Wer hatte sie umgebracht? Wo war Luke? War er überhaupt hier gewesen? Sie bog ins Querschiff ab und bemerkte zum ersten Mal einen Klappstuhl in der Ecke, einen umgekippten Plastikstuhl und verstreute Wasserflaschen, größtenteils leer, einen Hamburger, der auf dem Boden lag, und einen Hammer. Hinter der ersten Kirchenbankreihe lagen mehrere Fast-Food-Packungen, Kaffeebecher aus Styropor und Zigarettenstummel.

Langsam umrundete Phillips das Querschiff, den Blick fest auf den Boden geheftet. »Hier wurde jemand festgehalten«, sagte er und streckte den Finger aus. Josie trat zu ihm, und jetzt fielen auch ihr die durchtrennten Kabelbinder auf dem Fußboden auf. Einige waren blutverschmiert.

Sie warf einen Blick auf den Hammer und unterdrückte ein Schaudern. Sie wollte nicht darüber nachdenken, wofür das Werkzeug möglicherweise benutzt worden war. Mit der Fußspitze stupste sie einen leeren Pommes-frites-Behälter von McDonald's an. »Sieht aus, als hätten sie sich ein paar Tage lang hier versteckt.«

»Schauen Sie sich das an«, sagte Phillips und deutete auf den Fußboden hinter dem umgekippten Stuhl.

Dort lag ein verlorener weißer Turnschuh mit blauem Nike-Emblem. Er war mit rotbraunen Spritzern übersät, die Josie für Blutflecken hielt. Sie holte tief Luft und wandte sich von Phillips ab, damit der die Tränen nicht sehen konnte, die aus ihren Augenwinkeln quollen. Sie wischte sie beiseite und krächzte: »Der gehört ihm. Das ist Lukes Turnschuh.«

»Sind Sie sich sicher?«, fragte Phillips.

»Größe 44, habe ich recht?«

Phillips ächzte, als er sich auf alle viere niederließ, um den Schuh aus der Nähe zu betrachten. Berühren durfte er ihn nicht, schließlich war die Spurensicherung noch nicht da gewesen. Bevor irgendetwas verändert wurde, mussten Fotos gemacht werden.

»Stimmt, Größe 44«, bestätigte Phillips und hievte sich wieder hoch.

»Das ist sein Turnschuh«, flüsterte Josie.

»Wir können bestimmt DNA-Spuren sichern«, sagte Phillips. »Zur Bestätigung. Könnte aber eine Weile dauern, bis wir die Ergebnisse bekommen.«

Josie rieb sich die Schläfen, hinter denen sich ein neuer Kopfschmerz ankündigte. »Ich weiß. Labore arbeiten langsam. Über die Staatspolizei können wir die Sache vielleicht beschleunigen, weil es um einen von ihnen geht. In der Zwischenzeit müssen wir herausfinden, wer diese Typen sind. Ich schätze, sie kommen aus der Gegend um Atlantic City.«

Phillips nickte. »Ich gebe unserem Einsatzteam sofort Bescheid. Wir geben Ihnen dann Bescheid, wenn wir etwas gefunden haben.«

43

Sie blieben noch ein paar Stunden in der Kirche und beobachteten das ERT der Polizeiwache aus Lenore dabei, wie es den Tatort mit einer Begeisterung sicherte, die Josie sonst nur von Polizeirekruten kannte. Sie beobachtete die Kollegen bei der Arbeit, konzentrierte sich auf jeden einzelnen Handschlag, um sich von den Gedanken an Lukes blutigen Turnschuh, die Kabelbinder und den Hammer abzulenken. Die Frage *Lebt er noch?* hielt sich trotzdem hartnäckig irgendwo hinten in ihrem Kopf, und tief in ihrem Inneren stieg die Angst auf, wie ein riesiges Laken, das sie zu ersticken drohte und ihr das Atmen erschwerte. Aber sie musste stark bleiben. Konzentriert.

Phillips meldete, dass das Fahrzeug hinter der Kirche auf einen Mann namens Buck Romeo aus New Jersey angemeldet war. Im Kofferraum stießen sie auf seine Leiche mit zwei Stichwunden in der Brust. Josie fragte sich, ob das der Mann war, auf den Luke eingestochen hatte, als sie ihn überfallen hatten.

Als alle Leichen fotografiert, vom Rechtsmediziner begutachtet und in Krankenwagen verfrachtet worden waren, bedankten sich Josie, Noah und ihre Kollegen bei den Hilfssheriffs aus Lenore und verabschiedeten sich. Noah und Josie fuhren gemeinsam in einem Ford-Edge-Dienstwagen zurück. Noah war ungewohnt schweigsam. Josie wusste, dass er sauer war, er strahlte die Wut aus wie Hitzewellen, aber sie fühlte sich zu überwältigt und erschöpft, um ihn aus der Reserve zu locken. Dafür gab es auch keinen Grund: Nach etwa zwanzig Minuten meldete er sich von allein zu Wort.

»Sie haben gegen das Protokoll verstoßen«, sagte er. »Sie sind aus der Formation ausgebrochen und im Alleingang vorgeprescht. Sie hätten dabei draufgehen können.«

Wen juckt 's?, lag Josie auf der Zunge – so düster sah es in ihren Gedanken mittlerweile schon aus. »Oder jemand anderes hätte Ihretwegen draufgehen können«, fuhr Noah fort.

Josie starrte aus dem Fenster, während die von Landstraßen geprägte Gegend immer städtischer wurde, je näher sie Denton kamen. »Tut mir leid«, sagte sie.

»Sie haben einfach nicht genug Abstand«, sagte Noah. »Niemand hat etwas davon, wenn Sie am Rad drehen. Das musste wirklich mal jemand sagen.«

»Was haben Sie jetzt vor?«, fragte Josie.

Ein Geräusch der Frustration drang aus Noahs Kehle. »Die Frage ist doch viel eher, was haben *Sie* jetzt vor?«

Noah würde nie etwas über ihren Kopf hinweg unternehmen. Er würde sie niemals verpfeifen und der Bürgermeisterin in die Karten spielen. Dafür war er viel zu loyal und sie hatten zu viel miteinander durchgestanden. Aber Josie wusste, dass er recht hatte. Ihr fehlte der Abstand, und ihre Verbindung zu beiden Fällen machte sie zu einer Bürde für ihre Kollegen. Sie hatte ihre Gefühle im Griff gehabt, bevor sie der Anblick der Beine in der Kirche aus der Bahn geworfen hatte. Josie schüttelte den Kopf, versuchte, den Gedanken daran loszuwerden und sich zu sammeln.

»Ich werde Mistys Baby und Luke finden«, sagte sie leise.

»Boss ...«

»Ich weiß, ich weiß. Mit jeder Stunde, die vergeht, wird die Chance, dass wir sie lebendig wiedersehen, kleiner und kleiner. Daran kann ich nichts ändern, aber ich kann die Suche auch nicht drangeben. Das wissen Sie.«

»Ich weiß, dass Sie etwas kürzer treten sollten.«

Josie starrte ihn an. Er fuhr mit einer Hand am Lenkrad, während die andere in gleichmäßigem Rhythmus auf seinem Oberschenkel herumtrommelte. »Und was genau tun?«, fragte sie. »Zu Hause Däumchen drehen, mir Sorgen machen und einfach abwarten? Das kann ich nicht. Dazu bin ich schon körperlich gar nicht in der Lage.«

»Das ist mir schon klar«, sagte Noah. »Und das schlage ich auch gar nicht vor. Ich will damit nur sagen, dass Sie beim nächsten Mal vielleicht nicht die Teamführung übernehmen sollten.«

Josie sagte nichts dazu. Wie aufs Stichwort piepte ihr Telefon, und sie rief eine ganze Reihe an Textnachrichten von Deputy Phillips auf. *Haben Ausweise der Jungs gefunden.* Es folgten Bilder von zwei Führerscheinkarten aus New Jersey. Einer der Männer kam aus Atlantic City, der andere aus Absecon. Auch der Ortsname kam Josie bekannt vor. Sie hatte ihn gelesen, als sie eine Karte von New Jersey studiert hatte, nachdem Kavolis auf Lukes Grundstück gefunden worden war. Dann kam ein weiteres Foto, eine Aufnahme eines Streichholzheftchens mit der Aufschrift Oasis Grande Casino Resort. *Schätze, Sie hatten recht, und diese Typen haben wirklich für Dunn gearbeitet.*

Josie schrieb sofort zurück. *Danke für Ihre Hilfe. Wir überprüfen das.*

Sie schickte Gretchen eine Nachricht und fragte sie, wo Dunn und seine Bodyguards steckten.

»Was ist los?«, fragte Noah.

»Wir konfrontieren Eric Dunn.«

»Boss, ich glaube nicht, dass ...«

Gretchens Antwort kam innerhalb von Sekunden. »Ich habe nicht gefragt, was Sie glauben«, sagte Josie. »Er ist in den Flats. Auf gehts.«

44

Die Flats waren eine Gegend am südlichsten Punkt von Denton, ein karger Landstreifen zwischen der Fernstraße und dem nahe gelegenen Arm des Susquehanna Rivers. Es gab nur eine einzige Zufahrtsstraße, die mehrmals im Jahr überflutet wurde. Über Jahrzehnte hinweg hatten Stadtentwickler versucht, das Gebiet zu bebauen, aber die Projekte wurden fast alle nach der dritten oder vierten Überschwemmung abgeblasen. Ein Nachtklub hatte ein paar Monate überlebt und war dann einige Jahre später in ein Kino umgewandelt worden, das auch nur unwesentlich länger bestanden hatte. Dann war irgendjemand auf die glorreiche Idee gekommen, Luxusapartments in den Flats zu errichten. Das halb fertige fünfstöckige Gebäude stand immer noch wie eine Kommode ohne Schubladen gegenüber dem alten Kino.

Obwohl der Kasinodeal noch nicht in trockenen Tüchern war, hatte Eric Dunn bereits die Genehmigung erhalten, ein Hotel auf dem Baugelände zu errichten, und neben dem unfertigen Wohnkomplex waren Baumaterialien und Geräte abgestellt worden. Josie erkannte verschiedene Bagger und einen großen Tieflader mit einem Teleskoplader auf der Ladefläche, mit dem Arbeiter und Geräte vom Boden in die mittleren Stockwerke des Gebäudes gehoben werden konnten. Ein Teil der Ausrüstung war bereits mit dem Kran in die oberen Stockwerke gehoben worden. Auch von unten konnte Josie mehrere Paletten mit Holz, Stahlträger, Heizungsrohre aus Metall und einige Klimaanlagenbauteile erkennen. Arbeiter waren allerdings keine zu sehen, und Josie fragte sich, ob Dunn nach dem Fiasko mit dem Gebäudeeinsturz in Philadelphia möglicherweise Probleme hatte, Bauunternehmer zu finden, die für ihn arbeiten wollten. Vielleicht bremste ihn seine Erfolgsbilanz aus schlecht gesicherten Baustellen und der Nichtbezahlung seiner Arbeiter endgültig aus.

Dunn und seine vier Männer standen um einen schwarzen Yukon herum, der neben dem Gebäude geparkt war. Dunn schaute nach oben, zeigte auf verschiedene Materialien und sprach angeregt. Allerdings stand er für Josie und Noah außer Hörweite. Sie parkten ein paar Meter neben dem Yukon und stiegen aus dem Wagen. Als sie auf die fünf Männer zugingen, spürte Josie, wie sich ihre Nackenhaare aufstellten. Einen Moment lang fragte sie sich, ob wohl jemand von ihnen eine Waffe ziehen würde. Dieser unvollendete Ort hatte etwas Gesetzloses an sich, und Dunn war ohnehin unberechenbar. Josie hatte zwei Streifen angefordert und sie damit beauftragt, sich gemeinsam mit Gretchen an der Einmündung der Zufahrtsstraße zu positionieren, für den Fall, dass sie Verstärkung brauchten. Nur zur Sicherheit.

Dunn unterbrach seinen Vortrag und feixte Josie entgegen. Sein Blick wanderte ihren Körper auf und ab; er begrapschte sie förmlich durch seine Augen. »Was wollen Sie hier?«, fragte er. »Das hier ist Privatgelände.«

Josie hielt ihm ihre Dienstmarke unter die Nase. »Ich bin die Polizeichefin. Das hier ist mein Zuständigkeitsbereich, und wir müssen miteinander reden.«

Dunn kreuzte die Arme vor der Brust und nickte mit dem

Kinn in Richtung Noah. »Wie wäre es, wenn meine Sekretärin Ihren Sekretär kontaktiert?«

»Sehen Sie sich vor«, sagte Noah.

Dunn lachte. »Ich würde lieber sehen, wie Sie beide sich rumdrehen, wieder in Ihren Wagen steigen und abdampfen. Wenn Sie etwas mit mir zu besprechen haben, können Sie sich mit meinen Anwälten in Verbindung setzen.«

»Oder wir beenden den Affenzirkus hier, Sie hören auf, sich hinter Ihren Anwälten zu verstecken, und sagen uns, wo Misty Derossis Baby und Luke Creighton sind«, schnauzte Josie zurück.

Dunn starrte sie mit zusammengekniffenen Augen ein paar Sekunden lang abschätzend an, bevor er sagte: »Sie haben richtig Feuer im Arsch, oder?« Und an Noah gewandt fügte er hinzu: »Ich wette, in der Kiste hat sie ́s richtig drauf, hm?«

Aus dem Augenwinkel sah Josie, wie Noahs Gesicht feuerrot anlief. Sie schüttelte den Kopf, um ihm zu signalisieren, dass er die Klappe halten sollte. »Hören Sie damit auf, meine Zeit zu verschwenden«, sagte sie zu Dunn. »Wollen Sie den ganzen Tag hier herumstehen und Blödsinn verzapfen oder lieber gleich zur Sache kommen?«

Sie glaubte, ein dumpfes Lachen von einem der Bodyguards zu hören, aber das wurde sofort wieder abgewürgt. Josie hielt Dunns Blick stand, bis er fragte: »Was wollen Sie?«

»Sie wissen genau, was ich will. Ich habe zwei Vermisstenfälle von großem öffentlichen Interesse - ein Baby und ein Staatspolizist – und alle Hinweise laufen bei Ihnen zusammen. Deshalb bin ich hier. Wie gedenken Sie, die Angelegenheit zu regeln?«

»Alle Hinweise, ja? Was für Hinweise sollen das sein? Ein paar ehemalige Angestellte, die tot in Ihrer Stadt herumliegen?«

»Mehr als nur ein paar.«

Josie holte ihr Smartphone heraus und suchte die Fotos der Führerscheine hervor, die Deputy Phillips ihr geschickt hatte.

»Diese Typen hier sind ebenfalls tot. Schusswunden. Wir haben sie versteckt in einer verlassenen Kirche in der Nähe von Fairfield gefunden. Aber ich schätze, die kennen Sie auch nicht, oder?«

Irgendetwas in seinem Blick veränderte sich. Josie hätte schwören können, dass sie einen Anflug von Überraschung bemerkt hatte. Vielleicht sogar Panik – oder beides? Er sammelte sich sofort wieder, schluckte, wandte den Blick von Josies Handybildschirm ab und schaute ihr direkt ins Gesicht. »Ich kenne sie nicht. Ich weiß nicht, warum Sie sich so an mir festbeißen, aber ich habe nichts mit Ihren Vermisstenfällen zu tun. Ich versuche nur, hier ein Kasino zu bauen. Das ist alles. Vielleicht sollte ich mich mal mit Tara über Sie unterhalten.«

Josie ignorierte die Warnung. »Was ist denn schiefgelaufen?«

Er lächelte, um die Verwirrung zu überspielen, die sich deutlich auf seinem Gesicht abzeichnete. »Es liegt an Ihrem Stadtrat. Einige Mitglieder halten ein Kasino für keine gute Id...«

»Nicht mit Ihrem Kasino. Was ist mit dem Baby schiefgelaufen? Die Wiege war unbenutzt«, sagte Josie. »Waren Ihre drei Gorillas nicht imstande, ein Neugeborenes mehr als ein paar Stunden lang am Leben zu halten?«

»Ich weiß nicht ...«

»Und was ist mit Luke? Ihre Männer sind tot, und er ist verschwunden. Also, entweder haben Sie ihn umlegen lassen, oder jemand anderes hat Ihre Männer ausgeschaltet und ihn mitgenommen. Welche der beiden Möglichkeiten ist es? Wer könnte wollen, was Sie haben?«

Dunn klappte den Mund zu. In seiner Wange zuckte ein Muskel. Josie drängte ihn weiter. »Vielleicht ist es ja einer Ihrer ehemaligen Angestellten. Die drängeln sich in der letzten Zeit ja förmlich hier in der Gegend. Vielleicht war ja einer davon sauer auf Sie und hat beschlossen, Ihre Pläne zu sabotieren –

wie auch immer die ausgesehen haben mögen. Oder reden wir über jemand anderes? Vielleicht über jemanden, der beim Einsturz Ihres Gebäudes in Philadelphia eine ihm nahestehende Person verloren hat? Sie wissen schon, da, wo all diese Leute umgekommen sind?«

Dunn richtete den Finger auf sie. »Sie haben doch keine Ahnung, wovon Sie sprechen.«

»Ach nein?«, erwiderte Josie. »Ist es nicht Ihr Spezialgebiet, Leute verschwinden zu lassen? Zahlt es Ihnen gerade jemand mit gleicher Münze heim? Oder wollen Sie mir etwas anderes sagen? Zum Beispiel, wo ich die Vermissten finde?«

Wieder stach Dunn mit dem Finger durch die Luft in ihre Richtung. »Jetzt hör mir mal zu, du Schlampe ...«

Seine Worte wurden von einem lauten Knarzen irgendwo hoch über ihren Köpfen verschluckt, gefolgt von Geräuschen, die Josie nicht genau einordnen konnte. Zuerst ein Rumpeln, dann ein Kreischen. In diesem Moment warf Noah sich mit seinem ganzen Gewicht auf sie und riss sie zu Boden. Ihre linke Schulter schlug hart auf die Erde und sie schrie unfreiwillig auf. Aus dem Matsch heraus beobachtete Josie, wie eine ganze Reihe an Rohren oben vom Gebäude herabfiel, wie riesige Strohhalme, die wahllos durch die Gegend flogen. Ein Rohr landete mit Getöse auf dem Dach des Yukon und riss ihn fast in zwei Hälften. Dunns Männer gingen zu Boden, einer nach dem anderen zerquetscht oder gepfählt von den herabfallenden Rohren. Es schien gar kein Ende zu nehmen. Dunn selbst stand wie angewurzelt da, mit weit aufgesperrtem Mund, den Blick zum obersten Stockwerk des Gebäudes gerichtet, von dem die Rohre herabfielen. Josie schob Noah zur Seite, der noch immer auf ihr lag, und rappelte sich auf. Bevor sie zu Dunn sprinten konnte, schnappte Noah nach ihrem Fußknöchel und hielt sie fest. Josie fiel wieder zu Boden, landete auf Noah und rollte sich zur Seite, weg von den fallenden Rohren. Dann ertönte ein weiteres lautes Knarzen, und der Boden des fünften Stocks, wo die Rohre gelagert gewesen waren, bog sich durch. Eine große, würfelförmige Klimaanlage stürzte herab.

»Nein!«, schrie Josie.

Sie trat Noah zur Seite und kroch auf Dunn zu, aber es war zu spät. Das Klimagerät fiel schneller als die Rohre, aber fast lautlos. Das einzige Geräusch war das zerbrechender Knochen, als es auf Dunn landete, ihn von den Füßen riss und seinen Unterkörper zerquetschte.

»Nein!«, schrie Josie erneut. Wieder auf den Beinen kraxelte sie zu ihm hinüber und ging in die Hocke. Er starrte zu ihr hinauf, die Augen weit aufgerissen vor Schreck. Die kolossale Klimaanlage hatte ihn vom Becken abwärts unter sich begraben. Das war der richtige Ausdruck, stellte Josie fest, als sie genauer hinschaute, denn Dunns untere Hälfte war förmlich in den Boden gestampft worden. Sie unterdrückte den aufsteigenden Brechreiz, berührte Dunns Schulter und schaute ihm ins Gesicht. »Wo sind sie?«, fauchte sie.

Dunns erschrockenes Starren wich einem ängstlichen, flehenden Blick. Er blinzelte und öffnete den Mund, als wollte er etwas sagen, aber kein Laut kam über seine Lippen.

In der Ferne hörte Josie das Heulen von Sirenen und aus dem Augenwinkel nahm sie Blaulicht wahr. Noah tauchte hinter ihr auf. »Boss!«

»Wo sind sie?«, brüllte Josie Dunn an. »Gott, verdammt! Was haben Sie mit ihnen gemacht? Victor Derossi und Luke Creighton. Wo *sind* sie?«

Sie spürte Noahs Hand auf ihrer Schulter. »Boss, kommen Sie da weg.«

Josie stemmte sich mit beiden Händen gegen die Klimaanlage und versuchte zu drücken, aber genauso gut hätte sie versuchen können, mit bloßen Händen einen Kontinent zu verrücken. »Helfen Sie mir«, sagte sie über die Schulter. »Helfen Sie mir!« Und dann, an Dunn gerichtet: »Wo sind Luke und das Baby?«

»Boss«, sagte Noah. »Sie können ihm nicht mehr helfen. Kommen Sie. Wir wissen nicht, was da oben noch herumliegt. Es sieht so aus, als würde das ganze Stockwerk in sich zusammenbrechen.«

»Wo sind Luke und das Baby?«, rief Josie und beugte sich wieder über Dunns Gesicht.

Sie konnte sehen, wie er entschwand. Es sah aus, als würde der Leuchtfaden einer Glühbirne erlöschen, bis nichts übrig blieb als eine leere Glaskugel. »Nein!«, schrie Josie. »Wo sind sie?«

Noah griff mit beiden Händen unter ihre Achseln und zog sie fort. Josie wehrte sich mit Händen und Füßen. Im obersten Stockwerk des Gebäudes rutschte eine Palette mit Bauholz auf die Stelle zu, an der sich der Boden durchgebogen hatte. Sie stürzte in die Tiefe und brach in der Luft auseinander. Bretter segelten rings umher. Josies Körper hörte auf, sich zu wehren. Noah machte einen letzten Satz und brachte sie beide hinter ihrem Wagen in Sicherheit, während die Bretter in alle Richtungen schossen. Sie hörten es mehrmals knallen, als einige von ihnen auf dem Autodach landeten. Hinter ihnen tauchten die beiden Streifen und Gretchen in ihrem Chevy Cruze auf. Alle stiegen aus ihren Wagen und verschanzten sich mit gezogenen Waffen hinter den offenen Autotüren, wie in Erwartung eines Schusswechsels.

Noah stand auf und winkte ihnen zu.

»Ihr könnt die Waffen runternehmen«, rief er. »Es ist niemand mehr übrig.«

Josie ließ es zu, dass er ihr aufhalf. Von ihrem sicheren Standort hinter dem Wagen aus starrte sie ungläubig auf das Bild der Zerstörung, das sich ihr bot. Ihre Kollegen steckten die Waffen zurück in ihre Holster und traten näher heran.

»Was zur Hölle ist hier passiert?«, fragte Gretchen.

»Sie sind tot«, krächzte Josie. »Sie sind alle tot.«

45

CBS 3 – Philadelphia
Bucks County
23. Juli 2017

Jugendliche stirbt bei tragischem Campingunfall

Behörden zufolge stürzte im Laufe der letzten Nacht ein
großer Ast auf ein Zelt, wobei ein fünfzehnjähriges Mädchen
ums Leben kam. Jessie Kanagie aus Philadelphia hatte mit
ihrer Familie über das Wochenende einen Platz auf dem
Cherrydale-Campingplatz gebucht. Der Notruf wurde gegen
7:30 Uhr am Sonntag getätigt. Die Feuerwehr zerteilte und
entfernte den Ast, aber Kanagie konnte nur noch tot aus dem
Zelt geborgen werden.

»Es war ein unglücklicher Unfall«, sagte der Einsatzleiter.
»Besonders tragisch.«

In der letzten Zeit gab es in der Umgebung keine Stürme,
aber Experten gehen davon aus, dass der Ast schon morsch

gewesen sein könnte und ein wenig Wind ausgereicht hatte,
um ihn abbrechen und auf das Zelt des Mädchens stürzen zu
lassen. Kanagies Vater und Bruder schliefen in einem Zelt
ganz in der Nähe, geben aber an, nichts gehört und den
Unfall erst am Morgen bemerkt zu haben, als sie das
zerstörte Zelt vorfanden. »Wir sind am Boden zerstört«, sagte
Mr. Kanagie. »Das war ein Kurzurlaub. Es sollte eine schöne
Erfahrung werden.« Die Jugendliche war erst kürzlich wegen
Brandstiftung vor dem Jugendgericht angeklagt und gegen
Kaution freigelassen worden.

46

Dr. Anya Feist schüttelte nur den Kopf, als sie die Szenerie betrachtete. Der Bereich, in dem die Leichen lagen, war abgesperrt worden. Nachdem sie sich beruhigt hatte, hatte Josie wieder die Initiative ergriffen. Sie wollte auf keinen Fall, dass ihre Kollegen erleben mussten, wie sie die Nerven verlor, wenngleich ihr genau danach zumute war. Aber den Luxus konnte sie sich nicht leisten. Sie rief einige Ingenieure und Baufirmen an und bat darum, ein paar Gutachter herauszuschicken, die den Ort des Geschehens einschätzten, bevor sie ihrem eigenen Team erlaubte, das Gelände zu betreten, den Tatort zu sichern und die Leichen fortzuschaffen. Es hatte etwa eine Stunde gedauert, bis die Experten sich sicher waren, dass keine Gefahr mehr drohte. Sehr viel längere Zeit würden sie dafür brauchen, herauszufinden, was in Herrgottsnamen schiefgelaufen war.

Als Josie die Erlaubnis bekam, den Tatort untersuchen zu lassen, rief sie die Spurensicherung und die Gerichtsmedizinerin. Nun stand Dr. Feist neben ihr und schaute ebenso fassungslos drein, wie Josie sich fühlte. »Sie scheinen wirklich einen Narren an mir gefressen zu haben, oder?«, fragte Dr. Feist.

»Nein«, erwiderte Josie mit ausdruckslosem Gesicht. »Wirklich nicht.«

Die Medizinerin hob eine Augenbraue. »Und ich dachte immer, mit mir ließe es sich gut aushalten.«

Josie wusste, dass sie lächeln oder irgendeinen witzigen Spruch zurückgeben sollte, aber sie konnte sich nicht dazu durchringen. Wie auf Autopilot hatte sie Anrufe getätigt und Kommandos gebrüllt, aber dabei war ihr Blick immer wieder zum Massaker gewandert. Ihr letztes Band zu Luke und Mistys Baby war durchschnitten worden.

Sie spürte Dr. Feists warme Finger auf ihrem Unterarm. »Hey, Chief. Alles in Ordnung mit Ihnen?«

Josie wandte den Blick ab. Einige Bauarbeiter hatten damit begonnen, mit einem Kran die Rohre und die Klimaanlage anzuheben, um überhaupt an die Leichen heranzukommen. Aus Dr. Feists Miene sprach ehrliche Sorge. »Mir gehts gut«, murmelte Josie.

»Haben Sie sich den Kopf angestoßen?«, fragte Dr. Feist.

»Nein, mir gehts gut.«

Die Ärztin legte die Finger auf die Innenseite von Josies Handgelenk. »Ihr Puls rast«, stellte sie fest. Als sie die Rückseite ihrer Hand an Josies Stirn hielt, wich Josie einen Schritt zurück. »Wirklich, Doc, mir gehts gut.«

Dr. Feist lächelte matt. »Körperlich vielleicht.«

»Ich muss mal telefonieren«, sagte Josie schroff. Sie ließ Dr. Feist stehen und bahnte sich ihren Weg durch Fahrzeuge und Mitarbeiter, bis sie Noah fand, der eine grobe Skizze des obersten Stockwerks betrachtete, die einer der Ingenieure angefertigt hatte. »Ich nehme Gretchens Wagen«, sagte sie zu ihm. »Bleiben Sie hier, bis alles abgewickelt ist?«

Bevor er auch nur den Mund aufmachen konnte, um eine Frage zu stellen, war sie schon weitergegangen. Der Schlüssel von Gretchens Wagen steckte im Schloss. Josie setzte zurück, wendete und fuhr davon. Der Weg zum Friedhof, auf dem Ray begraben lag, war nicht weit. Es war ein kleiner Friedhof, einer der jüngeren in Denton. Josie mochte ihn, weil er gut gepflegt wurde, was die Leute allerdings nicht davon abgehalten hatte, Rays Grabstein mutwillig zu beschädigen.

Als sie im Dämmerlicht auf das Grab zutrat, konnte sie nicht voneinander zu unterscheidende Graffiti über seinem Namen ausmachen. Wenigstens roch es nicht nach Urin, wie beim letzten Mal. Sie konnte den Vandalen keinen Vorwurf machen, schließlich hatte sie selbst Rays Vertrauensbruch noch nicht ganz verkraftet. Jetzt war sie allerdings nicht gekommen, um den Mann zu besuchen, der nichts unternommen hatte, als unschuldige Mädchen missbraucht und getötet worden waren. Sie wollte ihren Kindheitsfreund besuchen, ihre Jugendliebe, den Mann, für den sie so viel empfunden und den sie schließlich geheiratet hatte. Einen Mann, den sie trotz allem für nett und anständig hielt. Sie wünschte, er wäre noch am Leben. Was würde er ihr jetzt wohl sagen? Was würde er sagen, wenn er wüsste, dass das Baby, nach dem sie suchten, möglicherweise sein Sohn war?

Hatte er überhaupt jemals Kinder haben wollen? Das Thema musste irgendwann auch zwischen ihm und Misty aufgekommen sein, andernfalls hätte Misty niemals gewusst, dass sie nach seiner Samenspende suchen konnte. Josie hatte nicht viel Zeit gehabt, sich den Kopf darüber zu zerbrechen, was es für Misty bedeuten musste, ein Kind zur Welt zu bringen, dessen Vater nicht nur nicht mehr lebte, sondern in seiner eigenen Stadt verhasst war.

»Tut mir leid, Ray«, flüsterte Josie und ging im Gras vor seinem Grabstein in die Hocke. Sie starrte auf seinen Namen und verfluchte ihn zum tausendsten Mal für das, was er getan hatte, und dafür, dass er sie damit allein gelassen hatte, mit allem fertig zu werden.

Um sie herum brach die Nacht herein und die Luft wurde schlagartig kühler. Josie blieb sitzen, bis sie sich klamm fühlte, und ließ sich die Ereignisse der letzten Tage wieder und wieder durch den Kopf gehen. Sie versuchte, herauszufinden, ab welchen Punkt alles schiefzulaufen begonnen hatte. Hätte sie irgendetwas anders machen können? Hätte sie die Angelegenheit mit Dunn direkt abhandeln können? Ihn ins Gefängnis stecken und von seinen Anwälten freikaufen lassen, nur, um ihm einen Schrecken einzujagen? Schon beim Gedanken an diese Option war Josie klar, dass es nichts genützt hätte. Dunn hätte sich von niemandem Angst einjagen lassen. Vielleicht war das sein Untergang gewesen.

Irgendwo in der Ferne hinter Rays Grab leuchtete eine Taschenlampe auf. Leise nahm Josie ihre Waffe aus dem Holster, hielt sie in ihrem Schoß bereit und wartete reglos ab. Zuerst sah es nicht so aus, als ob der Schein auf sie zuhielt, dann machte der Lichtkegel eine ruckartige Bewegung nach oben und Josie hörte ein leises »Scheiße«. Es war eine Frauenstimme, die ihr sehr bekannt vorkam.

»Boss?«

Josie stieß den Atem aus. Ihr war gar nicht bewusst gewesen, dass sie die Luft angehalten hatte. Sie steckte ihre Waffe zurück ins Holster und rief: »Hier drüben, Gretchen.«

Der Lichtkegel wanderte in Josies Richtung. Sie hob die Hand vor die Augen, als er sie blendete. Dann richtete Gretchen die Taschenlampe direkt nach oben auf ihr eigenes Gesicht. »Entschuldigung«, sagte sie. Vor Josies Augen erschien eine Flasche. »Noah meinte, Sie würden das Zeug gern mögen.«

Es war Wild Turkey. Josie nahm ihn an und Gretchen ging in die Hocke, legte die Taschenlampe so zwischen ihnen ins Gras, dass sie ihr Licht nach oben verströmte und die beiden Frauen einander ansehen konnten. »Woher wussten Sie, dass ich hier bin?«, fragte Josie.

»Noah hat gesagt, Sie kämen manchmal hierher.«

»Das hat er gesagt?« Josie war überrascht. Eigentlich sprach sie nie darüber. Nicht einmal Luke wusste, dass sie immer noch hierherkam – geschweige denn, wie oft.

Als könnte sie ihre Gedanken lesen, sagte Gretchen: »Er macht sich nur Sorgen um Sie. Wie viele andere Kollegen, wissen Sie?«

»Was meinen Sie damit?«

Gretchen zuckte die Schultern. »Ich meine, es ist nicht so, dass irgendjemand denken würde, dass Sie nicht fit wären. Es möchte nur niemand, dass Ihnen etwas zustößt. Sie haben bereits einen Chief verloren und wollen nicht, dass noch ein weiterer hinterhergeht. Sie respektieren Sie. Nach allem, was Sie auf diesem Berg geleistet haben, sind Sie ein bisschen so etwas wie eine Heldin.«

Josie kreiste mit dem Zeigefinger um den Deckel des Wild Turkey und seufzte. »Ich fühle mich nicht wie eine Heldin«, sagte sie. »Das habe ich damals nicht, und heute tu ich es erst recht nicht.«

Einen Augenblick herrschte Stille zwischen ihnen. Dann fragte Josie: »Warum sind Sie hier?«

»Ich dachte, es interessiert Sie vielleicht, dass die vorläufige Bewertung der Ingenieure von Dunns Baustelle so ausgefallen ist, dass es offenbar kein Unfall war.«

Josie spürte, wie sich ihre Kehle zuschnürte. »Sie meinen, da war irgendjemand?«

Gretchen nickte. »Sieht so aus, als hätte jemand die Balken angesägt, um die Stabilität des Bodens zu beschädigen, und dann mit einem kleinen Gabelstapler den ganzen Kram an die instabilste Stelle geschafft ...«

»Da oben war ein Gabelstapler?«, fragte Josie.

»Ja, und die Riemen, mit denen die Rohre hätten befestigt sein müssen, waren auch durchgeschnitten. Viel mehr als einen kleinen Schubs hat es dann nicht mehr gebraucht, um die

Rohre zum Fallen zu bringen. Und als der Boden erst anfing, sich durchzubiegen ... na ja, den Rest der Geschichte kennen Sie ja.«

Josie öffnete den Schraubverschluss des Wild Turkey und schnupperte daran, nahm aber keinen Schluck. »Also war vermutlich jemand dort oben, als wir unten standen?«

»So sieht es aus.«

Josie versuchte, sich in Gedanken ein Bild der Flats zu machen. Theoretisch konnte jemand zu Fuß dorthin gegangen sein, sogar unbemerkt über die Schnellstraße und den Hügel hinter den Gebäuden hinunter. Während des verursachten Tumults hätte derjenige ebenso unbemerkt wieder verschwinden können, und niemand wäre auch nur einen Deut klüger. In der ganzen Gegend gab es keine Kameras, und somit war es der perfekte Ort, um einen Unfall zu inszenieren. Das bedeutete aber auch, dass es abgesehen von Josie und ihren Kollegen noch jemand auf Dunn abgesehen hatte.

»Sie folgen Dunn doch seit zwei Tagen«, sagte Josie. »Ist Ihnen aufgefallen, ob sich noch jemand an seine Fersen geheftet hatte?«

»Nein, aber darauf habe ich auch nicht speziell geachtet.«

Josie wusste, dass viele Leute gute Gründe dafür hatten, Dunn tot sehen zu wollen. Aber warum genau jetzt? Und warum dort?

»Es ist auch nicht sonderlich hilfreich, dass Dunn ständig gepfuscht hat, wo er konnte, um Zeit oder Geld zu sparen«, fuhr Gretchen fort. »Die Ingenieure werden noch eine ganze Weile mit der Untersuchung beschäftigt sein. Sie erstellen einen kompletten Bericht, wenn sie fertig sind.«

»Und das bringt mir absolut gar nichts«, sagte Josie ausdruckslos. »Es hilft mir nämlich nicht dabei, Luke oder Mistys Baby zu finden.« Sie nahm einen großzügigen Schluck vom Wild Turkey und schraubte die Flasche dann wieder zu.

Der Bourbon brannte in ihrer Kehle und wärmte ihren Magen. Sie bot Gretchen die Flasche an, aber die lehnte ab.

»Tut mir leid, Boss«, sagte sie.

Josie nickte und wandte den Blick von ihrer Kollegin ab. »Ich wäre jetzt gerne allein, Detective Palmer«, sagte sie.

Gretchen wartete einen Augenblick, aber als Josie nicht mehr sagte, stand sie auf und schüttelte die steifen Beine. »Wollen Sie meine Taschenlampe hierbehalten?«, fragte sie.

»Nein«, sagte Josie. »Aber danke.«

Gretchen griff nach der Lampe. »Sie wissen ja, wo Sie mich finden«, sagte sie zu Josie, bevor sie verschwand.

Josie lauschte ihren Schritten zwischen den Grabsteinen hindurch, bis sich die Stille der Nacht wieder über sie legte. Sie nahm einen weiteren brennenden Schluck vom Wild Turkey, bevor sie sich auf der Seite zusammenrollte, die Augen schloss und versuchte, ihre Gedanken davon abzuhalten, nur um den Anblick von Lukes leblosem Körper und die Frage, was Dunns Schlägertypen ihm und Mistys Baby angetan haben mochten, zu kreisen. Vergeblich. Josie war kurz davor, die halbe Flasche Bourbon herunterzukippen, als ihr Handy mehrere Male klingelte. Sie fischte es aus der Tasche und blinzelte, als das helle Licht des Bildschirms ihr Sichtfeld flutete. Es war Carrieann. Bestimmt hatte sie in den Nachrichten von Dunns verfrühtem Ableben erfahren. Mit einem tiefen Seufzer nahm Josie den Anruf an. Zunächst hörte sie nur Geraschel. »Carrieann«, rief sie ein paar Mal, bekam aber keine Antwort.

Gerade überlegte sie, ob Carrieann sie versehentlich angerufen hatte, als ihre gedämpfte Stimme durch die Leitung drang. »Josie«, flüsterte sie. »Hier ist jemand.«

Josies Rückgrat kribbelte. »In meinem Haus?«

»Nein, bei Luke. Ich war hergefahren, um ein bisschen Ordnung zu schaffen, aber ich glaube, hier ist jemand. In beiden Etagen brennt Licht.«

»Wo bist du jetzt?«

»Ich bin wieder zurück zur Straße gefahren. Ich warte am unteren Ende der Auffahrt in meinem Truck.«

Josie war bereits auf dem Weg zu ihrem Fahrzeug. »Sieh zu, dass du Land gewinnst. Ich bin schon auf dem Weg. Ich rufe ein paar Streifen zur Verstärkung.«

47

Carrieann hatte recht gehabt. Weniger als eine halbe Stunde später standen Josie und Noah zwischen den Bäumen neben Lukes Auffahrt und spähten zum Haus hinauf. Das Wohnzimmerfenster war hell erleuchtet, und dem zuckenden Licht an dem sichtbaren Teil der Wand nach zu urteilen, lief außerdem der Fernseher. Im Obergeschoss brannte Licht im Schlafzimmer und im Bad.

»Es steht kein Auto in der Einfahrt«, stellte Noah fest. »Abgesehen von Lukes Truck natürlich, aber der stand schon vorher hier.«

»Genau«, sagte Josie. »Trotzdem ist definitiv jemand hier.«

»Aber wer?«

»Keine Ahnung«, murmelte sie. »Aber wir werden es herausfinden.«

Hinter ihnen warteten drei andere Polizisten in der Dunkelheit, legten ihre schusssicheren Westen an und überprüften ihre Waffen. Über den Schotterweg direkt bis vor die Haustür zu fahren, war keine Option. Josie hatte nicht vor, die Person im Haus vorzuwarnen und das Risiko einzugehen, dass sie sich womöglich durch den Hintereingang absetzte – oder noch schlimmer, auf die anrückenden Polizisten losging. Ein vierter Officer kam gerade von einer Erkundungstour an der Seite des Grundstücks zurück. »Ich habe auch hinten nachgesehen«, berichtete er. »Niemand zu sehen, soweit ich das feststellen konnte. Die Scheune ist auch leer.«

»Wunderbar«, sagte Josie. »Legen Sie Ihre Weste an. Wir gehen in drei Zweierteams rein. Ihre Teams kümmern sich um das Erdgeschoss, Lieutenant Fraley und ich gehen direkt nach oben.«

Tief gebückt schlichen sie einer nach dem anderen auf das Haus zu. Ihre Schritte im Gras machten keine Geräusche. Als sie die Veranda erreichten, griff Josie mit schwitzigen Händen nach ihrer Waffe. Neben der Haustür bezogen sie Position. Als Josie das Signal gab, drang das erste Team durch die unverschlossene Tür ins Haus ein. Das zweite folgte, und Josie und Noah bildeten die Nachhut. Die anderen Polizisten bewegten sich rasch und ruhig, fanden das Erdgeschoss aber verlassen vor. Dennoch: Jemand musste sich im Haus aufhalten – oder bis kurz zuvor dort gewesen sein. Im Fernseher im Wohnzimmer liefen die Regionalnachrichten. In der Küche stand ein Teller mit einem halbverzehrten Bagel auf dem Tisch schräg gegenüber den Blutspuren. Ein mit Frischkäse verschmiertes Messer lag in der Spüle.

Aus dem Obergeschoss hörte Josie Wasser rauschen. Sie gab Team eins ein Zeichen, an der Haustür Stellung zu beziehen, und stieg dann, gefolgt von Noah und Team zwei, die Treppe hinauf. Oben angekommen deutete sie den Flur hinunter. Alle vier bewegten sich synchron vorwärts und überprüften einen Raum nach dem anderen. Alle waren dunkel und verlassen. Auch im Schlafzimmer war niemand, obwohl das Licht brannte. Die Badezimmertür war leicht angelehnt und Dampf quoll durch den Spalt.

Josie schaute kurz zurück und fing Noahs Blick auf. Er

bedeutete ihr, vorzugehen. In Josies Ohren begann es zu dröhnen. Sie versuchte, es zu unterdrücken, aber trotzdem wurde sie von einer Welle der Hoffnung ergriffen. Konnte es Luke sein? War er entkommen? Nach Hause zurückgekehrt, um sich erst einmal frisch zu machen? Josie wusste, dass die Vorstellung lächerlich war, aber der Teil von ihr, der sich so sehnlich wünschte, dass dieses Szenario ein gutes Ende fand, konnte nicht anders, als sich zu wünschen, dass Luke auf der anderen Seite der Tür auf sie wartete. Denn wer konnte es sonst sein?

Josie spürte Noahs Hand auf ihrer Schulter und wusste, dass keine Zeit mehr für langes Zögern war. Am besten überraschte sie die Person im Bad, solange sie noch unter der Dusche stand. Josie stieß die Tür auf und trat in den Raum. Noah folgte ihr, und ihr Puls verlangsamte sich ein wenig.

Der Wasserdampf wirbelte um sie herum. Bis auf das Rauschen des Wassers war nichts zu hören. Für den Bruchteil einer Sekunde fragte sich Josie, ob wirklich jemand hier im Raum war. Konnte es eine Falle sein? Wer könnte das hier inszeniert haben? Dunn war tot und hätte schon vor seinem Tod etwas anleiern müssen. Aber warum sollte jemand ihnen in Lukes Haus eine Falle stellen wollen? Wem würde sie gelten? Josie? Der Polizei? Sollte es eine Vergeltung für den Mann sein, den Luke vermutlich an dem Tag getötet hatte, als Dunns Schläger ihn mitgenommen hatten? Nein, entschied Josie. Das hier konnte keine Falle sein. Sie hatten jeden Quadratzentimeter durchkämmt. Hier waren nur noch Josies Team und die Person hinter dem Duschvorhang.

Josie streckte die Hand aus, zog den Vorhang zurück und rief: »Polizei!«

Mit einem lauten Kreischen griff Kim Conway nach dem Duschvorhang, riss ihn dabei komplett vor der Stange, und hielt ihn vor ihren entblößten, eingeseiften Körper. Die Hand auf die Brust gepresst rief sie: »Oh, mein Gott! Sie haben mich zu Tode erschreckt! Was zum Teufel tun Sie hier?«

Die Anspannung fiel von Josies Körper ab und sie verspürte einen winzigen Anflug von Enttäuschung, weil es nicht Luke war. Sie hob eine Augenbraue. »Die Frage ist doch eher, was zum Teufel *Sie* hier tun? Kim Conway, ich verhafte Sie wegen des Verdachts des Mordes an Denny Twitch.«

48

Josie ließ Kim von einer Polizistin bewachen, bis sie abgetrocknet, angezogen und bereit für den Transport zur Polizeiwache war. Sie so ungezwungen in Lukes Haus zu sehen, fühlte sich unerträglich für Josie an. Ein Teil von ihr versuchte immer noch, Luke zu vertrauen. Er hatte die kleine Schwester seines besten Freundes vor einem Monster beschützt – und Josie musste sich selbst davon überzeugen, dass das alles war.

Eine der Streifen brachte Kim zurück zum Polizeirevier und meldete sie dort an. Josie zweifelte nicht daran, dass die Anklage im Mordfall Denny Twitch fallen gelassen werden würde. Angesichts der Umstände würde Kim locker glaubhaft machen können, in Notwehr gehandelt zu haben, und wie Josie die Bezirksstaatsanwältin kannte, würde diese weder die Zeit noch die knappen finanziellen Mittel des Countys an eine Frau verschwenden, die ohnehin freigesprochen werden würde. Aber Josie brauchte einen Grund, Kim in Untersuchungshaft zu halten, bis sie ihr verraten hatte, was sie brauchte.

Wieder einmal war Josie kurz davor, sich im Verhörraum mit Kim zu unterhalten. Kim trug ein anderes Paar von Lukes Jogginghosen und ein neues T-Shirt, das Josie ihm zu Weihnachten geschenkt hatte. Sie erinnerte sich daran, wie sie und Luke am Weihnachtsmorgen darüber gelacht hatten. Über dem Umriss einer großen Forelle mit weit geöffnetem Maul stand der Spruch: *Auch Männer haben Bedürfnisse ... und mir ist meistens nach Angeln zumute.* Es war das perfekte Geschenk für ihn gewesen. Kim darin zu sehen, fühlte sich wie ein noch größerer Verrat an, als zu wissen, dass sie in Lukes Bett geschlafen hatte.

Als Noah ihr die Hand auf die Schulter legte, zuckte sie zusammen. »Soll ich mit ihr sprechen?«

Josie brachte ein Lächeln zustande. »Nein, ich mach das schon.«

Sie stieß die Tür zum Verhörzimmer auf und merkte mit einem plötzlichen, stechenden Schmerz, dass sie Noah auf keinen Fall in der Nähe von Kim Conway haben wollte. Kim warf Josie einen verdrießlichen Blick zu und kreuzte die Arme vor der Brust. Josie stellte fest, dass ihr Haar immer noch feucht war. Der ganze Raum roch nach *Irischer Frühling*, Lukes Lieblingsseife. Einen kurzen Moment erwog Josie, Kim von Gretchen befragen zu lassen. Aber das würde nur dazu führen, dass Gretchen ins gleiche Horn wie Noah blies und sich ihre Meinung verfestigen würde, dass der Fall für Josie zu persönlich geworden war.

»Wenn Sie mich zu Denny Twitch befragen wollen«, sagte Kim, »dann will ich einen Anwalt sprechen.«

Josie seufzte, trat zum Tisch und nahm gegenüber von Kim Platz. »Ich habe schon einen Pflichtverteidiger kontaktiert. Aber ich bin nicht hier, um über Twitch zu sprechen. Twitch ist mir egal.«

Als sie das sagte, wanderte Kims Blick hinauf zu Josies Gesicht. »Warum sind Sie dann hier?«

»Ich will über Luke sprechen.«

Kim entspannte sich sichtlich. »Tut mir leid, was ihm passiert ist«, murmelte sie.

»Was *ist* ihm denn passiert?«

Kim wandte den Blick ab und starrte stattdessen an die Wand. Josie hatte das Gefühl, als wöge sie genau ab, was sie ihr erzählen konnte, ohne sich selbst in weitere Verbrechen zu verwickeln.

Josie trommelte mit den Fingern auf der Tischplatte herum, um Kims Aufmerksamkeit zu erregen. »Was ich weiß, ist Folgendes: Sie hatten eine Beziehung mit Eric Dunn. Er hat Sie misshandelt. Vielleicht einmal oder zweimal, vielleicht auch öfter. Definitiv war er für die Brandnarben auf Ihrem Rücken verantwortlich und hat Sie so hart ins Gesicht geschlagen, dass Sie sich den Augenhöhlenknochen gebrochen haben.«

Kim machte kugelrunde Augen.

Josie bedrängte sie weiter. »Ich weiß, dass Sie ihn irgendwann verlassen haben. Sie sind nach Denton gekommen, um bei Ihrem Bruder Brady zu wohnen. Sie waren schwanger. In der Nacht, als Brady starb, hat Dunn seinen Schläger Mickey Kavolis vorbeigeschickt, um Sie zurückzuholen. Kavolis hat Brady und Eva erschossen, und entweder Sie oder Luke haben Kavolis in Notwehr erschossen.«

Das Wort »Notwehr« unterstrich Josie mit einem bedeutungsvollen Blick. Sie wollte deutlich machen, dass sie kein Interesse daran hegte, alte Fälle wieder aufzuwickeln – dazu hatte sie ohnehin nicht die Befugnis. Sie wollte nur herausfinden, was Kim wusste.

»Sie und Luke haben Kavolis' Leiche mitgenommen und hinter Lukes Scheune vergraben.«

Kim schnaufte leise.

»Ich bin noch nicht fertig«, sagte Josie. »Luke hat Sie ein paar Monate lang in seinem Haus versteckt. Dann sind Sie zu Misty Derossi gegangen. Misty sagt, dass Sie ihr aus irgendeinem Grund geholfen haben, das Baby zu entbinden. Soviel ich weiß, sind Sie weder Hebamme noch Ärztin, und Misty hatte eigentlich geplant, ihr Kind im Krankenhaus zur Welt zu bringen, also bin ich mir nicht sicher, warum Sie das getan haben – oder was Sie überhaupt bei Misty gesucht haben.«

Kim machte keine Anstalten, sich zu erklären, also fuhr Josie fort. »Irgendwann ist Denny Twitch dort aufgetaucht. Als das Baby geboren war, hat er Misty halb zu Tode geprügelt und ihren Sohn mitgenommen. Ich weiß auch, dass Sie zu Lukes Haus zurückgekehrt sind, nachdem das Baby entführt worden war, bis Dunn noch mehr seiner Schläger geschickt hat, um Sie zu holen. Luke war ebenfalls da, als sie auftauchten. Vielleicht haben sie auch auf ihn gewartet. Jedenfalls hat es einen Kampf gegeben und Luke hat einen von ihnen verwundet. Dann haben sie ihn mitgenommen.«

Kim sagte nichts, sondern kaute auf ihrer Unterlippe herum und schlang die Arme um ihren Körper.

»Aber ein paar Dinge weiß ich *nicht*«, sagte Josie. »Ich weiß nicht, was mit *Ihrem* Baby passiert ist – falls Sie überhaupt schwanger waren. Ich weiß nicht, warum Sie bei Misty Derossi waren oder was Sie von ihr oder ihrem Baby gewollt haben. Ich weiß nicht, warum Dunn Twitch dort vorbeigeschickt hat – sollte er Sie holen oder Mistys Baby oder Sie beide? Ich weiß nicht, was Dunn mit dem Baby anfangen sollte, warum Dunns Männer Luke mitgenommen, aber Sie zurückgelassen haben – es sei denn, Sie hätten sich versteckt, als die Typen bei Luke zu Hause auftauchten. Und vor allem weiß ich *nicht*, wo Luke steckt.«

Eine von Kims Händen wanderten zu ihrem Gesicht hinauf und strich eine Haarsträhne hinter ihr Ohr. »Wie haben Sie …?«

»Es ist mein Job, Dinge herauszufinden«, erklärte Josie.

»Ist … ist Eric wirklich tot? Ich habe es in den Nachrichten gehört, aber ich … es ist kaum zu glauben.«

»Ja«, sagte Josie. »Ich habe gesehen, wie er starb. Er ist wirklich fort.«

Es sah aus, als würde alle Luft aus Kims Körper entweichen. Sie sank auf ihrem Stuhl in sich zusammen, schloss die Augen und flüsterte etwas, das Josie nicht verstand. Konnte es ein Gebet sein? Worte der Dankbarkeit? Dann schlug Kim die Augen wieder auf und sagte: »In Atlantic City gibt es eine Lagerhalle. Ich war noch nie dort, habe aber gehört, wie die Typen sich darüber unterhalten haben. Dort bringen sie die Leute hin. Also die Leute, die nie wieder gesehen werden. Die genaue Adresse kenne ich nicht, aber vielleicht verrät sie Ihnen ja einer von Erics Angestellten, jetzt wo er tot ist. Sie sollten die Polizei in Atlantic City kontaktieren. Vielleicht haben sie Luke dorthin gebracht.«

Josie schüttelte den Kopf. »Nein, das haben sie nicht.«

»Woher wissen Sie das?«

»Sie haben ihn ganz in der Nähe festgehalten. Als wir dort eintrafen, war Luke weg und Dunns Männer tot.«

»Also ist er nicht ... er ist nicht ...«

»Wir wissen nicht, wo er ist«, sagte Josie. »Oder ob er noch lebt. Sie waren doch eine Weile lang mit Eric Dunn zusammen. Ich muss wissen, wer es auf ihn abgesehen haben könnte. Wer gewusst haben könnte, wo er Luke festhielt, und wütend genug war, seine Schläger zu töten und Luke mitzunehmen.«

Kim erschauderte. »Oh, wow. Ich weiß nicht. Eric hat sich so einige Feinde gemacht. Sie haben ja keine Ahnung, wie er war.«

»Ich glaube, ich habe mir ein recht genaues Bild machen können.«

Von einer plötzlichen Gefühlsregung ergriffen, knautschte sich Kims Gesicht zusammen und Tränen stiegen ihr in die Augen. »Nein«, sagte sie. »Sie haben keine Ahnung. Eric hat Mickey nicht nur zu Bradys Haus geschickt, um mich zurückzuholen, sondern um mir eine Lektion zu erteilen. Ich war oben, als er Brady und Eva erschossen hat. Er sollte es wie einen erweiterten Suizid aussehen lassen und mich dann mitnehmen. Eric wollte, dass Brady und Eva starben, damit mir kein Zufluchtsort mehr blieb. Zu meiner Mom wäre ich anschließend auch nicht geflohen, aus Angst, dass er auch sie erschießen würde. Luke ist aufgetaucht, bevor er seinen Auftrag beenden konnte. Ich war gerade die Treppe heruntergekommen und habe geschrien. Brady und Eva waren tot. Dann hat Luke Mickey die Waffe abgenommen und ...«

»Also hat Luke Kavolis umgebracht«, sagte Josie. Sie konnte sich nicht vorstellen, wie sehr das an ihm genagt haben musste, vor allem, nachdem er seine Tat vertuscht und sich selbst damit zum Verbrecher gemacht hatte.

Kim nickte. »Es ging alles so schnell. Eric hätte meinen Bruder nicht umbringen lassen müssen, aber er hat es trotzdem getan. Verstehen Sie nicht? Er ist böse. Das Böse in Person.«

»War böse. Er ist fort. Warum waren Sie überhaupt mit ihm zusammen?«

»Im ersten Moment, als ich ihn sah, wollte ich schon weg. Aber niemand entkommt Eric Dunn so einfach. Diese Brandnarben auf meinem Rücken, die stammen von einem Lockenstab, und der Grund war lediglich, dass ich seiner Meinung nach zu lange gebraucht hatte, mich für eine Eröffnungsfeier zurechtzumachen. Er hat mich verbrannt und mich dann gezwungen, Kleid und High Heels anzuziehen und während der ganzen Veranstaltung ein Dauergrinsen zur Schau zu tragen, obwohl ich das Gefühl hatte, als würden die Schmerzen mich umbringen. An dem Abend hat er den Lockenstab das erste Mal benutzt. Und der Augenhöhlenbruch? Das war nur die Spitze des Eisbergs.«

»Das tut mir leid«, sagte Josie.

»Ich habe die Schwangerschaft nur vorgetäuscht«, platzte Kim heraus. »Er hätte mich sonst umgebracht. Ich will nur, dass Sie mich verstehen.«

»Ich höre.«

49

Kim ließ den Blick wieder durch den Raum wandern. Er blieb an der Kamera über der Tür kleben. Dann beugte sie sich über den Tisch und senkte die Stimme. »Letztes Jahr war da doch dieser Gebäudeeinsturz in Philadelphia.«

»Das ist mir bewusst«, sagte Josie und wiederholte, was Trinity ihr erzählt hatte.

»Mein Gott«, sagte Kim. »Sie sind wirklich gründlich.«

Josie ließ das so stehen. »Was hat der Gebäudeeinsturz mit Ihrer vorgetäuschten Schwangerschaft zu tun?«

»Ich hatte ein Video von Eric, wie er einen Typen von der Gemeinde bestochen hat. Und ein Video von einem seiner Vorarbeiter, der ihn davor gewarnt hat, dass einer der Typen, die Eric für den Abriss beauftragt hatte, auf Drogen sei. Daraufhin hat Eric nur erwidert, es sei ihm egal und der Typ solle trotzdem beschäftigt werden. Ich hatte vorgehabt, diese Videos zu benutzen – sie zur Polizei zu bringen und zu fragen, ob sie mich, was weiß ich, ins Zeugenschutzprogramm aufnehmen könnten oder so. Egal was, Hauptsache weg von Eric. Ich meine, aus dem Gefängnis heraus hätte er mir nichts mehr tun können, oder?«

»Was ist mit diesen Videos passiert?«

»Eric hat sie auf meinem Handy entdeckt und gelöscht. Er war kurz davor, mich zu töten. Erst zu foltern, dann umzubringen. Also habe ich ihm gesagt, ich sei schwanger. Ich wusste nicht, wie ich sonst noch Zeit hätte herausschinden sollen. Ihn aufhalten können. Ich wusste, dass er wie besessen davon war, eines Tages einen eigenen Sohn zu haben. Ein richtiges, blutsverwandtes Kind. Wussten Sie, dass er selbst ein Spenderbaby war?«

»Dass seine Eltern eine Leihmutter beauftragt hatten, ist eigentlich allgemein bekannt«, sagte Josie.

Kim schüttelte den Kopf. »Nicht nur eine Leihmutter, sondern auch einen Samenspender. Sein Vater konnte keine Kinder zeugen. Erics Mutter wollte sichergehen, dass er sich nicht von ihr scheiden ließ, wie von all ihren Vorgängerinnen. Und das beste Bindemittel war eben dieses Kind. Sie hat ihn davon überzeugt, einen Erben zu brauchen.«

»Woher wissen Sie das alles?«, fragte Josie.

»Eric hat es mir erzählt. Er hat es in der Highschool herausgefunden, und das hat ihn ziemlich aus der Bahn geworfen. Er hatte wirklich einen Komplex, was das Thema anging. Seine Mutter hat nicht mit der Sprache herausgerückt, wer seine leiblichen Eltern waren, und der Stachel saß ganz schön tief. Als er gesagt hat, dass er mich umbringen würde – und ich wusste, dass er es dieses Mal ernst meinte, immerhin hatte ich ihn wirklich verraten – habe ich also gesagt, ich sei schwanger.«

»Und er wollte das Baby?«

Kim nickte. »Genau. Ich denke, er hätte mich trotzdem irgendwann umgelegt, aber das Baby, sein leibliches Kind, war ihm wirklich wichtig.«

Josie hob eine Augenbraue. »Dunn hat auf mich nicht gerade einen fürsorglichen Eindruck gemacht oder als hätte er irgendein Interesse daran, Vater zu werden.«

»Oh, das war er auch nicht. Er wäre kein Bilderbuchvater

geworden oder so. Sie müssen wissen, dass es Eric immer darum ging, Dinge zu erreichen. Er hat immer bekommen, was er wollte, und dieses Baby wollte er, weil es seins war. Das hätte er niemand anderem gegönnt.«

»Sie haben sich dann also im Haus Ihres Bruders versteckt?«

Kim nickte wieder. »Ja. Seine Frau konnte mich nicht sonderlich gut leiden, also habe ich den beiden auch die Lüge mit der Schwangerschaft aufgetischt. Genau wie Eric habe ich ihnen gesagt, dass ich noch ganz am Anfang sei, also musste ich mir noch keine Gedanken machen, weil man nichts erkennen konnte.«

»Aber irgendwann hätten sie es ja herausgefunden, wenn Ihr Bauch nicht dicker geworden wäre«, stellte Josie fest.

Kim zuckte die Schultern. »Na ja, schon. Brady und Eva zumindest. Ich glaube, als nach ungefähr zwei Monaten noch nichts zu sehen war, hat Eva schon Verdacht geschöpft. Ich wollte eigentlich eine Fehlgeburt oder so was vortäuschen. Richtig klare Gedanken konnte ich ohnehin nicht fassen, ich wollte einfach nur weg von Eric. Das ganze Problem mit der Scheinschwangerschaft hatte ich erst einmal verdrängt. Dann kam Kavolis vorbei und ...« Sie schloss die Augen und erschauderte. »Ich wollte nicht, dass Brady und Eva etwas passiert. Das Problem war, dass Eric nicht wusste, dass ich alles nur vorgetäuscht hatte. Als ich von ihm weglief, glaubte er, ich sei im zweiten Monat. Das war im März. Als er Kavolis dann im Mai nach mir geschickt hat, hätte ich im vierten Monat sein müssen. Aber Kavolis hat mich nicht zurückgebracht.«

»Also muss Dunn davon ausgegangen sein, dass Sie in den letzten Wochen entbunden haben.«

»Genau.«

Josies Gedanken fuhren Karussell. Sie lehnte sich auf ihrem Stuhl zurück. »Dunn hat also wirklich mit einem Baby gerechnet. Und dieses Mal hat er Twitch geschickt. Der hat Sie bei Misty Derossi aufgestöbert.«

»Denny hat nach mir und dem Baby gesucht.«

»Aber er hat nicht Sie mitgenommen, sondern Mistys Baby. Wusste er, dass Victor Derossi nicht Ihr Kind war?«

Kim wandte den Blick ab. »Ich denke schon. Ich meine, ich habe versucht, ihm zu sagen, dass das Baby nicht meins war, aber er hat mir nicht geglaubt. Misty hat auch versucht, es ihm zu sagen, aber nur vor die Fresse bekommen. Sie hat sich wirklich heftig gewehrt, aber er war zu stark. Ich habe ihm gesagt, er soll mich mitnehmen und nicht das Baby, aber er meinte, Eric werde ihn umbringen, wenn er nicht mit einem Baby zurückkäme. Denny war scheißegal, wessen Baby es war, solange er nur eines mitbrachte. Er sagte, Eric würde es nicht merken.«

»Und er hat Sie dort gelassen.«

Kim schlug die Augen nieder. »Denny und ich ... wir hatten mal was miteinander.«

»Was genau?«

Kim erwiderte Josies Blick und hob eine Augenbraue. »Wir haben miteinander geschlafen, okay? Hinter Erics Rücken.«

»Hat Eric das jemals herausgefunden.«

Kim lachte trocken auf. »Machen Sie Witze? Eric hätte uns beide foltern und umbringen lassen. Nein, er hat nie davon erfahren, und Denny war Eric gegenüber immer loyal, aber ich habe mich auf unsere frühere Beziehung berufen und ihn gebeten, mich gehen zu lassen. Denny hat versprochen, er würde Eric gegenüber behaupten, mich nie gesehen zu haben. Aber er meinte auch, dass Eric ihn wieder auf mich ansetzen würde. Er hatte genauso viel Angst vor ihm wie ich. Ein paar Tage hat er mir gegeben. Zu der Zeit war ich immer noch auf der Suche nach einem Ausweg aus der Misere – wie ich von Eric wegkommen und gleichzeitig Mistys Baby zurückbekommen konnte. Deswegen bin ich zu Luke gegangen.«

»Warum waren Sie überhaupt dort? Bei Misty?«, fragte Josie.

Kim strich sich wieder eine Haarsträhne hinters Ohr. »Kann ich etwas zu trinken bekommen?«

Josie machte ein Handzeichen in Richtung der Kamera, und einen Augenblick später kam Noah mit einer Flasche Wasser herein. Kim beäugte ihn, während sie die Flasche nahm und in einem Zug zur Hälfte leerte. Dann schenkte sie ihm ein süßes Lächeln und bedankte sich. Josie klopfte mit der Hand auf den Tisch, um ihr zu signalisieren, worauf sie ihre Aufmerksamkeit zu richten hatte.

»Weshalb waren Sie in Misty Derossis Haus?«, versuchte sie es erneut.

Kim nahm einen weiteren Schluck Wasser. Sie spielte auf Zeit, stellte Josie fest.

»Luke wollte, dass ich gehe«, sagte sie schließlich. »Er sagte, das Ganze sei eine zu große Belastung und könne nicht ewig so weitergehen. Ich müsse einen Ausweg finden. Und dann kam Misty eines Tages vorbei.«

»Misty war bei Luke zu Hause?«, fragte Josie, lauter, als sie es beabsichtigt hatte. Kim schien es nicht zu bemerken.

»Ja. Ich meine, ich habe sie nur von oben aus dem Fenster gesehen. Keine Ahnung, worüber sie gesprochen haben, aber ich habe sie kommen und wieder gehen sehen. Und sie war schwanger. Also habe ich Luke gefragt, ob sie miteinander geschlafen hätten und ob es sein Baby sei. Er hat nur gelacht und gesagt, nein, er würde sie kaum kennen.«

Das gab Josie ein kleines Quäntchen Erleichterung. »Hat er gesagt, warum sie da war?«

»Sie wollte wohl, dass er mit seiner Verlobten über irgendein Thema spricht, das mit dem Baby zu tun hat.«

Dass das Baby von Ray ist, dachte Josie.

»Er meinte, es wäre wohl leichter für sie, wenn sie es von

ihm erführe«, fügte Kim hinzu. »Was auch immer das bedeuten sollte.«

Josie presste die Lippen aufeinander. Aus welchem Grund auch immer hatte Misty sie wissen lassen wollen, dass sie möglicherweise Rays Kind zur Welt bringen würde. Luke hatte der Mittelsmann sein sollen. Sie fragte sich, ob mehr dahintersteckte, aber bald würde sie Misty selbst danach fragen können. »Und dann? Sie haben sich einfach so gedacht, hey, gehe ich mal und ziehe bei der schwangeren Lady ein?«

»Ich wusste, dass Luke mich loshaben wollte, und das Mädel hatte mir den Eindruck gemacht, als wäre sie allein. Ich meine, sie sah ziemlich verzweifelt aus. Ich habe zu Luke gesagt, ich sei Hebamme ...«

»Noch eine Lüge«, warf Josie ein.

Kim schaute auf ihren Schoß hinab. »Ja«, gab sie zu. »Ich habe gelogen. Er hätte sonst niemals zugestimmt. Ich habe ihn gebeten, sie zu fragen, ob ich ein paar Tage bei ihr übernachten darf, bis ich eine Lösung gefunden habe.«

»Und das hat er für eine gute Idee gehalten? Mit dem Wissen, dass Dunns Männer Sie umbringen wollten, hat er Sie zu einer alleinstehenden, hochschwangeren Frau geschickt?«

»Na ja, nein, er fand, es sei eine fürchterliche Idee«, erklärte Kim. »Aber weil es keine Verbindung zwischen mir und Misty gab, war das eigentlich ein perfektes Arrangement.«

»War aber wohl doch nicht so perfekt«, sagte Josie. »Denny Twitch hat Sie trotzdem aufgespürt.«

Irgendetwas an Kims Geschichte klang unaufrichtig. Luke war nicht der Typ, der wissentlich eine schwangere Frau – oder überhaupt irgendeine Frau – einem solchen Risiko aussetzen würde. Nicht einmal Misty Derossi. Aber dann warf Josie einen Blick auf das Angel-T-Shirt, das um Kims zierlichen Körper schlabberte, und sie kam nicht umhin, sich zu fragen, ob sie Luke wirklich kannte.

»Ich weiß«, sagte Kim. »Und ich weiß nicht, wie. Wirklich

nicht. Alles, woran ich mich erinnere, ist, dass das Kind fort war und Misty ... na ja, ich dachte, sie wäre tot.«

»Sie haben nicht den Notruf gewählt.«

»Ich konnte nicht. Ich wollte nicht, dass Eric mich fand. Sie verstehen nicht ...«

»Ich verstehe genug«, erwiderte Josie kühl.

»Nein, tun Sie nicht«, widersprach Kim entschieden.

»Ich habe zumindest verstanden, dass Sie Misty wiederholt in Gefahr gebracht haben. Sie haben sich als Hebamme ausgegeben und sie in Eric Dunns Schusslinie gebracht. Als Twitch sie so übel zugerichtet hat, haben Sie in Kauf genommen, dass sie stirbt. Anstatt mit Twitch zu gehen und das Baby zu verschonen, haben Sie ihn einen kleinen, wehrlosen Säugling mitnehmen lassen, um selbst frei zu sein. Sie haben keine Ahnung von Geburtshilfe, haben Misty aber überzeugt, mit Ihrer Hilfe zu Hause zu entbinden. Hat sie gesagt, dass sie ins Krankenhaus will?«

Kim antwortete nicht.

»Das hat sie, nicht wahr?«, drängte Josie sie.

Kaum hörbar sprach Kim weiter. »Ich konnte sie nicht ins Krankenhaus bringen. Ich konnte das Risiko nicht eingehen, gefunden zu werden. Außerdem ging es ihr doch gut. Dem Baby auch.«

Glühende Wut durchströmte Josies ganzen Körper. »Wissen Sie überhaupt, wie man die Wahrheit sagt?«

Kim machte wieder große Augen, ein kindlicher, unschuldiger Blick. Josie stand auf. »Das können Sie sich sparen«, fauchte sie. »Die Masche zieht bei mir nicht. Sie haben Menschen manipuliert, Ihren Bruder, Luke und Misty, Sie haben gelogen und immer alles so zurechtgebogen, dass die anderen das machten, was Sie wollten.«

Die Unschuld wich aus Kims Blick, und an ihre Stelle trat etwas Kaltes, Hartherziges. »Nicht, was ich wollte«, fauchte sie. »Was sie tun mussten, um mir das Leben zu retten. Seit dem

Moment, als Eric Dunn mich das erste Mal sah, war mein Leben in Gefahr. Ich bin nicht stolz auf das, was ich getan habe, aber ich lebe noch.«

Josie starrte sie an. »Das sind Sie, aber vielleicht haben Sie Luke und ein Baby geopfert. Verraten Sie mir, warum Sie Misty Derossis Baby als Ihr eigenes ausgegeben haben.«

Kim blieb stumm, kreuzte die Arme vor der Brust und schaute überall hin außer zu Josie. Ein paar Sekunden später fragte Josie: »Was ist passiert, nachdem Twitch das Baby mitgenommen hatte?«

»Ich habe wieder Luke um Hilfe gebeten, und wir waren gerade dabei, zu überlegen, wie es weitergehen sollte, als Erics Typen aufkreuzten. Luke hat mir gesagt, ich solle mich verstecken, was ich auch gemacht habe. Und dann weiß ich nur, dass ich auf seiner Gartenveranda war und nicht mehr wusste, wer ich war oder wie ich dorthin gekommen war.«

Josie lachte. »Sie halten also immer noch an Ihrer Amnesiegeschichte fest? Muss das sein?«

»Das ist keine Geschichte«, widersprach Kim. »Ich war traumatisiert. Die Ärzte haben gesagt, dass ein Trauma zu Gedächtnisverlust führen kann. An dem Tag hätte ich zweimal sterben können – einmal bei Misty und dann bei Luke. Ich meine, Denny hat Ihren Leuten hier auf dem Revier aufgetischt, er sei ein US-Marshal. Sehen Sie nicht, wie skrupellos Eric sein konnte?«

Das Einzige, was Josie sah, war, dass Kim sich weiterer Verbrechen schuldig machen würde, wenn sie zugab, ihren Gedächtnisverlust vorgetäuscht zu haben: Behinderung der Justiz und Eingreifen in polizeiliche Ermittlungsarbeit, um nur ein paar zu nennen. Wie sie offen zugab, hatte Kim getan, was sie musste, um ihr eigenes Überleben zu sichern. Ihre Amnesiegeschichte bot ihr immerhin ein Mindestmaß an Schutz. Josie gab nicht auf. »Sie wussten offensichtlich, dass Sie in Schwierigkeiten waren, als Sie Twitch hier in unserem Empfangsbereich gesehen haben. Warum sind Sie mit ihm gegangen? Sie waren auf dem Polizeirevier. Warum haben Sie sich nicht jemandem anvertraut?«

»Ich wollte nicht, dass irgendjemand verletzt wird«, erklärte Kim.

»Auf einer Polizeiwache? Das ist doch Blödsinn.« Josie fragte sich, ob Kim immer schon eine pathologische Lügnerin gewesen oder ob das Lügen erst in ihrer Beziehung mit Eric Dunn zu ihrer Überlebensstrategie geworden war.

»Wohin sind Sie gegangen, als Sie von der Unfallstelle geflohen sind, nachdem Sie Twitch erschossen hatten?«

»Ich glaube, jetzt brauche ich diesen Anwalt«, sagte Kim. »Wenn wir jetzt über den Unfall reden.«

»Lassen Sie es mich wiederholen«, sagte Josie. »Wohin sind Sie nach dem Unfall verschwunden?«

Kim ließ sich einen Moment mit der Antwort Zeit, und Josie fragte sich erneut, ob sie genau abwog, wie viel sie erzählen konnte, ohne sich mehr Ärger einzuhandeln, als sie ohnehin schon hatte. Schließlich sagte sie: »Ich bin einfach losgelaufen, bis ich einen Garten gefunden habe. Da war eine Frau. Sie hat mir geholfen, mich frisch zu machen, hat mir etwas zu essen gegeben, ein bisschen Kleidung, und dann meinte sie, die Polizei käme zurück und ich müsse gehen.«

»Die Frau mit dem Baumhaus im Garten?«

Kim schaute zu Josie auf. »Ja, diese Frau. Aber bitte, machen Sie ihr keine Vorwürfe. Sie wusste ja nicht, dass ...«

Josie hob eine Hand. »Die interessiert mich nicht. Wir haben Sie erst heute bei Luke entdeckt. Was haben Sie in der Zwischenzeit gemacht?«

Kims Blick wanderte wieder zur Tischplatte. Josie hatte das Gefühl, als würde sie jetzt die Wahrheit sagen, wenngleich es ihr schwerfiel, sie auszudrücken. »Da war dieser Typ. Er war Denny gefolgt. Ich meine, das wusste ich zuerst gar nicht. Ich habe es erst später herausgefunden. Ich hatte ihn schon bei

Luke gesehen, da war er auch herumgeschlichen. Deshalb musste ich auch von dort weg. Ich wusste, dass man mich gefunden hatte.«

»War das einer von Erics Männern?«

»Zuerst dachte ich das, aber er hat nicht für Eric gearbeitet. Trotzdem war er seltsam. Er war aber auch kein Typ, wie Eric sie normalerweise angeheuert hat. Und außerdem älter.«

»Wie alt?«

Kim zuckte die Schultern. »Ich weiß nicht, vielleicht fünf-zig? Er war dünn, durchschnittlich groß und ganz leise. Ich hatte ein wirklich seltsames Gefühl bei ihm. Mir war auch nicht klar, dass er Denny folgte, bis ich das Haus dieser Frau verlassen hatte. Ein paar Häuserblocks weiter hat er mich aufgegabelt und mitgenommen.«

»Was für ein Auto fuhr er?«

»Das weiß ich nicht. Eine Limousine oder so. Schwarz, vier Türen. Ich kenne mich mit Autos nicht aus. Es sah aus wie jeder andere ältere Wagen auf der Straße.«

Josie unterdrückte ein genervtes Stöhnen. »Wohin hat er Sie gebracht?«

»Zuerst nirgendwohin. Dann habe ich mit ihm geredet. Ich habe ihm alles erzählt, über Eric, der mich umbringen wollte. Ich habe ihn gefragt, ob Eric ihn geschickt hatte, um mich zu töten, aber das hat er verneint. Er sagte, er arbeite nicht für Eric und er solle mich zu seinem Boss fahren, werde mir dessen Namen aber nicht verraten.«

Also war noch jemand anderes im Spiel. Mit Blick auf Dunns grausigen Tod ergab das sogar Sinn. »Was wollte er von Ihnen?«

»Er hat mich über den Gebäudeeinsturz in Philadelphia ausgefragt und meinte, die Informationen wären wichtig für seinen Boss. Der würde mich beschützen, wenn ich ihm alles erzählte. Ich habe ihm allerdings gesagt, dass es egal sei, wo er mich hinbringe. Solange Eric hinter mir her sei, könne sich niemand sicher fühlen. Also haben wir einen Deal gemacht. Er sagte, er werde sich um Eric ›kümmern‹, und dann würde ich ihm die Videos besorgen.«

»Die Videos, die Eric schon gelöscht hatte?«

»Davon wusste er ja nichts.«

»Na gut. Was meinen Sie mit ›sich um ihn kümmern‹?«

Kim zuckte die Schultern. »Keine Ahnung. Ich bin davon ausgegangen, dass er damit meinte, ihn loszuwerden.«

»Ihn zu töten?«

»Das hat er so nie gesagt. Und ich auch nicht. Alles, was ich weiß, ist, dass er mit Eric sprechen wollte, um ihn mir vom Hals zu schaffen.«

Josie starrte sie mit zusammengekniffenen Augen an. »Verstehe.«

»Na ja, Sie wollten die Wahrheit hören, dann bekommen Sie sie auch.«

»Sie wären mit diesem Mann mitgegangen, obwohl Sie nicht wussten, wer er war oder für wen er gearbeitet hat? Sie haben ihn nicht gefragt, wer sein Boss ist oder woher er wusste, wo er nach Ihnen suchen musste?«

»Er wollte es mir ja nicht verraten. Aber ich schätze, dass es jemand sein muss, der im Zusammenhang mit dem Gebäudeeinsturz beschissen worden war. Ich war jedenfalls nicht wahnsinnig scharf darauf, ihn zu treffen. Alles, was ich in dem Moment wollte, war wegzukommen.«

Alles, was Kim tat, schien eine Momentaufnahme zu sein. »Was ist dann passiert?«

»Er hat mich bei Luke abgesetzt. Heute sollte ich ihn ein, zwei Kilometer entfernt bei diesem verlassenen Getreidesilo treffen. Ich bin auch hingelaufen, habe aber gekniffen, als ich das Auto sah. Ich konnte das einfach nicht durchziehen. Es hat sich nicht sicher angefühlt. Also bin ich zurück zu Lukes Haus gegangen.«

»Wie hieß dieser Mann?«

»Er hat mir gesagt, ich solle ihn Leo nennen. Mehr weiß ich nicht.«

»Ich setze meine Leute auf ihn an«, sagte Josie. »Haben Sie mit Denny gesprochen, als er Sie mitgenommen hat?«

»Darüber kann ich nicht sprechen. Nicht ohne einen Anwalt.«

»Ich will gar nicht wissen, was passiert ist. Ich will nur wissen, ob Sie und Denny irgendwann einmal über das Baby oder Luke gesprochen haben.«

Kim pulte das Etikett von der Wasserflasche. »Er wollte nicht über Luke sprechen. Ich habe nach ihm gefragt, aber Denny hat das Thema gewechselt. Er war nur an dem Baby interessiert und dachte, ich hätte es. Er sagte, er selbst habe es nicht.«

Ein Schauer der Erregung lief über Josies Rücken. »Er dachte, Sie hätten ihm das Baby wieder abgenommen? Wann? Und wie?«

»Ja, er dachte, ich wäre ihm gefolgt oder was auch immer, als er mit dem Baby von Misty weggefahren ist, und hätte es ihm an der Tankstelle aus dem Wagen geklaut.«

»Haben Sie das?«

»Nein«, sagte Kim. »Wie ich schon sagte, ich bin dann zu Luke gefahren.«

»Wie sind Sie dort hingekommen?«

Fast verlegen sagte Kim: »Mit dem Taxi. Ich habe es mit Mistys Handy gerufen und das dann in den Fluss geworfen. Auf halbem Weg über die Brücke habe ich den Fahrer anhalten lassen und es einfach ins Wasser geworfen.«

Das bedeutete, dass sie ihre Spuren nicht nur verwischt hatte, um Eric Dunn zu entkommen, sondern auch der Polizei. Josie fragte sich, ob Kim ihr etwas verschwieg, aber jetzt war ihr einziges Ziel, Luke und Victor Derossi wiederzufinden, tot oder lebendig.

»Alles klar. Also, wenn Denny das Baby nicht hatte und Sie auch nicht – wer hat es dann?«

»Ich habe keine Ahnung.« Zum ersten Mal an diesem Nachmittag war Josie sich absolut sicher, dass Kim die Wahrheit sagte.

»Okay. Wer könnte denn versucht haben, das Baby mitzunehmen? Wer könnte Luke aus Erics Fängen befreit haben? Wer hätte gewusst, wo Eric die beiden gefangen hielt?«

Kim schaute sie bedauernd an. »Eigentlich jeder, den er im Laufe der Zeit beschissen hat. Also verdammt viele Leute. Aber keiner von denen hätte die Eier, das durchzuziehen. Wenn seine Männer wirklich tot sind, dann, weil Eric es selbst angeordnet hat. Er hatte so viele Typen auf seiner Gehaltsliste, und deren Loyalität galt nur ihm. Egal, was er ihnen aufgetragen hat, sie haben es gemacht. Wenn Luke und das Baby nicht vor Ort waren, dann, weil Eric sie ebenfalls hat töten lassen.«

Josie schloss ihre Bürotür, lehnte sich mit dem Rücken dagegen und holte langsam und tief Luft. Sie musste sich zusammenreißen. Dass Luke und der kleine Victor Derossi tot sein sollten, konnte und wollte sie nicht glauben. Twitch hatte Kim gesagt, er habe das Baby nicht. Aber *irgendjemand* musste es ja haben. Josie war sich nicht sicher, ob das ein gutes oder ein schlechtes Zeichen war. Immerhin waren Dunns Männer mit einer Babywiege und einer Decke ausgestattet gewesen. Josie war sich zwar sicher, dass die Typen keine Ahnung davon hatten, wie man sich um ein Neugeborenes kümmerte, aber wenigstens war ein bisschen Aufwand betrieben worden, was bedeutete, dass Dunn nicht vorgehabt hatte, das Baby zu töten. Aber wenn es in den Händen eines anderen gelandet war? Josie fröstelte. Sie schüttelte das Gefühl der Kälte ab und setzte sich an ihren Schreibtisch. Kim hatte ihr einige Lügen aufgetischt, aber Josie glaubte nicht, dass sie ihr wichtige Informationen vorenthielt, die bei der Suche nach Victor und Luke von Hilfe sein könnten.

Es klopfte leise an der Tür und Noah ließ sich selbst hinein. Er trug diesen halb mitleidigen, halb gequälten Ausdruck zur Schau, mit dem er sie seit einigen Tagen ständig ansah. Als müsste er dabei zuschauen, wie sie eine Wurzelbehandlung bekam.

»Mir gehts gut«, fauchte Josie.

Er trat vor und stellte eine Papiertüte mit Essen auf ihren Schreibtisch. »Wir stecken Conway erst einmal hier in unsere Zelle, zumindest so lange, bis sie einen Pflichtverteidiger hat.«

Josie nickte. Ihr Magen krampfte sich beim Geruch des Essens zusammen. Sie spähte in die Tüte. Ein Burger und Pommes. »Sie müssen hungrig sein«, sagte Noah. »Und selbst wenn nicht, sollten Sie etwas essen.«

Josie wickelte den Burger aus und probierte einen Bissen. Sie stellte fest, dass sie wirklich Hunger hatte. Sie brauchte nur Sekunden, um den Burger zu verschlingen, und als ihr Magen laut knurrte, griff sie nach den Pommes. Noah setzte sich auf die andere Seite ihres Schreibtischs. »Glauben Sie, sie hat recht?«, fragte er. »Damit, dass Dunn Luke und das Baby umgebracht hat?«

»Da ist noch jemand anderes«, antwortete Josie durch einen Mund voll Fritten. »Da muss noch etwas sein. Was ist mit dem geheimnisvollen Leo im schwarzen Wagen? Und dann, dass Twitch das Baby geklaut worden sein soll? Die toten Kerle in der Kirche, wo Luke gefangen gehalten wurde? Kurz bevor jemand Dunn und seine Männer umlegt? Nein, hier mischt irgendein Unbekannter mit.«

»Das glaube ich auch. Aber wer?«

»Jemand mit genug Macht und Geld, um es mit Dunn aufzunehmen. Und jemand mit den nötigen Eiern.«

»Jemand, der etwas mit dem Gebäudeeinsturz zu tun hat?«

»Oder jemand, der vorhatte, Kims Beweise zu nutzen, um Dunn zu ruinieren. Ich möchte, dass wir nach diesem Leo fahnden. Angefangen bei Lukes Haus und diesem Silo.«

»Alles klar.«

Gesättigt lehnte Josie sich in ihrem Stuhl zurück und schloss die Augen. Sie hatte eigentlich nur vorgehabt, so lange sitzen zu bleiben, bis sich ihre Gedanken etwas beruhigt hatten, aber das Nächste, woran sie sich erinnerte, war, dass Noah sie aufweckte. »Boss«, sagte er. »Sie haben geschnarcht.«

Josie richtete sich auf und wischte sich einen kleinen Speichelfaden aus dem Mundwinkel. »Wie lange war ich weg?«

»Nur ein paar Minuten«, sagte Noah. »Warum fahren Sie nicht nach Hause? Gönnen Sie sich ein bisschen Ruhe. Ich sorge dafür, dass man Sie anruft, wenn sich irgendetwas tut. Sie sind schon den ganzen Tag auf den Beinen.«

Jede Faser in ihr wollte sich gegen seinen Vorschlag verwehren, aber ihre Glieder fühlten sich schwer an und schmerzten. Es war bereits nach neun Uhr abends. Sie könnte einfach nach Hause fahren, sich zwei, drei Stunden Schlaf gönnen und sich dann gleich wieder an die Arbeit machen, versuchte sie, sich selbst gut zuzureden. »Okay«, sagte sie zu Noah. »Aber nur kurz.«

Josie schlängelte sich durch die Straßen von Denton, gleichermaßen getrieben von der Sehnsucht nach ihrem Bett und zurückgehalten von dem Wunsch, Carrieann nicht gegenübertreten zu müssen. Sie war nur noch ein paar Straßenblöcke von ihrem Haus entfernt, als ihr Telefon vibrierte. Josie fuhr rechts ran und schaute nach. Diana Sweeney hatte ihr eine ganze Reihe an Textnachrichten und ein PDF mit dem Profil und einem Jugendfoto des anderen Spenders geschickt. Josie zoomte näher an das Bild heran, und die Erschöpfung, die sie eben beim Essen noch verspürt hatte, fiel mit einem Schlag von ihr ab.

»Ach du heilige Scheiße.«

Ohne groß zu überlegen, fuhr sie zurück auf die Straße und machte eine Kehrtwende.

Im Südosten Dentons führte eine Brücke über den Susquehanna River. Folgte man der Straße weiter, gelangte man hinaus aus der Stadt und in die Berge. Peter Rowlands Anwesen lag etwas mehr als einen Kilometer den Hügel hinauf. Jeder wusste, wo er wohnte, einerseits, weil er eine lokale Berühmtheit war, und andererseits, weil niemand sonst in der ganzen Stadt einen eigenen Hubschrauberlandeplatz im Vorgarten besaß. Josie verpasste zweimal die Auffahrt zu seinem Haus, die mit Absicht nicht gekennzeichnet war. Der dritte Versuch klappte. Die Straße war befestigt, der Asphalt in tadellosem Zustand, beide Seiten dicht bewachsen. Ab und zu erfasste Josies Scheinwerferlicht eine kleine Freifläche mit einer Skulptur, und sie fühlte sich ein wenig wie Alice im Wunderland. Sie wusste, dass Rowland reich war, aber bei ihrem Treffen war er ihr nicht wie ein Exzentriker vorgekommen.

In der Nähe des Hauses säumten LED-Laternen die Straße und leuchteten ihr den Weg. Endlich konnte sie eine große Lücke zwischen den Bäumen erkennen und der Hubschrauberlandeplatz kam in Sicht. In seiner Mitte stand ein kleiner Helikopter. Dahinter schien sich Rowlands mächtiges Haus aus dem Himmel zum Boden zu ergießen. Jedes Stockwerk ragte ein kleines Stück weiter nach vorn. Die Wände im Erdgeschoss bestanden vollständig aus Glas. Josie konnte in zwei erleuchtete Räume hineinsehen, eine Bibliothek und ein Wohnzimmer, voll mit weißen Sofas und einer ebenso weißen Chaiselongue. Peter Rowland saß mit übergeschlagenen Beinen in der Ecke eines Sofas und las in einem Buch. Als das Licht von Josies Scheinwerfern über die Fassade wanderte, schaute er auf.

Josie stellte ihren Wagen ab und wurde gleich darauf von Rowland an der Tür in Empfang genommen. Er lächelte unsicher. »Chief Quinn«, sagte er. »Ist alles in Ordnung?«

In diesem Moment wurde Josie bewusst, wie närrisch es gewesen war, um diese späte Uhrzeit spontan zu seinem Haus zu fahren. Aber für einen Rückzieher war es jetzt zu spät. »Oh, ja«, sagte sie. »Ich musste nur ... Ich wollte mich nur kurz mit Ihnen unterhalten.«

Er trat zur Seite und ließ sie ins Haus. Josie stieg ein paar Treppenstufen hinauf und landete in dem Raum, in dem Rowland gesessen hatte. Von innen betrachtet waren die bodenhohen Fenster tintenschwarz, abgesehen von ihrer geisterhaften Spiegelung. Rowland folgte ihr und zeigte auf die Fensterfront. »Es ist herrlich, wenn man morgens die Bäume betrachten kann. Links liegt auch ein kleiner Garten.« Als Josie nichts erwiderte, sagte er: »Kann ich Ihnen etwas anbieten?«

Josie drehte sich um und lächelte ihn an. »Nein, danke.«

Er machte eine Geste in Richtung der Sofas und Josie setzte sich. Nachdem er sich auf der Kante der Chaiselongue niedergelassen hatte, kam sie gleich auf den Punkt. »Als Tara Sie wegen der Spendenaktion für Misty Derossis Baby angerufen hat, war Ihnen da bewusst, dass Sie der Vater sein könnten?«

Das höfliche Lächeln, das Rowland zur Schau trug, seit Josie angekommen war, schien zu gefrieren und wirkte nun fast gequält. »Was soll das heißen?«, fragte er.

»Wussten Sie, dass Sie möglicherweise Victor Derossis

Vater sind, als Sie die Belohnung gespendet haben? Haben Sie deswegen Ihre Hilfe angeboten?«

Jetzt wirkte Rowland irritiert. Er stützte die Ellbogen auf seine Knie und lehnte sich vor. »Tut mir leid. Ich glaube, Sie verwechseln mich mit jemand anderem. Ich bin nicht Victor Derossis Vater.«

»Sie könnten es aber sein«, sagte Josie. »Es besteht eine fünfzigprozentige Chance. Das müssten Sie doch bereits wissen.«

»Was wissen? Ich kenne Misty Derossi überhaupt nicht. Wie soll ich dann ihren Sohn gezeugt haben?«

»Ich weiß von Ihrer Samenspende. Ich habe Beweise.«

Eine halbe Ewigkeit sagte Rowland kein Wort. Er lehnte sich zurück, streckte den Rücken durch und schaute sie an. Es sah aus, als versuche er, einen Beschluss zu fassen. Schließlich sagte er: »Als ich jung war, habe ich eine blöde Entscheidung getroffen. Eigentlich sogar ziemlich viele. Ich hatte kein Geld und musste irgendwie das College finanzieren. Eine Zeit lang war ich sogar obdachlos, wussten Sie das?«

Josie hatte davon gehört. Eigentlich gehörte jedes noch so kleine Detail von Peter Rowlands Reise vom armen Schlucker zum Überflieger in Denton zum überlieferten Wissen. »Ja«, sagte sie. »Davon habe ich gehört.«

»Nun ja, als ich Anfang zwanzig war, habe ich immer nach Möglichkeiten gesucht, mir schnell etwas dazuzuverdienen. Also ja, ich habe auch Sperma gespendet, als ich eine Samenbank gefunden hatte, die dafür Geld bezahlte. Aber das ist Ewigkeiten her.«

»Ihre Probe existiert immer noch«, informierte ihn Josie.

»Aber nur, weil jemand bei der Samenbank gepfuscht haben muss. Die Probe hätte schon vor Jahren zerstört werden sollen. Normalerweise hebt diese Samenbank die Spenden nur zwischen sieben und zwölf Jahren auf. Und zwölf Jahre nur in den allerseltensten Fällen.«

»Trotzdem hat Ihre Probe die Zeit überdauert und wurde mit der des von Misty ausgewählten Spenders vertauscht.«

»Ich wusste, dass sie nicht vernichtet worden war. Vor ein oder zwei Monaten hat mir die Samenbank einen Brief geschickt, um mich darüber zu informieren. Mein Anwalt hat sich um die Angelegenheit gekümmert. Aber uns wurde versichert, dass meine Probe aufgrund ihres Alters nicht mehr brauchbar gewesen sein konnte.«

»Miss Derossi haben sie aber etwas anderes erzählt.«

»Tut mir leid, das zu hören. Ich bin mir sicher, dass sie das ziemlich aufgewühlt haben muss, aber ich sage Ihnen: Victor Derossi ist nicht mein Sohn.«

»Warum haben Sie dann die 15.000 Dollar gespendet?«, fragte Josie.

Er lächelte verspannt. »Das habe ich Ihnen schon gesagt. Ich wollte der Gemeinschaft hier etwas zurückgeben.«

»Sie haben fast im Alleingang das Frauenhaus finanziert.«

Rowland seufzte. »Chief Quinn, haben Sie Kinder?«

Josie schüttelte den Kopf.

»Letztes Jahr habe ich meine Tochter verloren. Polly.«

»Das tut mir leid«, sagte Josie.

»Danke. Man kann sich nicht vorstellen, wie sich das anfühlt, bis es einem passiert. So etwas würde ich meinem schlimmsten Feind nicht gönnen. Als Tara mir Miss Derossis Situation geschildert hat, wusste ich sofort, dass ich helfen musste. Ich war gerade zufällig in der Stadt. Ich habe die Mittel dazu. So einfach ist das.«

Josie glaubte ihm kein Wort, sah aber ein, dass sie mit dieser Befragung nicht weiterkommen würde, also versuchte sie es mit einer anderen Taktik. »Sie haben ein wirklich schönes Haus.«

Wenn er durch den plötzlichen Themenwechsel überrascht war, ließ er es sich nicht anmerken. »Danke sehr.«

»Dürfte ich wohl kurz Ihre Toilette benutzen?«

»Selbstverständlich«, sagte er und beschrieb ihr den Weg zu

einem Badezimmer im Erdgeschoss. Josie fand den Raum und versuchte, sich auf dem Weg einen möglichst genauen Eindruck vom Haus zu verschaffen. Alles war geschmackvoll eingerichtet, wirkte aber, als wäre es seit Jahren nicht mehr genutzt worden. Obwohl das Haus sauber und üppig dekoriert war, wirkte es hohl und leer. Josie fragte sich, ob sie, wenn sie etwas Lautes rief, ihr Echo hören würde. Anzeichen, dass jemand anderes hier wohnte, sah sie nicht. Einen kurzen Moment erwog sie, die Treppe hinaufzuschleichen und sich in den oberen Stockwerken umzusehen, entschied sich dann aber dagegen. Als sie ins Wohnzimmer zurückkehrte, stand Rowland schon da und wartete auf sie. »War das alles, Chief Quinn?«

»Ja. Tut mir leid, Sie so spät gestört zu haben.« Josie machte eine weitläufige Handgeste. »Haben Sie überhaupt kein Sicherheitspersonal?«

Er lachte. »Nein, brauche ich welches?«

»Wenn Sie so fragen, vermutlich nicht. Fliegen Sie den Helikopter selbst?«

»Nein, dafür beauftrage ich einen Piloten.«

»Kennen Sie einen Mann namens Leo?«

Er stieß einen ungeduldigen Seufzer aus. »Ich kenne sehr viele Männer, Chief Quinn. Ein Leo kommt mir jetzt gerade nicht in den Sinn.«

Irgendwo hinter sich hörte Josie Schritte. Sie drehte sich um und schaute den Flur entlang, aber niemand war zu sehen. »Haben Sie Haustiere?«, fragte sie.

»Nein. Das wird meine Haushälterin Marie sein.«

»So spät arbeitet sie noch?«

»Ich habe sie gebeten, hier zu wohnen, während ich in der Stadt bin. Ich weiß, dass es nicht so aussieht, aber ich bin ein ziemlicher Chaot.«

Rowland trat auf Josie zu und dirigierte sie in Richtung der Haustür. »Hören Sie«, sagte er, als sie hinaus in die Nacht traten. »Ich würde es sehr begrüßen, wenn Sie das, was Sie herausgefunden haben, für sich behalten würden. Victor Derossi wird immer noch vermisst, richtig?«

»Ja«, sagte Josie.

»Ich will nicht, dass die Suche nach ihm in irgendeiner Weise ... behindert wird. Wenn die Presse Wind von der ganzen Samenspendergeschichte bekommt, wird sie einen Affenzirkus veranstalten. Konzentrieren wir uns einfach darauf, den kleinen Victor zu finden, oder?«

»Natürlich«, sagte Josie.

Dann wurde ihr die Tür vor der Nase zugeschlagen.

52

Josie hatte drei verpasste Anrufe und zwei Textnachrichten von Carrieann auf ihrem Handy, die fragte, ob es schon etwas Neues gäbe. Josie schrieb zurück, dass sie Kim Conway in Lukes Haus gefunden und sie in Gewahrsam genommen hatten, es aber noch keine relevanten Informationen gebe. Carrieann wollte wissen, was jetzt passieren würde, da Eric Dunn tot war, und ob Luke so überhaupt gefunden werden könne. Josie brachte es nicht über sich, nach Hause zu fahren und sich ihr zu stellen. Was sie anbieten konnte, waren nur neue Fragen, aber keine Antworten. Sie schrieb Carrieann, dass sie immer noch daran arbeite, Luke zu finden, was eine glatte Lüge war, denn sie wusste nicht einmal, wo sie anfangen sollte. Das Einzige, was sie mit Sicherheit sagen konnte, war, dass Peter Rowland log. Dass ausgerechnet er der vertauschte Spender war, konnte kein Zufall sein, und dass er sich genau jetzt in der Stadt aufhielt und bereit war, das Geld für die Belohnung zu spenden, ebenso wenig.

Josie war nur ein paar Mal bei Noah zu Hause gewesen, wenn sie sich einen Dienstwagen teilen mussten und sie ihn abgeholt oder wieder abgesetzt hatte. Im Haus selbst war sie nie gewesen. Jetzt stand sie auf seiner Türschwelle und trat von einem Fuß auf den anderen, um sich warm zu halten. Er lebte in einem kleinen, schmucklosen Haus, das ein wenig an eine Ranch erinnerte. Es gab nicht einmal eine Fußmatte auf der Treppe. Er lebte definitiv allein. Josie klingelte zum dritten Mal, und endlich ging das Licht über der Tür an. Die Tür öffnete sich knarrend und Noah stand vor ihr, mit nichts bekleidet als einem Paar Boxershorts. Sie hatte ihn offensichtlich aus dem Schlaf geklingelt. Sein volles braunes Haar war zerzaust und seine Augen verquollen. Er blinzelte ihr entgegen. »Boss?«

»Tut mir leid, Sie so spät zu stören«, sagte Josie. »Kann ich reinkommen?«

Er trat zur Seite und ließ sie ein. Josie blieb wie angewurzelt stehen, als sie das Narbengewebe auf seiner rechten Schulter bemerkte. Obwohl sie selbst ihm die Narbe während des Falls mit den vermissten Mädchen zugefügt hatte, war es das erste Mal, dass sie sie sah. Noah folgte ihrem Blick und rieb mit dem Finger über die vernarbte Stelle. »Es tut nicht weh«, sagte er.

»Ich ... Es ...« Josie schluckte.

Noah lachte. »Ich weiß, ich weiß. Es tut Ihnen leid. Sie müssen es nicht noch mal sagen. Kommen Sie rein. Wir gehen in die Küche.«

Sein Haus war augenscheinlich mit gebrauchten Möbeln eingerichtet. Alles daran wirkte zweckmäßig. Er hatte das, was er brauchte, und kein bisschen mehr: ein altes Zweiersofa, das in der Mitte durchhing; einen abgewetzten Couchtisch, auf dem nichts lag außer einer Fernbedienung; einen Fernseher auf einem Schrank mit drei Regalbrettern, in dem nur ein DVD-Spieler und irgendeine Art Spielkonsole stand. Seine Küche sah aus, als wäre sie seit den Siebzigern nicht modernisiert worden. In der Mitte des Raumes stand ein kleiner Tisch mit zwei Stühlen. Noah zog Josie einen zurecht und ging dann zur Spüle. Aus dem Küchenschrank holte er eine Dose mit Kaffee.

»Ich weiß, das hier ist nichts Besonderes«, sagte er. »Meine Mom ist ständig an mir dran, dass ich irgendwas damit mache, aber um ehrlich zu sein, bin ich ja nur selten hier.«

Josie setzte sich an den Tisch und beobachtete ihn dabei, wie er die Kaffeekanne mit Wasser füllte. Die Kaffeemaschine schien das einzig moderne Gerät im ganzen Haus zu sein. »Ich beanspruche Sie zu sehr«, sagte sie.

Er grinste ihr über die Schulter hinweg zu. »Ach was, passt schon.« Er schüttete das Wasser aus der Kanne in den Tank der Kaffeemaschine, drehte sich zu ihr um und lehnte sich mit dem Rücken gegen die Anrichte. Josies Blick wurde wieder wie magisch von der Narbe angezogen. Der Anblick erinnerte sie an die ganzen Narben, mit denen Lukes Oberkörper übersät war. Einige von den Schüssen, andere von den Operationen. Josie fragte sich, ob sie sie jemals wieder mit den Fingern würde nachzeichnen können. Und dann überlegte sie, ob sie das überhaupt wollte – immerhin hatte er sie angelogen und möglicherweise sogar betrogen.

»Was ist los?«, fragte Noah.

Josie erzählte ihm von Diana Sweeneys Nachrichten und ihrem Besuch bei Rowland. Noah stieß einen leisen Pfiff aus. »Damit hätte ich nicht gerechnet.«

»Ich auch nicht.«

»Also, was denken Sie?«

»Was, wenn wir das Baby in der Kirche nicht finden konnten und die Wiege unbenutzt aussah, weil Rowland es hat?«

»Boss ...«

»Hören Sie mir zu. Wenn Misty über die Verwechslung informiert wurde, müsste Rowland nicht auch davon wissen?«

»Aber sie hätten doch bestimmt nicht Mistys Privatsphäre verletzt und ihm gesagt, wer sie ist. Sie haben ja auch gesagt, dass er wusste, dass sein Sperma nicht vernichtet worden war. Und selbst wenn er auch von der Verwechslung wusste –

warum sollte er das Baby entführen? Was sollte er damit anfangen? Ich glaube, Sie klammern sich gerade an jeden Strohhalm.«

Er holte zwei Tassen aus einem anderen Schrank und füllte sie mit dampfendem Kaffee. Josies bereitete er genau so zu, wie sie es mochte, und reichte ihr die Tasse.

»Es ist ein zu großer Zufall, meinen Sie nicht?«, sagte Josie.

»Was? Dass er eine Belohnung für die Rückgabe eines Babys aussetzt, das seins sein könnte? Na ja, das ist schon ein seltsamer Zufall«, stimmte Noah ihr zu.

»Es ist kein Zufall«, widersprach Josie beharrlich.

»Boss, abgesehen von der vertauschten Spermaprobe haben wir keine Beweise für eine Verbindung zwischen Rowland und Misty, und wir wissen, dass die Samenbank ihre Verschwiegenheitspflicht nicht verletzt hat.«

»Vielleicht ja doch. Ich bin ja auch an die Informationen herangekommen.«

Noah stellte seine eigene Tasse auf den Tisch und setzte sich Josie gegenüber. Er grinste Josie schief an. »Sie haben geschummelt.«

»Nur, weil der offizielle Weg zu lange gedauert hätte. Diana hat mir erzählt, dass die Rechtsabteilung sieben bis zehn Tage gebraucht hätte, um die richterlichen Anordnungen zu bearbeiten. Vielleicht hat Rowland nur einen guten Anwalt gebraucht, um an all die Informationen zu kommen. Das Geld dafür hätte er auf jeden Fall.«

Noah fuhr sich mit der Hand durchs Haar. »Ich glaube, das geht ein bisschen zu weit. Warum sollte Rowland Geld für ein Kind stiften, das er schon längst hat?«

»Um genau das zu verschleiern«, erklärte Josie.

»Okay, was wollen Sie damit sagen? Dass Rowland das Baby unter Twitchs Nase weggemopst hat?«

»Nein«, sagte Josie. »Aber irgendjemand, der für Rowland arbeitet. Vielleicht dieser Leo.«

»Okay. In diesem Szenario findet Rowland also heraus, dass das Baby von ihm sein könnte. Aber anstatt direkt auf Misty zuzugehen, tut er was? Einen Mann auf sie ansetzen? Sie beobachten? Dann kommt das Baby und Twitch tritt auf den Plan. Anstatt Misty zu retten, wartet er, bis Twitch ihr die Scheiße aus dem Leib geprügelt und sich das Baby geschnappt hat. Dann folgt er Twitch und kidnappt wiederum das Baby von ihm. Er behält es und bietet eine Belohnung für den Fall, dass es sicher zurückkehrt. Warum? Warum will Rowland dieses Baby so sehr und versucht andererseits, es zu verstecken?«

»Ich weiß nicht«, sagte Josie. »Genau daraus werde ich nicht schlau. Ich meine, letztes Jahr hat er ein Kind verloren. Vielleicht wittert er hier seine Chance.«

»Aber warum sollte er etwas Illegales unternehmen? Warum dieses ganze heimliche Getue mit all diesen Handlangern? Warum hätte er nicht einfach über seine Anwälte Kontakt mit Misty aufnehmen und die ganze Sache klären können?«

Josie seufzte frustriert auf. Noah hatte recht. Das alles ergab keinen Sinn.

»Boss, ist Ihnen schon einmal in den Sinn gekommen, dass Sie sich nur so sehr an Rowland festgebissen haben, weil Sie Mistys Baby unbedingt lebendig zurückbringen wollen?«

Josie schluckte und konnte ihm nicht in die Augen sehen. Sie umfasste ihre Kaffeetasse mit beiden Händen und zog sie näher zu sich heran. »Okay«, sagte sie. »Kann sein. Ich konnte Luke nicht retten, und Mistys Baby habe ich auch noch nicht gefunden. Das Baby könnte von Ray sein. Ray war mein Mann. Ich verstehe, was Sie sagen wollen.«

»Wirklich?«

Josie zwang sich, ihn anzuschauen. »Ja. Wirklich, ich verstehe, worauf Sie hinauswollen.«

Noah lächelte. »Aber?«

»Aber mein Instinkt täuscht mich nur selten. Ich muss in Rowlands Haus hinein.«

Man musste Noah zugutehalten, dass er keine Sekunde zögerte. »Na ja«, sagte er, »der einzige Weg wäre wohl ein richterlicher Durchsuchungsbeschluss aufgrund der Tatsache, dass Rowlands Spermienprobe mit Rays vertauscht wurde – und davon wissen Sie offiziell gar nichts, schon vergessen? Das wird kaum reichen.«

»Noah, was, wenn er das Baby hat?«

»Ein Mann wie Peter Rowland hätte doch gar keinen Grund, ein Baby zu entführen – besonders, wenn davon auszugehen ist, dass er der Vater ist. Wenn er nicht gewollt hätte, dass die ganze Geschichte mit der Samenspende an die Öffentlichkeit gerät, hätte er einfach privat mit Misty in Kontakt treten und irgendetwas vereinbaren können. Ich bin mir sicher, dass er genug Geld hat, um sich ihr Stillschweigen erkaufen zu können.«

»Vielleicht hatte er Angst, dass sie ihn erpresst. Er kennt sie ja nicht gut genug, um sicher zu sein, dass sie das niemals tun würde. Ich meine, selbst ich könnte dafür nicht die Hand ins Feuer legen.«

Noah schüttelte den Kopf. »Ich glaube, Sie verstehen nicht, worum es hier geht. Leute wie Peter Rowland haben solche Gangstermethoden nicht nötig. Er ist nicht Eric Dunn. Dunn hat seinen Reichtum und seine Power wie eine Keule genutzt und jeden niedergeknüppelt, der sich ihm in den Weg gestellt hat. Rowland ist aber als Philanthrop bekannt. Als Wohltäter. Er sitzt bei zig Gesellschaften und Wohltätigkeitsorganisationen im Vorstand. Er lässt seinen Reichtum nicht heraushängen. Der Typ ist tausendmal reicher und erfolgreicher, als Dunn es jemals geworden wäre. Sie sagen ja selbst, dass er nicht einmal einen Leibwächter hat. Rowland ist kein Typ, der seine Angelegenheiten von angeheuerten Schlägern regeln lässt. Er

klärt Probleme vor dem Gericht, mit Verträgen, Vertraulich-
keitsvereinbarungen und Auszahlungen.«

Noahs Einschätzung von Peter Rowland schien genau ins
Schwarze zu treffen, das musste Josie zugeben. Sie passte zu
allem, was sie über den Mann wusste.

»Hören Sie«, fuhr Noah fort. »Sie sind einfach noch aufgewühlt, nach allem, was heute in den Flats passiert ist. Sie leiden
unter Schlafmangel. Gerade ist einfach alles scheiße. Das Beste
wäre, Sie fahren jetzt nach Hause, schlafen sich aus, und
morgen früh sprechen wir noch einmal über alles.«

»Wollen Sie sich mir widersetzen?«

Noah lachte. »Beim letzten Mal haben Sie mich angeschossen. Was also denken Sie?«

Josie errötete. Sie öffnete den Mund, um sich noch einmal
zu entschuldigen, schloss ihn aber unverrichteter Dinge. Noah
lehnte sich vor, griff über den Tisch und berührte vorsichtig
Josies Hand. »Boss«, sagte er. »Schlafen Sie ein paar Stunden,
okay? Mehr will ich gar nicht von Ihnen. Sie können auch gerne
hierbleiben und auf der Couch schlafen. Morgen früh überlegen wir dann weiter.«

Josie nahm einen großen Schluck Kaffee und schob Noah
die Tasse entgegen. »Danke«, sagte sie.

Er brachte sie ins Wohnzimmer und sah zu, wie sie sich auf
dem Sofa zusammenrollte. »Ich hole Ihnen eine Decke«,
sagte er.

Josie merkte, wie sie einschlief, noch bevor er wieder
zurückgekehrt war. Als er die Decke über sie breitete, murmelte
sie, ohne die Augen zu öffnen: »Noah? Rowland hat eine Haushälterin. Vielleicht können wir über die etwas erreichen?«

Sie hörte ihn leise glucksen und spürte, wie er ihre Schulter
tätschelte. »Morgen, Boss. Reden wir morgen darüber.«

53

FREITAG

»Das hier ist doch Zeitverschwendung«, sagte Noah.

»Schhht!«, machte Josie und wedelte mit der Hand in seine Richtung. »Ich glaube, da ist etwas.«

Sie spähte durch die Windschutzscheibe auf die Straße bis hin zu Rowlands Auffahrt. Nachdem sie sich ein paar Stunden Schlaf gegönnt hatten, war Josie mit Noah wieder zu Rowlands Anwesen zurückgekehrt. Sie hatten sich einige Meter von der Abbiegung, die zu Rowlands Haus führte, positioniert und warteten seitdem in Josies Escape darauf, dass die Haushälterin das Gelände verließ.

»Das ist ein Reh«, sagte Noah.

Und tatsächlich streckte ein Reh den Kopf durch das Laub am Rand der Einfahrt und trat dann zögerlich auf die Straße. Josie stöhnte. Erst hatten sie darauf gewartet, dass Rowland wegfuhr, was er auch getan hatte, allein in einem Mercedes-Benz. Daraufhin waren sie zum Haus gefahren, hatten geklopft, geklingelt und das ganze Haus umrundet, in der Hoffnung, die Haushälterin durch ein Fenster auf sich aufmerksam machen zu können. Nichts. Dann hatte Noah auf die zahlreichen Über-wachungskameras hingewiesen, die Rowland überall auf dem

Grundstück installiert hatte, woraufhin sie den Rückzug angetreten hatten, um die Auffahrt aus der Ferne zu beobachten. Josie war sich sicher, dass die Haushälterin irgendwann auftauchen würde und sie ihr dann folgen konnten, um sie zu befragen.

»Haben Sie diese Frau überhaupt zu Gesicht bekommen?«, fragte Noah.

»Natürlich habe ich das«, spöttelte Josie. »Ich ...« Aber das hatte sie nicht. Tatsächlich hatte sie keine Menschenseele gesehen. Aber warum sollte Rowland lügen? »Er hat gesagt, ihr Name sei Marie«, sagte sie. »Warum sollte er mir ihren Namen nennen, wenn sie gar nicht existiert?«

Noah seufzte. »Damit Sie ihm glauben, dass er wirklich eine Haushälterin namens Marie hat. Das hätte sonst wer sein können. Vielleicht hat er ja eine geheime Liebschaft, von der niemand erfahren soll. Oder ein illegales exotisches Haustier.«

Josie lachte. »Ein exotisches Haustier? Wie zum Beispiel?«

»Ich weiß nicht. Einen dieser Kapuzineraffen oder so etwas. Der Typ ist reich und skurril. Vielleicht hat er auch etwas auf dem Kerbholz und wollte Sie einfach nur loswerden.«

»Halten Sie ihn für diabolisch?«

»Ich bin nicht derjenige, der glaubt, dass er ein Baby dort drin versteckt.«

Josie stöhnte. Allmählich begann sie selbst zu glauben, dass das hier eine riesige Zeitverschwendung war. Jetzt, wo Dunn verschwunden war, versuchte sie offenbar, nach jedem Strohhalm zu greifen, um ein Wunder zu erzwingen.

»Ist Ihnen schon einmal der Gedanke gekommen, dass er, selbst wenn er das Baby in seiner Gewalt haben sollte, es nicht in seinem Haus versteckt? Ich meine, Dunn hat Luke schließlich auch nirgendwo festgehalten, wo man ihm auf die Schliche hätte kommen können.«

»Ich weiß«, sagte Josie. »Aber ich habe Gretchen heute Morgen die Landregister überprüfen lassen, und das hier ist

Rowlands einziger Besitz im ganzen County. Eine andere Spur haben wir nicht. Vielleicht erfahren wir ja etwas Hilfreiches von der Haushälterin.«

Ein Klingeln ertönte. »Ist das Ihr Handy?«, fragte Noah.

Josie fischte das Gerät aus dem Getränkehalter zwischen den Sitzen und schaute auf den Bildschirm. »Das ist Gretchen«, sagte sie.

»Boss«, meldete sich Gretchen, als Josie den Anruf annahm. »Ich glaube, wir haben diesen Leo gefunden, von dem Kim Conway gesprochen hat.«

54

Josie und Noah warteten darauf, von zwei Kollegen bei Rowland abgelöst zu werden, und fuhren dann los, um sich mit Gretchen zu treffen. Eine holprige Schotterpiste führte zu dem verlassenen Getreidespeicher etwa zwei Kilometer entfernt von Lukes Hof, und Josie und Noah wurden in ihrem Wagen durchgerüttelt. Überall um sie herum wucherten Unkraut und Gräser, die förmlich nach dem Fahrzeug zu greifen schienen. Auf dem Feld zu Josies Linken rostete ein alter Mähdrescher mit eingesacktem Dach vor sich hin. Eine Aura der Trostlosigkeit lag über dem unbewirtschafteten Land, und der Eindruck nahm zu, als sie hinter Gretchens Chevy Cruze hielten und einen Blick auf den Tatort erhaschen konnten. Dr. Feists Truck stand neben Gretchens Wagen. Josie parkte den Escape, und sie und Noah stiegen aus. Neben dem Silo, mit Absperrband markiert, stand ein schwarzer Ford Fusion. Eine viertürige Limousine, genau, wie Kim Conway sie beschrieben hatte.

Gretchen tauchte an ihrer Seite auf, eine Rolle des gelben Plastikbands in der Hand. Dr. Feist umrundete die Limousine und spähte in das Fenster auf der Beifahrerseite.

»Wir warten noch auf die Spurensicherung«, sagte Gretchen.

Josie machte ein paar Schritte auf den Wagen zu. Jetzt sah sie die Blutspritzer am Fenster auf der Fahrerseite, und sie spürte, wie sich ihre Brust zusammenzog. »Noch eine Leiche.«

Gretchen nickte und Dr. Feist kam ebenfalls angetrabt. »Sieht wie der andere Typ aus. Schuss in den Schläfenlappen. Die Waffe liegt neben ihm auf dem Sitz.«

»Hat er sich selbst erschossen?«, fragte Noah.

Dr. Feist schüttelte den Kopf. »Das bezweifle ich. Die meisten Leute, die sich selbst erschießen, stecken die Pistole in den Mund oder halten sie unter das Kinn. Den Lauf in diesem Winkel an die Seite des Kopfes zu halten, wäre mehr als ungewöhnlich. Ich untersuche seine Hände später auf Schmauchspuren.«

»Scheiße«, sagte Josie.

»Das Auto ist auf einen Leonard Nance aus Queens in New York zugelassen«, erklärte Gretchen. »Wenn die Untersuchung des Tatorts abgeschlossen ist, können wir nachsehen, ob er einen Ausweis bei sich trägt, aber ich denke, wir können mit großer Sicherheit davon ausgehen, dass das hier der Leo ist, den Kim Conway hier treffen sollte.«

»Wir hätten *ihre* Hände auf Schmauchspuren untersuchen sollen«, sagte Josie. »Wahrscheinlich war sie deshalb bei Luke unter die Dusche gesprungen. Noah, rufen Sie jemanden, der Sie abholt, und fahren Sie dann rüber zu Luke, um nach ihren Kleidern zu suchen. Wenn sie den Typen aus so kurzer Distanz erschossen hat, dann muss sie Blutspritzer abbekommen haben.«

Noah nickte, zog sein Handy hervor und trat ein paar Schritte zur Seite.

»Gretchen«, fuhr Josie fort. »Sie bleiben hier, warten auf die Spurensicherung und rufen mich an, wenn sich etwas Interessantes ergibt. Ich fahre zurück zum Revier und überprüfe diesen Nance. Mal schauen, was dabei zum Vorschein kommt. Queens ist nicht allzu weit von Manhattan entfernt. Vielleicht gibt es eine Verbindung zwischen ihm und Peter Rowland.«

Eine Stunde später saß Josie an ihrem Schreibtisch und massierte sich die Schläfen. Leonard Nance war ein Phantom; sie hatte seine Adresse in Queens und ein Geburtsdatum in Erfahrung bringen können, demzufolge er vierundfünfzig Jahre alt war, aber das war alles. Kein Vorstrafenregister, keine Schullaufbahn, kein beruflicher Werdegang und keine Verwandten – sie konnte nicht einmal frühere Adressen ausfindig machen. Der einzige andere Hinweis, auf den sie stieß, war, dass er als junger Mann acht Jahre lang in der US-Armee gedient hatte. Ansonsten hatte er keinen digitalen Fußabdruck. Auch, dass Gretchen ihr ein Foto seines Führerscheins schickte, brachte sie keinen Schritt weiter. Und vor allem fand sie keinen Zusammenhang zwischen Nance und Peter Rowland – obwohl sie fest davon überzeugt war, dass Nance für Rowland gearbeitet hatte.

Dann fiel Josie ein, wie sie Kim Conways Verbindung zu Eric Dunn herausgefunden hatte. Sie rief die Google-Bildersuche auf, tippte Peter Rowlands Namen ein und begann zu scrollen. Es gab Tausende Bilder von dem Mann. Noah hatte recht gehabt – er war in vielerlei Hinsicht wohltätig engagiert. Die meisten Fotos zeigten ihn bei irgendwelchen Benefizveranstaltungen. Meistens stand er in einem maßgeschneiderten Anzug auf einem roten Teppich und lächelte in die Kamera, oft mit seiner Frau und seiner Tochter an der Seite. Rowlands Frau sah aus, als könnte sie einmal ein Supermodel gewesen sein, mit ihren markanten hohen Wangenknochen und dem seidigen blonden Haar. Seine Tochter war das Abziehbild ihrer Mutter, abgesehen von der Nase mit dem unverkennbaren Haken, die sie eindeutig von Peter hatte. Josie scrollte durch Tausende Fotos von Rowland, bevor sie auf Seite achtundzwanzig fand, was sie suchte. Es war ein Schnappschuss von Peter, der durch den Central Park spazierte. Er trug Kakihosen, ein gelbes Polohemd und Slipper. Sein Haar kringelte sich im Wind. Die Augen, auf sein Handy fixiert, waren hinter den Gläsern einer Sonnenbrille verborgen. An seiner Seite, gerade so weit entfernt, dass es aussah, als gingen sie nicht nebeneinander her, war Leonard Nance, ganz in Schwarz gekleidet, den Blick starr nach vorn gerichtet. Er hatte gerade zu einem langen Schritt angesetzt.

»Jackpot«, murmelte Josie.

In diesem Moment steckte Noah den Kopf durch die Tür.

»Hi«, sagte Josie und winkte ihn herein. Sein Anblick schien ihren Puls etwas zu beruhigen. »Haben Sie etwas entdeckt?«

Er setzte sich ihr gegenüber und verzog das Gesicht. »Klamotten in der Waschmaschine.«

»Oh mein Gott«, sagte Josie.

»Machen Sie sich keine Vorwürfe, Boss.«

»Wir waren nicht gründlich genug.«

»Leute duschen eben«, erklärte Noah. »Kim Conway war Opfer häuslicher Gewalt. Wir dachten, sie wäre in Gefahr. Bis wir sie aufgegabelt hatten, wussten wir nicht einmal, dass Leonard Nance existiert. Ich habe Gretchen schon angerufen. Sie schickt die Spurensicherung direkt weiter zu Lukes Haus, wenn sie am Getreidespeicher fertig sind. Wir tragen jetzt alles zusammen, was wir kriegen können, und überlassen es der Staatsanwaltschaft, ihre Schlüsse daraus zu ziehen.«

»Die werden das nicht weiterverfolgen wollen. Conway hat bereits zugegeben, in seinem Wagen gesessen und zum Silo gegangen zu sein. Selbst, wenn ihre Fingerabdrücke überall im Auto zu finden sind, ist das kein entscheidender Beweis. Sie wird leicht auf Notwehr plädieren können, und wahrscheinlich war es das auch. Ich glaube, Leonard war ein Söldner, jemand, der dafür bezahlt wurde, für jemanden die Drecksarbeit zu erledigen, der reicher und mächtiger ist. Peter Rowland zum Beispiel. Gott weiß, was er mit ihr vorhatte.«

»Haben Sie denn einen Zusammenhang zwischen Leonard Nance und Peter Rowland gefunden?«, fragte Noah.

Josie bedeutete ihm, um den Schreibtisch herumzukommen, damit er sich das Foto ansehen konnte.

»Das ist alles?«, fragte er.

»Das und die Tatsache, dass sie beide in New York City leben.«

»Boss, ich weiß nicht ...«

»Noah, das ist alles, was wir momentan haben. Luke und das Baby werden immer noch vermisst. Ich muss jeder Spur folgen.«

Noah setzte sich wieder in Josies Besucherstuhl. »Die Verbindung zwischen Rowland und dem Baby verstehe ich ja, aber warum sollte er jemanden auf Kim ansetzen?«

»Kim hat gesagt, dass Leo sie nach dem Gebäudeeinsturz gefragt hat«, sagte Josie. »Er wollte die Beweisvideos.«

»Warum sollte Rowland nach belastendem Beweismaterial gegen Dunn suchen? Er war doch sogar scharf darauf, mit ihm ins Geschäft zu kommen, um ihm seine Sicherheits- und Überwachungssysteme für die Hotels und Kasinos zu verkaufen. Wenn er die Videos wirklich haben wollte, um Dunn zu erpressen – zu welchem Zweck? Rowland braucht Dunn doch nicht zu erpressen. Selbst wenn er einen guten Grund hätte, weshalb er diese Videos unbedingt haben will, einen Grund, den wir nicht kennen – was hätte das alles mit Luke zu tun?«

Josie wollte es weder aussprechen noch darüber nachdenken, obwohl sie den Gedanken in den letzten paar Stunden sehr oft gehabt hatte. »Vielleicht nichts«, sagte sie widerstrebend. »Wahrscheinlicher ist wohl, dass Dunn Luke hat töten lassen.« Ihre Stimme brach und sie rieb sich die Augen.

»Josie«, sagte Noah sanft.

Sie machte eine abwinkende Geste mit der Hand, um sich selbst zu beruhigen. »Mir gehts gut. Hören Sie, die Chancen, dieses Baby zu finden, sind immer noch verdammt gut, vor allem, wenn Dunn es nie hatte und Rowland glaubt, er könnte der Vater sein. Können wir versuchen, uns darauf zu konzentrieren?«

»Okay«, sagte Noah. »Aber ich für meinen Teil habe auch die Suche nach Luke noch nicht aufgegeben.«

Josie schenkte ihm ein mattes Lächeln. Sie hatte es auch noch nicht aufgegeben, auch wenn sie mittlerweile davon überzeugt war, nach einer Leiche zu suchen.

Von der anderen Seite ihrer Bürotür drang plötzlich erregtes Stimmengewirr. Josie stand auf, aber Noah war schneller. »Ich kümmere mich darum«, sagte er.

Draußen stritten zwei Polizisten erbittert um die Fernbedienung für den Gemeinschaftsfernseher. »Sie wird grantig, wenn sie sieht, dass das schon wieder läuft. Mach es aus«, sagte einer von ihnen.

»Die zeigen ein Interview mit King nach seiner Verhaftung. Das ist noch nie gezeigtes Material!«, erwiderte sein Kollege, der die Fernbedienung in die Höhe hielt.

Auf dem Fernsehbildschirm lief immer noch die Berichterstattung über den Fall des Interstate-Killers. Trinity Payne stand vorm Gerichtsgebäude von Alcott County. Der Beitrag war betitelt mit: »*Geschworener fällt in Ohnmacht. Prozess auf Nachmittag vertagt.*« »Heute wurden den Geschworenen Tatortfotos von Aaron Kings letztem bekannten Opfer gezeigt«, berichtete Trinity. »Die Bilder waren derart schrecklich anzusehen, dass einer der Geschworenen, ein etwa sechzigjähriger Mann, in Ohnmacht fiel, was für Tumult im Gerichtssaal sorgte.«

Josie kam sich vor wie eine Mutter, die Streit zwischen ihren Sprösslingen schlichten muss, als sie zu den Kollegen trat und die Hand ausstreckte. »Ich *bin* grantig. Ich habe Sie mehr als einmal gebeten, diese Scheiße auszustellen. Sie können es später streamen. In Ihrer Freizeit.«

Der Polizist händigte ihr die Fernbedienung ohne zu zögern aus. »Tut mir leid, Boss«, murmelte er.

»Wie bereits angekündigt«, fuhr Trinity fort, nachdem sie das Geschehen im Gerichtssaal geschildert hatte, »hat einer unserer Kontakte uns die Aufnahmen dieses Interviews zugespielt, das King gegeben hat, nachdem er der Interstate-Morde angeklagt wurde.«

Josie hob die Fernbedienung, um das Gerät auszuschalten. Es gab einen Schnitt, und der Beitrag zeigte nun einen jungen Mann in einem orangefarbenen Overall mit kurzem, ordentlich gekämmtem braunem Haar. Sein Gesicht war glattrasiert und sein Blick gewohnt stechend. Er wurde in Handschellen aus einem Polizeitransporter und hinein ins Gerichtsgebäude geführt. Journalisten brüllten ihm Fragen entgegen. Als er lächelte, durchfuhr es Josie wie ein Kälteschock. Einen kurzen Augenblick war sie so verwirrt von dem, was sie sah, dass es ihr die Sprache verschlug. Rasiert und ordentlich frisiert sah King wie ein ganz anderer Mensch aus.

Noah und die beiden Polizisten starrten Josie an, die immer noch die Hand mit der Fernbedienung in die Höhe hielt. Sie hörte nichts von dem, was King sagte, so gebannt war sie vom Anblick seines Gesichts.

»Boss?«, fragte Noah.

Sie reichte ihm die Fernbedienung. »Holen Sie Rowland her. Jetzt. Kümmern Sie sich selbst darum und nehmen Sie einen uniformierten Officer mit.«

Dann marschierte sie wieder in ihr Büro.

»Wo wollen Sie hin?«, rief Noah ihr hinterher.

»Ich muss mit Trinity reden.«

Josie zog die Tür hinter sich zu. Sie brauchte drei Anläufe, bis sie Trinity ans Telefon bekam. »Was wollen Sie? Ich war gerade mitten in einem Livebericht«, motzte sie. »Sagen Sie nicht, dass ich Ihnen helfen soll. Sie haben mir nicht einmal

Bescheid gesagt, als Eric Dunn gestorben ist. Stimmt es, dass Sie dabei waren?«

Josie verdrehte die Augen. »Ja, ich war dabei. Und ja, ich gebe Ihnen ein Interview, wenn Sie möchten. Ist mir egal. Aber jetzt brauche ich Informationen von Ihnen.«

»Ein Interview vor der Kamera«, forderte Trinity. »Exklusiv.«

»Gut, was auch immer. Helfen Sie mir?«

Trinity seufzte. »Ich hoffe, das hier wird eine gute Story. Ist sie gut? Ein Knaller?«

»Ja, ich denke schon.«

»Gut. Was wollen Sie wissen?«

»Was können Sie mir über den Interstate-Killer verraten?«

Gelächter. »Alles. Ich kann Ihnen alles erzählen.«

55

Josies nächster Anruf ging an Diana Sweeney. Sie sagte ihr, wonach sie suchte, und erwartete im ersten Moment, dass Diana ihr sagte, sie solle sich zum Teufel scheren. Stattdessen erklärte sich Diana auf der Stelle dazu bereit, ihr zu helfen, und notierte sich Trinity Paynes Handynummer. Nachdem sie aufgelegt hatte, las Josie die Textnachrichten, die während ihres Gesprächs mit Diana hereingekommen waren. Sie kamen von Noah. *»Bringen Rowland jetzt vorbei. Muss Ihnen aber sagen, dass wir ihn aus einem Mittagessen mit der Bürgermeisterin herausgeholt haben.«*

Josie stöhnte auf und das Pochen in ihrem Kopf wurde stärker. In ihrer Schreibtischschublade stieß sie auf eine Packung Ibuprofen, und sie schluckte eine Tablette ohne Wasser herunter, bevor sie sich auf den Weg zum Konferenzraum machte. Ihre Schultern verkrampften sich vor Anspannung, als sie aus dem Treppenhaus trat und feststellen musste, dass Tara Charleston vor der Tür auf und ab lief. Ihre Zehn-Zentimeter-Absätze klackerten hektisch auf den Kacheln. Als sie Josie erblickte, schoss sie auf sie zu, und einen Moment glaubte Josie, gleich eine von Tara geknallt zu bekommen.

»Sind Sie völlig verrückt geworden?«, blaffte Tara mit hochroten Wangen. »Was glauben Sie eigentlich, was Sie da tun?«

»Ich muss mit Mr. Rowland sprechen«, erklärte Josie und kreuzte die Arme vor der Brust.

»Und deswegen lassen Sie ihn abführen wie einen gewöhnlichen Kriminellen? Sie haben einen Beamten in Uniform dazu vorbeigeschickt?«

»Handschellen haben sie ihm ja wohl nicht angelegt, oder?«, fragte Josie.

»Nun, nein«, gab Tara widerborstig zu. »Weil Mr. Rowland ein Gentleman ist, und er war so entgegenkommend, Ihre Beamten auf der Stelle zu begleiten. Darum geht es aber nicht. Sie sind *so* kurz davor, Ihren Posten als Polizeichefin zu verlieren. Gefährlich kurz.«

»Sie wollen mich dafür feuern, dass ich meine Arbeit mache?«

Tara pikste Josie mit einem ihrer spitzen Fingernägel in die Schulter. »Ihre Arbeit? So erledigen Sie die also? Erst kommt Eric Dunn ums Leben, und jetzt lassen Sie Peter Rowland abführen, um ihn zu befragen – wozu überhaupt? Was könnte er Ihnen schon verraten, dass Sie nicht auch unauffälliger erfragen könnten? Schlimm genug, dass ich diesen Albtraum mit Dunn allein regeln musste. Und jetzt das.«

»Albtraum?«, fragte Josie.

Tara schnaubte frustriert. »Können Sie sich nicht vorstellen, dass es ein Albtraum epischen Ausmaßes ist, wenn jemand wie Eric Dunn in der eigenen Stadt umkommt? Der Anwalt seiner Mutter hat mich bereits wegen der Haftung kontaktiert.«

Josie musste lachen. »Haftung? Bitte. Er stand auf seiner eigenen Baustelle. Er hat offenkundig Sicherheitsvorgaben missachtet, was es leicht gemacht haben muss, das Gelände zu betreten und die Sicherheit des Gebäudes zu manipulieren. Lassen Sie das anwaltlich regeln.«

»Oh, aber klar doch«, erwiderte Tara. »Als wäre das so

einfach. Die Presse hat sich sofort auf den Fall gestürzt, und ich bin mir nicht sicher, ob ich das wieder geradebiegen kann.«

»Haben Sie denn keinen Pressesprecher?«, fragte Josie und fühlte sich von Sekunde zu Sekunde gereizter. Tara wollte sich einfach bei jemandem auskotzen, und Josie hatte wirklich keine Zeit, ihr auch noch die Haare zu halten. »Hören Sie, ich muss jetzt wirklich mit Mr. Rowland sprechen.«

»Sprechen Sie mit ihm und lassen Sie ihn dann gehen. Und beten Sie, dass ich die Angelegenheit mit ihm wieder glattbügeln kann. Wenn nicht, dann sind Ihre Tage hier in der Stadt gezählt.«

56

NEWS 4 – Gainesville

Gainesville, Florida

04. August 2017

Tödlicher Unfall mit Fahrerflucht

Der neunzehnjährige Joshua Johnson aus Gainesville wurde von einem Auto erfasst und tödlich verwundet, als er am frühen Freitagmorgen zu Fuß auf einem Bürgersteig unterwegs war. Der Unfallfahrer ist flüchtig. Die Polizei geht davon aus, dass sich der Unfall zwischen 4 und 5 Uhr morgens an der 34. Straße Südwest in der Nähe des Windmeadows Boulevards ereignet hat. Johnson, nach einem kürzlich begangenen Einbruchsdelikt auf Bewährung, war auf dem Weg zu einem nahe gelegenen Diner, in dem er eine Anstellung als Küchenhilfe gefunden hatte. Ein vorbeifahrender Autofahrer sah seine Leiche auf dem Gehweg und tätigte den Notruf. Johnson wurde noch am Unfallort für tot erklärt. Die Polizei bittet mögliche Augenzeugen, sich unverzüglich zu melden.

$$57$$

Sie warteten noch eine Stunde, bis Rowlands Anwalt auftauchte. Josie kannte ihn von den juristischen Fällen von großem öffentlichen Interesse, die in Alcott County verhandelt wurden. Sie wusste nicht, ob Rowland ihn ohnehin für die Klärung seiner Angelegenheiten vor Ort beauftragt hatte oder ob er ihn erst jetzt kontaktiert hatte. Was Josie wiederum wusste, war, dass er ein hervorragender Strafverteidiger war. In der Sekunde, als sie und Noah den Raum betraten, setzte er gleich zu einer Tirade zu den unzähligen Verletzungen von Rowlands Rechten an, die sie heute begangen hatten.

»Entschuldigen Sie bitte«, wurde er von Noah unterbrochen. »Wir haben Mr. Rowland lediglich gebeten, uns auf die Polizeiwache zu begleiten und einige Fragen zu beantworten, und er hat zugestimmt. Wir haben ihn noch nicht einmal über seine Rechte in Kenntnis gesetzt. Er kann gehen, wann immer er möchte.«

»Wir wollen nur reden«, fügte Josie hinzu.

Der Anwalt musterte sie von oben herab, bis Peter Rowland, der neben ihm saß, höflich lächelte und seinen Arm berührte. »Schon in Ordnung«, versicherte Rowland. »Bitte.

Hören wir uns erst einmal an, warum sie uns hergebeten haben.«

Widerstrebend ließ sich der Anwalt neben Rowland nieder. Noah tat es ihm gleich, während Josie stehen blieb. »Wie lange hat Leonard Nance für Sie gearbeitet?«, fragte sie.

Zwischen Rowlands Brauen bildete sich eine Furche. »Entschuldigen Sie bitte. Wer?«

Josie zog ihr Handy hervor, rief ein Bild von Nance mit seinem halb weggepusteten Schädel auf, das Gretchen ihr vom Tatort geschickt hatte, und hielt es den beiden Männern unter die Nase. Man musste ihnen zugutehalten, dass keiner von beiden auch nur die leiseste Reaktion zeigte. »Ich denke, das reicht dann auch schon für heute«, sagte der Anwalt.

»Ich kenne den Mann nicht«, erklärte Rowland.

Der Anwalt stand auf und strich sein Anzugsjackett glatt. »Ich weiß nicht, was Sie hier beabsichtigen, aber wir gehen jetzt«, sagte er. »Wenn Sie irgendwelche relevanten Fragen an meinen Klienten haben, können Sie in meinem Büro anrufen.«

Josie wandte sich direkt an Rowland, der immer noch am Tisch saß. »Ich weiß über Aaron King Bescheid«, sagte sie.

Eine gespenstische Stille breitete sich im Raum aus. Josie spürte die Blicke von Noah und dem Anwalt auf ihrem Körper, aber sie selbst hielt eisernen Blickkontakt mit Rowland. Sie hatte das Gefühl, als spielte sich eine Art stiller Kommunikation zwischen ihnen ab. Rowland erwiderte ihren Blick standhaft und gab seinem Anwalt mit zwei Fingern ein Zeichen. Der beugte sich vor, damit Rowland ihm direkt ins Ohr sprechen konnte. Den folgenden hitzigen Wortwechsel konnte Josie nicht verstehen. Dann richtete sich der Anwalt auf, schaute Josie mit stechendem Blick an und sagte: »Ich warte vor der Tür.«

Josie nickte Noah zu, und der verließ ebenfalls den Raum. Josie setzte sich Rowland gegenüber an den Tisch.

Er stützte sich mit den Ellbogen auf der Tischplatte auf, faltete die Hände und legte das Kin darauf ab. »Was soll es denn sein, das Sie über Aaron King wissen, Chief? Wir reden schon von Aaron King, dem Interstate-Killer, oder?«

»Ja«, sagte Josie. »Ich weiß, dass er Ihr Sohn ist.«

Rowland blieb mucksmäuschenstill. Sein Blick glitt weg von ihrem Gesicht, über ihre Schulter. Für einen kurzen Moment dachte Josie, er suche nach den Überwachungskameras, aber dafür wirkte seine Miene zu leer, zu entrückt. Josie wartete eine gefühlte Ewigkeit. Dann, irgendwann, sagte er: »Wie sind Sie an diese Information gekommen?«

»Ich habe meine Quellen.«

Jetzt schaute er ihr wieder mit klarem Blick in die Augen. »Ich wüsste zu gern, welche Quellen das sind, über die Sie an so vertrauliche Informationen herankommen. Wissen Sie, ich besitze eine ganze Reihe Softwares auf dem neuesten Stand der Technik, geplant und umgesetzt von einem Team erfahrener Computerhacker, die nicht mal eben an derart sensible Informationen herankommen, wie Sie sie in den letzten zwei Tagen herausgefunden zu haben meinen. Vielleicht sollte ich Ihnen einen Job anbieten.«

Da war es wieder. Er ließ auf Knopfdruck seinen Charme spielen. Das schien seine Strategie zu sein, erkannte Josie. Er war nett, höflich, zuvorkommend, aber das war nur Ablenkung. »Manchmal muss man nur den richtigen Leuten die richtigen Fragen stellen«, sagte Josie. »Wie lange wissen Sie schon, dass Aaron King eines Ihrer Spenderkinder war?«

»Inwiefern ist das von Relevanz für Ihre Ermittlungen in Victor Derossis Fall?«, fragte Rowland.

Dass er ihrer Frage ausgewichen war, zeigte Josie, dass sie ins Schwarze getroffen hatte. In den nächsten ein, zwei Tagen würde sie die nötigen Beweise beschaffen können. Bis dahin hätte sie vielleicht auch noch weitere Beweise. Sie war sich nicht sicher, was sie von all diesen Zufällen halten sollte. Sie brauchte mehr Informationen, wenn sie etwas gegen Rowland in der Hand haben wollte. Aber wenn es nur die geringste

Chance gab, dass er Victor hatte oder wusste, wo sich das Baby befand, musste Josie jetzt etwas unternehmen – am besten, solange der Anwalt nicht im Raum war. »Warum sagen Sie mir nicht, was der Interstate-Killer mit Victor Derossi zu tun hat?«, fragte sie und reagierte damit, genau wie Rowland zuvor, auf seine Frage mit einer Gegenfrage.

»Ich wünschte, ich wüsste es. Was haben Sie mit dieser Information überhaupt vor?«

»Was ich damit vorhabe, sollte Sie nicht beunruhigen.«

»Was denn dann?«

»Trinity Payne weiß Bescheid.«

Rowland wurde blass. »Diese Reporterin?«

Josie nickte. »Sie berichtet über den Aaron-King-Prozess. Und sie ist äußerst gründlich. Früher fand ich das anstrengend, aber im Laufe der letzten anderthalb Jahre haben sich ihre Fähigkeiten immer wieder als ganz nützlich erwiesen.«

»Und was hat sie mit der Information vor?«

»Das weiß ich nicht, und es ist mir auch egal. Nicht egal ist mir allerdings das Schicksal von Victor Derossi, jetzt, da ich weiß, dass Leonard Nance für Sie gearbeitet hat. Ich weiß, dass er das Baby unter Eric Dunns Nase hinweg entführt hat, und ich weiß, dass er aufgrund Ihrer Verbindungen zu Eric Dunn Kontakt mit Kim Conway aufgenommen hat. Das Ganze ist für ihn tödlich ausgegangen.«

»Wenn Sie Beweise für all diese Behauptungen haben, brennt mein Anwalt bestimmt ebenso sehr darauf, sie zu sehen, wie ich.«

Josie ignorierte seinen Einwand. »Wo ist Victor Derossi?«

Er brachte ein schwaches Lächeln zustande. »Ich wünschte, ich könnte Ihnen helfen. Wirklich. Aber ich weiß nichts über Victor Derossis Entführung. Ehrlich, Chief Quinn, wenn ich irgendetwas darüber wüsste, hätte ich schon vor Tagen in Ihrem Büro gesessen. Ich habe meinen Anwalt gebeten, uns einen Augenblick allein zu lassen, weil diese Information, die Sie da aufgeschnappt haben ... Sagen wir es so, ich habe nicht das Bedürfnis, dass sich mein Leben in einen Zirkus verwandelt. Sie können sich bestimmt vorstellen, dass es meinem Privatleben und Geschäft großen Schaden zufügen würde, wenn die Öffentlichkeit Wind davon bekäme, dass ich auf eine solche Weise mit Aaron King verbunden bin.«

»Genauso, wie Ihre Verbindung zu Victor meine Ermittlungen behindern würde?«, fragte Josie.

»Kommen Sie, Chief. Sie haben es doch selbst erlebt, was passiert, wenn die Massenmedien sich auf einen stürzen, oder etwa nicht?«

Das hatte Josie, aber sie war nicht bereit, ihm zuzustimmen. Als sie nichts erwiderte, fuhr Rowland fort: »Ich bin mir sicher, dass Sie verstehen, warum ich nicht will, dass diese Information an die Öffentlichkeit gerät. Ob sie jetzt stimmt oder nicht.«

»Dann stecken wir in einer Sackgasse, weil ich Ihnen dabei nicht helfen kann. Ich will nur Victor Derossi finden.«

»Es gibt nur wenige Sackgassen, aus denen man mit ausreichend Geld nicht herausfinden könnte«, sagte Rowland.

»Wie meinen Sie das?«

»Was würde es kosten, dass Sie vergessen, was Sie wissen, und Trinity bitten, dasselbe zu tun? Bestimmt gibt es noch sehr viel pikantere Geschichten da draußen.«

»Ich bin nicht bestechlich, und in Trinitys Namen kann ich nicht sprechen.«

»Das ist keine Bestechung«, sagte Rowland. »Ich bitte Sie lediglich um eine Dienstleistung.«

»Ich diene nur der Stadt Denton«, erinnerte ihn Josie.

»Ja, und ich bin einer ihrer Einwohner. Muss ich Sie an meine jüngste Spende für das so dringend benötigte Frauenhaus erinnern?«

Josie hob eine Augenbraue. »Drohen Sie gerade an, Ihre Spende zurückzuziehen?«

Er breitete die Hände in einer Geste der Hilflosigkeit aus.

»Ich bin mir nicht sicher, ob die Bürgermeisterin begeistert wäre, wenn ihr Frauenhaus vom Vater eines Serienkillers finanziert würde.«

»Dann bleiben wir wohl in der Sackgasse stecken. Danke, dass Sie sich Zeit genommen haben.«

58

Während Gretchen sich um die Abwicklung am Nance-Tatort kümmerte und Noah sich an Rowlands Fersen heftete, musste Josie sich wohl oder übel eine Weile mit ihren Pflichten als Polizeichefin beschäftigen. Der Rest des Tages ging dafür drauf, Überstunden abzusegnen, den Personalplan zu überprüfen und auf Beschwerden innerhalb ihrer Abteilung und von Bürgern gegen ihre Beamten zu antworten. Belangloses Zeug, das keine große Konzentration erforderte. Dann genehmigte sie ein paar Materialanfragen und kümmerte sich um ein paar der üblichen vierteljährlichen Beurteilungen.

Es fiel ihr schwer, am Schreibtisch sitzen zu bleiben, während ihr ganzes Denken von der Angst beherrscht war. Immer wieder überprüfte sie ihr Handy, aber es gab nichts Neues, weder von Trinity noch von Diana. In Gedanken ging Josie immer wieder ihr Gespräch mit Rowland durch. Er hatte versucht, sie zu bestechen, um seine Verbindung zu Aaron King geheim zu halten, war aber nicht bereit gewesen, Victor Derossi aufzugeben. Zuzugeben, dass er ein Baby entführt hatte – oder zumindest daran beteiligt war – hätte ihn vermutlich geradewegs ins Gefängnis befördert.

Aber es musste noch jemand anderes die Finger im Spiel haben. Jemand, der sich um das Baby kümmerte, wenn man davon ausging, dass sich Victor Derossi noch irgendwo in Denton befand. Josie schrieb ihren Kollegen vor Rowlands Anwesen eine Nachricht, aber die hatten weder eine Haushälterin noch sonst jemanden zu Gesicht bekommen.

Der Tag zog sich wie Kaugummi. Josie hielt ständigen Kontakt mit Gretchen, Noah und ihren anderen Kollegen, aber niemand hatte etwas Interessantes zu berichten. Während sie versuchte, den Papierkram auf ihrem Schreibtisch abzuarbeiten, schweiften ihre Gedanken immer wieder ab und verschiedene Szenarien mit Lukes leblosem Körper tauchten vor ihrem inneren Auge auf. Wie hatten Dunns Männer sich seiner entledigt, fragte sie sich. Eine Kugel in den Kopf? Ein Schnitt durch die Kehle? Hatten sie ihn zuerst gefoltert? Was hatten sie mit seiner Leiche angestellt? Würden sie sie jemals finden?

Allein in ihrem Büro und mit dem Gedanken an Luke, der gequält und getötet wurde, ließ Josie endlich den Tränen freien Lauf, die sie tagelang unterdrückt hatte. All die Anspannung und Ängste der letzten Tage übermannten sie, und sie ließ es zu. Als sie alles herausgelassen hatte, wischte sie sich das Gesicht ab, legte ein wenig Foundation auf und machte sich auf den Heimweg. Sie brauchte dringend einen Drink. Einen großen Drink. Carrieann erwartete sie zu Hause mit einer noch unberührten Pizza auf dem Wohnzimmertisch. Sie war in fast derselben Haltung vor dem Fernseher zusammengesackt wie Luke an jenem Tag, als die ganze Katastrophe begonnen hatte. Sie warf Josie einen flüchtigen Blick zu, war aber taktvoll genug, ihre geröteten Augen nicht zu erwähnen.

»Ich schätze, wenn es etwas Neues gegeben hätte, hättest du mich angerufen«, bemerkte sie ausdruckslos, als Josie sich neben sie setzte.

»Vielleicht gibt es eine Spur zu dem Baby«, sagte Josie und erzählte ihr von Rowlands Verbindung zu Victor Derossi. »Wir haben ihn vorgeladen und er ist mit seinem Anwalt aufgekreuzt«, ergänzte sie. »Ich konnte zwar unter vier Augen mit ihm sprechen, aber irgendwie haben wir uns festgefahren. Ich will nichts beschönigen, Carrieann. Wir haben keine Hinweise mehr darauf, wo Luke stecken könnte.«

Carrieann schaute sie an. »Was ist mit Rowland? Er muss Victor haben. Hundertprozentig – wo sonst sollte das Baby sein? Und wenn er Dunn schon Victor entwendet hat, dann muss er auch Luke haben.«

»Aber zwischen Rowland und Luke gibt es wirklich keine Verbindung. Warum hätte er auch Luke vor Dunn retten sollen? Ich finde es wichtig ...« Josies Stimme erstarb. Sie sammelte sich und setzte erneut an. »Ich finde es wichtig, dass wir realistisch bleiben.«

Carrieann wandte den Blick ab und wischte sich eine Träne aus dem Augenwinkel. Dann richtete sie sich auf, stützte die Ellbogen auf die Knie und wiegte den Oberkörper vor und zurück. Nach ein paar Minuten sagte sie: »Von Realismus habe ich nie viel gehalten.«

Josie lachte. »Wirklich? Ich hatte dich immer für eine Realistin gehalten.«

»Pragmatikerin«, stellte Carrieann klar. »Das ist nicht dasselbe. Ich gebe nicht auf, und du solltest das auch nicht tun. Du hast gesagt, Dunns Männer waren tot, als ihr diese Kirche hochgenommen habt. Ihre Leichen waren noch dort, Lukes nicht.«

»Wir wissen ja nicht einmal, ob Luke noch dort war, als diese Männer umgebracht wurden. Wir wissen gar nichts, Carrieann.«

»Wie sieht es mit einer Verbindung zwischen Rowland und Dunn aus? Was, wenn Rowlands Leute den Unfall verursacht haben, bei dem Dunn und seine Crew umgekommen sind?«

»Darüber habe ich auch nachgedacht«, gab Josie zu. »Aber ich weiß nicht, warum er sich plötzlich dazu entschließen sollte,

ihn aus dem Verkehr zu ziehen, und das auf eine Weise, die
unverkennbar kein Unfall war. Aber Rowland – oder vielmehr
seine Leute – wussten zumindest, wo sie den kleinen Victor
finden, so viel steht fest. Das heißt, dass sie Dunn und seine
Gorillas vermutlich eine ganze Weile lang überwacht haben –
vermutlich schon seit Rowland angefangen hat, mit Dunn über
die Installation seiner Überwachungssysteme in dem geplanten
Kasino zu verhandeln.« Sie schüttelte den Kopf. »Ich habe aber
immer noch das Gefühl, dass mir irgendetwas entgangen ist.
Etwas wirklich Wichtiges.«

»Nun«, sagte Carrieann. »Wir finden schon noch heraus,
was es ist – so oder so.«

Zusammen leerten sie die Flasche Wild Turkey, die Gretchen
Josie zum Friedhof gebracht hatte, fast bis zur Neige. Das
machte sie zwar kein bisschen schlauer, aber es dämmte Josies
Angst ein wenig ein und verwandelte Carrieann in ein
heulendes Elend. Sie hatten schon angenehmere Abende
zusammen verbracht, überlegte Josie, als sie die Treppe zum
Schlafzimmer hinaufstolperte und sich in voller Montur
Gesicht voraus auf ihr breites Doppelbett fallenließ.

Um acht Uhr morgens wurde sie vom Klingeln ihres
Handys geweckt. Sie hatte sich die ganze Nacht über nicht
einen Zentimeter von der Stelle gerührt und länger geschlafen,
als sie eigentlich beabsichtigt hatte. Sie wälzte sich auf die Seite
und tastete an ihrem Körper entlang, bis sie in ihrer Gesäßta-
sche auf das Telefon stieß. Der Akku zeigte nur noch vierzehn
Prozent an. »Hallo?«, meldete sie sich verkatert.

»Boss?«, fragte Gretchen.

Josie setzte sich auf. »Ja.«

»Ich dachte, es interessiert Sie vielleicht, dass Feist mit der
Obduktion von Nance fertig ist. Gleiche Todesursache wie bei

Twitch. Die Waffe in seinem Wagen war nicht registriert und die Seriennummer weggefeilt. Fingerabdrücke haben wir keine darauf gefunden.«

»Das heißt, der Täter hat sie abgewischt.«

»Genau.«

Josie seufzte. »Rufen Sie Noah an. Wir treffen uns in einer Stunde auf dem Revier und überlegen, wie wir jetzt weiter vorgehen.«

»Alles klar«, sagte Gretchen und legte auf.

Wie auf Autopilot putzte Josie sich die Zähne, duschte und zog sich ihre Arbeitskleidung an. All ihre Gedanken drehten sich um Carrieanns Vermutung, dass Rowland sowohl das Baby als auch Luke versteckte. Gab es irgendeinen Grund, weshalb Rowland Luke entführt haben könnte, oder klammerte sie sich so verzweifelt an die schwindende Chance, dass Luke noch lebte, dass sie nicht mehr einschätzen konnte, was wahrscheinlich war und was nicht? Josie beschloss, sich auf Victor Derossi zu konzentrieren. Sie war überzeugt davon, dass er bei Rowland war.

Auf jeden Fall würde sie Rowlands Leben Stück für Stück auseinandernehmen. Grundstücksbesitze, Firmen, Geschäftspartner, Freunde. Sie würde alles ans Licht bringen, was es über ihn und jeden, den er kannte, herauszufinden gab. Sie würde ihre Leute auf ihn und sein Umfeld ansetzen, so lange, bis jemand sie zu dem kleinen Victor führte. Eigentlich hatte Josie den Prozess sogar schon angestoßen, aber sie wurde das Gefühl nicht los, dass ihr die Zeit davonlief. Rowland konnte ein entführtes Kind nicht für immer verstecken. Gerade jetzt, mit der Polizei im Nacken.

In der Küche setzte sie frischen Kaffee auf, lehnte sich gegen die Anrichte und wartete darauf, dass er kochte. Aus dem Obergeschoss drang Carrieanns Schnarchen. Josie konzentrierte sich darauf, um nicht darüber nachdenken zu müssen, wie sehr sie jeder einzelne Gegenstand in der Küche an Luke erinnerte. Ein lautes Klopfen an der Haustür riss sie aus ihrer Träumerei. Auf dem Weg in den Flur hörte sie bereits eine laute Frauenstimme von draußen: »Quinn! Machen Sie auf! Ich muss mit Ihnen reden!«

Josie öffnete die Tür. Auf der Schwelle stand Trinity Payne, und Josie sah sie zum allerersten Mal in einem Zustand, in dem man sie nicht vor die Kamera hätte lassen können. Sie trug ein schlabberiges T-Shirt mit Aufdruck der New-York-Yankees, eine graue Jogginghose und Uggs. Kein Make-up. Ihr schwarzes Haar war zerzaust und in den Armen hielt sie einen Laptop und einen Papierstoß. Sie rauschte an Josie vorbei und begab sich geradewegs in die Küche. »Oh, super«, sagte sie. »Kaffee kommt gerade recht.«

Die Arme in die Hüften gestemmt stand Josie im Türrahmen und schaute dabei zu, wie Trinity die Zettel auf dem Küchentisch ausbreitete. »Waren Sie die ganze Nacht wach?«

Trinity blickte auf und lächelte. »Ja, war ich, und ich könnte jetzt wirklich eine Tasse Kaffee gebrauchen. Geben Sie mir einen Moment und vertrauen Sie mir – das hier ist es wert.«

Josie holte zwei Tassen aus dem Schrank und schenkte den Kaffee ein. »Wie trinken Sie Ihren ...«

»Zwei Stück Zucker und viel Kaffeesahne«, wurde sie von Trinity unterbrochen. »Sie haben doch Kaffeesahne da, oder? Bitte sagen Sie mir, dass Sie Kaffeesahne im Haus haben.«

Josie öffnete die Kühlschranktür. »Genau so trinke ich meinen Kaffee auch.«

Sie bereitete die beiden Tassen Kaffee zu und trug sie zum Tisch. Eine reichte sie Trinity, die das Gebräu mit großen Schlucken herunterkippte. Der Tisch war übersät mit Schwarz-Weiß-Ausdrucken, die nach Zeitungsartikeln, Samenspenderprofilen und unscharfen Fotos aussahen. »Hatte ich recht?«, fragte Josie. »Was Eric Dunn betrifft?«

Trinity stellte ihre halb leere Tasse ab und nickte. »Ja, Sie hatten recht. Eric Dunn war Peter Rowlands Sohn. Ich weiß nicht, wie Sie auf die Idee gekommen sind, aber ja. Aaron King ist ebenfalls Rowlands Sohn. Damit hatten Sie auch recht.«

»Für die Gerichtsverhandlung zurechtgemacht ist Aaron King ihm wie aus dem Gesicht geschnitten«, sagte Josie. »Die Ähnlichkeit zwischen Rowland und Dunn ist nicht so groß, aber ich habe ein paar Jugendbilder von ihm gefunden, auf denen er ihm schon etwas gleicht. Trotzdem war es ein Schuss ins Blaue. Wenn ich nicht gewusst hätte, dass Dunn ein Spenderkind war, wäre ich auch niemals darauf gekommen. Trinity, das hier ist ein Riesending!«

»Nee, ist es nicht. Zumindest nicht verglichen mit dem, was ich noch herausgefunden habe.«

Josie hob eine Augenbraue. Trinity war nur selten derart aufgeregt. »Schießen Sie los.«

Trinity sammelte ein paar Zettel von der Ecke des Tischs auf. »Das hier ist Rowlands Spenderprofil, das Sie mir geschickt haben. Ich habe ein bisschen weitergegraben. Ihre Freundin Sweeney war mir dabei eine unglaubliche Hilfe. Wenn wir schon dabei sind: Ohne ihre Hilfe hätte ich gar nichts herausgefunden. Na ja, jedenfalls hat sich herausgestellt, dass Rowlands Samenspende *neun* Mal verwendet wurde.«

Trinity deutete auf die Seiten an der unteren Tischkante, allesamt unscharfe Fotos. »Neun Kinder im Alter zwischen fünfzehn und vierundzwanzig Jahren. Eric Dunn war das älteste, dicht gefolgt von Aaron King. Einige wurden im selben Jahr geboren, die meisten hier in Pennsylvania, New York oder New Jersey. Ein paar entlang der Ostküste und eines in Ohio.«

Josie schaute sich die Gesichter an. Die meisten Bilder schienen aus Facebook-Profilen kopiert zu sein.

»Das war noch der einfache Teil«, fuhr Trinity fort. »Sweeney konnte mir die Namen der Paare besorgen. Nach den Kindern zu suchen hat eine Ewigkeit gedauert, aber ich habe mir die Zeit genommen. Und jetzt wird es interessant. Mit

Ausnahme von Aaron King, dem gerade wegen Mordes der Prozess gemacht wird, sind *alle* von Rowlands Spenderkindern in den letzten zwölf Monaten gestorben.«

»Meinen Sie das ernst?«

»Todernst«, gab Trinity zurück. »Jedes von ihnen. Und es kommt noch besser: Jedes einzelne ist bei irgendeiner Art ›Unfall‹ ums Leben gekommen.«

Josie musste sich setzen. Trinity griff nach einem der neueren Artikel und reichte Josie den Ausdruck. »Dieser Junge hat in Philadelphia gelebt. Er war am Schuylkill River joggen. Zwei Tage später wurde seine Leiche im Fluss gefunden. Unfalltod durch Ertrinken.« Josie nahm den Artikel von Philly.com und überflog ihn. Trinity sammelte vier weitere Artikel ein und reichte sie ihr. »Zweimal Verkehrsunfall mit Fahrerflucht, in Ohio und Florida. Die Unfallfahrer wurden nie gefunden. Und dieses Mädchen«, sagte sie und wählte einen weiteren Zettel aus, »hat in Baltimore gelebt. Bootsunfall. Hier ist noch ein anderes Mädchen. Beim Campen in Bucks County fiel ein Baum auf ihr Zelt. Und dieser Bursche hier: vom Balkon gefallen. Und die Letzte hier ist an einer Kohlenmonoxidvergiftung gestorben.«

»Oh mein Gott«, sagte Josie.

»Und was mit Eric Dunn passiert ist, wissen Sie ja selbst.«

Ungläubig blätterte Josie durch die Artikel, während Trinity ihr triumphierend dabei zusah. »Das ist doch nicht Ihr Ernst – Rowland bringt also seine Spenderkinder um?«, fragte Josie.

»Na ja, dafür habe ich keine wirklichen Beweise, aber es kann doch kein Zufall sein, dass *alle* bis auf eines seiner Kinder im letzten Jahr getötet wurden – und das eine, das überlebt hat, wandert entweder für den Rest seines Lebens ins Gefängnis oder direkt in die Todeszelle.«

»Und wahrscheinlich wäre es auch nicht allzu schwer, im Gefängnis eine Art Unfall zu arrangieren«, gab Josie zu bedenken. Sie dachte an den kleinen Victor Derossi und ein Schauer lief ihr über den Rücken. Rowland war sich so sicher gewesen, dass das Baby nicht sein leibliches Kind war. Nicht wegen des Alters der Spermienprobe, sondern weil er es sicher wusste. Mit seinen finanziellen Möglichkeiten hatte er bestimmt längst einen DNA-Test durchführen lassen. Aber wenn Victor in Wahrheit Rays Kind war, würde er dann nicht am Leben gelassen? »Warum?«, fragte Josie laut. »Warum bringt er sie alle um?«

Trinity zuckte die Schultern. »Wer weiß. Vielleicht, weil er superreich ist und nicht will, dass irgendetwas davon an die Öffentlichkeit gerät? Ich meine, eines seiner Kinder ist ein Serienmörder.«

»Diesen Artikeln zufolge hatten einige seiner Opfer einen kriminellen Hintergrund«, sagte Josie. »Der Junge in Philadelphia war wegen schwerer Verbrechen angeklagt.«

»Genau«, sagte Trinity. »Für jemanden wie Rowland ist das keine gute PR. Was ich nicht verstehe, ist, wie er sie alle aufgestöbert hat. Ich konnte das nur dank Ihrer Quelle – und keine Sorge, ich werde sie schützen. Niemand wird erfahren, wie sehr sie mir geholfen hat.«

Josie dachte an ihr Gespräch mit Rowland zurück. »Er hat bestimmt Kontakte zu Hackern und außerdem unerschöpfliche finanzielle Mittel«, erklärte sie Trinity. »Bestimmt hat er jemanden damit beauftragt, sich in das Computersystem der Samenbank zu hacken.«

»Damit gehe ich auf jeden Fall zu meinem Produzenten.«

»Lassen Sie mich ihn erst dingfest machen«, bat Josie.

»Wie jetzt? Ihn verhaften? Wie wollen Sie das denn machen? Sie können doch nur beweisen, dass diese Kids hier seine Spenderkinder sind und alle bei Unfällen ums Leben kamen. Sie haben keinerlei Beweise, dass er diese Leute umgebracht hat – oder sie hat umbringen lassen.«

»Und das sagt die Frau, die all das öffentlich im Fernsehen behaupten will«, erwiderte Josie.

Trinity hob eine Augenbraue. »Ich bin gesetzlich ja auch nicht so stark gebunden wie ein Gericht. Ich muss lediglich einen Bericht darüber bringen, dass diese Leute hier Rowlands Spenderkinder waren und alle bei geheimnisvollen Unfällen ums Leben kamen. Das Publikum zieht daraus dann schon eigene Schlüsse. Sie müssten allerdings schon handfeste Beweise liefern, dass Rowland hinter all diesen Unfällen steckt. Und die haben Sie nicht.«

»Dann hole ich sie mir«, sagte Josie.

»Das könnte Monate dauern«, bemerkte Trinity. »Sie müssten dafür sorgen, dass alle Zuständigen die Fälle neu aufrollen. Dann müssten Sie Beweise dafür finden, dass irgendetwas faul war, und schließlich eine Verbindung zu Rowland herstellen. Wenn Sie ihn zum Verhör vorladen, verraten Sie sich vorzeitig.«

»Wenn Sie Ihren Bericht bringen, weiß er auch, dass wir hinter ihm her sind«, sagte Josie. »Ich muss zuerst mit ihm sprechen.«

Trinity starrte sie an, als wäre ihr gerade ein zweiter Kopf gewachsen. »Sie haben wirklich den Verstand verloren, oder? Der Typ spricht doch niemals ohne einen Anwalt mit Ihnen. Außerdem sprechen wir hier von zigfachem Mord. Glauben Sie, das gibt er einfach so zu?«

»Ich glaube, ich habe ihn schon ordentlich aufgerüttelt, als ich ihm gesagt habe, dass wir über Aaron King Bescheid wissen«, gab Josie zurück. »Ich bin mir sicher, dass er Victor Derossi gefangen hält. Ich muss etwas tun.«

»Gut«, sagte Trinity. »Aber tun Sie es schnell.«

59

SAMSTAG

Josie musste mehrere Male mit Rowlands Anwalt telefonieren, bis sie ein weiteres Treffen vereinbaren konnte. Dieses Mal hatte Josie vor, Rowland in das einschüchternde Verhörzimmer zu bitten. Aber im Vorfeld wollte sie, dass es wie ein weiteres freundschaftliches Treffen zwischen ihr und Rowland aussah, um ihn so wieder dazu zu bringen, seinen Anwalt fortzuschicken. Dazu steuerte Josie Komorrah 's Koffee an, einen kleinen Coffeeshop auf der Hauptstraße Dentons. Im Inneren war es warm und es roch köstlich nach Kaffee und Backwaren. Zwei Angestellte standen hinter dem Verkaufstresen rechts des Eingangs. Beide starrten auf ihre Handys. Die Wände waren mit Schwarz-Weiß-Bildern verschiedener Orte und Sehenswürdigkeiten in und um Denton geschmückt. Josie bestellte mehrere Becher Kaffee und ein Dutzend Gebäckteilchen.

Während sie wartete, schaute sie sich die Fotos an den Wänden an. Viele von ihnen zeigten bekannte Felsformationen in den Wäldern rund um die Stadt. Sie waren von einem Fotografen aus Denton geschossen worden, der eine recht steile Karriere hingelegt hatte und mittlerweile in der ganzen Welt herumreiste, um für Magazine und Websites wie *National*

Geographic und das *Smithsonian* zu fotografieren. Josie erkannte ein paar Felsen wieder, die nur Ortskundige kennen konnten. Josie waren sie gut vertraut: das zerbrochene Herz, der Stapel, die Schildkröte.

Ihr Handy meldete sich. Noah hatte ihr nur ein Wort geschickt: »*Rowland.*« Im selben Moment trat Peter Rowland höchstpersönlich durch die Tür des Coffeeshops. Er trug einen hellgrauen Anzug mit burgunderroter Krawatte. Zum ersten Mal machte er auf Josie den Eindruck eines Geschäftsmanns. Er stellte sich neben sie, drehte sich zu den Bildern an der Wand um und sagte: »Die sind wunderschön, nicht wahr? Ich habe ein paar davon in meiner Wohnung in New York.«

Josie starrte ihn an. »Ich bin mir nicht sicher, ob wir ohne Ihren Anwalt miteinander sprechen sollten«, sagte sie.

Rowland schenkte ihr ein Lächeln, das seinen Blick nicht erreichte. »Manches lässt sich auch ganz gut ohne Anwalt klären.«

Josie drehte sich zu ihm um. »Ist das so?«

»Als mich mein Anwalt angerufen hat, um dieses Treffen zu arrangieren, meinte er, Sie hätten neue Informationen zu dem Thema, das wir gestern unter vier Augen besprochen haben.«

»Informationen über Sie und Ihre Spenderkinder«, sagte Josie. »Das ist richtig.«

Eigentlich hatte sie dem Anwalt keinen Grund nennen wollen, weshalb sie Rowland erneut vorlud, aber der Mann hatte sich geweigert, ihrer Bitte ohne Erklärung nachzukommen. Also war sie so vage wie möglich geblieben und hatte ihm nur gesagt, dass Rowland wisse, worüber sie mit ihm sprechen wolle.

»Haben Sie sie alle gefunden?«

»Meinen Sie ihre Gräber?«, gab Josie zurück.

Ein kaum merkbarer Schatten huschte über Rowlands Gesicht. »Von wie vielen wissen Sie?«

Josies Herz setzte einige Schläge aus. Das war genau das Gespräch, das sie in ihrem Verhörraum hatte führen wollen, wo eine Kamera jedes Wort aufzeichnete. Das hier zählte offiziell nicht. Es war gut möglich, dass nichts von dem, was Rowland ihr jetzt erzählte, vor Gericht verwertbar sein würde. »Ich glaube, wir sollten das lieber auf dem Polizeirevier besprechen«, sagte sie und drehte sich wieder zur Theke um. »Wie es geplant war. Wir sehen uns dann dort.«

»In den ersten sechs Monaten, die Sie in Ihrem Haus gelebt haben, hatten Sie keine Möbel«, platzte Rowland heraus.

Josies Kopfhaut kribbelte und sie fuhr herum. »Was?«

Rowland trat näher an sie heran und senkte die Stimme. »Als Sie Ihr Haus gekauft haben, hatten sie fast sechs Monate lang keine Möbel. Nur im Schlafzimmer und in der Küche, aber das war alles. Ihre Schränke sind alle offen, obwohl eine brandneue Tür für Ihren Schlafzimmerschrank in der Garage steht. Überlegen Sie mal, woher ich das wohl weiß.«

Im Kopf ging Josie alle möglichen Antworten durch, aber ihr Herz wusste, dass es nur eine Erklärung gab.

»Sie haben Luke«, krächzte sie.

Er antwortete nicht und deutete nicht einmal durch ein Nicken an, dass sie recht hatte, aber sein Blick war fest auf ihr Gesicht geheftet.

»Wo?«, fragte sie.

»Nicht so schnell.«

»Warum erzählen Sie mir das?«

»Weil Sie mein Geld nicht annehmen werden.«

»Sie meinen Ihr Bestechungsgeld.« Josie wusste, dass sie die Beine in die Hand nehmen sollte. Einfach umdrehen, gehen und darauf bestehen, auf dem Revier zu reden, wie es abgesprochen gewesen war. Aber sie konnte sich nicht dazu durchringen. Ihr ganzes Denken kreiste um Luke. Sie wollte sich eigentlich keine Hoffnungen machen, ihn lebend wiederzusehen – die Enttäuschung wäre zu niederschmetternd. Aber jetzt konnte sie nicht verhindern, dass ein kleiner Funken Hoffnung in ihr aufkeimte. Sie schluckte. »Woher weiß ich, dass er noch lebt?«

Er ignorierte ihre Frage erneut. »Normalerweise regle ich meine Angelegenheiten nicht auf diese Weise, so unter der Hand, aber die Informationen, die Sie aufgedeckt haben, sind ... problematisch, um es mal so auszudrücken.«

»Sie haben acht Menschen ermorden lassen. Problematisch beschreibt es nicht einmal im Ansatz.«

»Ich brauche Ihre Hilfe.«

»Soll ich es einfach gut sein lassen?«

»Ich muss mit dieser Reporterin sprechen, Trinity Payne. Sorgen Sie dafür, dass sie nichts von dem, was Sie wissen, erfährt.«

»Was, wenn es dafür schon zu spät ist?«

»Sie stehen schon mit ihr in Kontakt, nicht wahr? Vielleicht können Sie sie ja davon überzeugen, sich interessanteren Geschichten zu widmen«, schlug Rowland vor.

Josie brach beinahe in Gelächter aus. Trinity würde sich eher einen Strick nehmen, als sich eine Story wie diese durch die Lappen gehen zu lassen. Aber das schien Rowland nicht klar zu sein. »Und wenn ich sie überzeuge?«

»Dann können Sie als Nächstes eine Hochzeit planen.«

Josie stockte der Atem. »Was ist mit Victor Derossi?«

»Ich kann Ihnen vielleicht bei Ihrer Suche behilflich sein, aber ich brauche noch etwas anderes von Ihnen.«

Josie schüttelte den Kopf. »Abgesehen davon, dass ich so tue, als hätten Sie nicht acht Menschen umgebracht, und eine Reporterin davon überzeuge, ebenfalls die Augen davor zu verschließen? Sie haben ja Nerven.«

»Nein«, sagte Rowland. »Ich habe Dinge, die Sie wollen. Denken Sie vorsichtig, Chief, und treffen Sie Ihre Wahl weise. Muss ich Sie daran erinnern, dass Leben auf dem Spiel stehen?«

Josie trat noch näher an ihn heran. »Wie wollen Sie mich davon abhalten, Sie hier auf der Stelle festzunehmen?«

»Das können Sie ohne Zweifel tun. Aber denken Sie daran, dass ich nichts zugegeben habe. Und selbst wenn, dann hätten Sie keine Zeugen. Es stünde mein Wort gegen Ihres, und ich bräuchte nur einen Anruf an die Bürgermeisterin, um dafür zu sorgen, dass Sie Ihren Posten verlieren. In der kurzen Zeit, die mein Anwalt bräuchte, um mich aus der Untersuchungshaft herauszuholen, würden Sie es nicht schaffen, die Dinge zu finden, nach denen Sie suchen. Und vielleicht wäre es dann auch schon zu spät.«

Josie spürte, wie die Hitze in ihr aufstieg. Er hatte recht. Ihr Hirn arbeitete und rechnete wie wild, aber selbst wenn sie ihn für vierundzwanzig Stunden festhielt, würde sie es kaum schaffen, in der Zwischenzeit Luke und Victor ausfindig zu machen, und Josie war sich nicht sicher, ob sie mit ihren Leben spielen sollte. »Was wollen Sie?«, fragte sie.

»Ich muss mit Kimberly Conway sprechen.«

»Was?«

»Mit Ihrer Unbekannten. Sie ...«

»Ich weiß, wer sie ist«, sagte Josie. »Was wollen Sie von ihr?«

»Tut mir leid, das kann ich nicht sagen.«

»Sie ist in Untersuchungshaft. Aber bestimmt können Sie ein paar Strippen ziehen und sie im Bezirksgefängnis besuchen«, sagte Josie.

Rowland schüttelte den Kopf. »Nein, ich brauche ein komplett vertrauliches Gespräch.«

»Nun, Kim Conway wird des Mordes an Denny Twitch und einiger kleinerer Delikte verdächtigt. Wahrscheinlich wird sie in den nächsten Tagen auch noch des Mordes an Leonard Nance angeklagt.«

Bei diesen Worten zuckte Rowland zusammen, nur den Bruchteil einer Sekunde, aber Josie war es nicht entgangen.

»Die Staatsanwaltschaft hat schon verkündet, mit dem Richter zu vereinbaren, dass sie nicht auf Kaution freigelassen wird, weil Fluchtgefahr besteht. Ich kann sie nicht einfach aus der U-Haft herausholen.«

»Hmm«, machte Rowland. »Aber sie muss doch sicherlich irgendwann mal verlegt werden. Können wir uns dann nicht einfach während des Transports treffen?«

»Wir können doch nicht einfach mit einer Gefangenen in U-Haft bei Burger King rechts ranfahren. So funktioniert das nicht.«

»Haben Sie schon einmal für jemanden angehalten, der am Straßenrand liegen geblieben ist? Vielleicht sogar mit einer Gefangenen im Wagen?«

Da fing er schon wieder an, Pläne zu schmieden und Vorschläge zu machen, aber auf eine Weise, dass sie, sollte sie jemals von irgendjemandem dazu befragt werden, niemals hätte behaupten können, dass er ihr etwas Kriminelles vorgeschlagen hatte. Dummerweise war alles, was sie gerade besprachen, kriminell, besonders die Aktion mit Kim. Es gab einfach keinen legalen Weg, wie Josie Kim Conway vom Bezirksgefängnis zu einem Treffen mit Rowland kutschieren konnte. Außerdem würde sie nie wieder für Kim Conway Verantwortung tragen. Sobald sie in der Obhut des Sheriffs war, war Josie nicht mehr für Kim zuständig. Wenn Rowland gestern gefragt hätte, bevor Kim aus der kleinen Zelle in Denton ins Bezirksgefängnis verlegt worden war, hätte Josie vielleicht etwas anleiern können, aber selbst das wäre schwierig geworden. Sie war sich sicher, dass es Rowland nicht nur um ein Treffen mit Kim ging. Er wollte einen Tausch. Kim gegen Victor Derossi. Aber warum?

Was zur Hölle war Josie entgangen? Nach Dunns Tod hatten Kims Beweisvideos keine Bedeutung mehr. Was wollte Rowland von ihr?

»Chief?«

»Es tut mir leid, aber das geht nicht«, sagte Josie. »Nicht, ohne mich wirklich verdächtig zu machen.«

»Haben Sie noch nie angehalten, um einem Fahrer mit Panne zu helfen, während Sie einen Gefangenen transportiert haben?«, presste er erneut hervor.

Selbst, wenn Josie Zugriff auf Kim gehabt hätte, wäre es ihr unmöglich gewesen, sie auszutauschen. Nicht einmal für das Baby – oder Luke. So sehr sie sie auch verabscheute, war Kim doch kein Objekt, kein Spielstein, den man einfach herumschieben konnte. Josie hasste Männer, die Menschen, vor allem Frauen, so behandelten.

»Nein«, sagte Josie, »habe ich nicht.«

»Gut«, sagte Rowland, jetzt wieder mit seinem gewohnt höflichen Lächeln. »Denken Sie darüber nach. In einer Stunde treffen wir uns auf dem Revier. Wenn Sie etwas erreichen, können wir das heutige Treffen ja vielleicht absagen und zu einem anderen Zeitpunkt ein neues anberaumen, das uns beiden besser passt.«

Eine der Baristas schob eine Schachtel mit Gebäck über den Verkaufstresen. »Bestellung für Quinn«, sagte sie laut, als wären Josie und Rowland nicht die einzigen Kunden im Laden.

»Ich schaue, was sich machen lässt«, sagte Josie und griff nach der Schachtel.

Rowland nickte und verschwand.

60

»Das klappt doch nie«, sagte Noah.

»Doch, das wird es«, versprach Josie. Sie schob die Gebäckschachtel von Komorrah 's Koffee über den Tisch. Noah lehnte ab, aber Gretchen suchte sich ein klebriges Teilchen mit Pekannüssen aus. Josie nahm sich einen der Kaffeebecher und drehte den Deckel ab. Die Barista hatte ihr eine kleine Tüte mit Zucker, Kaffeesahne und Rührstäben mitgegeben. Josie leerte sie auf ihren Schreibtisch, kippte zwei Päckchen Zucker und so viel Kaffeesahne hinzu, bis das Gebräu einen hellen Karamellton angenommen hatte. »Ich habe schon mit dem Staatsanwalt und dem Sheriff gesprochen. Der Sheriff hat mich mit Kim telefonieren lassen«, erklärte Josie. »Sie ist dabei.«

»Kennt sie Rowland?«, fragte Gretchen.

»Sie sagt Nein, aber wer weiß? Die lügt doch, sobald sie den Mund aufmacht.«

»Haben Sie ihr ein Foto von Rowland gezeigt?«, fragte Noah.

Josie nippte an ihrem Kaffee. »Habe ich. Sie hat ihn nicht wiedererkannt.«

»Was zur Hölle will er dann von ihr?«, murrte Noah. »Um die Videos kann es nicht gehen. Die sind jetzt wertlos.«

Josie nahm sich ein Käseplunder. »Kims imaginäres Baby wäre Rowlands Enkel gewesen.«

»Aber Kim hat doch Dunn nur erzählt, sie sei schwanger, um von ihm wegzukommen«, wandte Gretchen ein. »Ich glaube nicht, dass allzu viele davon wussten, vor allem nachdem sie sich aus dem Staub gemacht hat.«

»Ja, aber Rowland hatte doch seine eigenen Leute, die überall für ihn herumspioniert haben.«

»Sie reden von Nance«, sagte Noah.

»Nance ist der Einzige, dessen Namen wir kennen«, erklärte Josie. »Offensichtlich hat er schon Misty im Auge behalten und darauf gewartet, dass sie ihr Kind zur Welt bringt. Er hat es ja schließlich Denny Twitch unter der Nase weggeklaut. Wenn Rowland Luke in seiner Gewalt hat, dann heißt das vermutlich, dass Nance zu dieser Kirche gefahren ist und Dunns Männer getötet hat. Aber Rowland hat viele verschiedene Leute beschatten lassen – einige davon aus Dunns Dunstkreis. Es ist möglich, dass das Gerücht von Kims Schwangerschaft irgendwie zu ihm vorgedrungen ist. Ich meine, wir wissen nicht, wie lange und wie intensiv er schon hinter Dunn und seinen Männern her war. Seine Spenderkinder sind im Laufe des letzten Jahres umgekommen. Wir wissen nicht, wie lange er sie vor den inszenierten Unfällen beschattet hat.«

»Trotzdem«, sagte Gretchen. »Das ist doch ein Wahnsinnsaufwand, nur um an eine Frau heranzukommen, die vielleicht den eigenen Enkel zur Welt gebracht hat.«

»Dieser Typ ist doch vollkommen gaga«, sagte Noah und nahm sich ebenfalls einen Kaffee. »Ich meine, er hat seine Spenderkinder ermordet, aber Luke am Leben gelassen. Wozu? Luke bedeutet ihm doch nichts.«

»Als Druckmittel«, sagte Josie. »Er hat ihn so lange am

Leben gelassen, weil er davon ausging, ihn vielleicht zu brauchen. Wenn er keinen Nutzen mehr für ihn hat, wird Rowland jemanden wie Leonard Nance finden, der ihn entsorgt.«

Stille breitete sich am Tisch aus, bis Noah sagte: »Wir holen Luke da raus, Boss.«

Das konnte Josie nur hoffen. »Na ja, einen besseren Plan habe ich auf dem Weg vom Coffeeshop bis hierher nicht austüfteln können. Außerdem ist die Staatsanwaltschaft bereit, bei Kims Anklage Milde walten zu lassen, wenn sie mit uns kooperiert. Kim sagt, sie tut, was sie kann, wenn es dabei hilft, Luke zu retten.«

»Und wie geht es jetzt weiter?«, fragte Gretchen.

»Ich setze mich mit Rowland in Verbindung und wir planen das Treffen.«

Das Treffen mit Rowland war ein logistischer Albtraum. Noah ließ keine Gelegenheit aus, sie daran zu erinnern, während sie die Route vom Bezirksgefängnis zum Denton Memorial abfuhren. Ein einziger Anruf bei Rowland hatte gereicht, um alles in Gang zu setzen. Josie hatte ihm gesagt, dass sie Kim nur würden verlegen können, wenn sie krank war – und zwar krank genug, um ins Krankenhaus gebracht werden zu müssen. Josie hatte ihm versichert, mit Kim gesprochen zu haben, und dass Kim überzeugt war, sich etwas Überzeugendes einfallen lassen zu können. Innerhalb der nächsten vierundzwanzig Stunden würde Josie sie vom Gefängnis zum Krankenhaus transportieren. Auf seine aufreizend vage Art hatte Rowland gemeint, dass man sich ja eventuell über den Weg laufen werde, wenn Josie mit Kim auf dem Weg zum Denton Memorial war. Er weigerte sich, einen genauen Treffpunkt auszumachen, stocherte noch ein wenig herum und bestand darauf, dass Josie allein kam. »Tja«, hatte Josie erwidert. »Da so viele Leute momentan für die Suche nach Victor Derossi und Staatspolizist Creighton abgestellt sind, habe ich ohnehin nicht das Personal, um mich begleiten zu lassen. Ich glaube, ich schaffe es schon allein, eine Gefangene zum Krankenhaus zu bringen.«

Rowland legte zufrieden auf. Josie hatte derart starkes Magengrummeln wie nie zuvor in ihrem Leben.

»Wir haben keine Ahnung, wo er Sie abfängt«, sagte Noah frustriert.

»Deswegen ja auch diese Trockenübung«, erklärte Josie. »Wir suchen nach den wahrscheinlichsten Orten und positionieren uns dort. Ich habe schon den Sheriff und die Staatspolizei um Hilfe gebeten, damit wir genügend Leute zusammenbekommen.«

»Und Sie glauben nicht, dass es diesem Typen auffällt, wenn überall Polizei herumschwirrt?«

»Wenn wir die möglichen Treffpunkte gefunden haben, positionieren sich die Teams lange vorher, und ein weiterer Trupp fährt alle Stellen ab und passt auf, dass nichts Auffälliges zu sehen ist«, erklärte Josie. »Noah, wir müssen das hier durchziehen. Das ist meine einzige Chance, Luke und Victor zu retten und Rowland für seine Taten zur Verantwortung zu ziehen.«

»Was, wenn er nichts zugibt? Sie haben ja gesagt, dass er immer nur sehr indirekt spricht.«

»Er hat diese Leute umgebracht«, sagte Josie fest überzeugt. »Ich weiß es, und er wird mir erzählen, was ich will, weil ich nicht glaube, dass er die Absicht hat, Kim und mich wieder gehen zu lassen. Ich vermute, dass er für uns einen ähnlichen Unfall vorgesehen hat wie für seine Spenderkinder.«

Sie spürte Noahs Blick auf ihrer Wange. »Boss, das gefällt mir nicht.«

»Mir auch nicht«, gab Josie zu. »Aber es ist unsere einzige Chance, ihn aufzuhalten und das Baby und Luke zu finden.«

»Er wird sie kaum mitbringen«, wandte Noah ein. »Wenn er Kim will – warum auch immer – und Sie am liebsten tot sehen will, wird er sie nicht mitbringen.«

»Darüber habe ich auch nachgedacht. Wenn er sie nicht mitbringt, kann ich ihm vielleicht entlocken, wo sie sind. Wenn wir ihn in Untersuchungshaft nehmen, ist der Staatsanwalt schon bereit, einen Deal mit ihm einzugehen, wenn er uns verrät, wo er sie versteckt hält.«

»Er will auch Trinity zum Schweigen bringen«, sagte Noah. »Haben Sie sie gewarnt?«

»Ich habe sie heute Morgen angerufen. Der Sheriff schickt ihr jemanden vorbei, bis wir Rowland in Haft genommen haben.«

»*Falls* wir ihn in Haft nehmen«, sagte Noah.

Josie bog von der Straße auf einen großen Schotterplatz ab. Hier gab es einen Aussichtspunkt, und er lag auf einem der Berge, die Denton von Bellewood trennten. *Red-Hawk-Aussichtsplattform* stand auf einem Schild. Josie stellte den Wagen ab und sie stiegen aus. Am Rand der Aussichtsplattform trennte sie eine halbhohe Aluminiumbrüstung von dem steilen Abhang, der hundert Meter weiter unten in einem bewaldeten Tal endete. Josie fühlte sich ein wenig schwindlig, als sie sich über die Absperrung lehnte und in die tiefe Schlucht hinabschaute.

»Das ist es«, sagte sie. »Hier wird er auf uns warten.«

Kim Conway rutschte auf der Rückbank des Polizeiwagens herum, den Josie in Beschlag genommen hatte. Josie hörte das Klirren ihrer Handschellen und das Rascheln ihres Overalls. Im Rückspiegel konnte sie erkennen, wie Kim den Hals verdrehte, um einen Blick auf die Stelle über ihrer linken Brust zu erhaschen, an der ihre Häftlingsnummer aufgestickt war. »Sind Sie sicher, dass das hier funktioniert? Das ist das winzigste Mikrofon, das ich je gesehen habe.«

Josie konzentrierte sich wieder auf die Straße. »Es funktioniert. Die Leute des Sheriffs haben es getestet, bevor wir losgefahren sind. Machen Sie keinen Blödsinn damit, es ist ziemlich teuer.«

»Wo haben Sie das überhaupt her?«

»Wir haben es vom FBI ausgeliehen. Ich habe immer noch Kontakte dorthin. Sie haben gesagt, es sei das kleinste drahtlose Kommunikationssystem, was derzeit auf dem Markt ist. Rowlands Firma hat es entwickelt.«

»Ironie des Schicksals, was?«

Sowohl Kim als auch Josie waren mit kabellosen Mikrofonen ausgestattet worden, die auf das Ende eines Bleistifts gepasst hätten. Kims war unter ihre Häftlingsnummer in den Overall eingenäht worden und Josies steckte im Kragen ihrer Jacke. Josie trug außerdem einen kleinen Knopf im Ohr, gut verdeckt von ihren Haaren, über den sie mit anhören konnte, was ihre Kollegen sagten. Noah hatte auf einem mobilen Kommandoposten Stellung bezogen und verfolgte jede ihrer Bewegungen, damit er den Teams an den drei von Josie ausgewählten Treffpunkten Anweisungen geben konnte. Josie hoffte, dass sie Rowland richtig eingeschätzt hatte.

»Wir nähern uns jetzt dem Red-Hawk-Aussichtspunkt«, sagte Josie, mehr an ihre Kollegen gerichtet als an Kim. »Nur noch einmal um die Kurve.«

Noahs Stimme ertönte in ihrem Ohr. »Wir haben Sie im Blick«, sagte er. »Er ist schon da.«

Langsam nahm Josie die Kurve und der Aussichtspunkt kam in Sicht. Rowlands Mercedes-Benz wartete bereits dort, und Josie schnaufte erleichtert. Ihr Magen krampfte sich zusammen, als sie Rowland erblickte, der an der Fahrertür lehnte. Die Motorhaube des Wagens stand offen. Für jeden, der vorbeifuhr, musste er wie ein ganz normaler Typ mit einer Autopanne aussehen. Josie ließ den Blick über den Platz gleiten, konnte aber niemanden sonst ausmachen. Sie bog ab, stellte sich hinter seinen Wagen und stieg aus. Sein Haar wehte im Wind. Er setzte die Sonnenbrille ab und begrüßte sie mit einem verspannten Lächeln. Je näher Josie ihm kam, desto deutlicher fiel ihr seine verkrampfte Haltung auf. Von seiner typischen Gelassenheit war nichts zu spüren. Weil er keinen Muskelprotz dabei hatte, fragte sie sich. Oder, weil er Luke und das Baby schon längst entsorgt hatte?

»Wo sind sie?«, fragte Josie.

»Haben Sie Miss Conway dabei?«

»Sie ist im Wagen. Wo sind Luke und Victor?«

Rowland antwortete nicht. Scheiße. Sie musste ihn zum Reden bringen. »Haben Sie sie?«, fragte sie und versuchte, eine

Antwort zu bekommen. Nichts. Stattdessen sagte er: »Kann ich zuerst mit Miss Conway sprechen?«

Josie ging zurück zum Wagen und ließ Kim aussteigen. Obwohl sie ihr nicht vollends vertraute, wollte sie nicht, dass sie im Fall der Fälle von ihren Handschellen behindert wurde, also nahm sie sie ihr ab. Dann ergriff sie Kims Oberarm und zerrte sie hinüber zu Rowland. Der streckte ihr die Hand entgegen. »Ich bin Peter Rowland«, stellte er sich vor, als Kim seinen Handschlag erwiderte.

»Das hat man mir gesagt«, bemerkte Kim mit einem Blick zu Josie. »Was wollen Sie von mir?«

Rowland trat auf seinen Wagen zu, schloss die Motorhaube und öffnete die Beifahrertür. »Ich hatte gehofft, dass wir das unter uns besprechen können.«

»Nein«, widersprach Josie. »So hatten wir das nicht abgemacht. Sie wollten ein Treffen, hier ist sie. Was immer Sie mit ihr besprechen wollen, werden Sie wohl hier vor Ort klären müssen.«

»Ich befürchte, das geht nicht, Chief. Es ist eine sehr persönliche Angelegenheit.«

»Ich habe nichts Persönliches mit Ihnen zu schaffen«, erklärte Kim. »Ich kenne Sie ja noch nicht einmal.«

»Sie ist eine Gefangene in Untersuchungshaft«, widersprach Josie beharrlich. »Ich kann nicht zulassen, dass Sie sie einfach mitnehmen.«

Jetzt nahm Rowlands Lächeln einen bedrohlichen Zug an, und zum ersten Mal konnte Josie eine deutliche Ähnlichkeit zwischen ihm und Eric Dunn erkennen. Kim musste es auch aufgefallen sein, denn sie entfernte sich unauffällig von ihm und rückte näher an Josie heran. »Haben Sie wirklich geglaubt, das hier sei nur ein Treffen, Chief? Das hier ist ein Handel. Und das bedeutet, ich nehme sie mit. Ich bin mir sicher, dass Ihnen etwas einfällt, was Sie Ihren Kollegen erzählen können.«

Josie verschwendete keine Sekunde Zeit an die Absurdität

seiner Forderung. Stattdessen erwiderte sie: »Wenn das hier ein Handel sein soll, wo sind dann Victor und Luke?«

»Die bekommen Sie, sobald ich Miss Conway habe und sicher sein kann, dass Trinity Payne Stillschweigen bewahrt.«

Josie hörte Noahs Stimme in ihrem Ohr. »Das reicht für einen Durchsuchungsbeschluss. Ich schicke ein Team zu Rowlands Anwesen. Bleiben Sie standhaft.«

»Nun, dann haben wir ein Problem, nicht wahr?«, sagte Josie zu Rowland und versuchte, sich zu konzentrieren. »Weil ein Handel kein Handel ist, wenn ich nichts für Kim bekomme. Außerdem brauche ich etwas Zeit, um mit Trinity Payne zu reden. Sie hat so einiges herausgefunden, und es wird schwierig werden, sie davon zu überzeugen, sich eine so große Story durch die Lappen gehen zu lassen.«

Ein Anflug von Unsicherheit zeigte sich auf Rowlands Gesicht. »Wovon reden Sie da?«

»Sie weiß alles über Ihre Spenderkinder und wie sie ermordet wurden. Sie will die Story publik machen. Ich werde mich wirklich anstrengen müssen, um ihr das auszureden, und ich bin mir nicht sicher, ob ich mich damit überhaupt aufhalten sollte, wenn Sie Ihren Teil des Geschäfts nicht einhalten.«

»Aber wir sind doch schon hier. Sie haben selbst gesagt, es sei sehr schwierig, Miss Conway aus der Untersuchungshaft herauszuholen. Sie jetzt einfach wieder zurückzubringen, ergibt doch überhaupt keinen Sinn«, sagte Rowland. Er bat Kim herbei. »Kommen Sie, Miss Conway. Wir haben viel zu besprechen.«

»Mit Ihnen gehe ich nirgendwo hin«, erklärte Kim. »Chief Quinn hat recht. Ein Handel ist ein Handel. Warum sollte ich mit Ihnen gehen, wenn ich von vornherein weiß, dass Sie ein Lügner sind?«

»Weil die Alternative das Gefängnis ist, nicht wahr?«

»Im Gefängnis bleibe ich wenigstens am Leben«, sagte Kim unverblümt. »Leonard Nance – Leo – hat für Sie gearbeitet, nicht wahr? Glauben Sie, ich weiß nicht, zu welchem Zweck Sie ihn angeheuert haben? Ich kenne Männer wie Sie. Ich weiß, wie Leute Ihres Schlags arbeiten.«

»Männer wie ich? Vergleichen Sie mich etwa mit Eric Dunn? Ich bin nicht im Geringsten so wie er«, erklärte Rowland beharrlich.

»Natürlich nicht. Vergessen wir das. Ich gehe nicht mit Ihnen, solange Sie Chief Quinn nicht Luke und das Baby ausgehändigt haben.«

Rowland bewegte sich in Richtung der offenen Autotür. »Gut, Chief Quinn darf mitkommen. Ich nehme Sie beide mit zu Luke und dem Baby.«

Josie musterte ihn skeptisch. »Ich nehme Miss Conway mit und wir folgen Ihnen.«

»Ich fürchte, dass ich dem nicht zustimmen kann«, entgegnete Rowland. »Schauen Sie.« Er zog seine Anzugjacke aus und drehte sich vor ihnen um die eigene Achse. »Ich bin unbewaffnet. Ich bin mir sicher, das trifft auf Sie nicht zu – richtig, Chief? Sie sind im Vorteil. Steigen Sie beide in meinen Wagen. Ich bringe Sie zu Luke und dem Baby.«

»Sagen Sie mir, wo sie sind«, verlangte Josie. »Dann kann ich ein Team dorthin schicken, während wir hier warten.«

»Ich würde Ihr Team lieber nicht in die Sache involvieren«, sagte Rowland. »Bitte, lassen Sie sich von mir zu ihnen bringen. Dann nehme ich Miss Conway mit, Sie sprechen mit Trinity und wir können einen Haken unter die ganze Geschichte setzen.«

»Hey, rede ich eigentlich Chinesisch? Was, wenn ich überhaupt nicht Teil dieses Handels sein will?«, fragte Kim, so, wie Josie es ihr eingebläut hatte. Sie wollte nicht, dass Kim sich zu entgegenkommend zeigte. »Ich gehe nicht mit Ihnen mit.« An Josie gewandt sagte sie: »Bringen Sie mich zurück ins Gefängnis.«

Sie drehte sich um und stapfte zurück zum Polizeiwagen. »Du bist meine Tochter«, platzte Rowland heraus.

Kim blieb wie angewurzelt stehen, drehte sich langsam wieder um und starrte ihn an. »Was?«, fragte sie.

»Sie war nicht auf der Spenderliste«, erklärte Josie. »Sie ist kein Spenderkind.«

»Nein«, sagte Rowland. »Das ist sie nicht. Aber sie *ist* mein Kind.« Er schaute Kim an. »Deine Mutter und ich hatten eine Affäre, als wir sehr jung waren. Wir haben uns in New York kennengelernt und hatten viele Anknüpfungspunkte, weil wir beide aus Denton stammten. Zwischen uns hat sich langsam etwas entwickelt, aber sie liebte ihren Ehemann und wollte es mit ihm schaffen. Ich habe erst viel später herausgefunden, dass sie ein Baby bekommen hat – dich.«

»Das ist nicht ... das ist unmöglich«, platzte Kim heraus.

»Nein, das ist nicht unmöglich«, sagte Rowland. »Ich habe viel für Zora empfunden.«

Als er den Namen ihrer Mutter nannte, wurden Kims Augen kugelrund. »Als ich herausgefunden hatte, dass du meine Tochter sein könntest, hatte ich gerade meine ersten geschäftlichen Erfolge gefeiert. Ich bin zu Zora gefahren. Ich wollte sie heiraten und mit ihr zusammenleben, aber sie wollte nicht. Ihr Mann war damals schon tot, aber sie schaffte es nicht, weiterzuziehen. Sie wollte den Leuten in Denton nicht die Genugtuung verschaffen, zu wissen, dass sie mit allem recht hatten, was über sie geredet wurde – dass sie weggelaufen war, sich von einem anderen Mann hatte schwängern lassen und darüber hinaus das Kind noch ihrem Ehemann untergeschoben hatte. Ihre Geheimnisse waren ihr heilig, meine Liebe.«

Aus Kims Miene sprach purer Ekel. »Aber Eric ... Chief Quinn hat mir gesagt, dass er auch Ihr Sohn gewesen ist.«

Rowland schnitt eine Grimasse. »Ich weiß. Das tut mir leid. Das war ein unglücklicher Zufall.«

Kim beugte sich vor. »Ich glaube, ich muss kotzen.«

»Tut mir leid, meine Liebe. Wirklich. Aber du hättest es ja nicht wissen können.«

»Sie lügen«, fauchte Kim.

»Nein, das tu ich nicht. Kim, du bist die einzig wahre Erbin meines Vermögens.«

»Sie haben alle Ihre Spenderkinder getötet«, sagte Josie. »Warum sollten wir Ihnen abnehmen, dass Sie gute Absichten gegenüber Kim hegen – gesetzt dem Fall, dass sie wirklich Ihre Tochter ist?«

»Weil meine Spenderkinder keine guten Menschen waren«, sagte Rowland.

»Was?«, fragten Kim und Josie wie aus einem Mund.

Josie betete zu Gott, dass der Empfang der Mikrofone ausgezeichnet war. Als hätte er ihre Gedanken gelesen, meldete sich Noah knisternd zu Wort. »Wir hören alles mit. Bleiben Sie dran.«

»Wie meinen Sie das?«, drängte Josie.

Rowland seufzte. »Meine Spenderkinder. Sie waren ... schreckliche, schlechte Menschen. Aaron King? Bei dem habe ich das erste Mal gemerkt, dass etwas nicht stimmt. Ich hatte mir nie großartige Gedanken darüber gemacht, was mit meiner Samenspende passiert ist, bis er geschnappt wurde und ich Bilder von ihm gesehen habe, wie er zum Gerichtssaal geführt wurde. Er war mir wie aus dem Gesicht geschnitten. Ich habe sogar Anrufe von Freunden und Arbeitskollegen bekommen, die sich über die Ähnlichkeit lustig gemacht haben. ›Hey, Peter, wusstest du schon, dass du einen Sohn hast, der in Pennsylvania Leute umbringt?‹ Für alle anderen war das ein toller Witz. Für mich nicht. Ich wusste, dass er tatsächlich mein Sohn sein konnte. Also habe ich jemanden damit beauftragt, sich in die Register der Samenbank und mehrerer Kinderwunschkliniken zu hacken. Ich habe ein Kind nach dem anderen ausfindig gemacht, nur um festzustellen, dass sie alle wirklich schlimme Menschen waren. Sie haben es in den Nachrichten gehört, wahrscheinlich direkt von Trinity. King werden mehr als dreißig Morde in Pennsylvania angelastet.«

Josie zeigte mit dem Finger auf ihn. »Wollen Sie mir damit sagen, dass Sie Ihre Spenderkinder gesucht und eines nach dem anderen umgebracht haben, einfach nur, weil sie schlechte Menschen waren?«

»Nicht nur schlechte Menschen«, erklärte Rowland. »Kriminelle. Mörder. Diebe. Lügner. Ich musste reinen Tisch machen.«

Josie traute ihren Ohren kaum. »Reinen Tisch machen? Indem Sie alle *umgebracht* haben?«

»Es war meine Schuld, dass sie überhaupt existierten. Ohne meine Samenspende hätte es keinen von ihnen gegeben. Überlegen Sie mal, wie viel Unglück allein Dunn und King über so viele unschuldige Menschen gebracht haben. Einer meiner Söhne arbeitete in einem Gemeindezentrum in Newark. Ihm wurde körperliche Misshandlung eines der ihm anvertrauten Kinder vorgeworfen. Es gab Videobeweise. Dann dieser andere Junge in Philadelphia. Bewaffneter Raubüberfall. Ein Mädchen in Pennsylvania, das immer wieder Feuer gelegt hat und wegen Brandstiftung angeklagt war. Sie war kein guter Mensch, und der Weg, auf dem sie war ... den hätte sie niemals verlassen. Wissen Sie, keiner von ihnen hat es geschafft, sich zu bessern. Das Böse lag ihnen in den Genen.«

»Wenn es ihnen in den Genen lag, warum sollen wir Ihnen dann glauben, dass Sie nicht versuchen, auch Kim zu töten?«

Kim starrte Rowland in Erwartung einer Antwort an. Der schaute von Josie zu Kim und wieder zurück. Dann breitete er die Hände zu einer bittenden Geste aus. »Weil sie kein Spenderkind ist. Sie wurde aus Liebe heraus gezeugt. Auf die richtige Weise. Ich habe ihre Mutter geliebt. Genau so, wie ich die Mutter meiner Polly geliebt habe. Verstehen Sie nicht? Kim ist wie meine Polly. Unschuldig. Sie sind rein. Bitte. Kim ist alles, was ich noch habe. Dieser Bastard hat mir meine Polly genommen. Bitte, Kim. Du bist alles, was von meinem Vermächtnis noch übrig ist. Das einzig Gute an allem.«

Josie hatte das Bedürfnis, ihn darüber zu informieren, dass Kim alles andere als rein war. Wenngleich sie auf Notwehr plädierte, hatte sie kein Problem, den Abzug zu betätigen. Außerdem log sie wie gedruckt. Aber das war jetzt nicht wichtig. Sie bekamen gerade alles, was sie brauchten, um ihn aus dem Verkehr zu ziehen.

»Sie wussten die ganze Zeit von mir«, sagte Kim. »Und Sie haben nie Kontakt zu mir aufgenommen, bis all Ihre anderen Kinder tot waren? Bis Ihre kostbare Polly fort war?«

»Es tut mir leid, aber deine Mutter hat mir das Versprechen abgenommen. Du kannst sie fragen. Sie hat mich schwören lassen, dass ich mich dir niemals nähere.«

»Warum haben Sie diesem Leo gesagt, er solle mich nach dem Gebäudeeinsturz fragen?«

»Er dachte, so würdest du dich bei ihm sicher fühlen und mit ihm mitgehen«, erklärte Rowland. »Kimberly, bitte, mir tun all die Ausflüchte leid, aber jetzt stehen wir hier. Bitte komm mit mir.«

Kim stand wieder aufrecht und ihr trockenes Würgen hatte nachgelassen. Sie musterte Rowland abschätzend – und genau in diesem Blick erkannte Josie die Ähnlichkeit zwischen den beiden. »Gut«, sagte sie. »Ich komme mit Ihnen, aber Sie müssen Chief Quinn verraten, wo Luke und das Baby sind.«

»Okay«, versprach Rowland.

»Und wir rufen meine Mutter an, um all das hier zu bestätigen«, fügte Kim hinzu.

»Natürlich.«

»Und ich möchte, dass alles öffentlich gemacht wird. Dass ich Ihre Erbin bin. Sie lassen meinen Namen in Ihr Testament schreiben und so.«

»Schon erledigt«, sagte Rowland.

»Wie lautet die offizielle Geschichte?«, fragte Josie. »Wenn ich Kim jetzt laufen lasse?«

»Ich schlage vor, Kim fühlte sich so schlecht, dass Sie rechts ranfahren mussten. Sie hat Sie übermannt und ist weggelaufen. Ich habe sie im Wald aufgegabelt und wieder zurückgebracht. Dann besorge ich ihr den besten Anwalt, den man mit Geld bekommen kann. Sie wird nicht ins Gefängnis müssen.«

Bei diesem Angebot nickte Kim.

Noahs Stimme drang aus Josies Knopf im Ohr. »Rowlands Haus ist sauber. Keine Spur von Luke und dem Baby.«

»Wo sind sie?«, fragte Josie zum gefühlt hundertsten Mal.

Rowland gestikulierte einmal mehr zur offenen Tür seines Mercedes. Mit einem letzten Blick zu Josie stieg Kim in den Wagen. Josie wusste, dass sie nicht weit kommen würden. In dem Moment, wenn sie den Parkplatz verließen, würde eines ihrer Teams die Verfolgung aufnehmen.

»Im Wald hinter meinem Haus befindet sich eine Hütte. Mit dem Auto kommt man nicht dorthin, aber es gibt einen Fußweg. Vielleicht achthundert Meter. Dort sind sie versteckt.«

»Wir sind dran«, meldete sich Noah zu Wort.

»Sobald ich sie zu Gesicht bekommen habe, spreche ich mit Trinity«, sagte Josie zu Rowland. »Vielleicht kann ich sie davon überzeugen, dass Ihre Wiedervereinigung mit Ihrer verloren geglaubten Tochter die bessere Story ist.«

»Diese Stadt hat ein paar gute Nachrichten verdient«, stimmte Rowland ihr zu. »Danke, Chief.«

»Bis später«, sagte Josie und schaute ihnen hinterher, wie sie davonfuhren.

»Wir behalten Rowland und Conway im Auge«, sagte Noah. »Die Verfolgungsjagd hat begonnen. Halten Sie sich bereit.«

»Was ist mit der Hütte?«, fragte Josie, die sich seltsam dabei vorkam, ins Leere hinein zu sprechen.

»Die Kollegen sind schon fast da.«

Josie stieg in ihren Wagen. Als sie den Schlüssel ins Zündschloss stecken wollte, merkte sie, wie ihre Hände zitterten, und sie musste sich selbst daran erinnern, zu atmen. Sie versuchte abzuschätzen, wie lange sie wohl bis zu Rowlands Anwesen brauchen würde, als sie wieder Noahs Stimme hörte. »Boss, sie sind nicht da. Die Hütte ist leer. Team eins hängt sich an Rowlands Fersen.«

Josie startete den Motor. »Ich fahre hinterher«, sagte sie.

63

Josie gab so kräftig Gas, dass ihre Hinterreifen den Schotter in alle Richtungen verteilten. Das Gaspedal durchgedrückt raste sie los. Die kurvenreiche Straße schlängelte sich noch einige Kilometer durch die Berge, und Josie war sich sicher, dass Rowland sie noch nicht verlassen hatte. Ihre Tachonadel machte einen Sprung nach rechts und Josie umklammerte das Lenkrad so fest, dass ihre Knöchel weiß hervortraten. Sie nahm die Kurven so schnell sie konnte, ohne die Kontrolle über das Fahrzeug zu verlieren. Dann sprach sie in die Stille hinein. »Noah, hat jemand Rowland im Blick?«

»Unser Team hängt dran. Er fährt sehr unberechenbar.«

Josie passierte einen Meilenstein und las Noah die Aufschrift vor. »Wie nah bin ich dran?«

»Hinter der nächsten Kurve könnten Sie sie vielleicht sehen. Achthundert Meter oder so.«

Josies Escape sauste um die nächste Kurve und näherte sich nun dem unauffälligen Wagen, in dem ihre Kollegen saßen. Sie stieg auf die Bremsen und schaute weiter nach vorn. Rowlands Mercedes-Benz ruckte heftig von links nach rechts.

»Verdammt, was geht da vor sich?«, fragte sie.

»Sie streiten«, informierte Noah sie. »Boss, Rowland hat gelogen. Das ist nicht gut. Er ...«

Aber Josie hörte ihm nicht mehr zu, als Rowlands Auto ein weiteres Mal nach links schwenkte und die Räder auf der Beifahrerseite vom Boden abhoben. Im nächsten Moment überschlug sich der kleine Wagen, durchbrach die Leitplanke und rollte das steile Ufer hinab, bis er außer Sichtweite verschwand. Metallenes Knirschen und das Geräusch von zersplitterndem Glas durchschnitten die morgendliche Stille auf der verlassenen Straße.

»Oh mein Gott«, sagte Josie.

Vor ihr fuhren die Kollegen rechts ran und sprangen aus dem Wagen. Josie tat es ihnen gleich. Sie rannten zum Straßenrand und dem, was von der Leitplanke noch übrig war. Der Abhang hier war nicht so tief wie am Red-Hawk-Aussichtsplatz, aber er war steil, und Josie schätzte, dass der Wagen eine Strecke von etwa der Länge eines Footballfeldes zurückgelegt hatte. Er sah winzig und zerknautscht aus, so weit unter ihnen, und feine Rauchfäden stiegen von seiner geplätteten Motorhaube auf. Immerhin war er auf den Rädern gelandet. Die Fahrerseite war gegen drei Baumstämme gekracht.

»Gehen wir«, sagte Josie. »Wir müssen sie aus dem Auto holen, bevor es noch Feuer fängt.«

Sie fingen an, sich ihren Weg nach unten zu bahnen. Je näher sie dem Wagen kamen, desto dichter wurde der Rauch. Der Geruch nach brennendem Metall, Gummi und Chemikalien drang tief in Josies Kehle. Plötzlich glitt sie im Gras aus, fiel hin und kugelte den Rest des Abhangs hinunter. Steine, Zweige und Glassplitter von Rowlands Benz zerkratzten ihre Haut. Sie landete ein paar Meter vom Wagen entfernt und versuchte, wieder zu Atem zu kommen. Von weiter oben riefen die Kollegen ihr etwas zu. Josie winkte, um ihnen zu signalisieren, dass alles in Ordnung war, und rappelte sich vom Boden auf. Blut quoll aus einer Schnittwunde auf ihrem rechten Handrücken. Sie wischte es an ihrer Jeans ab. Ihr ganzer Körper fühlte sich geschunden und durchgeschüttelt an, aber abgesehen von dem Schnitt schien sie unverletzt zu sein. Sie trat zum Unfallwagen. Peter Rowlands Seite war zwischen die drei Baumstämme gequetscht, weshalb Josie es auf der Beifahrerseite versuchte. Die Tür ließ sich mit einem lauten Knirschen öffnen und Kim Conway purzelte heraus. Glassplitter glitzerten in ihrem blonden Haar und Blut rann von ihrem Haaransatz aus über ihr Gesicht. Josie legte sie auf den Boden und fühlte den Puls. Er schien stabil.

»Kim«, sagte sie, »können Sie mich hören?«

Kim schlug die Augen auf, versuchte, Atem zu holen, und stöhnte vor Schmerz. »Bleiben Sie still liegen«, befahl Josie. »Halten Sie einfach still, okay? Wir holen Hilfe.«

Kim hob den Arm und deutete auf den Wagen. Josie musste mit dem Ohr nah an ihren Mund gehen, um sie zu verstehen. »Er hat gelogen.«

»Ich weiß«, sagte Josie.

Als ihre Kollegen den Schauplatz erreichten, kletterte Josie in Rowlands Wagen. Glas knirschte unter ihren Kniescheiben, als sie sich über den Beifahrersitz schob. Rowland war über dem Lenkrad zusammengesackt. Seine Arme hingen schlaff herab. Josie legte zwei Finger an seinen Hals. »Gott sei Dank«, murmelte sie, als sie einen schwachen Puls spürte. Sie drehte den Kopf herum und rief: »Wir brauchen zwei Krankenwagen!«

»Sind schon auf dem Weg, Boss«, antwortete einer der Kollegen.

Josie stupste Rowlands Schulter an. »Wachen Sie auf«, sagte sie. »Mr. Rowland.«

Der Rauch aus dem Motorraum bildete mittlerweile eine dicke, schwarze Säule und es wurde immer heißer. Der Gestank war unerträglich. Josie versuchte, Rowlands Sicherheitsgurt zu lösen, aber der Mechanismus war blockiert. »Verdammte Scheiße«, sagte sie. »Mr. Rowland, ich muss Sie aus diesem Wagen schaffen.«

Keine Antwort. Sie zerrte an seinen Schultern und sein Kopf hob sich vom Lenkrad. Blut tropfte ihm aus dem Ohr. An seiner Schläfe schwoll ein unansehnlicher Bluterguss. Josie drehte sich um und rief nach draußen: »Ich brauche ein Messer!«

Einer der Kollegen steckte den Kopf ins Auto. »Wir haben keins, Boss«, sagte er.

»Dann helfen Sie mir«, rief Josie. »Helfen Sie mir, ihn hier herauszuholen, bevor sein Auto in die Luft fliegt.«

Der Kollege quetschte sich dazu und sie versuchten zu zweit, Rowland von seinem Sitz zu ziehen. Der Riemen über seiner Brust war recht schnell gelockert, aber sein Unterkörper war in dem straff gespannten Beckengurt gefangen. Josie und der Officer waren schweißgebadet und husteten. »Boss, wir können nicht hier drin bleiben. Das Auto wird in die Luft flie-gen. Es ist nicht sicher.«

Josie umklammerte Rowlands Schulter. »Ich kann ihn nicht hier drin lassen.«

Sie versuchten noch einmal, ihn herauszuziehen, aber er steckte fest. In der Ferne heulten Sirenen. »Ich schau mal, ob jemand von den Rettungskräften ein Messer hat«, sagte Josies Kollege und kletterte aus dem Wagen.

Josie schüttelte Rowland. Sein Kopf hing schlaff herunter. Dann schlug sie ihm leicht auf die Wange. Sie konnten nicht auf die Rettungskräfte warten. Es blieb keine Zeit mehr. Feuer schlug unter der Motorhaube hervor, lechzte bereits nach der Windschutzscheibe, und die ersten Flammen züngelten durch das zerbrochene Glas ins Innere des Wagens. »Rowland«, rief Josie. »Wo sind sie? Wo sind Luke und Victor?«

Sie schlug ihn noch einmal, und tatsächlich, seine Augen öffneten sich einen winzigen Spalt breit. Sie legte die Hände um sein Gesicht und drehte seinen Kopf, damit er sie ansehen konnte. »Wo sind sie?«, schrie sie ihm direkt ins Gesicht. »Wo sind Luke und das Baby?«

Sein Blick zuckte zur Windschutzscheibe und einen kurzen Moment meinte Josie, Angst in seinen Augen aufflackern zu sehen. Dann schaute er wieder zu ihr. »Das ist Ihre letzte Chance«, sagte sie zu ihm. »Tun Sie das Richtige. Wo sind Luke und das Baby?«

»P... Pa... Patio... Mo...«

Irgendetwas explodierte unter der Motorhaube, und Flammen und Teile des Motors schossen in die Höhe. Josie spürte, wie jemand einen Arm um ihre Taille schlang und sie nach hinten zog, aus dem Wagen heraus und den felsigen, mit Trümmern übersäten Hügel hinauf. Sie hörte Geschrei und Sirenen und das Tosen des Feuers, das Peter Rowlands Fahrzeug verschlang. Während sie über das holprige Gelände gezogen wurde, hob sie den Kopf und versuchte, mit anzusehen, wie Rowland von Flammen und Rauch verschluckt wurde.

64

Schotter pikste sie in den Rücken. Sie starrte hinauf in den blauen Himmel und schaute zu, wie die schwarzen Rauchschwaden das Blau verdrängten. Dann tauchte Noahs Gesicht über ihr auf. Er presste ihr irgendetwas Kaltes auf die Stirn. Sie schloss die Augen, nur einen Moment, und konzentrierte sich auf seine Berührung. Als Nächstes griff er nach ihrer Hand. Sie spürte, wie etwas Kaltes, Stechendes über die Schnittwunde lief und dann etwas Warmes, Trockenes auf die schmerzende Stelle gepresst wurde. Sie schrie auf.

»Gut, Sie leben also noch«, stellte Noah fest.

Josie bekam einen Hustenanfall. Noah half ihr, sich auf die Seite zu drehen, als verrußter Speichel und Erbrochenes sich den Weg nach draußen bahnten. Noah rieb ihr den Rücken, während ihr Körper krampfte. Als alles draußen war, was hinauswollte, legte er ihr den Arm um die Taille und zog sie wieder auf die Beine. Josie lehnte sich an ihn. Der Geruch nach Verbranntem war so penetrant, dass sie sich nicht sicher war, wie sie ihn jemals wieder von ihrer Haut und aus ihren Haaren bekommen sollte. »Haben Sie mich da rausgezogen?«, fragte sie.

»Irgendjemand musste es ja tun.« Er lächelte gequält, und

Josie stellte fest, dass sie einen ziemlich erbärmlichen Eindruck machen musste, wenn er sie nicht einmal dafür ausschimpfte, dass sie in dem Wagen beinahe draufgegangen wäre.

»Hat Kim überlebt?«, fragte sie.

»Sie ist in ziemlich schlechter Verfassung, aber ja. Sie wird gerade ins Krankenhaus gebracht. Gretchen begleitet sie. Das Team des Sheriffs kümmert sich um die Unfallstelle.«

Josie wusste bereits, dass Rowland im Feuer sein Ende gefunden hatte. »Er hat das Wort Patio gesagt«, teilte sie Noah mit. »Bevor Sie mich aus dem Wagen gezogen haben. Ich habe versucht, herauszufinden, wo Luke und das Baby stecken. Er sagte Patio.«

Noah runzelte die Stirn. »Patio?«

»Patio Mo... Mehr konnte ich nicht verstehen.«

»Mo?«

Ein Rettungssanitäter, der gerade vorbeilief, blieb stehen und sagte: »Das Patio Motel vielleicht? Dahin werden wir ungefähr zweimal pro Woche gerufen.«

Josie und Noah wechselten einen Blick. Sie kannten den Ort. Nirgendwo in der Stadt konnte man so viele Prostituierte und Junkies hochnehmen wie dort.

»Auf gehts«, sagte Josie.

65

Das Patio Motel lag in der Nähe der Interstate an einer mit Unkraut zugewucherten Asphaltstraße. Sechzehn Zimmer gab es in dem zweistöckigen Gebäude – acht pro Etage. An einigen der schlampig lackierten grünen Türen hingen noch silberne Zimmernummern. An anderen waren sie abgefallen und es sah aus, als hätte das Motelpersonal das Problem einfach mit einem dicken schwarzen Filzstift gelöst. Vor dem Schandfleck lag ein Parkplatz, der etwa zur Hälfte mit älteren Autos belegt war. Zwischen dem Parkplatz und dem Geschäftszimmer des Motels gab es ein Schwimmbecken. Es war leer und voller Müll. In einem Teil hatte jemand damit begonnen, einen Garten anzulegen, etwas Erde hineingeschüttet und ein paar Blumen gepflanzt.

Josie und Noah rückten in Begleitung einiger Staatspolizisten und Hilfssheriffs an. Josie blieb beim Wagen, während Noah zum Geschäftszimmer lief. Der Ort erinnerte an eine Geisterstadt, aber Josie wusste auch, dass Gäste, die hier ein und aus gingen, sich wohlweislich bedeckt hielten, wenn es auf dem Parkplatz von Polizisten nur so wimmelte. Während sie auf Noah wartete, holte sie ihre schusssichere Weste aus dem

Kofferraum und legte sie an. Ihr Körper fühlte sich wund an, nach dem Sturz am Abhang und dem holprigen Aufstieg. Sie war sich sicher, mit blauen Flecken übersät zu sein. Das würde sie später unter der Dusche überprüfen. Die Polizisten und Hilfssheriffs bereiteten sich ebenfalls auf den Einsatz vor. Sie legten ihre Waffen an und versammelten sich auf dem Parkplatz, bereit, ein paar Türen einzutreten.

Noah kam aus dem Büro zurück und hielt vier Finger in die Höhe. »Der Geschäftsführer hat Leonard Nance auf seinem Führerscheinbild wiedererkannt. Er sagt, vor ein paar Tagen habe Nance ein Zimmer für die ganze Woche angemietet, bar bezahlt und die gleiche Summe noch einmal draufgelegt, mit der Bitte, komplett ungestört zu bleiben.«

»Wie haben Sie den Hotelleiter zum Reden gebracht?«, fragte Josie.

»Ich habe ihm gesagt, je schneller er mir sagt, was ich wissen muss, desto schneller sind wir hier wieder weg. Er ist nicht sonderlich scharf auf Polizeipräsenz.« Noah grinste und hielt einen Schlüssel in die Höhe.

Josie lächelte. Es war ihr erstes ehrliches Lächeln an diesem Tag. »Gehen wir«, sagte sie.

Mit zwei Staatspolizisten bezogen Josie und Noah vor Zimmer Nummer 4 Stellung, zückten die Waffen und bereiteten sich darauf vor, den Raum zu stürmen. Die Hilfssheriffs sicherten die Rückseite des Gebäudes. Josie ignorierte ihren rasenden Puls und die Verspannungen in ihren Schultern, steckte mit ihrer bandagierten Hand den Schlüssel ins Schloss und drehte den Türknauf. Das Schloss klickte und die vier platzten ins Zimmer, riefen laut »Polizei!« und durchsuchten den Raum.

Er war leer.

Das Zimmer war klein und stank nach abgestandenem Schweiß, Erbrochenem und Exkrementen. Ein breites Bett nahm den meisten Platz ein. Gegenüber stand eine Kommode, auf der ein Fernseher thronte, über dessen Bildschirm eine auf stumm geschaltete Sitcom flimmerte. Das Bett war bis auf das Betttuch abgezogen und die grelle pink-grüne Bettdecke am Fußende zusammengeknüllt. Das Laken war mit Blutspritzern und einem Fleck Erbrochenem übersät. Auf dem Nachttisch standen neben einer Lampe ein braunes Fläschchen mit einem verschreibungspflichtigen Medikament und drei leere Babyflaschen mit eingetrockneten Milchersatzresten. Zwischen Fenster und Bett hatte man einen abgenutzten senfgelben Sessel gequetscht, auf dessen Sitzfläche ein zusammengeknülltes Laken lag. Auf dem Boden vor dem Sessel stand ein rechteckiger blauer Wäschekorb mit einem Kissen.

»Dort haben sie also das Baby verwahrt«, stellte Josie fest.

»Herrje«, sagte Noah und hielt sich eine Hand vor die Nase.

»Schmutzige Windeln im Badezimmer«, rief einer der Staatspolizisten.

Als Josie das Bett umrundete, blieb sie mit dem Fuß an etwas hängen. Sie ging in die Knie, spähte unter das Möbelstück und spürte, wie sich ihr die Kehle zuschnürte. Dort lag ein weißer Turnschuh mit dem unverkennbaren blauen Nike-Emblem. Lukes zweiter Schuh. Josie rappelte sich vom Boden hoch. Sie fühlte sich benommen und kämpfte gegen die Tränen an. »Sie waren hier«, sagte sie. »Verdammt. Sie waren hier.«

Noah zog sich ein paar Gummihandschuhe an, um das Medikamentenfläschchen zu untersuchen. »Das ist von einer Apotheke in New York City. Oxycodon für eine Marie Muir.«

»Marie«, wiederholte Josie. »Rowlands Haushälterin.«

»Kindermädchen trifft es wohl eher«, kommentierte Noah.

»Chief Quinn«, rief einer der Hilfssheriffs von draußen.

Josie rannte nach draußen. Ein paar Türen weiter, wo ein schmaler Pfad zur Rückseite des Motels führte, wartete ein Kollege auf sie. Er winkte sie herbei und sie folgte ihm. Der Weg hier war rissig und mit Müll, Unkraut, Scherben und

Spritzen übersät. An einem Maschendrahtzaun stand ein verdreckter grüner Müllcontainer. Dahinter erstreckte sich über ein paar Hundert Meter ein karger Landstreifen, der an den Betonabsperrungen endete, die das Motelgelände von den nach Osten führenden Fahrspuren der Interstate trennten. Dahinter lagen die Fahrspuren Richtung Westen. In beide Richtungen rauschten Sattelschlepper und Autos vorbei. Der Wind verfing sich in Josies Haar.

»Dort ist jemand«, sagte der Hilfssheriff und deutete auf den Zaun am Highway. »In Richtung Westen.« Er hatte recht. In der Mitte der Fahrstreifen taumelte eine Gestalt entlang, halb humpelnd, halb rennend, die Hände beim Laufen vor die Brust gepresst. Ein Hupkonzert erklang, als ein Auto nach dem anderen ausweichen musste. Auch wenn auf diese Entfernung nichts deutlich zu erkennen war und die Gestalt ihnen den Rücken zuwandte, erkannte Josie die Körperhaltung sofort wieder. Eine Sekunde lang verschlug es ihr den Atem. Sie versuchte, das Wort »Luke« zu sagen, aber kein Laut drang aus ihrer Kehle.

»Wahrscheinlich ist er durch das Loch im Zaun dort geklettert«, sagte der Hilfssheriff. »Will er sich umbringen?« Sein Funkgerät knarzte.

»Rufen Sie Verstärkung«, sagte Josie. »Und holen Sie Lieutenant Fraley her.«

In wenigen Sekunden war sie durch das Loch im Zaun geklettert und rannte durch den Matsch entlang der Betonabsperrungen. »Luke!«, rief sie jetzt laut, aber ihre Stimme wurde vom Lärm der Fahrzeuge verschluckt, die den Highway entlangdonnerten. Luke hatte ein paar Hundert Meter Vorsprung, und Josies Lungen waren immer noch gereizt vom Rauch des Feuers. Sie blieb einen Moment stehen, atmete schwer und legte ihre schusssichere Weste ab, die sie nur unnötig behinderte. Als sie eine Verkehrslücke ausmachte, sprang sie über die Absperrung und raste über die Fahrspuren bis hin zum Mittelstreifen, der die beiden Fahrbahnen voneinander trennte. Langsam kam sie Luke näher, und sie stellte fest, dass er barfuß lief. Auf dem Weg zur Interstate musste er in eine Glasscherbe getreten sein, denn auf der weißen Linie, die die Fahrspuren begrenzte, waren blutige Fußabdrücke zu sehen.

»Luke!«, schrie Josie erneut, aber er hörte sie nicht und taumelte einfach weiter, ohne den Autos, die hupend um ihn herum ausscherten, Beachtung zu schenken.

Was zum Teufel hatte er vor?

Sie näherten sich der Brücke über den Susquehanna River. Ein Sattelzug bretterte vorbei und die Fahrbahn unter Josies Füßen erbebte. Auf der anderen Straßenseite stolperte Luke zum Rand der Brücke und lehnte sich gegen die Brüstung. Josie kam ihm immer näher. Sie musste es nur auf die andere Seite der Fahrbahn schaffen, ohne von einem Auto oder Lastwagen erwischt zu werden. Sie warf einen Blick über die Schulter und sah, dass Noah über den Seitenstreifen auf sie zugelaufen kam. Als sie sich wieder zu Luke drehte, war der gerade damit beschäftigt, über das Brückengeländer zu klettern.

»Nein!«, schrie sie. »Luke!«

Zitternd versuchte er, die Balance zu halten, und warf ihr einen Blick zu. Irgendetwas stimmte mit seinen Händen nicht, erkannte Josie. Sie waren stark angeschwollen, die Haut gespannt, glänzend und rosa. Blutige Striemen zogen sich um seine Handgelenke. Sein Gesicht schillerte in verschiedenen Blau- und Lilatönen und ein Auge war derart geschwollen, dass er kaum noch etwas sehen konnte. Seine Oberlippe war blutverkrustet. Über den Highway hinweg trafen sich ihre Blicke.

»Tu 's nicht!«, rief Josie.

Luke sagte irgendetwas, aber seine Worte gingen im Verkehrslärm unter. Dann drehte er sich wieder zum Fluss, kreuzte die Arme vor der Brust und sprang.

66

Josie spurtete über den Highway und entging nur knapp dem Zusammenstoß mit einem Kleinlaster. Ihre Brust war wie zugeschnürt und sie schnaufte heftig, als sie sich gegen die Betonbrüstung lehnte und nach unten in den Fluss spähte. Die Strömung trug Luke flussabwärts. Er paddelte unkoordiniert und hatte deutliche Schwierigkeiten, sich über Wasser zu halten. Wieder fragte sich Josie, was er beabsichtigte, bis ein bunter Fleck ihren Blick auf sich zog. Einige Meter von Luke entfernt kämpfte eine weitere Person gegen die Strömung an. Josie kniff die Augen zusammen und konnte lange, dunkle Haare erkennen. Eine Frau. Sie trieb mit dem Gesicht nach oben, und auf ihrer Brust war der bunte Fleck zu erkennen, der Josies Aufmerksamkeit auf sich gezogen hatte.

»Oh Gott.«

Es war eine knallbunte Babytrage. Josie wurde übel. War die Frau mit dem Baby von der Brücke gesprungen, genau wie Luke? Sie schaute nach unten und versuchte, die Höhe abzuschätzen. Jetzt, in der Mitte der Hurrikansaison, war der Wasserstand hoch. Ein Erwachsener konnte einen Sprung von der Brücke locker überleben – aber ein Neugeborenes? Josie spähte zum Ufer und hoffte, dass die Frau die Böschung hinuntergeklettert war, anstatt mit dem Baby zu springen. An einem niedrigen Ast baumelte etwas, das wie ein kleines weißes Laken oder vielleicht ein Kopfkissenbezug aussah. Josie schaute wieder, was Luke machte. Er war untergetaucht und Josie zählte die Sekunden. Als sie bei fünf angekommen war, brach sein Kopf wieder durch die Wasseroberfläche. Seine Arme trieben nutzlos herum. Er war kurz davor, zu ertrinken.

Josie legte Holster und Schuhe ab, kletterte über die Brüstung und sprang.

Als ihr Körper in das kalte Wasser eintauchte, fühlte sie sich auf einen Schlag wieder hellwach. Sie strampelte mit den Beinen, bis sie wieder an der Wasseroberfläche ankam. Weiter mit den Beinen austretend drehte sie sich im Wasser um und versuchte, sich zu orientieren. Dann sah sie Lukes Körper. Glücklicherweise trug die Strömung sie schnell voran. Mit gleichmäßigen Schwimmzügen steuerte Josie auf Luke zu. Ihre Lungen brannten und sie musste husten. Sie gestattete sich eine kurze Pause, um keinen Hustenanfall zu bekommen. Sie hatte es fast geschafft. Schließlich streiften ihre Finger Lukes T-Shirt, und mit einem weiteren kräftigen Beinschlag bekam sie den Stoff in seinem Nacken zu fassen und zog ihn zu sich heran. Ihre Körper prallten aneinander.

»Luke«, krächzte sie, »ich bin es, Josie. Alles in Ordnung. Ich habe dich.« Sie griff unter seine Achseln und hielt seinen Kopf über der Wasseroberfläche. Sein Körper entspannte sich und ein paar Sekunden lang trieben sie gemeinsam im Wasser dahin. »Das Baby«, sagte Luke dann.

»Ich weiß«, erwiderte Josie.

»Du musst das Baby holen.«

»Das tu ich.«

»Jetzt.«

»Das geht nicht. Ich kann dich nicht loslassen. Dann ertrinkst du. Ich bringe dich erst ans Ufer.«

»Dafür ist keine Zeit.«

Josie spähte flussabwärts. Die Frau und Victor waren nur noch ein kleiner Punkt am Horizont und verschwanden mit großem Tempo aus ihrem Blickfeld. Die Kollegen aus Denton, der Sheriff von Alcott County und die Staatspolizei mussten bereits auf dem Weg sein, aber niemand wusste, dass Marie Muir mit dem Baby in den Fluss gesprungen war. Die Brücke war schon nicht mehr zu sehen. Niemand war darauf vorbereitet, die Frau weiter flussabwärts aus dem Wasser zu fischen. Josie war eine gute Schwimmerin, und mit der Strömung im Rücken bestand noch eine Chance, dass sie Marie und Victor einholte. Aber sie konnte nicht erst Luke an Land bringen. Für beides blieb keine Zeit, da hatte er recht. Und wenn sie die Frau verlor, verlor sie auch Victor Derossi – sofern er noch am Leben war.

»Du musst«, sagte Luke, als hätte er ihre Gedanken gelesen. »Josie. Du musst. Das ist Rays Sohn. Tut mir leid. Ich hätte es dir sagen sollen. Das Kind ist Rays Sohn. Du musst es retten.«

Tränen stiegen ihr in die Augen. Josie schwamm um Luke herum, um ihm ins Gesicht sehen zu können. Das Ufer raste vorbei, während die Strömung sie immer weiter trug. Josie strampelte mit den Beinen und legte die Hände um Lukes Gesicht. »Noah war mir direkt auf den Fersen. Ich bin mir sicher, dass er gesehen hat, wie ich gesprungen bin. Er kommt auch, da bin ich mir sicher. Er zieht dich raus.«

»Los jetzt«, sagte Luke.

Josie drückte ihm einen Kuss auf den Mund und stieß sich dann von ihm ab, bevor sie ihre Meinung ändern konnte. Dann drehte sie sich wieder um und schwamm so schnell sie konnte in Bauchlage auf Marie Muir und Victor Derossi zu.

67

Josie hielt den Blick fest auf Marie Muirs Kopf gerichtet, der mit der Strömung auf und ab hüpfte. Sie musste durchhalten. Es ging auf den Herbst zu und obwohl es schon kühler geworden war, war das Wasser noch nicht eiskalt. Aber auch die jetzige Kälte konnte für ein Neugeborenes tödlich sein. Angenommen, dass es noch nicht ertrunken war. Josie schwamm, so schnell sie konnte, aber ihre Glieder fühlten sich allmählich taub und wie aus Gummi an. Ihre Lungen brannten. Das Atmen fiel ihr immer schwerer und sie hatte das Gefühl, als würde ihr Oberkörper von irgendetwas zerquetscht. Ihr Blick wurde trüber.

Und dann hörte sie es. Ein schwaches Wimmern.

Adrenalin schoss durch ihre Adern und versorgte ihre Arme und Beine mit neuer Kraft. Je näher sie der Frau und dem Baby kam, desto lauter wurde Victors unglückliches Wehklagen. Leider konnte sie sich nicht unbemerkt an Marie heranschleichen. Sie trieb auf dem Rücken dahin, das Baby in seiner Trage auf ihrer Brust, und hatte Josie bereits gesehen. Die pure Panik sprach aus ihrer Miene, und sie begann zu paddeln, um wieder mehr Abstand zwischen sich und ihre Verfolgerin zu bringen.

»Halt!«, rief Josie. Sie hatte das Wort kaum ausgesprochen, als ihr bewusst wurde, wie lächerlich sie klang. Es gab keine Möglichkeit, in der Mitte eines Flusses einfach anzuhalten.

»Raus aus dem Fluss«, brüllte sie stattdessen. »Schwimmen Sie ans Ufer.«

Maries Arme ruderten stärker. Josies Beine peitschten durch das Wasser und sie holte immer weiter auf. Ohne die Last eines Babys auf der Brust war sie im Vorteil. Jetzt war sie fast in Reichweite.

»Marie«, prustete sie, »schwimmen Sie ans Ufer.«

Sie ächzte und schlug Josies Hand zurück, als diese nach der Babytrage griff. »Weg von mir.«

Josie zog die Hand zurück. »In Ordnung«, sagte sie. »Aber geben Sie mir das Baby. Geben Sie mir einfach nur das Baby. Mir ist egal, wer Sie sind oder woher Sie kommen, und mir ist egal, was Sie getan haben. Geben Sie mir einfach nur das Baby.«

Marie konnte kaum atmen, während sie verzweifelt mit den Armen ausschlug, um Josie zu entkommen. Aus der Nähe schätzte Josie, dass sie bereits in den Sechzigern sein musste. Sich treiben zu lassen war einfach, aber Josie ging nicht davon aus, dass sie weit kommen würde, wenn sie schwimmen musste. Ihr zerfurchtes Gesicht war bereits alarmierend bleich.

»Hören Sie auf zu paddeln«, sagte Josie. »Sparen Sie sich Ihre Kraft, oder Sie ertrinken noch. Ich bin nicht Ihretwegen hier. Geben Sie mir das Baby.«

Marie hörte auf, sich zu wehren, und ließ sich wieder treiben. Das Baby auf ihrer Brust hob und senkte sich mit jedem ihrer Atemzüge und stieß noch ein paar kräftige Schreie aus.

»Bitte«, sagte Josie. »Der Kleine erfriert doch hier draußen. Lassen Sie ihn mich aus dem Fluss ziehen.«

Nach einer gefühlten Ewigkeit streifte Marie die Träger

über ihre Arme, erst den einen, dann den anderen, und nahm die Trage ab. Sie drehte sie um, sodass Victor mit dem Gesicht nach oben in der Trage trieb. Erleichterung durchströmte Josie.

Dann stieß Marie Victor mit aller Kraft von ihnen beiden weg und schwamm auf das Ufer zu.

»Verdammte Scheiße«, schrie Josie.

Sie stürzte sich auf die Trage. Ihre Fingerspitzen streiften einen der Gurte. Victors lautes Heulen spornte sie an. Sie konnte ihn nicht aufgeben, jetzt, da sie ihm so nahe war. Nicht jetzt. Nicht so. Mit einem letzten kräftigen Beinstoß schaffte sie es, einen der Träger zu greifen. Sie zog die Trage zu sich heran und schwamm auf das Ufer zu, als wäre der Teufel hinter ihr her.

Sie brauchte eine Weile, um auf dem festen Boden wieder Halt zu finden. Die Erschöpfung machte sich mittlerweile in jedem Muskel bemerkbar. Der kleine Victor schrie jetzt in den höchsten Tönen. Nirgendwo waren Häuser oder Anlegestellen zu sehen. Nichts als Bäume. Josie hatte sich noch nie so desorientiert gefühlt. Sie hatte keine Ahnung, wie weit sie abgetrieben war, wo sie sich befanden und ob dieser Flussabschnitt überhaupt noch zu Denton gehörte. Sie rappelte sich auf und stellte die Trage auf dem Boden ab, um Victor befreien zu können. Er wand sich, als sie ihn heraushob. Sein winziges Gesicht war violett angelaufen, aber Josie hatte keine Ahnung, ob die Farbe durch das Schreien oder die Kälte bedingt war oder auch durch beides. Sie presste ihn an ihre Brust und rannte los.

Beim Laufen rutschten ihr die nassen Socken herunter und verfingen sich in Zweigen und Steinchen. Victors Schreien wurde von ihrem eigenen röchelnden Atem und dem Rauschen des Bluts in ihren Ohren gedämpft. Als sie endlich eine zweispurige Straße erreichte, ließ sie sich einfach auf die Knie fallen. Sie spähte nach links und rechts, konnte aber weder Wohnhäuser noch irgendwelche anderen Gebäude entdecken.

Gerade überlegte sie, in welche Richtung sie gehen sollte, als sie Motorgeräusche hörte. Von rechts näherte sich ein alter roter Kleinlaster. Josie rappelte sich vom Boden hoch, hielt Victor mit einer Hand fest und winkte mit der anderen den Wagen herbei.

Er hielt mit quietschenden Bremsen neben ihr an. Ein Mann in den Fünfzigern mit schütterem braunen Haar und Brille auf der Nase starrte mit offenem Mund aus dem Fahrerfenster. Josie konnte sich nur vorstellen, wie sie aussehen musste. Sie huschte zur Beifahrerseite und kletterte in den Laster. Der Mann drehte sich zu ihr um. »Ich habe gerade dieses Baby aus dem Fluss gerettet. Es ist nass und ihm ist kalt. Wir müssen ins Krankenhaus.«

Ohne auch nur eine Frage zu stellen, zog der Mann seine Jacke aus, gab sie ihr und drehte die Heizung des Wagens höher. Dann machte er auf der Stelle kehrt und gab Gas. Josie war sich bewusst, dass er immer wieder zu ihr herüberschielte, als sie Victor in ihren Schoß legte und sich selbst die Kleidung bis auf den BH auszog. Als Nächstes schälte sie Victor aus seinem nassen Strampler und legte alle nassen Kleidungsstücke neben sich auf den Sitz. Sie nahm das Baby und legte es auf ihre Brust, Haut an Haut. Dann deckte sie sich und Victor mit der Jacke des Fahrers zu. Warme Luft strömte aus dem Gebläse. Unter der Jacke streichelte Josie über Victors winzigen Rücken. Irgendwann verstummten seine erschöpften Schreie und er schlief an Josie geschmiegt ein.

68

In der Notaufnahme des Denton Memorial Hospital legte sich Josie die Jacke ihres guten Samariters um die Schultern und tigerte vor einem gläsernen Raum auf und ab, in dem Victor Derossi von einem Arzt und drei Krankenschwestern untersucht wurde. Seine Schreie drangen bis in den letzten Winkel und ließen alle Vorbeigehenden stehen bleiben und durch die Scheibe spähen. Eine Krankenschwester schenkte Josie ein Lächeln und sagte: »Das klingt nach einem typischen Hungerschrei.« Für Josie hörte es sich eher an, als würde das arme Kind gefoltert, aber wahrscheinlich hatte die Schwester recht. Sie hatte keine Ahnung, wann Victor das letzte Mal etwas zu trinken bekommen hatte.

»Boss.« Noah tauchte an ihrer Seite auf, tropfnass und voller Schlamm und Blätter.

Impulsiv schlang Josie die Arme um ihn und zog ihn an sich. Als sie ihn wieder losließ, sah sie, dass er rot geworden war. »Haben Sie ihn? Haben Sie Luke gefunden?«

Noah lächelte. »Habe ich. Es geht ihm gut. Sie kümmern sich schon um ihn. Er ist in miserabler Verfassung, aber er lebt.«

Josie ließ sich gegen ihn sinken und er legte einen Arm um ihre Taille und führte sie den Gang entlang zu einem Stuhl. Sie versuchte, die Tränen zurückzuhalten, aber ein paar schafften es doch, sich durch ihre Wimpern zu stehlen. Noah entschuldigte sich, ging fort und kam kurz darauf mit einem kleinen Stapel Papiertücher zurück. Josie nahm sie dankend entgegen und versuchte, sich wieder zu sammeln. Luke und Victor Derossi waren beide am Leben und in Sicherheit. Sie atmete ein paar Mal tief durch und tupfte ihre Augenwinkel trocken.

»Wie geht es dem Baby?«, fragte Noah.

»Das ist grantig.«

Noah trat an die Glasscheibe und spähte hindurch. Josie folgte ihm und schaute über seine Schulter. Eine der Krankenschwestern schüttelte gerade eine Flasche mit Milchersatz. Die andere Schwester wickelte das Baby und hob es professionell mit einem Arm von der Krankentrage. Sie nahm die Flasche von ihrer Kollegin entgegen und führte den Sauger an Victors Lippen. Er nahm ihn gierig in den Mund und verstummte endlich. Wunderbare Stille legte sich über die Notaufnahme und der Arzt trat aus dem Raum. »Es geht ihm gut«, sagte er zu Josie. »Überraschend gut. Er scheint nicht verletzt zu sein und zeigt keine Anzeichen von Krankheit oder Flüssigkeitsmangel. Keine Unterkühlung. Kein Fieber. Es ist ... alles wunderbar. Wer immer sich um ihn gekümmert hat, hat seine Sache gut gemacht. Auch das Bad im Fluss scheint ihm nicht geschadet zu haben.«

Josies Schultern sackten vor Erleichterung herunter. »Danke«, sagte sie.

»Wir behalten ihn noch über Nacht zur Beobachtung hier. Gibt es ein Elternteil oder einen Vormund, der bei ihm bleiben kann, oder müssen wir das Jugendamt benachrichtigen?«

»Nein«, sagte Josie schnell. »Das brauchen Sie nicht. Wir finden ein Familienmitglied.« Als der Arzt sie allein gelassen hatte, sagte sie zu Noah: »Schauen Sie, ob Mistys Freundin kommen kann. Wenn nicht, rufe ich Rays Mutter an.«

»Rays Mutter? Boss, Sie wissen doch nicht einmal, ob das wirklich Rays Kind ist.«

Josie starrte auf das Bündel im Arm. Sie hatten Victor eine kleine blaue Mütze aufgesetzt, und von ihrem Platz aus konnte Josie nicht mehr von ihm sehen als seine rosa Stirn. »Er ist Rays Sohn«, sagte sie. Sie wusste nicht, weshalb sie sich da so sicher war. Als sie sich plötzlich mit dem Baby konfrontiert sah, hatte sie erwartet, sich traurig oder auf irgendeine Weise verraten zu fühlen. Misty hatte etwas von Ray, das Josie nie kennenlernen würde. Sie hatte etwas gewagt, wozu Josie nie bereit gewesen war – und was Ray nie von ihr verlangt hatte. Beim Anblick von Rays Sohn hatte Josie mit jedem unangemessenen Gefühl gerechnet – aber nicht mit diesem Beschützerinstinkt und der großen Erleichterung, die damit einherging. Sie wusste nicht, wie Misty sich als Mutter machen würde, und ein Kind in die Welt zu setzen, dessen Vater sowohl tot als auch sozial geächtet war, hielt sie immer noch nicht für eine gute Idee, aber das spielte in diesem Moment keine Rolle. Und nicht nur in diesem Moment. Das Einzige, was zählte, war, dass sie das Baby gesund und munter gefunden hatte.

Josie wartete darauf, dass Noah ihr widersprach, aber stattdessen rief er lediglich bei Brittney an. Josie konnte ihren Freudenschrei durch das Telefon und mit anderthalb Metern Abstand hören. »Klingt, als käme sie rüber«, stellte sie fest, als Noah aufgelegt hatte.

Er lächelte.

»Haben Sie Muir gefunden?«, fragte Josie.

Noah nickte. »Der Sheriff hat sie aufgegabelt. Sobald sie wusste, dass Rowland und Nance tot sind, hat sie ausgepackt. Anscheinend hat ihr Nance eine Heidenangst eingejagt. Ihr gesagt, er werde sie und jeden, den sie kennt, umbringen, wenn die Polizei das Baby finden sollte. Deshalb ist sie davongerannt, als wir mit all den Polizeiwagen vorgefahren kamen.«

»Und Luke ist ihr hinterhergelaufen. Ist sie eigentlich auch von der Brücke gesprungen?«

»Nein, sie hat den Weg über das Ufer gewählt. Ich glaube, Luke ist nur gesprungen, weil es schneller ging.«

»Damit hatte er ja auch recht. Also hat sich Muir um Luke und das Baby gekümmert.«

»Sie war früher Krankenschwester und stammt aus Brooklyn. Rowland hat ihr ein hübsches Sümmchen gezahlt, damit sie ein paar Tage auf ein Baby aufpasst. Bis vor ein paar Tagen war sie noch bei Rowland zu Hause. Sie sagt, dann sei ein Mann namens Leo vorbeigekommen und habe einen Wangenabstrich bei dem Baby gemacht. Irgendwann sei Leo wiedergekommen, habe das Baby genommen, es mit ihr zusammen im Patio Motel abgesetzt und später Luke vorbeigebracht. Weil ihr Luke leidtat, habe sie ihre Schmerzmittel mit ihm geteilt. Die seien eigentlich für ihre chronischen Rückenschmerzen infolge eines Autounfalls. Wer das Baby und Luke seien, wisse sie nicht.«

»Blödsinn«, sagte Josie. »Ich bin mir sicher, dass sie einen Fernseher im Motelzimmer hatte.«

»Na ja, die Staatsanwaltschaft soll sich um sie kümmern«, sagte Noah. »Gretchen ist am Motel und behält alles im Blick, während die Spurensicherung ihre Arbeit macht.«

»Wie geht es Kim?«

»Sie hat ein paar Brüche und ein gequetschtes Brustbein, ganz hübsche Platzwunden am Kopf und am Bein, viel Blut verloren und eine Gehirnerschütterung.«

»Aber sie hat überlebt.« Obwohl Josie herzlich wenig an Kim Conway lag, war sie froh, dass sie noch lebte. »Wissen wir, wie der Unfall zustande gekommen ist?«

Noah zog sein Handy aus der Tasche. »Jep. Kim und

Rowland haben gestritten, bevor sie die Böschung hinuntergesegelt sind. Das Ganze war ziemlich hitzig. Ich habe mir von der Polizeiwache die Audiomitschnitte von Rowlands und Kims Gespräch schicken lassen. Am besten hören Sie es sich selbst an.«

Sie hatten keine Kopfhörer dabei, also suchten sie nach einer Unisextoilette, in der sie sich einschließen konnten. Fast Stirn an Stirn standen sie in die Kabine gequetscht, das Smartphone zwischen ihnen, auf dem Noah die Audiodatei abspielte. Zuerst herrschte Stille, die nach einer Weile von Kims Stimme durchbrochen wurde. »Was Sie mir da alles versprochen haben, das könnten Sie doch auch einfach über einen Anwalt regeln, oder nicht? Sie haben doch das Geld?«

»Ziemlich viel Geld, ja«, bestätigte Rowland. »Und ich könnte dich sogar als meine Erbin einsetzen, ohne dich jemals gesehen zu haben.«

»Also hätten Sie mich auch mit Chief Quinn zurück ins Gefängnis schicken können.«

»Absolut. Das hätte ich tun sollen. Es hätte ihr einiges an Ärger erspart.«

»Warum bin ich dann hier?«, fragte Kim. »Ist es nicht ein bisschen spät, anzukommen und jetzt noch einen auf Mustervater zu machen?«

Rowland lachte. »Ach, Kimberly, ich habe überhaupt kein Interesse daran, dein Vater zu sein.«

In Kims Stimme schwang plötzlich Angst mit. »Wie meinen Sie das?«

»Hast du mir den ganzen Unsinn wirklich abgekauft? Du und Polly, ihr sollt rein geblieben sein, weil ihr aus Liebe entstanden seid?«

»Was wollen Sie damit sagen?«

»Ich will damit sagen, dass ich gelogen habe, meine Liebe. Damit kennst du dich doch auch gut aus.«

»Und w... was ist mit Polly? Ihrer anderen Tochter?«

Rowland machte ein Geräusch, das wie *hmmmpf* klang. »Polly war eine geborene Psychopathin. Schon von klein auf. Da war nichts zu machen. Meine Frau wollte das nicht sehen. Selbst nicht, nachdem sie eine Klassenkameradin die Treppe hinuntergestoßen hatte. Das Mädchen wird nie wieder laufen können, alles dank meiner Polly. Ich weiß, dass sie es mit Absicht getan hat. Sie hat es ehrlich zugegeben. Es hat mich Millionen gekostet, das unter den Tisch zu kehren. Polly hat nichts bereut und ihre Mutter stand immer hinter ihr.«

»Haben Sie ... haben Sie sie getötet? Polly und ihre Mutter?«

»Der Unfallfahrer hatte enorme Spielschulden. Solche von der Art, die seine Familie in Lebensgefahr gebracht haben. Ich habe seine Schulden bezahlt, habe ihn so viel trinken lassen, dass er über der zulässigen Höchstgrenze lag, und ihm gesagt, wann und wo er sich bereithalten soll. Er ist gut entschädigt worden. Bei guter Führung ist er in ein paar Jahren wieder aus dem Gefängnis heraus und hat genug Geld auf der Seite liegen, um sich damit ein schönes Leben zu machen. Seine Familie ist in Sicherheit und er kann keine neuen Spielschulden anhäufen, solange er im Knast sitzt.«

»Mein Gott.«

»Und du? Du glaubst wirklich, ich wüsste nicht, was für ein Mensch du bist? Als du zwölf warst, habe ich deine Mutter aufgesucht. Das war, bevor ich meine Frau geheiratet habe. Ich wollte dem Ganzen eine Chance geben. Sie hat mir alles über das Lügen und die Diebstähle erzählt.«

»Aber ich ...«

»Spar es dir. Bitte. Ich weiß, dass du ein Jahr im Jugendarrest verbracht hast.«

»Sie wussten mein ganzes Leben lang, dass es mich gibt. Warum bin ich die Letzte?«, fragte Kim.

»Erst als ich von Aaron King erfahren habe, wurde mir die Reichweite meiner Taten bewusst – was mit meinem Zutun in die Welt gesetzt worden war. Erst nachdem er festgenommen worden war und ich wusste, dass er mein Sohn ist, wurde mir klar, dass ich die Welt von meiner faulen Brut befreien musste. Ich habe dich und Eric bis zum Schluss aufgehoben. Du warst immer sichtbar und leicht zu finden. Bei den anderen hatte ich härtere Nüsse zu knacken. Und was Eric betrifft, so wollte ich erst die Kasinodeals unter Dach und Fach bringen. Das hat Leonard aber verbockt. Er hat Eric zu früh umgebracht. Er hat dich und Eric aber lange genug beobachtet, um herauszufinden, dass du dich quasi durch Erics komplettes Unternehmen gehurt hast. Chief Quinn glaubt, dass du Denny Twitch und Leonard umgebracht hast. Das macht dich also zu einer verhurten Mörderin.«

Kims Stimme begann zu zittern. »Ich war Erics Gefangene. Ich habe nur getan, was ich tun musste, um am Leben zu bleiben. Auf manche Entscheidungen, die ich treffen musste, bin ich nicht stolz, aber immerhin lebe ich noch.«

Rowland lachte erneut. »Nicht mehr lange, meine Liebe.«

»Was wollen Sie Chief Quinn erzählen? Und was ist mit Trinity Payne?«

»Ich habe meine Methoden, um sie zum Schweigen zu bringen.«

»Sie werden sie auch umbringen?«, fragte Kim.

»Nur, wenn sie meine großzügigen Angebote nicht annehmen.«

»Ihre Bestechungsgelder, meinen Sie.«

»Nenn es, wie du willst. Ich töte nicht gern, aber ich tu, was ich tun muss, um mich selbst zu schützen.«

»Sie töten nicht gern? Wie viele Menschen haben Sie noch einmal umgebracht?«

»Nicht einen einzigen«, sagte Rowland.

»Ach ja, stimmt, Sie machen sich selbst ja nicht die Hände schmutzig. Weil Sie so ein guter Mensch sind, nicht wahr?«

»Ich habe Staatspolizist Creighton gerettet, oder etwa

nicht? Ich hätte ihn auch in dieser Kirche verrecken lassen können, aber er ist unschuldig in all das hineingezogen worden. Und was Victor Derossi anbelangt – der wird letzten Endes zu seiner Mutter zurückgebracht.«

»Letzten Endes?«, fragte Kim. »Aber sie sind nicht an dem Ort, den Sie genannt haben, oder? Sie haben gelogen. Sie sind ein Lügner und ein Mörder, und Sie halten wirklich mich für einen schlechten Menschen? Und all Ihre anderen Kinder? Haben Sie sich jemals gefragt, von wem die das hatten?«

Rowlands Stimme klang rau, entweder vor Wut oder vor Leidenschaft, ganz sicher war Josie sich da nicht. »Ich übernehme Verantwortung für das, was ich geschaffen habe! Im Gegensatz zu euch kleinen Arschlöchern mache ich die Welt zu einem besseren Ort.«

»Tja, *Daddy*, das ist eine ziemlich beschissene Herangehensweise, finde ich«, ätzte Kim. »Ich glaube, Sie scheren sich einen Scheißdreck um die Welt. Ihnen geht es doch nur darum, dass niemand von uns seine dreckigen Hände nach Ihrem Vermögen ausstreckt. Ihr Vermächtnis ist Ihnen doch wichtiger als alles andere.«

»Mir ist egal, was du denkst«, sagte Rowland. »Niemandem wird je wieder von einem meiner Kinder Leid zugefügt werden, und wenn meine Hinterlassenschaften unangetastet bleiben, ist das noch ein schönes Schmankerl oben drauf.«

Dann herrschte Stille. Josie schaute zu, wie die Sekundenanzeige der Aufnahme weiterlief. Dreißig Sekunden, vierzig, dreiundvierzig. Dann ertönte ein Rascheln, etwas, das sich anhörte wie ein Schlag, und ein Ächzen. »Halt!«, rief Rowland. »Was tust du da? Lass das!«

Es folgte weiteres Gerangel. Dann schrie Rowland: »Lass los! Lass das Lenkrad los! Du bringst uns noch beide um! Gottverda...«

Und an diesem Punkt brach die Aufnahme ab. Josie und Noah schauten einander sprachlos an.

»Sorgen Sie dafür, dass die Staatsanwaltschaft das hier erhält, ja?«, bat Josie ihn irgendwann.

»Natürlich.«

»Sie wissen ja, wo Sie mich finden«, sagte Josie und ließ Noah im Toilettenraum zurück, um Carrieann anzurufen.

69

Josie traf Carrieann in der Notaufnahme des Denton Memorial. Seite an Seite warteten sie hinter einer Glastrennwand, während eine Krankenschwester Luke eine Infusion anlegte. Er war ohnmächtig und erschöpft von seiner Tortur und den Schmerzmitteln, die ihm verabreicht wurden. Josie hatte zwar mit einem Arzt, aber noch nicht mit Luke selbst sprechen können.

»Er ist extrem dehydriert«, sagte sie. »Und fast alle seine Finger sind gebrochen. Ein paar Knochen pro Hand. Anscheinend haben ihm Dunns Gorillas die Brüche mit einem Hammer zugefügt. Weil er Kim versteckt hatte, dachten sie, er wüsste, wo das Baby ist, und haben versucht, es aus ihm herauszuprügeln. Auf jeden Fall wartet das Unfallteam gerade auf den Handchirurgen. Er muss noch eine Operation zu Ende bringen, und dann kümmern sie sich um Luke und schauen, was sie in Ordnung bringen können.«

Carrieann schüttelte den Kopf. Tränen rannen ihr über das Gesicht. »Knochen heilen wieder«, sagte sie. »Hauptsache ist, dass er lebt.« Sie streckte eine Hand aus. Josie ergriff sie und drückte fest zu. Ihre Blicke kreuzten sich. »Aber das hier machen wir nie wieder, oder was meinst du?«

Josie lachte. »Dem kann ich nur zustimmen.«

70

DREI TAGE SPÄTER

Luke saß halb aufrecht in seinem Krankenhausbett, vor sich ein volles Essenstablett. Seine beiden Hände waren dick bandagiert. Er starrte lange auf das Tablett hinunter und stupste gegen die Gabel. Josie schaute ihm ein paar Sekunden lang von der Tür aus zu, trat dann an sein Bett und nahm die Gabel in die Hand. Sie stach in die Truthahnbrust und gab Luke ein Stück davon zu essen. Ein paar Minuten lang half sie ihm schweigend. Schließlich schüttelte er den Kopf, um ihr zu zeigen, dass er genug hatte. »Danke«, sagte er.

Sie nickte und setzte sich auf den Stuhl neben seinem Bett. Luke stand ein langer Genesungsprozess bevor. Ihnen beiden. Er würde viel Hilfe brauchen. Vielleicht sogar eine Pflegekraft. Als hätte er ihre Gedanken gelesen, sagte Luke: »Carrieann hat gesagt, ich könne eine Weile bei ihr wohnen. Sie hat genügend Leute, die ihr mit der Arbeit auf dem Hof helfen, sodass sie sich quasi vierundzwanzig-sieben um mich kümmern kann. Ich denke darüber nach, ihr Angebot anzunehmen.«

Josie war überrascht, wie heftig das Gefühl der Enttäuschung war, das sie bei seinen Worten durchströmte. Vor allem, da sie tief in ihrem Inneren ohnehin nicht damit gerechnet hatte, dass ihre Beziehung das überleben würde. Nicht so etwas. Es war so viel gelogen worden und Josie wusste, dass das dünne Band, was sie und Luke noch verband, endgültig reißen würde, wenn sie herausfand, was wirklich zwischen ihm und Kim Conway gelaufen war. Tränen stiegen ihr in die Augen und sie schaute auf ihren Schoß hinunter. »Bist du dir sicher, dass du ausziehen willst?«

»Josie, ich muss dir etwas sagen.«

Sie schaute auf. »Du hast mit Kim geschlafen.«

Luke drehte den Kopf zur Seite. »Es tut mir leid«, sagte er. »Es tut mir wirklich unfassbar leid. Ich habe nie gewollt, dass die Dinge so ... außer Kontrolle geraten.«

»Du hättest mit mir reden sollen«, sagte Josie. »Nach allem, was wir miteinander durchgemacht haben, bist du nicht auf den Gedanken gekommen, mit mir zu reden?«

Er runzelte die Stirn. »Ich war noch nie zuvor in so einer Situation. Ich weiß, dass ich ein paar dumme Entscheidungen getroffen habe, und plötzlich waren es zu viele auf einmal, bis ich so tief drinsteckte, dass ich nicht mehr wusste, wie ich aus der ganzen Situation herauskommen sollte, ohne mein Leben zu ruinieren – und deins gleich mit.«

»Ich war kurz davor, deine Frau zu werden«, sagte Josie. »Du hättest mir vertrauen sollen. Stattdessen hast du mich weggestoßen.«

»Das tut mir leid. Wirklich.«

»Warum?«, fragte Josie. »Warum hast du nicht mit mir geredet? Du warst so kalt, so distanziert. Ich hatte das Gefühl, gar nicht mehr an dich heranzukommen.«

»Ich bin nicht der Einzige, der sich verschließt, Josie.«

Josie starrte ihn mit zusammengekniffenen Augen an. »Was soll das heißen?«

Er lächelte matt. Seine Worte klangen nicht einmal anklagend. Nur traurig. »Glaubst du, ich weiß nicht über die ganzen dunklen Erinnerungen Bescheid, die du tief in dir trägst? All das, was du in deinem verrückten Kopf unter Verschluss hältst? Da lässt du mich doch auch nicht hinein.«

Josie stand auf. Sie hatte das Gefühl, als drehe sich ihr der Magen herum. »Du weißt nicht, wovon du sprichst.«

Luke schüttelte den Kopf und lachte leise. »Siehst du, schon gehst du auf Abstand. Josie, ich versuche, mit dir zu reden. Es tut mir leid, dass ich nicht ehrlich zu dir war, aber du bist auch nicht komplett ehrlich zu mir. Du erzählst mir vieles nicht. Du tust, als wäre immer alles in Ordnung, du regelst alles allein, aber was auch immer dir als Kind zugestoßen ist ... es hat Schaden angerichtet. Du hast mir aber nie genug Vertrauen entgegengebracht, um mich einzuweihen und dir von mir helfen zu lassen.«

Eine einzelne Träne rollte über Josies Wange und sie wischte sie wütend und voller Selbsthass fort. Dann zeigte sie mit dem Finger auf ihre Brust. »Weil ich keine Hilfe brauche. Mit mir ist alles in Ordnung.«

»Warum hat keiner deiner Schränke Türen, Josie? Hm? Woher stammt die Narbe in deinem Gesicht wirklich?«

»Das geht dich verdammt noch mal nichts an.«

Luke nickte, als wollte er irgendjemandem zustimmen. »Stimmt. Das geht mich nichts an. Wir wollen heiraten, aber du bist nicht bereit, mir irgendetwas über dich zu erzählen.«

»Hör auf, alles auf mich zu schieben«, fauchte Josie. »Ich bin nicht diejenige, die gelogen hat, einen Dreifachmord vertuscht hat, die eine Mörderin und Lügnerin über Monate versteckt hat. Ich bin nicht diejenige, die betrogen hat. Ich habe nichts falsch gemacht.«

»Du hast mich nie angelogen?«

»Nein, habe ich nicht.«

»Wie oft warst du an Rays Grab? Nur grob geschätzt. Wie oft, allein im letzten Monat?«

»Hör auf, über Ray zu reden.«

»Oh, ja, stimmt. Ich darf ja nicht über Ray reden. Ich darf

Ray nicht einmal erwähnen. Ray kannte alle deine Geheimnisse. Ray ist tot und du liebst ihn trotzdem mehr als mich.«

Josie spürte, wie etwas in ihr nachgab. Eine weitere Träne glitt über ihre Wange und ihre Stimme brach, als sie sprach. »Das ist nicht wahr.«

Luke hob die bandagierten Hände, als wollte er sich ergeben. »Es ist ja auch egal. Ich glaube, das mit uns hätte nicht funktioniert – nicht auf Dauer. Es tut mir leid.« Während er sprach, bemerkte Josie, wie sich feine Schweißperlen auf seiner Stirn bildeten. Sein Gesicht wurde aschfahl. »Brauchst du … brauchst du Schmerzmittel?«, fragte sie. Er nickte und atmete schwer. Josie stürzte auf den Flur und schaute sich nach der Krankenschwester um. Als sie in ihrer Begleitung zurückkehrte, erbrach sich Luke gerade auf sein Essenstablett.

»Oh je«, sagte die Schwester. Sie gab ihm einige Medikamente über seine Infusion, während Josie ihn säuberte. »Ich habe ihm auch etwas gegen die Übelkeit gegeben«, erklärte die Schwester, bevor sie sie wieder allein ließ. Josie setzte sich wieder auf den Stuhl, schaute Luke beim Wegdämmern zu und versuchte, nicht in Tränen auszubrechen. Als er zu schnarchen begann, stand sie auf und ging nach draußen, um ein wenig frische Luft zu tanken und sich einen Kaffee zu holen. Eine Stunde später kehrte sie zurück. Luke war wieder wach und starrte abwesend auf den Fernseher an der Wand. Er begrüßte sie mit einem schwachen Lächeln.

»Tut mir leid«, sagte er. »Die Schmerzen … die sind …«

»Das verstehe ich«, sagte Josie und blieb neben seinem Bett stehen.

»Es tut mir leid«, sagte Luke. »Wie sich das alles entwickelt hat. Ich liebe dich, das weißt du. Das tu ich wirklich.«

»Das glaube ich dir auch«, antwortete Josie. Sie beugte sich zu ihm vor und gab ihm einen langen letzten Kuss auf den Mund. Sie war schon fast an der Tür, als ihr noch etwas einfiel. »Luke, hast du Kim zu Misty Derossi geschickt?«

»Nein«, sagte er. »Ich hatte keine Ahnung, wohin sie verschwunden war, bis sie wieder zurückkam und mir erzählte, sie sei dort gewesen und einer von Erics Typen habe das Baby entführt.«

»Das dachte ich mir.«

»Kim hat Misty wohl erzählt, ich hätte sie geschickt, und wenn Misty ihr helfe, wäre ich eher bereit, mit dir über Rays Baby zu sprechen. Du musst wissen, dass Kim wirklich manipulativ ist und sehr überzeugend sein kann, wenn sie sich konzentriert. Ich würde es ihr zutrauen, dass sie Misty eine Hausgeburt aufgequatscht hat.«

»Oh, mir ist schon bewusst, wie manipulativ sie ist«, sagte Josie. »Worüber wollte Misty eigentlich mit dir sprechen, als du im Foxy Tails warst, und vor allem, als sie dich besucht hat?«

»Hauptsächlich über Rays Baby, aber das soll sie dir selbst sagen. Das hätte ich ihr von vornherein sagen sollen.«

71

Mistys Zimmer lag zwei Stockwerke über dem von Luke. Josie klopfte leise an die Tür, bevor sie eintrat. »Du bist ja wieder da«, sagte Misty und lächelte. Eine Seite ihres Gesichts hing immer noch herab. Mit ihrer freien Hand betastete sie ihre Wange. »Vorübergehende Lähmung«, erklärte sie. »Aber die Ärzte meinen, das wird schon wieder. Ich werde noch viele Behandlungen brauchen, aber sie glauben, dass sie alles wieder hinbekommen.«

Josie trat einen Schritt näher. »Das ist gut.«

»Hätte nie gedacht, dass ich mal so froh sein würde, dich zu sehen«, meinte Misty.

Josie nickte. »Geht mir genauso.« Sie schaute sich im Zimmer um. »Wo ist dein Sohn?«

»Zu Hause bei Brittney. Sie bringt ihn in ein paar Stunden wieder her. Meine Nachbarin, die Gute, passt auf ihn auf, wenn Brittney etwas Schlaf braucht.«

»Das ist schön«, sagte Josie.

»Ich weiß, dass wir nie ... die besten Freundinnen waren«, sagte Misty. »Aber danke für alles, was du für mich getan hast.«

»Das ist mein Job«, sagte Josie.

Misty lachte. Ein dünner Speichelfaden lief aus dem hängenden Mundwinkel. »Das hat Ray auch immer gesagt. ›Das ist mein Job.‹«

»Du vermisst ihn«, stellte Josie fest. Ihr eigenes Herz sehnte sich ja auch immer noch jeden Tag nach ihm, und das, obwohl sie immer noch wütend auf ihn war. Sie fragte sich, ob diese Gefühle jemals verschwinden oder wenigstens etwas nachlassen würden.

»Klar«, sagte Misty. »Wie verrückt. Hör mal ... wegen Victor ...«

»Ich weiß«, sagte Josie. »Er ist Rays Sohn.«

»Hat Luke dir das gesagt?«

»Nein, das habe ich herausgefunden, als ich nach ihm gesucht habe. Das ist schon okay, Misty. Ich komme damit klar.«

»Sagst du das nur, weil ich gerade aussehe wie ... na ja, so eben?« Misty lachte wieder und verlor noch mehr Speichel. Josie zupfte ein Papiertuch aus der Schachtel auf ihrem Nachttisch und reichte es ihr. Misty tupfte ihr Gesicht trocken.

»Nein«, sagte Josie. Innerlich kämpfte sie immer noch – dieses unwirkliche Gefühl, zwar Rays große Liebe gewesen zu sein, aber nicht diejenige, die sein Kind zur Welt brachte, stand im Gegensatz zu dem plötzlichen Gefühl der Verbundenheit, das sie in dem Moment verspürt hatte, als sie das Baby in den Armen gehalten hatte. »Sieh mal, es ist egal. Ray würde wollen, dass ich meinen Frieden damit schließe. Verstehst du?«

»Danke.«

Josie nickte und fühlte sich unbehaglich. »Luke meinte, du wolltest noch über etwas anderes mit mir sprechen?«

Misty knetete das Tuch in ihrer Hand. Sie schloss die Faust und öffnete sie wieder, mehrmals hintereinander. »Bitte krieg das nicht in den falschen Hals«, sagte sie und Josie verspürte den Drang, genervt aufzustöhnen. Sie verkniff sich eine Reaktion und blieb still. »Die Sache ist«, fuhr Misty fort, »dass ich alle meine Ersparnisse in die künstliche Befruchtung investiert habe. Ich weiß, dass Ray eine Lebensversicherung hatte. Ich frage mich, ob davon noch etwas übrig ist oder sonst etwas von seinem Besitz, das mir helfen könnte … mit Victor. Ich frage nur ungern, aber … na ja, nach all dem kann ich definitiv nicht wieder mit dem Tanzen anfangen.«

Einen kurzen Moment wallte Ärger in Josie auf, aber sie rief sich ins Gedächtnis, dass sich Ray, aus welchem Grund auch immer, in diese Frau verliebt hatte. Sein letzter Wunsch war gewesen, dass Josie das – und sie – akzeptierte, egal, wie sehr sie Misty verabscheute. »Ray hatte eine kleine Lebensversicherungspolice«, sagte sie. »Ich habe damit seine Beerdigung bezahlt, nachdem seine Mutter alles in die Wege geleitet hatte, und ihr dann den Rest ausgezahlt. Das hätte er so gewollt. Was den restlichen Besitz anbelangt, so gab es keinen. Wir waren noch verheiratet, weshalb alles automatisch an mich ging. Und wenn ich ›alles‹ sage, dann meine ich damit vor allem unser Haus. Das war alles, was wir hatten, und es war hoch belastet. Ich habe beim Verkauf nicht viel dafür bekommen.«

»Oh«, sagte Misty und ließ sich wieder in die Kissen sinken.

Josie merkte, wie es ihr sauer aufstieß, und eine Stimme in ihrem Kopf sagte ihr, sie solle auf dem Absatz kehrtmachen, den Raum verlassen und nie wieder zurückkommen. Das hier war nicht ihr Problem. Aber dann konnte sie Rays Stimme hören, so deutlich, als stünde er neben ihr. *Komm schon, Jo.*

Josie schloss die Augen, zählte bis fünf und öffnete sie wieder. »Hör zu«, sagte sie und fühlte sich seltsam, als sie die nächsten Worte aussprach. »Ich helfe dir, wo ich kann, okay? Unter zwei Voraussetzungen.«

Mistys Augen leuchteten hoffnungsvoll auf. »Die da wären?«

»Du musst mit Rays Mutter sprechen. Sie hatte ein wirklich hartes Leben, und das ist ihr Enkel. Sie verdient es, ihn kennenzulernen – und sie wird dir helfen. Da bin ich mir ganz sicher. Lass sie an allem teilhaben.«

Misty nickte. »Okay, das verspreche ich. Und was ist deine andere Bedingung?«

»Du kannst das Baby nicht Victor nennen.«

»Was?«

»Victor. Du hast ihn nach Rays Vater benannt, richtig?«

»Ja, das stimmt.«

Josie holte tief Luft. »Rays Vater hat Mrs. Quinn geschlagen. Übelst. Und Ray gegenüber hat er sich auch nicht gut verhalten. Ich kann dir hundertprozentig versichern, dass Ray seinen Sohn nicht nach seinem Vater benennen würde.«

Mistys presste die gesunde Hand an die Brust. »Oh mein Gott. Oh nein. Das wusste ich nicht. Tut mir leid. Ich ...«

Josie streckte die Hand aus und berührte Mistys Arm. »Schon okay. Du hast es ja nicht gewusst. Kein Ding. Aber seine Geburtsurkunde ist ja auch noch nicht ausgefüllt, oder?«

»Nein.«

»Dann wähl doch einfach einen anderen Namen.«

Misty schwieg eine Weile. »Wie wäre es mit Harris?«, fragte sie dann. »Nach dem alten Chief? Harris Raymond Derossi.«

Josie lächelte. »Oder Harris Raymond Quinn.«

»Wirklich?«

Josie zuckte halbherzig die Schultern. »Er ist Rays Sohn.«

»Danke«, sagte Misty.

Josie tätschelte noch einmal ihren Arm, bevor sie aufstand, ging und zum Abschied etwas zu Misty sagte, was sie nie erwartet hätte: »Wir bleiben in Kontakt.«

72

Zwei Wochen später wurde Kim Conway aus dem Krankenhaus entlassen und bis zur Verhandlung im Mordfall Denny Twitch ins Bezirksgefängnis von Alcott County eingeliefert. Die Staatsanwaltschaft untersuchte, was sich wirklich im Haus von Brady und Eva Conway ereignet und wie sich der Mord an Leonard Nance zugetragen hatte. Josie hörte, dass sowohl Kim als auch Luke angeklagt werden sollten, weil sie Kavolis' Leiche hatten verschwinden lassen. Carrieann sagte Josie, Luke habe mit dem, was passiert war, seinen Frieden geschlossen und sei bereit, die Verantwortung dafür zu übernehmen. Josie hoffte um seinetwillen, dass er irgendeine Einigung mit dem Gericht treffen und einer Gefängnisstrafe noch einmal entgehen würde. Mit seiner Polizeikarriere war es auf jeden Fall vorbei. Kim würde einer Gefängnisstrafe mit Sicherheit entgehen, wenn sie erst Zugriff auf Peter Rowlands Vermögen bekam. Es hieß, dass bereits ein hochrangiger Anwalt beauftragt worden war, der sich darum kümmern sollte, dass sie als Rowlands Alleinerbin eingetragen wurde. Josie hegte noch immer gemischte Gefühle gegenüber Kim, aber ihr blieb nichts anderes übrig, als dem Staatsanwalt alle Beweise vorzulegen und ihn seine Arbeit machen zu lassen.

Trinity Payne hatte die gesamte Berichterstattung über den Fall an sich gerissen, der noch spektakulärer war als der des Interstate-Killers. Ihr Gesicht war nun in jeder Nachrichtensendung zu sehen, egal, welchen Kanal Josie einschaltete. Nur bei HBO konnte sie Trinity für eine Weile entkommen.

Nachdem die ganze Geschichte mit den Spenderkindern ans Licht gekommen war, hatte Josie fast zwei Tage im Bett verbracht, allein mit einer Flasche Bourbon. Jeglichen Hochzeitskram hatte sie aus dem Haus verbannt und weggeworfen. Ihren Verlobungsring hatte sie in den Tiefen ihrer Schmuckschatulle vergraben, wo sie nur selten einmal hineinschaute, direkt neben ihrem alten Ehering. Als das Bedürfnis nach Fusel und Heulen abnahm, fing sie an zu putzen. Sie schrubbte jede Oberfläche im Haus, saugte jeden Quadratzentimeter Teppich ab, bis in die letzte Ecke, alle Stufen und zwischen den Möbelstücken. Dann arrangierte sie die Einrichtung neu, bis jeder Raum anders aussah. Sie räumte die Küchenschränke um. Am nächsten Tag suchte sie im falschen Schrank nach ihren Kaffeetassen und stieß sich die Schienbeine an Möbeln, die nicht dort standen, wo sie eigentlich stehen sollten.

Zwei Abende nach ihrer großen Umräumaktion hatte sie sich gerade das Knie an der Kante ihres Sofatischs gestoßen, als sie ein Klopfen an der Tür hörte. Sie humpelte zur Tür, knipste das Verandalicht an und sah sich Lisette, Noah, Gretchen und Dr. Feist gegenüber, die sich auf den Stufen vor ihrer Haustür zusammengedrängt hatten. »Überraschung!«, riefen sie im Chor. Erst da bemerkte Josie die Flasche Champagner in Gretchens Hand, die Ballons, die an Lisettes Rollator gebunden waren, den Blechkuchen in Dr. Feists Händen und den Blumenstrauß vor Noahs Brust.

»Was wird das denn hier?«, fragte Josie und wünschte plötzlich, etwas anderes als ihre Jogginghose zu tragen und sich in den letzten drei Tagen wenigstens einmal die Haare gewaschen zu haben.

Lisette drängelte sich durch die Tür und die Ballons klatschten Josie ins Gesicht. Sie schob sie zur Seite und ließ die anderen ebenfalls eintreten. Noah reichte ihr den Blumenstrauß. »Die sind von Trinity«, erklärte er. »Sie wollte auch kommen, berichtet aber heute Abend für CNN.«

Josie folgte ihren Besuchern in die Küche und schaute verblüfft zu, wie sie ihren Tisch deckten, Weingläser aufstöberten und Kerzen auf dem Kuchen arrangierten, die Dr. Feist aus ihrer Jackentasche hervorzauberte.

Lisette warf einen Blick über die Schulter und lächelte Josie zu. »Du hast es völlig vergessen, oder?«

Josie trat einen Schritt vor und schaute auf den Kuchen hinunter. Mit blauem Zuckerguss stand dort »*Happy Birthday, Boss!*« geschrieben.

»Schatz, heute ist dein dreißigster Geburtstag«, sagte Lisette.

»Wir haben Essen bestellt«, bemerkte Noah. »Sollte eigentlich jeden Augenblick hier sein.«

Josie schaute in die Runde und zum ersten Mal seit Rays Tod spürte sie, wie etwas winzig Kleines die Lücke zu füllen begann, die er in ihrem Leben und in ihrem Herzen hinterlassen hatte. »Ich danke euch«, sagte sie mit heiserer Stimme.

EIN BRIEF VON LISA

Ich möchte mich ganz herzlich dafür bedanken, dass ihr euch entschieden habt, *Das Mädchen ohne Namen* zu lesen. Wenn euch das Buch gefallen hat und ihr euch gerne über meine neuesten Veröffentlichungen informieren möchtet, meldet euch unter dem folgenden Link an. Eure E-Mail-Adresse wird nicht weitergegeben und ihr könnt euch jederzeit wieder abmelden.

www.bookouture.com/bookouture-deutschland-sign-up

Wenn ihr auch schon Josie Quinns erstes Abenteuer gelesen habt, möchte ich euch herzlich dafür danken, dass ihr ihr so treu folgt. Es wimmelt nur so von fantastischen Büchern, und ich freue mich wirklich, dass ihr eure Zeit mit Josie verbringt. Wenn *Das Mädchen ohne Namen* euer erstes Buch aus der Reihe war, danke ich euch dafür, dass ihr euch für Josie entschieden habt, und hoffe, es hat euch gefallen! Bleibt der Reihe doch weiterhin treu - in Band 3 gibt es noch viel mehr über Josies Vergangenheit herauszufinden!

Ich freue mich immer sehr, Rückmeldungen von meinen Lesern zu bekommen. Ihr könnt mich über alle der unten gelisteten sozialen Medien sowie über meine Webseite und die Seite von Goodreads erreichen. Falls ihr Lust habt, könnt ihr auch eine Rezension verfassen und *Das Mädchen ohne Namen* anderen Lesern empfehlen. Kritiken und Mundpropaganda haben eine Menge dazu beigetragen, dass Leser zum ersten Mal eines meiner Bücher in die Hand bekommen haben. Wie immer vielen Dank für eure Unterstützung! Sie bedeutet mir alles! Ich kann es kaum erwarten, von euch zu hören. Hoffentlich sehen wir uns bald wieder!

Danke,
Lisa Regan

www.lisaregan.com

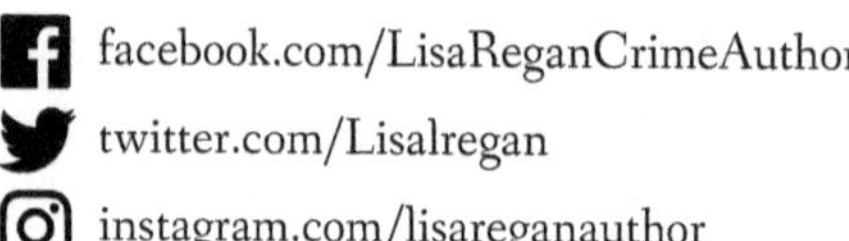
facebook.com/LisaReganCrimeAuthor
twitter.com/Lisalregan
instagram.com/lisareganauthor

DANKSAGUNG

Zuallererst muss ich meinen wundervollen Lesern danken. Danke, dass ihr meine Bücher lest, besprecht und weiterempfehlt. Danke für eure unaufhörliche Begeisterung, die mir immer ein Antrieb ist.

Dank geht auch an meinen Mann Fred und meine Tochter Morgan, die mich dazu motiviert haben, dieses Buch zu beenden, und die immer genau wissen, mit welchen Worten sie mir den Frust nehmen können. Danke an meine Eltern: William Regan, Donna House, Rusty House, Joyce Regan und Julie House, meine verlässlichsten und leidenschaftlichsten Begleiter auf dieser unglaublichen Reise. Vielen Dank an meine treusten Freundinnen und Testleserinnen, die allesamt selbst tolle Autorinnen sind: Nancy S. Thompson, Dana Mason und Katie Mattner. Ihr seid mein Rettungsanker, und ohne euch würde ich wohl aufgeben! Vielen Dank auch dir, Torese Hummel, für deine Leidenschaft, Ehrlichkeit und Bereitschaft, mir dabei zu helfen, eine bessere Schriftstellerin zu werden! Danke an Susan Sole für so viele ermutigende Worte – deine Unterstützung kommt immer dann, wenn ich sie am dringendsten brauche. Und vielen Dank an die folgenden Freunde und Familienmitglieder, die mich immer wieder anspornen und für mich werben: Melissia McKittrick, Ava McKittrick, Andy Brock, Kevin und Christine Brock, Michael J. Infinito Jr., Carrie A. Butler, Helen Conlen, Marilyn House, Dennis und Jean Regan, Laura Aiello, Tracy Dauphin und die Familien Tralies, Conlen, Funk und Regan.

Herzlichen Dank an Sergeant Jason Jay, der mir erneut unzählige Fragen zum Polizeialltag so ausführlich beantwortet hat. Ich bin euch wirklich was schuldig!

Zu guter Letzt: Danke, Jessie Botterill, für deine großartigen Verbesserungsvorschläge. Es erstaunt mich immer wieder, wie viel du noch aus mir und meinen Büchern herausholen kannst. Es ist ein wahrer Glücksfall, mit dir arbeiten zu dürfen. Und ich danke dem ganzen Team bei Bookouture, einschließlich meinen Autorenkollegen! Ich bin jeden Tag dankbar dafür, Teil einer so großartigen Verlagsfamilie zu sein.

www.ingramcontent.com/pod-product-compliance
Lightning Source LLC
Chambersburg PA
CBHW051157190726
48288CB00006B/1698